光文社文庫

文庫書下ろし

ヴァケーション

異形コレクションLV

井上雅彦 監修

光　文　社

この作品は光文社文庫のために書下ろされました。

CONTENTS

ヴァケーション

目次

CONTENTS

LV

FREAK OUT COLLECTION

編集序文

井上雅彦

闇を愛する皆様。

今回は、心も躍る一冊です。

季節は初夏。緑は輝き、水面は燦《きら》めき、澄んだ大気も芳《かぐわ》しい。

そして……長きに亘《わた》ったコロナ禍も、少しずつ状況の変わってきた今日。

行動様式の変化への呼びかけには、いまだに戸惑うことも多いのですが——社会は少しずつ「開放的」になってきたようです。

気分は、すでに、彩りに満ちあふれたリゾートの地へ向かっているかもしれません。

とはいえ、慎重さもお忘れなく。陽光の当たりすぎは自己責任。鉤爪《かぎつめ》の消毒、赤死病《せきしびょう》の仮面装着《マスク》も「任意」とのことだそうで。

いずれにしても、気分一心。色彩豊かな物語世界へと出かけてみましょう。

五十五冊目の《異形コレクション》。今回のテーマは〈ヴァケーション〉。

〈ヴァケーション〉という言葉。

そこには、非日常の響きがします。

ヴァケーション（vacation）――それは、保養などを目的とした長期休暇のこと。

語源でもあるフランス語のヴァカンス（vacances ＝「空白」の意味）に代表されるように、スケジュールを空白にし、仕事を忘れて数ヶ月もリゾート地で過ごす欧米の風習は――映画や小説では馴染《なじ》みのある風景でもありますが――働き方改革が呼びかけられる今日といえども、我が国では、なかなかにうらやましい習慣でもあると思います。

日本での長いお休みといえば、お盆休み、正月休み、大型連休はもちろんのこと、長期の有給休暇などが思い浮かびますが、誰にとっても最も馴染み深いのは、学校時代の夏休みかもしれません。

長い長い自由時間。それこそが、ヴァケーションの醍醐味です。

〈日常《ケ》〉の重荷から、思いっきり解放される〈非日常《ハレ》〉の時間……。

すなわち、ヴァケーションとは、実に魅力的な〈非日常〉。――だからこそ。

実はこのテーマ、《異形》の物語と、とても親和性が高いのです。

たとえば――ヴァケーション＆ヴァカンスといえば、なんといっても〈旅〉。

休暇をとって、長い旅に出かける主人公が織りなす非日常の物語。

アガサ・クリスティが描く華麗なるオリエント急行列車やナイルや地中海を旅する者たちを待ち受ける殺人事件のような、ゴージャスな非日常《ミステリー》はもちろんのこと。

神経を病んで静養のために静かな村に滞在する男が遭遇する「開いた窓」（サキ）のような非日常《チラー》も、長く連れ添った微妙な関係の夫婦が長逗留《ながとうりゅう》した奇妙な町で体験をする「鳴り響く鐘の町」（ロバート・エイクマン）のような非日常《ホラー》も、いずれも、ヴァケーションが呼び寄せた異形の物語の傑作でした。

リゾートの定番と言えば、パラダイスのような南国。

しかして、そこに待ち受けているのは魔術的な野生と未開の神秘。西インド諸島を縄張りに持つH・S・ホワイトヘッドの諸作品や、海洋ホラーを得意とするウイリアム・ホープ・ホジスンの恐怖海域。ともすれば、漂流という長期休暇になってしまいますが。

異文化の地でのヴァケーションといえば、近年、もっとも話題を呼んだのは、南国ではなく北国への旅でした。アリ・アスター監督の映画『ミッドサマー』（２０１９年）。

アメリカの大学生グループが、スウェーデンのとある村の夏至祭に招かれるという発端《ほったん》から、想像を絶する異教の恐怖にさらされるという、これも恐怖の非日常。

異界への旅がもたらす非日常の物語――。実はこのモチーフ、《異形コレクション》では、これまでにも幾度か扱っていたのです。

たとえば――異郷・異界をテーマに含めた第32巻『魔地図』。南国をモチーフにした第11巻『トロピカル』。アジアに特化した第28巻『アジアン怪綺《ゴシック》』、国内旅行の定番としては、なんといっても第41巻『京都宵』。また、時を超えて、第47巻『江戸迷宮』への長逗留もお薦《すす》めですし、宇宙旅行がお望みならば第15巻『宇宙生物ゾーン』とバラエティに富んでいます。

いや、忘れてはいけません。《異形コレクション》が扱ってきたヴァケーション・プランで際立っていたのは二つのホテル。第9巻『グランドホテル』、第26巻『夏のグランドホテル』と、モザイク・ノベル（一冊の中のシェアード・ワールド）として創りあげた二巻は、これもまたシリーズの中でも独特の〈非日常〉の物語でした。

ホテル、宿というモチーフも、〈ヴァケーション〉には欠かせないもので多くの異形の作品が創られています。たとえば、篠田真由美《しのだまゆみ》の連作短篇集『ホテル・メランコリア』、矢崎《やざき》存美《ありみ》『ぶたぶたのいる場所』。近年ではコロナ禍の中で出た傑作選アンソロジー『宿で死ぬ――旅泊ホラー傑作選』（朝宮運河《あさみやうんが》編）が、〈非日常〉への願いを繋いでくれました。

さてその一方で、長い長い保養の休暇。〈ヴァケーション〉の過ごし方とは、旅ばかりとは限りません。

想い出に残る小学生の夏休み。

私の暮らした地域では、ちょうどお盆の時期に重なります。

宵闇《よいやみ》のなか、迎え火や送り火のオガラを焚《た》く匂いとともに、蚊帳《かや》が吊られた部屋のテレビで流れていたのは怪談であり、怪奇実話であり、恐怖映画でありました。太平洋戦争のメモリアルとも重なる時期であり、鎮魂《ちんこん》の厳粛《げんしゅく》な空気も流れていました。死者がそばにいる。そんな感覚を、もっとも強く感じる季節でした。同時に、怪奇と恐怖と幻想の物語《フィクション》の魅力にも嵌まり込んでいく。小学生にとってもっとも現実的な〈非日常《ヴァケーション》〉の夏休みは、宵闇色の物語への入り口でもありました。

昭和の日本で怪談の季節が夏休みと重なったように、ヴィクトリア朝のころから英国では、クリスマス休暇《ホリデイ》が幽霊物語《ゴーストストーリー》の定番だったようです。

長い労働から解放された休養期間に、幻想怪奇の物語を語りあう……ということで思い出すのは、帝政ロシアの作家ニコライ・ゴーゴリの『ディカーニカ近郷夜話』。長い長い冬を越すために集まった休耕期の村人たちが語りあう怪奇と幻想の物語。悪魔や妖女が跋扈《ばっこ》し、のちに同じ世界観で書かれた「妖女（ヴィイ）」は、映画『妖婆 死棺の呪い』の原作です。冬を越す誰でも同郷人のようにもてなす主人公の蜜蜂飼の語りは、年末休暇の時期になると読みたくなり、いつも心はディカーニカを訪れます。このディカーニカ、モデルの地はゴーゴリの故郷、現在のウクライナにあるのですが。

いずれの場合も、静養休暇の期間は、われわれに幻想怪奇の物語を与えてくれるようです。

〈ヴァケーション〉という非日常は、異形の物語同様、私たちにとって欠くべからざるものであるわけです。

さて、《異形コレクション》も本巻で、五十五冊目。

巻数などの数字については、いつも「キリの良さ」などまったく意識をしていなかった私なのですが、気づいてみれば今回は、通巻で五十五冊目というだけではなく、復刊してから、すでに七冊目。——しかも、この七冊は、新型コロナウイルスによるパンデミックという異様な状況を迎えてからの刊行だったことを考えると、なかなかに感慨深いものでもあります。

読者の皆様への感謝を込めて、第五十五巻のテーマを設定しようとした時、私は一冊のオリジナル・アンソロジーのことが脳裏に浮かびました。その名は『奇妙劇場』（太田出版）。今から三十二年前の一九九一年、テレビドラマ『世にも奇妙な物語』のノベライズ版から派生した新書版・全三巻のオリジナル・アンソロジーです。一巻目はノーテーマでしたが、二巻目では初めてテーマが設定されました。それが〈ロング・バケーション〉。

そうなのです。今回の《異形コレクション》のテーマ〈ヴァケーション〉は、日本のオリジナル・アンソロジーの先駆けへの感謝も込めて設定させていただきました。

物語の織りなす非日常。短い物語による長い休暇の物語。

自由時間のように蠱惑《こわく》的な《異形》の世界を、どうかごゆっくりお愉《たの》しみください。

芦花公園

島の幽霊

●『島の幽霊』芦花公園《ろかこうえん》

ホラー界の新しい血が《異形コレクション》に、また一人。

最新刊『パライソのどん底』（幻冬舎）が好調の芦花公園は、作家デビューの経緯《けいい》も新しい。ツイッターのフォロワーに薦められ、小説投稿サイト「カクヨム」に書き継いできたホラー作品が注目されて、2021年に『ほねがらみ』（幻冬舎）として初の書籍化。ネットでさらなる話題を呼び、翌月には『異端の祝祭』（角川ホラー文庫）を発表。さらに、2022年に発表した二作――『漆黒の慕情』（同）と『とらすの子』（東京創元社）は、ツイッター上にて投票される《#ベストホラー2022》において、それぞれが国内部門一位、二位と、トップを独占する快挙。

特に『とらすの子』は、日本人作家には珍しいモチーフと、残酷でありながら不思議と美しい衝撃が、私にとっては、実に心地よく、頼もしい才能に思えたものだ。（ちなみに、#ベストホラー2022とは、ホラーを愛する朝宮運河《あさみやうんが》氏がツイッター上で自ら立ち上げ、運営を務めた「ホラー小説の年間ランキング企画」の第一回。この企画そのものも、この年のホラー・シーンにとって、実に輝かしい収穫だと思う）

以前のインタビューで『死霊館』（ジェームズ・ワン監督）をはじめ2010年代のホラー映画の影響を語り、アリ・アスター監督作品への支持を表明していた芦花公園が描く魅惑のヴァケーション。ここにも衝撃が待っている。

イビサ島に行ってみたい。そう思うようになったのはいつからだったかもう覚えていない。マイク・ポズナーの曲を聴いたからか。そこにIbizaという単語が出て来て、調べてみたらスペインの地名だった。

イビサ島は典型的なリゾート地だ。そして、クラブが乱立している。その中でも有名なのが「Amnesia」というクラブで、理由は音がいいから、ではなく、泡パーティーを開催しているからだ。

泡パーティーとは、文字通り泡まみれになるパーティーだ。特性の泡マシーンからは絶えず泡が噴射され、人々は爆音の中泡まみれになって踊り狂う。上から絶え間なく降り注ぐ泡によって、クラブ内は泡まみれで、しっちゃかめっちゃかだ。しかも、この泡パーティーは期間限定などではなく、毎週二回、必ず開催されている。なんとも景気の良い話だ。

俺は動画で泡パーティーの様子を見て、何度もこの中にいる自分を想像した。

と、いうのも、とても本場には行けないからだ。

イビサ島はリゾート地で、物価の高いスペイン本土よりさらに物価が高い。何もかも観光地価格だ。LCCでスペインに行けたとしても、フェリー代やら宿泊費やら考えると、全く現実的ではない。

都内の泡パーティーが行われているクラブには行った。

なかなか楽しめたが、やはり物足りない。

結局のところ、シチュエーション込みなのだ。外国人が大勢いて、ビーチに囲まれた、温暖な気候の中で——つまり、そういう外国の雰囲気があってこそのものだ。

俺はよりイビサ島に近い場所を探すようになった。

しかし、そもそもの話、日本にはクラブ文化がそれほど浸透していない。クラブ好きというのは少なからずいても、やはり良い箱は都市部に集中している。日本のリゾート地でかつ良い箱があるのは沖縄だろうが、いくつか行ってみてもこれぞ、と思うほどのところはなかった。

バイトして金を少し貯め、気になった場所に行く。そんなことを繰り返す中、ある日何気なく見ていたサイトのバナー広告に目が留まった。

『**太陽と躍らせて。いび島**』

いび島、という名前が気になった。無論、イビサ島に似ているからだ。

バナーをクリックすると、観光案内サイトに飛んだ。

十年以上前のホームページを思わせる。良く言えばシンプルだが、悪く言えば古臭い。

いび島は元はみたけ島という名前だったらしいが、スペインの「イビサ島」に肖《あやか》って改名し、観光客が遊びに来てくれるよう景観をイビサ島のように整えた、と書いてある。なるほど、確かに建物の壁を白で統一していたり、かなり小さいがパワースポットであるエスヴェドラ島という岩島を模した人工の岩まで設置してあって、努力が窺《うかが》える。

そして最も目を引いたのは「いび祭開催期間中、泡パーティーやってます」という文言《もんごん》だ。クリックすると、ウィンドウが開き、動画が再生される。

思わず口からワッと声が出た。

イビサ島の、クラブAmnesiaそのものだった。

泡を噴射する機械は少し小さいものだし、東洋人の比率が高い。それでも、動画サイトでしか見たことがないイビサ島の泡パーティーがそこにはあった。

確かに、あまり金のない自治体がこんなものを一年中毎日開催していたら破産してしまう。だから、『いび祭開催期間中』なのだろう。どうも、祭自体は夏、二週間開催されているらしい。

しかし、本当にいい場所があるものだ。ネットで検索してもほとんど情報が出てこない。以前の名前「みたけ島」の寂れた映像や全く興味のない伝説の類《たぐい》が出てくるだけだから、かなり最近開発されたということも分かった。恐らく、施設も綺麗だろう。

一分の動画を三回、繰り返し観てから、やはりここへ行こう、と決心する。

いび島は高速ジェット船で東京から四時間かかるらしい。ツアーは格安のものを選んだが、それにしても一週間は滞在するから、金はそれなりに要《い》るだろう。まずは渡航費を貯めなくてはいけない。そう考えて、俺はその日からバイトのシフトを増やした。

少ないバイト代でもなんとか目標金額に達し、大学が長い夏休みに突入した。

時間を指定された集合場所には誰もおらず、船を降りて来た女が「貸し切りですね」とにやりと笑った。しかし、貸し切りも何もない。高速ジェット船、という言葉からは想像もつかない、人が一人やっと乗れるようなオンボロの船だ。エンジンの音がしているから、一応ジェット船ではあるのだろうが。

「お気に召しませんでした？」

不安そうに聞いてくる女に「当たり前だろう」と不満を漏らしそうになるが、すんでのところで踏みとどまる。そして、しばらく彼女を見つめてしまった。

女は上下くたびれたジャージを着用しており、恰好《かっこう》こそ地味だが、よく見ればかなりの美人だった。服で隠されていても胸が大きいのが分かる。我ながら単純だが、短い船旅とはいえこれほどの美人と二人きりで過ごすことが楽しみにすらなってきていた。

「じゃあ、乗ってください」

軽く袖口を引かれてはっとする。俺は浮かれ気分のまま、オンボロの船に乗り込んだ。

予想とは違い――いや、最初から、そのような期待が間違っていたのは分かっている。船に乗った瞬間から美女はほとんど口を開かなかった。当たり前だ。運転に集中しなければいけないのだから。

　そして気になるのは、彼女が時折こめかみを抑えて低い声を漏らしたり、ふらついていることだった。最早《もはや》こうなってくると美女と楽しく会話するなどという妄想は消え、事故を起こさず島に到着するよう祈るばかりの四時間だった。

　あまりに退屈だったからか、あるいは太陽で目が焼かれないようサングラスをした上で目を瞑《つむ》っていたからか、どうも寝入ってしまったらしい。

　肩を優しく揺さぶられて起きると、目の前には驚くほど鮮やかな青色のビーチが広がっていた。

　ビーチには水着の男女が何組もいて、既に音楽が聞こえてくる。

　ありがとう、と言って船から降りる。

　正面にあるゲートらしき白い門を潜《くぐ》ろうとすると、何故か運転手の美女がついてきていた。

「待ってください」

　彼女はまっすぐに俺の目を見て言った。

「注意事項がございます」

　大きな丸い目が太陽を反射してきらきらと輝いている。

「注意事項……？　そんな話は……」

「きちんとツアーの概要に書いてありますよ」

彼女はどこから出してきたのか、一枚のリーフレットを目の前に掲げ、指でその中の一文をなぞった。

顔を近付けようとすると、手で制される。

「読んでいらっしゃらないのは分かりました。本当は念のための確認のつもりだったのですが、改めて口頭で説明させていただきますね」

彼女はこほん、と咳払いをしてから続けた。

「まず、鈴木様がお申し込みになったのは一週間滞在コースです。こちらは到着次第自由行動になる一週間滞在コースBとは違い、『いび祭』へのご参加は四日目から可能になります」

「はあっ？」

俺は大声を上げた。

「そんなこと、聞いてない。第一、それじゃ……」

「『いび祭』は本日より一週間開催されますので、十分に楽しめるかと思います」

小さい文字など読み飛ばしていた自分の愚かさを後悔した。確かに、プラン説明の大きな枠の下に、何か書いてあったかもしれない。それに、AとB、俺は安いAの方を選んだ。安いのにはこういう裏があるわけだ。

「安い方なんか、選ばなければよかった……」

「確かにAとBでお値段の差はありますが、どちらにせよ鈴木様がBをお選びになることはできません」

「どうして」

「Bはリピーター様専用のコースなのです。ですから、どちらにせよ、『いび祭』初参加の鈴木様は四日目からのご参加となります」

「で、でも、参加できない三日間はどうすれば……」

ここまで来てホテルの中に缶詰、などというのは御免《ごめん》だ。窓から楽しそうな人々を見ても嫉妬を覚えるだけで、楽しくもなんともない。

「三日間は、私と一緒に行動していただきます」

「君と？」

彼女は頷《うなず》いた。そして、胸に下げていたネームプレートを見せてくる。

「申し遅れました。私、『いび祭』スタッフの蘭子《らんこ》と申します」

ネームプレートには丸っこいフォントで「のろ・らんこ」と印刷されている。

「君――蘭子さんと一緒に行動するって……」

「そうですね。まず三日間、私以外と交流することは避けていただきます」

「なんだよ、それ」

俺は思わず強い口調で言い返した。

「そんな訳の分からないこと、ないだろ。じゃあクラブどころか、土産物や食べ物だって」

「ホテルの室内はバスルームを使用していただけますし、食事のルームサービスは代金に入っておりますのでいただきません。中でも島で獲れた新鮮な魚介を使ったお寿司がお勧めですよ」

「そういう問題じゃない。旅行に来ているのに」

「お嫌なら、帰っていただいて構いません」

蘭子はきっぱりとした口調で言う。

「全額返金とはいきませんが、半額くらいは返ってくるかもしれません」

「いや……そういうことでは……」

「ご不便でしょうが、こちらにもはっきり明記されております。それに、ルールはルールで、守っていただかなくてはいけませんから」

ここまで来て、一生懸命バイトで稼いだ金を半分も失って、何もせず帰るという選択肢はなかった。俺は渋々頷く。

「それと最後に、一日の終わりに、必ず私に石を渡してほしいんです」

これをお渡ししますね、と言いながら、蘭子は手に石を握らせてくる。形はばらばらだったが、三つとも同じように深い青色をしていた。

「これは……？」

「ただの記録です。一日の終わりに、私に一つずつお渡しください。鈴木様も、そちらの方が『もうすぐ四日目だ！』と思えるのでは？」

「そうかもしれないね」

いちいちなんで、とかどうして、とか聞くのは無駄だろう。嫌なら帰れ、と言われるだけだ。

「それでは、一日目の始まりです」

妙に明るい声で蘭子は言って、俺の手を引きながらゲートを潜った。

ゲートを潜ると同時に、蘭子は急にジャージを脱ぎ捨てた。

思わずわっと声を上げてしまう。

「どうしたんですか？　水着ですよ」

思っていた通りの素晴らしい体だった。張りのある大きな胸、細い腰、尻と太腿にはやや多めの脂肪がついていて柔らかそうだ。

白いビキニが良く似合っている。

蘭子となら三日間でも退屈せず過ごせるかもしれない。色々な想像をして、俺はにやついた。

＊＊＊

234:以下、／(^o^)＼でVIPがお送りします 2014/12/17(水) 23:05:56.342 ID:X+rYK3wpp

高校生の頃の話。俺の高校はごく普通の公立高校だったんだが、近所には地元じゃ有名なDQN《ドキュン》と馬鹿しかいない高校があった。生徒の九割はDQNで、俺たちはいつもDQN高校の奴らにカツアゲされないかビクビクしてたよ。

ある日、仲間の家でゲームしてたら盛り上がって、気付いたら九時を過ぎていた。俺は慌《あわ》てて走って帰ったんだけど、遠くから自転車が猛スピードで走ってくるのが見えた。危ない、と思った時にはもう遅くて、俺は思いっきりはねられた。

本当に死ぬかと思ったよ。頭がぬるぬるして、多分血が出てて、それよりなにより全身が熱くて、「きゅうきゅうしゃ…」って死にかけの虫みたいな声で言った。

でもさ、自転車のヤツ（DQN高校の制服）は「バカヤロー、死んどけ！」って怒鳴って、そのまま猛スピードでどこかへ走り去っていった。

結局通りかかったおじさんが救急車呼んでくれて、俺は死ななかったんだけどさ。

あのDQNの「死んどけ！」ってセリフが忘れられなくて、復讐を決意した。

勿論《もちろん》、DQN高校に殴り込みに行くなんてことはできない。喧嘩《けんか》なんてしたこともないし。

だから、自分自身を利用することにしたんだ。

235: 以下、／(^o^)／でVIPがお送りします 2014/12/17（水）23:09:57.309
ID:X+rYK3wpp

それから俺は毎日、自分がひき逃げされた場所に花を供えた。それで、これ見よがしに手を合わせる。登校するときは勿論、近所の人が犬の散歩してるときとか、人が多い時間を狙って、一日に三回くらいやるときもあった。
そしたら不思議なもんで、俺が見てないうちに花だけじゃなくて、お菓子とかお供えしてあってさ。いつの間にか、簡単な献花台みたいなもんまで設置されてんのｗ
二か月くらい経ったら、警察から連絡があって、DQNが自首してきたんだって。
なんか、毎日男の子の幽霊が家に出て、俺を轢《ひ》き殺したな～って言うからなんとかしてくれ！って半狂乱だったらしいｗ俺ｗｗｗｗ生きてるｗｗｗｗｗｗｗ
ショボいかもしれないけど、ちょっとスカッとしたわ。

＊＊＊

思ったよりずっと良かった。

思ったより、というのは、俺が狭いアパートの一室でいび島の泡パーティーに思いを馳せていたときの思ったより、ではなく、船でここに着いて「三日間は誰とも交流するな」と言い渡されたときの思ったより、だ。

まず、何より安心したのは、文字通り見学だけで済んだことだ。

費用も安いし、最悪、見学がてら、会場の設営や、その他の雑用などを押し付けられる可能性も考えていた。しかしそのようなことはなく、ただ島内をぐるりと散策しただけだ。

ただ、ずっとついてくる蘭子が厳しく目を光らせている。

交流などとても呼べないだろうに、音楽に合わせて楽しそうに踊る男女の集団に目線を向けただけで、さっと割って入ってきて、

「移動しますよ」

などと言う。さらに、なんとなく浜辺に落ちているシーグラスを拾おうとすると、そこにも近付いてきて、

「島のものを持ち帰ってはいけません」

これにはかなりうんざりした。

諦《あきら》めて、牽引《けんいん》される牛や馬のように、ただ蘭子の後をついていく。

とにかく至る所から音楽が聞こえて来て、それに合わせて男女が踊っているので、そんな喧噪《けんそう》の中では馬子と馬のような二人組でも誰も声をかけてこない。

「蘭子さんは何歳？」

そう聞くと、蘭子は何歳に見えますか？　と言ってから笑う。面倒臭い女みたいでしょう？　と。

会話の取っ掛かりを作るための質問だが、気になったのは本当だ。

肌艶も良く、胸も尻も上を向いているから、若いと思う。しかし、妙に落ち着いていて、大学の同級生たちにはない色気を感じる。そうすると、三十代くらいなのかもしれない、と思う。

「鈴木様より上ですよ。具体的に言うのは勘弁してください」

「その、『鈴木様』というの、やめてくれないかな？」

そう言うと蘭子は、首を傾《かし》げる。丸い頰に少し皺《しわ》が入る。触ってみたくなるくらい柔らかそうだ。

「丁寧語《ていねいご》もいい。俺より上の人に、そんなふうに話されると、ちょっと」

「分かった。じゃあ、孝弘《たかひろ》君って呼ぶね」

あっさりと承諾して、蘭子は目を三日月のような形にして微笑《ほほえ》んだ。

驚いたのは、見学が終わっても、蘭子がついてきたことだ。

ホテルに着くと、真っ先にロビーを抜けた先の、貨物用のエレベーターに案内される。これもまた他者との交流を避けるためなのだろうが、徹底しているなといっそ感心してしまう。

五階にある部屋には既に荷物が運び込まれていた。

金持ちの友人のおこぼれで一回泊ったことがあるだけだが、高級ホテルのグレードの高い部屋ではまず、ここは風呂で、ここはベッドルームで、ここは金庫で、内線番号は――等々色々なことをスタッフに案内される。驚くほど良い部屋だったから、蘭子も同じようにスタッフとしてそういう説明をするために付いてきたのだと思っていたら、

「シャワールーム、先に使ってもいい？」

そんなことを言う。どういうことかと聞くと、

「外から帰ってきた体のまま部屋着を着たくないから」

ときょとんとした顔で返された。

どうも、「一緒に行動する」の範囲は俺が考えていたよりもずっと広いようだった。

文字通り、寝食《しんしょく》を共にするのだ。

クラブに行く目的は音楽を聴いて踊ること、今回はそれに加えて大量の泡を浴びることだが、それ以外にもあわよくば女と出会うことも考えていないと言ったら嘘になる。今まで、

そういうふうに出会い、一夜を過ごしたこともある。

夜寝るとき、蘭子がベッドに潜《もぐ》り込んできた。ベッドは大きなサイズのものが一つしかなかったから、当然のことかもしれない。

とにかく俺は、クラブに行かずとも、目的の一つは達成したのだった。

隣に人肌の心地よい温度を感じながら眠りに就こうとすると、蘭子が頰に手を伸ばしてくる。それを摑《つか》んで、

「なんだ？　もう一度したい？」

「違う。石」

しばらく考えてから思い出す。一日の終わりに渡さなくてはいけないという、あの石だ。ほんの少し前まで抱き合っていた相手がこのような態度だと、分かっていても少し幻滅する。そうだ、分かっている。信じられないことだが、観光客の男と寝ることも仕事のうちなのだろう。

落胆しているのがバレないようにわざと面倒そうに立ち上がり、脱ぎ捨てたズボンのポケットから石を一つ取り出した。

横からぬっと手が伸びて来て、石を奪い取る。叫びそうになったが我慢した。腕に当たった脂肪の柔らかい感触で、手の主が蘭子だということが分かったからだ。

蘭子は裸のまま、満足そうに「確かに受け取りました」と微笑んだ。

さてこのような体も心も満たされた一日目を終えて、今のところ二日目も同じように過ぎている。

蘭子についてぶらぶらと村の中を歩き回り、他人と交流せず、ただ見るだけだ。

「泡パーティーのことだけど」

若い女がはしゃぐ声を背後に俺は切り出した。

「泡？　ああ、はい、泡パーティーね」

「正直、俺の目当てはアレなんだ」

「そうでしょうね。皆さんそうですよ。興味を引きたくてやっているのだし。でも、それは四日目でないと」

「分かってるよ。参加はしない。見るだけならいいんだろ？」

俺は樹木に隠れるように建っている白い建物を指さす。ぐるりと見て回った島内にクラブのような建物は数あれど、絶対にここで泡パーティーが行われているという確信があった。外壁に「amnesia」という筆記体の赤いフォント。建物の形も本家そっくりだ。

「あの建物だろ？　毎日やってるんだから」

「ダメ。中に入るのは参加していることになる。孝弘君にはその資格がない」

観るだけならいいだろう、という俺の言葉を予測して、蘭子はきっぱりとした口調で言った。何も言い返すことができず固まっていると、

「でも、ライブ映像なら観られますよ。観たい？」

正直、動画で観るだけならここまで来た意味はない。しかし、この島では、朝も夜も音楽が聞こえる。雰囲気だけはあるかもしれない。

「そうだな……観たい、かも」

「そう。じゃ、ホテルに帰ったら、一緒に観ようか」

俺は頷いた。ふと、どこからともなく強い匂いが漂ってくる。

「ニンニク……かな？」

「そうね。あっちに、鉄板焼きの店があるの。おいしそうでしょ」

そう言われれば料理の匂いではあるのかもしれないが、レストランなどで感じる「美味しそうなガーリックの匂い」よりも、ずっと強い。どちらかというと「臭い」の領域だ。

「ルームサービスでも頼めるけど」

「いや、いいかな、俺は寿司の方が今は食べたいかも」

「そう」

じゃあ、さっさとホテルに戻りましょうか、と蘭子が言うので、俺は黙って従った。

シャワールームで一回肌を合わせた後、俺は蘭子と裸のまま、並んで動画を観る。

「これ、Singapuraじゃないか！　嘘だろ、HushHushもいる……どうやって呼んだんだ？」

「へえ、そういう名前なんだ」

「へえって……」

驚いて蘭子の顔を見る。蘭子は特に表情を変えていない。口角は上がっているが、蘭子は元からこういう口の形をしている。

「二人とも、すげえ有名なDJだよ。世界で活躍してる。たまに日本に来たりもするけど、こんな規模のハコじゃ……あっ、ごめん」

「ああ、別にいいの。それよりこっちこそごめんね、私、全然詳しくなくて」

「蘭子は、クラブの」

「私、ここから出たことないし、派手なことは知らないよ」

その割には随分性に開放的だ、という言葉を呑み込む。「都会＝性に奔放《ほんぽう》」というのはただの偏見だし、蘭子は奔放なのではなく、職務に忠実なだけだ。

動画では、ブースに設置された機械からめちゃくちゃに降り注ぐ泡で、客たちが大はしゃぎしている。

「これ、何時からやってると思う？」

「ええと……本家と同じなら、早朝、かな」

「さすが、良く知ってるね」

本家イビサ島のクラブAmnesiaでは、朝の五時半からパーティーを開催している。

「ウチも同じ」

「え？　朝から今まで、ずっと？　それは同じとは言わないかも」

「孝弘君は、ずっと楽しみにしていたから、やっぱり朝から参加したいよね」

俺が頷くと、蘭子は微笑む。

「じゃあ、明日は早く寝た方がいいよ。起きられないから」

ルームサービスで寿司を食べて、寝る前にもう一度蘭子の体を味わう。そのまま眠りたかったが、蘭子はやはり石を催促《さいそく》してきた。

＊＊＊

762: 名無しさん@おーぷん 2019/06/07（金）23:14:54 ID:Qx.51.L1
武勇伝になるかは分からないけど、結果は出たから書き込む。地元にいた時の話。
近所に村木《むらき》さんっていう優しいおじいちゃんがいる。私は子供のころから知ってたんだけど、登下校中にいつもニコニコあいさつしてくれるの。
私が高校に上がった時、いつもニコニコしてる村木さんが珍しくショボリしてるのに気付いて、どうしたの？って聞いた。そしたら、「最近家の前にポイ捨てする人が増えてね」

って悲しそうに言った。

村木さんの家には大きな庭があって、小さい子供が遊べるようにって開放してあったんだ。広いからゴミ捨ててもいいだろうみたいに思ったのかな。

私はムカついて、「ひどい、警察には言ったの？」って言ったけど、村木さんは悲しそうに首を横に振るだけだった。

優しい人だから、監視カメラつけたり、犯人探しみたいなことはしたくないんだなって思った。

でも、村木さんはもうおじいちゃんだし、掃除だってしんどいだろうなと思って、どうにかならないかなと考えた。

それで、いい方法を思いついたんだ。


763：名無しさん@おーぷん 2019/06/07(金)23:20:22 ID:Qx.51.L1
私は美術部で、絵とか得意な方。

学校にあった木材と絵具で、かなり本格的なミニ鳥居を作ったんだ。

話を聞いた友達も協力してくれて、友達は紙粘土でかわいい狛犬《こまいぬ》を作ってくれた。

それで、それを村木さんの庭先に置いたんだ。

それで毎日様子を見てたら、なんか、皆拝むようになって。お供え物とか置く人も増えてきたのね。

もちろんそんなふうだから、ポイ捨てする人もいなくなって、村木さんも笑顔で、なんかいいことしたなって思った。確かに、犯人なんか見つけても、町中の雰囲気がギスギスしてただけかもしれないし。

ただ、ここには何の神様が祀《まつ》られてるの?って通りすがりの人に聞かれたときは困った。そんな思い出。

私は結局大学から東京に出ちゃったけど、村木さん、元気にしてるかなあ。

＊＊＊

天国のような場所だ、と思う。

若干《じゃっかん》クラシカルな映画など見ると、マフィアのボスが美女を侍《はべ》らせて風呂に入っているシーンがある。俺はマフィアのボスではない。金のない学生だ。なのに、同じことをしている。

「聞きたいんだけど」

下半身を優しく愛撫する蘭子に声をかけると、彼女は手を止めてこちらに顔を向ける。

「こういうこと、誰にでもしてるの?」

言ってしまってから、風俗で説教する中年男性のようだ、と自分で思い、慌てて言葉を継ぎ足す。

「いや責めてるとか、エロい気持ちで聞いてるわけじゃなくて……ホラ、俺、格安ツアーで来たし、こんな接待受けるような身分じゃないから……驚いてて」

「してるよ。大事な体だもん」

そう言って蘭子は愛《いと》おしそうに俺の頬を撫でた。

「大事な体?」

「うん。お客様は皆、大事な体だよ。誠心誠意、おもてなししているの」

俺はどこかで聞いた田舎の風習を思い出す。外から来た旅人への最大限のもてなしとして、自分の妻を一晩貸す。この風習は、海外の一部の部族にも見られるらしい。理由は、血縁による出産の障害を避けるため、とかなんとか。

確かに現代人からすると野蛮とも因習ともとれるが、実際問題人口の流入も流出も少ない地域では、生活の知恵とも言える。おそらく、蘭子がこのようなことをするのは、この島にそういう習慣の名残《なごり》があるからなのだろう。

その名残の恩恵を俺は享受しているというわけだ。

今日は一日中部屋の中で過ごしたい、と蘭子に提案する。

「どうして？」

「だって、ここにいればなんでも揃うし、蘭子もいるし」

「嬉しいなあ」

蘭子はにこにこと、子供のように無邪気に笑った。

少し心配なのは、蘭子の様子だ。初日の船の上ほどではないが、たまにふらついたり、苦しそうに頭を抑えたりする。

「それ、大丈夫なの？」

「ああ、これは……病気とかじゃないから、大丈夫」

それに、島に入ってからは大丈夫でしょう、と思っていたのと同じことを言われ、それでは心配することもないか、と考える。蘭子は俺の恋人ではない。スタッフと客なのだから、過剰に心を砕く必要はない。

ルームサービスは値段の高い順に五種類頼んで、酒も持ってきてもらう。地酒は豊富だが、シャンパンやワインはないという。それでも十分すぎるほどだ。

微睡《まどろ》んでは目合《まぐわ》い、微睡んでは目合いする。蘭子と自分の体が溶け合うのが心地よい。食事と睡眠と排泄だけをしていると、自分が人間ではないもののように感じられる。

堕落《だらく》しきった一日だったが、最後に蘭子に石を要求され、少し醒《さ》める。勿論、これは興《きょう》醒《ざ》めということではなく、良い意味での醒めだ。

あくまで俺は泡パーティーと観光が目的なのであって、これはそのおまけのようなものだ。随分早い時間だが、朝からの運動のせいか眠気が訪れ、それに抗《あらが》うことなく眠りに落ちた。

＊＊＊

御嶽《ウタキ》は、アマミキヨが、異界のニライカナイからやってきた場所とされてきた。アマミキヨとは、海にただよう島々に草や木をうえて国土を創成したといわれる、国土創成神である女神。男神シネリキヨと三人の子供を作り、それぞれが領主、祝女《ノロ》、民の始まりとなったという。王朝は神話を重んじ、御嶽を五穀発祥の地として祈願した。祝女とは、女性神官である。

祝女の役目とは祈りである。季節ごとの祭祀《さいし》を行い、その祭祀において神を憑依《ひょうい》させる依代《よりしろ》となることが存在意義である。この宗教はアニミズムと祖霊信仰が基礎となっている。ゆえに教祖、戒律、教典がない。宗教にあってしかるべき啓蒙《けいもう》すらしない。偶像崇拝もしない。

御嶽は、拝む場所ともなっているため、拝所《ウガンジュ》とも呼ばれる。拝所には巨石が置かれており、威部《イビ》石と呼ばれ、神が鎮座《ちんざ》すると考えられている。威部石が偶像として崇拝されているわけではなく、あくまで神聖な場所として尊崇されているのである。

　祝女は原則として世襲制で、次代に受け継ぐときになんらかの認証儀礼が行われる。しかし例外的にそういった儀礼を経ず、神垂れ《カンダーリィ》と呼ばれる原因不明の体調不良になった者が祝女に任命される場合もある。神垂れは神が祝女になることを要請するもので、人間が神の意志に抗うことは不可能であり、拒んだ結果異常行動により死亡することもある。現代医学においてはてんかん、錯乱などの診断をされるが、原因は解明できていない。対症療法的に本人が信仰に従い、祝女として生きることを受け入れると症状が軽減されていくことは事実である。

　庭や広場のことをメーと呼ぶが、拝所の一段高くなった場所もまた神庭《メー》と呼び、本来は神々だけが立ち入り、遊ぶことを許される神聖な場所である。神遊び《カンダアスビ》は神庭において、神と人が饗宴《きょうえん》する祝いのことである。老若男女がひとつの家に集まり、二、三カ月の間、作りたての神酒《みき》を調《ととの》え、男は魚を獲り、女は膾《スーナイ》をつくり二、三カ月間も祝い、舞う。祝女は供え物として、ニンニク、塩、神酒を供えて、祈りを捧げる。動物が供えられることもあるそうだ。

　こうしてさまざまな祭祀を執《と》り行い、祝女は神を降ろす。神庭には一般人も立ち入ることができるが、威部に近付けるのは祝女のみである。

　一説によると威部には人の亡霊が集められている。霊所が成立し神聖な場所となれば、神

の住居として忌み避けるようになった。「忌みの場所」が後世イビと訛り、威部と漢字をあ
ててある、とのことだ。
なお、現在も地域によっては祝女・御嶽・神そのものについて調べる・語ることは禁忌《きんき》と
され、人々には絶えず畏怖《いふ》がつきまとっている。
民俗学宗教学的な面からの研究は多いものの、核心的な部分には触れられない状態である。
訪問の際には注意されたし。

＊＊＊

何か大きな叫び声が聞こえたような気がして飛び起きる。

しかし既に辺りはシンとしている。

気のせいだったのだ、と思い、枕元の時計を確認する。午前三時。まだアラームは鳴る前
だ。

急に体を起こしたからか、目が冴《さ》えてしまっていて、とても二度寝などする気は起きない。

あまりにも早すぎるが、身支度を整えてもいいかもしれない。

トランクの入っているクローゼットに近付こうとして、あることに気が付く。

静かなのはおかしい。

ここは、四六時中音楽と人の喧騒が聞こえる。朝昼晩、ずっとだ。一日目も二日目も深夜まで起きていたが、途絶えることはなかった。

本当に何も聞こえない。

それに――蘭子がいない。

トイレかもしれないと思ったが、一瞬でその可能性が頭から消える。ベッドにはぬくもりがない。

言いようのない不安感で胸が圧《お》し潰されそうになる。走ってもいないのに呼吸が荒くなり、体の中心が冷えてくる。

「蘭子」

恐る恐る呼んでみる。答えは返ってこない。

不安を増幅させるのは、「蘭子」と呼んだ声が、予想よりずっと大きく響いたことだ。

「蘭子」

情けないほど震えた声が長い廊下の先にある闇に呑まれていく。

もう一度ベッドに戻ることは考えられなかった。そんなことをしても陽気な音楽も、騒がしい人々の声も聞こえてくるようにはならないだろう。

色々なことを考える。何か事故があって、退避勧告が出た。何故か俺だけは起きることができず、蘭子に見捨てられて――

うまく頭が回らない。眠気はない。ただただ心臓がばくばくと脈打って、余計な、何の意味もない考えがずっと頭を廻って、まともに考えられない。どうしようもない。朝まで待つ選択肢もあるかもしれない。蹲《うずくま》って目を瞑って、また立ち上がる。ぞっとする。五分も経っていない。このままでは朝になるまでどれくらいかかるのか——とにかく誰かと話したかった。電波がない。外部と連絡が取れない。どうして。昨日寝る前は、使えたはずだ。メッセージも送ったし、動画も観られたのに。嫌な想像しかできない。ここにいても、不安から来る吐き気に耐えるしかない。

混濁《こんだく》した思考のまま、必要最低限の荷物だけ持って部屋を飛び出した。

何もない。

喉の奥からくぐもった悲鳴が漏れる。そうするほかない。

何もない。誰もいない。一部屋一部屋見て回ったわけではない。ただ、ここには生命の気配がない。静寂の音が脳を掻《か》き毟《むし》る。

振り返ることはしなかった。振り返った瞬間に、自分も何の気配もない場所の一部になりそうだった。

非常階段まで駆け抜ける。前しか見ない、振り返らない、何も考えない、頭の中で念じる。振り返ってしまったら、今しがた自分がいた部屋が、今見ている光景のように、まるで何十年も放置されているような外観になっているかもしれない。

非常扉を開け放つと埃《ほこり》が舞う。

叫び声を上げながら階段を駆け下りる。

どうしてこんなことになっているか分からない。階段は今にも崩壊しそうなくらい揺れ、軋《きし》む。

やっと地上に下りても、無限に続く階段を下り続けているのかもしれないと思う。真っ暗で、ただただ暗くて、右も左も、自分の足元も見えないのだから。ずっと階段を下っていてもおかしくない。何の安心もできない。足をめちゃくちゃに動かしていると、初日に潜ったゲートのことを思い出す。あれは島の入り口なのだから、出口でもあるはずだ。そこで朝まで過ごして——とにかくどうすればいいか分からないが、そうでないと、逃げられない。

そうだ、逃げる。

逃げるしかない。

足の裏がさくさくと鳴るから、浜辺を走っているのかもしれない。

灯りのついている建物は一つもない。いや、違う。建物自体、もうどこにもない。

潮風の匂いと波の音だけを聞きながら、白いゲートだけを目指して走る。三日間歩いて回ったから、方向だけは間違っていないはずだ。

うすぼんやりと光るものが見えて、間違っていないことを確信する。白いゲートの下には常夜灯が設置されている。精神を蝕《むしば》まれる暗闇の中で、その儚《はかな》い光は太陽にすら見えた。

砂に足を取られ、転びそうになりながら進むと、急に地面が平坦になる場所がある。そこで安心したのか、目が慣れたからなのか、ようやっと自分がアスファルトに立っていることに気が付いた。

「これで」

大丈夫だ、と声に出す寸前でその場に頽《くずお》れそうになる。

常夜灯ではない。

誰かが、火を熾《おこ》している。

火の前に、ゆらゆらと人影が揺れる。

もう進むことも戻ることもできない。縫《ぬ》い付けられたように一歩も動けなくなった。

こんなところで火を熾しているものが、いいものであるはずがないからだ。

気が付かれてはいけない。荒い呼吸が憎らしい。

「うまくいきました、うまく、いきました」

女の声だった。楽しそうに、少し上ずっている。

「うまくいきました。できました。うまくいきました」

普通の音声を倍速にしている。そう思ってしまうくらい、何の抑揚《よくよう》もなく、うまくいきました、と声は繰り返す。

「うまく」

声が止まる。

恐ろしいほどの沈黙があった。

そして、どこからともなく、大勢の人が歌っているような——しかし、何も見えない。炎と、その前で動く人の影しか見えない。

「幽霊船って分かる？」

声が遠くにあるのか、近くにあるのか分からない。炎がゆらゆらと揺れている。

「孝弘君、本読みそうにないけど。幽霊船は、死んだ人間の怨念が実際にある家を呪われたものにした幽霊屋敷とは違って、なにもないところにふっと現れるから、船自体の幽霊なんだって書いてある小説を読んだ」

駄目だった。土台無理だった。大声を上げて、島を走り回って、気付かれないなどということは。ここには、きっと俺と彼女しかいないのだから。

「私もそう思う。何もないところに何かあるようにすることはできるんだ」

「い、い、い」

気温は熱いくらいなのに、歯の根がかみ合わない。一体何の話をしているのかと、問うだけのことができない。

「幽霊の作り方の話を知ってる？　有名だよね。ここで誰々がこんなふうに死にました、ってお話を作る。広める。例えばそこに毎日お供え物をする。死んだ人の友達だったと思い出を話す。事故の目撃情報でもいい。そういうふうにすると、それは事実になる」

「そんな」

「ありえない？　でも実際あなたは見たでしょう。踊る人を、はしゃぐ人を、海で泳ぐ人、それに大きなクラブ、音楽、色々、あったでしょう」

波の音がする。波の音しかしない。

「元から、ここにいるのは、私とあなただけなんだよ」

さく、さく、と砂を踏んでいる。自分の足ではない。目の前に女がいる。

「たまたま、名前が近い場所があってよかった。大体の形があれば、そこに乗っかるだけ。海外のリゾート地なんか興味がないけど、名前と、少し形を似せるだけで、後は勝手についてきた」

あの臭いが鼻を衝《つ》いた。

「島を作った」

女の柔らかい手が腕に触れる。振り払うことができない。体の自由が利かない。

「うまくいきました」

そのまま、ずるずると、火の前に引き摺《ず》られる。

「うまくいきました」

女の目は何も映していない。肉だ。自分が、肉なのだと分かる。女の目は人間を見る目ではない。

「神様は、にぎやかなものが、お好きだから、うまくいきました」

宇佐美まこと

田休み

●『田休み』宇佐美《うさみ》まこと

　就労という日常と、休養《ヴァケーション》という非日常。そのバランスの乱れに気づかなくなるのが都市生活の罠《わな》なのかもしれない。たとえ就労環境が異常となりつつあっても、それは替えがたい〈日常〉として、それを癒やすための〈非日常〉を求めることすら、遠い昔の夢物語のように思えてしまう。これは、そんな都市生活者に気づきを与える異形の休養の物語。

　怪談文芸から出発した短篇の名手・宇佐美まことは、今回で《異形コレクション》に二度目の登場となる。第50巻『蠱惑《こわく》の本』所収の「砂漠の龍」では、中央アジアの砂漠に眠っていた存在が、悠久《ゆうきゅう》の時間を超えて現代の犯罪者に襲いかかるという奇想が話題を呼んだ。近刊の長篇『逆転のバラッド』（講談社）は銭湯に集《つど》う昭和世代の弱者が巨悪に挑む社会派リベンジ物語だが、理不尽な脅威にさらされた者が強者に抗《あらが》い、逆転を勝ちとるストーリーは、宇佐美まことの内在律なのかもしれない。そのマインドは、この不思議な味の怪談文芸――幻想怪奇の傑作短篇である本作にも顕《あらわ》れている。

　理不尽な日常に、一矢《いっし》報いる非日常《ヴァケーション》。私たちもそれを求めているのかもしれない。たとえ、いかに不気味なものであろうとも。

マンションのエントランスに、硬質の足音が響いた。

万穂《まほ》はエレベーターに歩み寄り、ボタンを押した。誰もついて来ていないとわかっているのに、さっき押し開いたガラスドアをつい振り返って見てしまう。

金曜日の夜だ。歩道を行き来する人は多い。足早な通行人は、誰もマンションの中の様子など気にしていない。

エレベーターに乗り込んだ時には、万穂はほっとして壁に寄りかかり、目を閉じた。

会社を出た時からまとわりついている嫌な気持ちと一緒に上階に運ばれる。

――今夜、行くから。

耳のそばで囁《ささや》かれた一言。吹きかけられた生暖かい息とともに思い出す。以前はあの言葉を聞くたびに、うつむいてぽっと頬を赤らめていたものだった。そして急いで家に帰り、いそいそと彼を迎え入れる準備を始めたのだった。

今は、おぞましい言葉にしか聞こえない。会議資料を抱えて廊下を行く万穂をさりげなく追い越す時に、そっと身を寄せて囁かれたあの言葉は、今や万穂を怖気立《おぞけだ》たせるのみだ。

相川博人《あいかわひろと》――万穂の上司であり、長年の愛人。

万穂より一回り年上で、都内の一軒家で妻と二人の子どもと一緒に暮らしている。二人がそういう関係にあることは、社内の誰も知らない。もう三年半も続いているのに、用心深く行動してきたおかげで、単なる上司と部下という見せかけの関係は、固く守られてきた。

博人と知り合った時には、彼はもう妻帯者だった。そのことがわかった上で、万穂は関係を結んだのだ。仕事ができる男だった。指導力や統率力もあり、部下からの信頼も厚かった。見栄えもよかった。鼻筋の通った精悍《せいかん》な顔つきで、贅肉《ぜいにく》のない体に細身のスーツが似合っていた。ゆえに女性社員から人気があった。彼の下に配属されてきた万穂にも親切に接してくれ、万穂も上司としての彼に好感を覚えるようになった。

初めはただそれだけだった。既婚者だということも、聞き流していた。有能で魅力的なビジネスマンには、円満な家庭が付随しているものだ。奥さんとは、社内結婚だったと聞いた。彼と他人に言えない親密な関係を結ぶとは、夢にも思わなかった。

博人が万穂に言い寄るまでは。

彼が自分に気があるのでは、と思った時には、誇らしい気持ちになったものだ。書類を渡す際にそっと指が触れる時、他の女性社員には見せない意味深な笑みを向けられる時、万穂の胸はときめいた。

だから仕方がないのだ。こんなことになった原因は自分にもある。

エレベーターの扉が開き、万穂はのろのろと廊下に足を踏み出した。外廊下の照明の向こうにある自分の部屋のドアが遠い。今夜のためにスーパーに寄って買い求めた食品も重い。ドアの前に立ち、侘《わび》しい照明が灯った廊下の向こうを一瞥《いちべつ》した、凝《こご》った闇がどこまでも続いているのみだ。つまらないことでびくつく自分を叱咤《しった》して、部屋に入った。電灯を点《つ》けながら奥に進み、ダイニングテーブルの上に買い物袋を投げ出すように置く。

エアコンのスイッチを入れた途端、椅子にどっかりと座り込んでしまった。頬杖をついて疲れた目を上げると、壁のカレンダーがまだ六月のままなのに気がついた。万穂は立っていって、カレンダーを一枚破り捨てた。こういうことを、博人は目ざとく見つけて指摘する。「だらしがない」と責めるのだ。「お前は気が利かない。仕事ができても、そういうところがダメだから、男に相手にされない」とも言う。

七月のカレンダーは、深緑《しんりょく》の山々と、その上に広がる青い空の写真だった。

「今日は田休みだ」

ふと口をついて出た言葉に、寂しい笑みが浮かぶ。

七月一日、二日は農作業を休んでくつろぐ日と決められていた。四国の農村地帯に住んでいた祖母は、よくそういうことを子どもだった万穂に教えてくれたものだ。節季《せっき》ごとの行事をきちんと守り、手をかけたご馳走《ちそう》を作ってくれた。田休みは、年中忙しい農家にとっては、待ち望んだ休みだったようだ。巻き寿司や野菜の煮物やかまぼこ、寒天で固めた羊羹《ようかん》などを重箱に詰めて、一家でどこかへ遊びにいくのだ。

亡くなった祖母が無性《むしょう》に恋しかった。仕出し料理の店を夫婦で営んでいた両親は、しょっちゅう一人娘の万穂を祖母に預けた。両親はすまながったが、万穂は祖母の家に行くのが嬉しかった。四国山地の麓《ふもと》に広がる田園地帯。稲は黄金色《こがねいろ》に実り、山から吹き下ろす風になびく。大きな川の近くで、水も豊かだった。農作業をする祖母に、いつもくっついて歩き回ったものだった。

あそこから、自分はどれだけ遠くに来てしまったのだろう。都会での就職は、自分が望んだことだった。自分の力を試してみたかった。大学をいい成績で卒業し、一流の商社の総合職に就いた時は、まだ元気だった祖母、初枝《はつえ》も喜んでくれたものだった。

二年もしないうちに祖母が死に、博人と出会った。前途洋々に見えた万穂の人生が、少しずつ色合いを変え始めた。初年度を総務部で過ごし、流通部門に異動した。そこでのエースが課長の相川博人だった。颯爽《さっそう》としていて切れ者。営業成績も群を抜いていた。だが物腰は柔らかで、誰にでも好かれる男。当時はそう思っていた。

一年ほど経って、彼と深い関係になった時、万穂は有頂天だった。妻子ある男とそんなふうになったことを、少しも後悔しなかった。とにかく、彼を独占できたことだけが嬉しかった。その先のことなど、思い至らなかった。博人との逢瀬《おうせ》、それだけがすべてだった。要するに、経験豊かな年上の男に溺《おぼ》れていたのだ。

洗練された仕草でエスコートされ、博人とレストランで食事をする。ウィットに富んだ会話を楽しむ。隠れ家的なバーカウンターで並んでウィスキーを飲む。都会の生活に慣れた博人が見せてくれる世界に夢中になった。

　今はそんなものには何の価値もないとわかっている。博人にとっては、純朴な部下をいい気にさせて自分のものにする手管《てくだ》でしかなかったはずだ。若い女を支配し、好きなだけ嬲《なぶ》るために踏むべき段階というわけだ。

　そんなことを知る由《よし》もない万穂は、シティホテルの部屋で彼に組みしだかれ、悦に入っていた。博人が望むことは何でもしてあげたいと思っていた。それが選ばれた自分がやるべきことだと、一途に思い込んでいた。肉体だけではない。精神面においても彼の癒《いや》しや支えになっていると、愚かにも信じていたのだ。

「妻との間は冷え切っている」

「もう何年も前から寝室は別だ」

「彼女は子どもの教育だけに没頭していて、夫のことには気が回らない」

「万穂とこうしている間だけが安らぎだ」

　今思うと、笑ってしまうほど典型的な口説き文句だとわかるのに、その当時は疑うことがなかった。その後二年の間に、一度妊娠をした。博人に乞われて堕胎《だたい》した。

「いずれ妻と別れて君と一緒になるつもりだ。そうなるまで、しばらく待ってくれ」

　どうしてあんな言葉を真《ま》に受けたのか。その時には、博人は万穂のマンションに足繁く通ってくるようになっていたから、彼の気持ちが自分だけに向いていることは確かだと思っていた。

だが子どもを堕《お》ろしてから、自分の立場を少しずつ自覚し始めた。不安が喜びに勝るようになった。このまま関係を続けていて、どうなるのだろう。今のままでは、私はただの愛人でしかない。こんなことを望んでいたわけじゃない。もっと別の道が開けていたはずなのに、それを自分から潰してしまったのではないか。堂々巡りの思考に疲れ果てた。

博人の妻が三人目の子どもを妊娠したと聞いた時は耳を疑った。彼の嘘が露《あら》わになったのだ。そして自分自身がどれほどバカだったか思い知った。

別れを切り出した。すると博人は怒り狂った。それまでの二年で、彼の本性のようなものが見え始めてはいた。自分本位で身勝手で、感情が先走る。会社で見せることのない姿を、万穂には見せるようになっていた。それもまた、選ばれた女性だからこそだと思っていた己《おのれ》を呪った。時に口汚く愛人を罵《ののし》り、床に押し倒して暴力的なセックスにふける。なんとか耐えてきたそういう行為がエスカレートしていった。

「別れようなんて、お前の口から言えると思ってんのか。このバカ女が」

殴られ、足蹴《あしげ》にされた。逃げようとする万穂の髪の毛をつかんで仰向《あおむ》かせ、顔を近づけてくる。

「お前みたいな女を愛人にしてやってんだぞ。有難《ありがた》いと思え」

そのまま頭を床に打ちつけられた。

「謝れ」と言われ、土下座させられた。あまりの屈辱に身が震えた。博人は、ソファに座って見下ろしていた。

「それでいい」

唇の片方を持ち上げて、嫌らしく笑う。

それからは、同じことの繰り返しだった。もはや逢瀬などというものではなかった。彼が部屋に来る時は、完璧に掃除をして料理を整えて待つ。それでもどこかしら不満な点を見つけてねちねちと皮肉を言われ、挙句の果てに手が出、足が出る。博人は仕事でたまったストレスを、愛人をいたぶることで解消していた。万穂はそれに最も適した女性だったというわけだ。愛されたわけでもなんでもない。それに気づくのに二年もかかった。

万穂を泣き叫ばせておいて、激情に駆られた刺激的なセックスに及ぶのだ。愛人は、妊娠中の妻相手では発散できない性欲のはけ口でしかなかった。

ほとほと疲れ果て、彼とどうにかして別れられないかと考えあぐねる万穂に、博人は言う。

「お前はこれからもずっと俺に奉仕するしかないんだ。逃げようなんて思うなよ。そんなことをしたら、会社にいられなくしてやるからな。会社だけじゃない。世間から隠れて生活しないといけなくなるぞ」

全身から力が抜けた。まだ博人に愛されていると思っていた頃、ベッドでの恥ずかしい姿態を写真に撮らせていた。全裸で恍惚の表情を浮かべた写真を。

なんてバカなことをしたことか。万穂は唇を噛んで、うつむくしかなかった。もはや、横暴な愛人に隷属《れいぞく》するしかない。精神的にも支配され、彼の訪問を機械的に迎え入れることが最良の方法だと思うようになった。心を殺して生きる月日が流れていった。季節の移ろいもわからない。何を食べても味がしない。この世のすべてに背を向けて、淡々と生きてきた。

「おばあちゃん……」

カレンダーに向かって、呟いた。

涙が浮かんできた。祖母ならこんな時、きっといい知恵を貸してくれるに違いない。そうだ。あのおばあちゃんなら――。

私のことを一番わかってくれていた人だった。

祖母、初枝から聞いた、彼女が子どもの頃の体験談は、決して忘れることはない。特に最近は、繰り返し頭の中でなぞっている。

――よくお聞き。あたしが小さい頃の話だよ。奇妙で恐ろしい物語を。

ややかすれた祖母の声が蘇ってきた。

よくお聞き。あたしが小さい頃の話だよ。

ちょうど今の万穂くらいの時。そうだね、九つか十の時の話だ。

あたしの本当の父親は戦争に取られて死んでしまった。戦死の公報が届いた後、農家だった家は父さんの弟が継いだ。叔父さんは所帯を持っていて子どもが三人いたから、あたしや母さんは居場所がなくなった。実家も貧しくて、あたしたちを引き取れないと言ってきた。だから母さんは、あたしを連れて隣り村の農家に嫁《とつ》いだんだ。そういう女はあの頃はいくらもいたよ。旦那が戦死して行き場を失い、仕方なく別の男と結婚する女がね。女手一つで子どもを育てるなんて、考えられない時代だったから。

新しい父さんは、実の父さんと違って、愛想がなくて怒りっぽい人だった。娘になったあたしなんかとはろくに口をきかなかったね。あたしもあの人は大嫌いだった。だからきっとそういう気持ちが伝わったんだろうよ。

家には、新しい父さんの両親もいたし、父さんの弟や妹たちもいた。大家族だ。田んぼや畑はたくさんあったから、やらなければならない仕事もいっぱいあったんだ。皆で野良仕事に精を出していた。それでも食べていくのがやっとだったよ。田んぼでは米と麦、畑ではキユウリ、ナス、瓜《うり》、カボチャ、人参に大根、ジャガイモに豆類、何でも作った。

山では少しばかりのミカンも作っていたね。秋になったら、天秤棒《てんびんぼう》で担いで山からミカンを下ろすのは骨だったろうよ。それでもあれはいい収入になったみたいだ。豆腐も味噌も手作りだった。

母さんは、朝から晩まで働き通し。野良仕事だけじゃない。家族の食事の支度に洗濯、掃除。何もかも押し付けられてた。山菜採りから保存食作りまで。じいさんもばあさんも厳しい人だったから、ちょっとの手抜きも許さないんだよ。あたしの相手をする暇なんかなかったね。

あたしだって働いたさ。学校から帰ると井戸から水を汲み、風呂に溜めて沸かしておく。焚《た》きつけにする薪《まき》も、近所の子らと連れ立って山から採ってきたもんさ。叔父さんたちが刈ってきた草を、牛にやるのもあたしの仕事。牛は田んぼを耕すのに、どこの農家でも飼ってたね。食事の支度が済むと、羽釜《はがま》や鍋を洗うように言われて、一人家のそばの小川で洗ったもんだ。気候のいい時はいいけど、冬は辛かったよ。手がかじかんで。

父さんは、普段は無口なのに、酒を飲むと嫌なことばっかり言うのさ。母さんを責めるようなことをね。それを聞いている他の家族は、にやにや笑っているきり。誰も母さんの味方なんかしてくれない。母さんは可哀そうだった。あんなに働いているのに、まだ文句を言われるなんて割に合わないと、子ども心にも思ったよ。

一番責められるのは、母さんが子どもを産まないこと。農家の嫁として、たくさんの子を産むのが仕事なんだって。

「兄ちゃん、嫁さんの可愛がり方が足らんのじゃないかな」

なんて下品なことを弟に言われ、父さんはぶすっとしてた。母さんはうつむいて聞こえない振りをしてた。

「このままじゃあ、初枝にこの家まるごと盗《と》られるよ」

叔母さんの言葉にあたしもうつむいた。

身を粉《こ》にして働く母さんは認められず、子どもを産まないことばかりを責められた。母さんの連れ子で、あの家では血のつながりのないあたしは邪魔者でしかない。

子どもが生まれないのは母さんのせいじゃない。しょうがないだろ？　それでもからかうようなことを兄弟に言われて、父さんはだんだん機嫌が悪くなる。自家製のどぶろくが一升瓶からどんどんなくなっていくのを、母さんもあたしもこわごわ見ていた。酔った父さんが、乱暴になるのはいつものことだから。

他の家族もそれを知っているから、早々に寝間《ねま》に引き揚げる。囲炉裏のそばには、父さんと母さんとが残る。あの時の母さんの顔といったら。恐れ、悲しみ、情けなさ、いろんな感情が混ざり合った顔だった。あたしは赤ん坊のようにぐずって母さんにまとわりつこうとするんだけど、叔母さんの一人に引き剝がされてしまう。

「初枝の布団はこっちに敷いてやるよ」

ぐいっと腕を引っ張られて、叔母さんたちの部屋に引き入れられる。そこで酔っぱらった父さんが、母さんをぶったり茶碗を投げつけたりする音を聞くのは地獄だったね。

翌朝、痣《あざ》をこしらえた母さんの顔を、皆は見て見ぬ振りをしていた。父さんを咎《とが》める人は誰もいなかった。あたしはアロエを採ってきて、母さんの痣に塗ってあげたもんさ。そうするとね、母さんは腫れた瞼《まぶた》を持ち上げて寂しそうに笑うんだ。あれには心が痛んだ。ようやく子どものあたしにもわかった。この家にお母さんが迎えられたのは、働き手が欲しかったこと。それと子どもを産んでくれる人が欲しかったからなんだって。父さんはずんぐりむっくりした体形で、顔も不細工だし口もうまくないから、到底嫁の来手がなかったんだと思う。

「子持ちの後家をもらってやったんだから」

そんなふうにじいさんやばあさんは言っていたけど、父さんは村の若い娘には嫌われていたに違いないよ。家族も性格がひねくれた人ばっかりだったしね。あんな家に誰が嫁に来るもんかね。

それでも、ここで生きていくしかないんだ。そう思うとね、悔しくて情けなくて涙が出たよ。学校へ行ってる間は楽でいいと思ったけど、あたしが家にいない間、母さんはこき使われているんだろうな、また父さんに虐《いじ》められているんじゃないかなと思うと、じっと座って授業を受けているのが申し訳ない気持ちになった。

そんな暮らしにも慣れれば慣れるもんだ。諦《あきら》めっていうのかねえ。他に行くところがなかったし、子どものあたしにはいい方法が思いつかなかった。

後から考えると、もっとひどい環境で育っている子はいたかもしれない。戦後すぐの農家の子どもはよく家の手伝いをしていたよ。男の子の中には一人前に、山の奥から炭を背負子で担いで下りる子もいたね。炭は炊事や暖房に必要なものだった。山の炭焼き小屋で、親が焼いているんだよ。クヌギやナラ、樫《かし》が多かったから。

　万穂には想像もできないだろ？　でもそんな生活が当たり前だったのさ。たくさんの作物を作っていたけど、口に入るのは麦ご飯や芋入りの雑炊《ぞうすい》だった。収穫した作物は売って生活費に変えたからね。それでも食べるもんがあるだけましさ。町では食べるものがなくて、飢えている子もいっぱいいたって話だ。

　そんな一年の中で、誰もが心待ちにしているのが田休みだ。働き詰めの農家が、七月の一日、二日と続けて休めるんだから。ちょうど農作業が一段落した頃だ。田植えの前後は、とにかく忙しいからね。春先から苗代《なわしろ》作り、田打ちと田掻き、そして田植えが済んだら田の草取りと息つく暇もないのさ。

　田植えの前には、夕飯を終えてから一家総出で月明かりで苗を取る。片付けを終えると日付けが変わっている。父さんが翌朝早くに田の水の見回りに出るので、母さんは二時間ほど横になると、もう起き出して朝食の準備にかかる。もたもたしていると、父さんに怒鳴り散らされるから、びくびくしていたよ。

　そんな田植えが終わってのお休みだから、皆浮き浮きしていた。うちでは、山場の温泉に一泊で出かけるのが習いになっていた。だけど、それには母さんもあたしも連れていってもらえなかった。そんな時も母さんは、皆が持っていくお弁当を用意させられるんだから、ひどいもんさ。普段は食べられない白米でバラ寿司を作ったり、もち米でおはぎを作ったり、てんてこ舞いでお重を用意して持たせて、その挙句に置いてきぼりっていうわけだ。

「家を空けるわけにはいかない。牛や鶏もいるし、誰かが残って番をしないと」

バカの一つ覚えみたいに毎年同じ理由を言われた。あたしは温泉に行ってみたかったけど、そんなことを言うと、母さんが辛がるから黙って我慢していたよ。ある時、母さんがバラ寿司をちょこっと丸めてあたしの口に押し込んでくれたのを見つかって、ひどく怒られていたことがあった。口に含んだ美味しいはずのバラ寿司が、苦い味に変わってしまったもんさ。

とにかく、あたしが九つか十の時の田休みの時の話だ。

家族一同は、一台のトラックに乗り合わせて出かけてしまった。荷台にも叔父や叔母が座っていて、残る母さんとあたしを見下ろしていた。

「いいね。ちゃんと草刈りをして、牛の世話も手を抜くんじゃないよ」

トラックの窓から顔を出したばあさんが言った。それからもっとたくさんの用事を言いつけて、皆はワイワイ言いながら出発していった。とてもゆっくりできるような留守番じゃなかった。すぐにでも働き始めないと、翌日の夕方までには終わらない仕事を押し付けて行くんだ。帰って来てから、母さんの仕事ぶりを点検して嫌みを言うために、そんなことをするのさ。父さんはまた母さんを殴るに違いない。

今いる家は家じゃない。一緒に暮らしている人たちは、家族じゃない。母さんは使役用の馬や牛と同じだし、あたしの姿はあの人たちには見えていない。あの人たちが憎くて仕方がなかった。

トラックが土煙の向こうに見えなくなった時だった。母さんは、長い間、ぼんやりと道の向こうを見ていた。しばらくして、あたしの手を引いて歩きだした。

「どこへ行くの？」

訊いても母さんは答えない。ぐっと前を向いて、唇を真一文字に食いしばっていた。いつもの優しい母さんとはまるで違って見えたんだ。何かを決心したような横顔だった。だから、あたしも黙って手を引かれていった。

母さんは、土手に向かってずんずんと歩いていった。少し行ったところにある天神川《てんじん》へ。万穂も知っているだろ？ 河原の広いあの川だよ。

母さんは土手を越えると、足を緩《ゆる》めることなく河原を横切り、ジャブジャブと川の中に入っていった。あたしは迷わず一緒に水の中に入ったのさ。母さんが何をしようとしているのか察していたけど、怖くはなかった。天神川の幅は広く、中央付近はそうとう深いということは知っていたよ。渦を巻くほど流れも速い。だからさ、母さんはここで死ぬつもりなんだろうとわかった。でもやっぱり怖いとか、やめようとかは思わなかったね。あたしを道連れにしてくれて嬉しいと思ったくらいだ。

暮らしがきついのは我慢できる。でもあの人たちと暮らすのはもう御免《ごめん》だと思った。これからも長い月日を、人間の心を持たない人々と暮らすくらいなら、死んだ方がましだった。特に母さんは、もう逃げる術《すべ》がないんだから。

どんどん川は深くなり、あたしは胸の辺りまで水に浸かった。それでも母さんは先に向かって歩いて行くんだ。波が顔に当たり、口の中に水が入ってきた。母さんは、一点を見詰めたまま、深みに向かって行こうとしていた。あたしは目をぎゅっとつぶって、母さんの手を強く握ったんだよ。

その時だった。

「おおい！　おおい！」

岸の方から誰かが呼ぶ声がした。はっとして振り返ると、河原に男の子が立っているのが見えた。

「おおい！　おおい！」

男の子は、しきりにこっちに向かって叫んでいる。その声に、あたしは足を止めた。そして母さんの手を強く引いたのさ。

「母さん」

母さんは、驚いたみたいに大きく目を見開いてあたしを見下ろした。

「母さん、戻ろう。戻ろうよ」

あたしは川底を足で擦《す》りながら、後退した。母さんは、体の力を抜いた。

「――そうだね」

母さんは、川の真ん中にいる自分たちのことが信じられないという顔をしていた。それから大きく息を吐いて、岸に向かって歩き始めた。まるで憑《つ》き物が落ちたみたいだったよ。よくもまあ、あんなところまで行けたもんだと思うような深くて流れの急なところから、あたしたちは苦労して引き返した。無事に岸に着いた時には、安堵《あんど》のあまり、あたしはワンワン泣いた。母さんも泣いていた。

あたしたちのすぐそばに、あの男の子が立っていた。あたしたちが家に向かって歩き始めると、男の子もついてきた。あたしは振り返り、振り返りしながら、家に戻った。あの子のことは、母さんには見えていない。それはちゃんとわかっていたから、あたしは何も言わなかったのさ。

あの子には見覚えがあった。

その前の年のお盆のことだよ。村の行事で川施餓鬼《かわせがき》というもんがある。今はもう廃《すた》れてしまったけど。天神川の河原に村人が集まって、塔婆《とうば》や色とりどりの幡《はた》を流すんだ。これは川で溺れて死んだ人を供養する行事だそうだ。大人たちはそれだけで帰ってしまうけど、子どもは河原に残って、今度は盆飯《ぼんめし》というものをやる。本当は別々の行事だったらしいけど、いつの間にか同じ日にするようになったんだって。

盆飯は、子どもだけで河原で煮炊きをして、その場で皆で食べるというもんだ。河原の石でかまどを作り、ササゲを入れたご飯とカボチャを煮る。それを柿の葉に盛って、自分たちが食べる前に川にも流してやるんだよ。これは川で死んだ人にやるご飯だと言われてた。ササゲご飯はご馳走だから、子どもたちは盆飯を楽しみにしていた。川に流すのはほんのちょっとで、後は全部自分たちで食べてしまう。いつもお腹を空かせていたあたしも、この日は遠慮なくササゲご飯を食べられるから、嬉しくて仕方がなかった。でも村の子にはあまり馴染めなかった。向こうも連れ子でやって来たあたしを色眼鏡で見ていたしね。虐められはしなかったし、村の行事には一応入れてくれていたけど、あまり親しい友だちはいなかった。

その日も年長の子が柿の葉に盛ってくれたご飯をもらうと、他の子からは離れた場所で食べようとした。河原に生えたオニグルミの後ろでね。そこであの男の子に会ったんだ。その子を見たときはぎょっとしたね。どうにもおかしな子だったから。

恰好からしておかしかった。絣《かすり》の着物を着ているんだけど、色褪《いろあ》せてボロボロで、帯の代わりに縄を締めている。その上に裸足《はだし》だった。あの頃だって、そんな子はいやしない。皆、洋服を着て、裏がゴムの靴を履いていた。

男の子の頭は体のわりに大きくて、横に引っ張られるみたいに幅ったい顔だった。それに釣られるように口も横に伸びて大きい。目も異様なほど離れている。ぐりぐり動く目の玉は、別々の方向を向いているみたいだった。それから不揃いの髪の毛が額に垂れているんだけど、よく見たら、髪の毛には黒っぽい藻《も》がいくつもへばりついているんだ。

ああ、この子はもう死んでいるんだな、とすぐに思ったね。ずっと昔に川で溺れて死んでしまったのさ。そういえば、生臭い臭いがぷんとした。川底の石にくっついている黒い藻や、死んだ魚が発するような臭いだった。

あたしはね、うんと小さい時からそういうものを見聞きしてしまうことがたまにあった。数日前に死んだはずの人が、いつもと変わらない野良着《のらぎ》で鍬《くわ》をかついでうちの前を通っていくのを見たり、屋敷神《やしきがみ》さんを祀《まつ》っている小さな祠《ほこら》から、ひっきりなしに鈴が鳴り響く音を聞いたりしたもんだ。本当の父さんが戦争に行っている時、夜中にわっと泣き出して、母さんがいくらなだめても泣きやまないことがあった。あの時、多分父さんは、南の島で死んだんだと思う。

大人に言うと、怒られるか気味悪がられるとわかっていたから、この世のものでないものを見ても、黙っていることにしていた。特に母さんと新しい家に来てからはね。

その男の子は、あたしの手元をじっと見ていた。柿の葉に乗った盆飯をね。いかにも欲しそうだった。あたしもあれを食べるのを楽しみにしていたんだけど、急にその子が可哀そうになった。きっと川の中で飢えていたんだろう。さっき流した盆飯は、他の亡者《もうじゃ》に食われてしまったに違いない。

あたしは黙って盆飯を差し出した。男の子は、さっとひったくるようにそれを受け取ると、あの大きな口をパクリと開けて、柿の葉ごと一口で食べてしまった。呆気《あっけ》に取られて見ているあたしに、にかっと笑ってみせると、そのままくるりと背中を向けて、ヨシの繁みの中にガサガサと分け入ってしまった。

それっきり、男の子を見ることはなかった。

それなのに一年近く経って、死んだ子はまたあたしの前に現れた。それも川で死のうとしたあたしたちを呼び戻してくれた。あの子が岸から呼びかけてくれなかったら、あたしも母さんも溺れて死んでいただろうね。おかしなこともあるもんだ。川施餓鬼をするのは、川で死んだ人の霊を慰《なぐさ》めるためだって言われてた。それをしないと、川遊びをしている時に、川の中に引きずり込まれるんだと大人は子どもに言い聞かせていたんだ。あの男の子は逆のことをしたわけだ。

前の年に、あの子に盆飯をやったあたしを助けてくれたんだろうか。そうかもしれないね。あの後起こったことを考えるとね。

あの子は田休みの間中、あたしのそばから離れなかったよ。もうすぐ冷たくて意地の悪い人たちが帰ってくるという時まで。その時が近づいてくると、あたしは気が重くて苦しくて吐き気がした。母さんは、言いつけられた仕事の半分くらいしかやれていなかった。あの人たちが戻ってきてから、どんなことが起こるか想像はついた。

母さんをいたぶるのが、田休みの最後の娯楽というわけだ。母さんも暗い顔をして、それでも休むことなく働いていた。母さんには田休みなんてもんは関係ないんだ。一生ここで働かされて、体を悪くして死んでいくしかないんだ。そう思うと、むらむらと怒りが湧いてきた。どうにかして母さんを助けてあげたかった。

陽が傾いた時、家の外に出ると、まだあの男の子はそこにいた。大きな頭に濡れた藻をくっつけたまま、裸足でぺたぺたとあたしに近づいてきて言ったんだ。

「殺してやろうか？　なあ、殺してやろうか？」

あたしはじっくりとその子を見たよ。あたしよりも小さくて、六つか七つくらいに見えたけど、死んだ子の歳なんてわからない。男の子は、河原からうちについて来てから、ずっと同じ文言《もんごん》を繰り返していたんだ。

「殺してやろうか？　なあ、殺してやろうか？」

もちろん、何のことを言っているのかあたしにはわかった。あたしの考えていることが、なぜかこの子には伝わったんだなと思った。あたしがもうすぐ戻って来る人たちを心の底から憎んでいることを。でもこんな小さな死んだ子に何ができるというのだろう。だからずっと聞こえない振りをしていた。自分の醜い心を見透かされたようで嫌だったんだ。

その後、あたしが牛に草をやっていても、井戸から水を汲んで風呂を満たしていても、ぴったりくっついてきて、あの子は同じことを言うのさ。あんまりしつこいから、ついに男の子に向き合った。追い払うつもりだった。

いや、どうだろう。ほんとは戻ってくる人たちをどうにかして欲しかったのかもしれない。この世からあの人たちが消えてしまったらどんなにいいだろう。この家で、母さんと二人で暮らせたら――。そう思ったことは確かだ。

だからね、あたしは男の子の問いかけに「うん」と答えたんだよ。

男の子は、あたしの返事を聞くと、前と同じようににかっと笑って、すたすたと川の方へ歩いていった。

その日の夕方、うちの家族の乗ったトラックが、温泉からの帰り道の崖から転落した。細い道から真っ逆さまに落ちたんだそうだ。何十メートルも下へね。誰も助からなかったよ。父さんも、じいさんもばあさんも、叔父さんや叔母さんたちも、皆死んでしまった。

崖下には川が流れていて、その中に車ごと沈んだんだそうだ。だから、生きていた人がいたとしても、溺れて死んでしまっただろうね。そのことを聞いた時、あたしは納得したもんだ。川で死んだ男の子が、川の中に引きずり込んでくれたんだなって。

あのおかしな男の子のことは、誰にも話してない。今、万穂に初めてしゃべったのさ。

あの後、母さんは家も田畑も相続して、あたしと二人で暮らすようになった。夢のような生活だったよ。野良仕事は相変わらず大変だったけど、あたしも母さんを手伝って働いた。そんなこと、全然苦じゃなかったね。あの人たちにこき使われて虐《しいた》げられていた時に比べたらね。

それから一人娘のあたしは、お前のおじいさんを婿養子にもらってこの家を継いだんだ。おじいさんは優しい人だった。あたしの母さんを大事にしてくれたしね。

もう何十年も前の話だけど、時々、あの男の子のことを考える。あの子はあたしの望みをかなえてくれたんだろうか。田休みの日、あたしのそばに現れた子は、あたしにつきまとって同じ言葉を繰り返した。

「殺してやろうか？　なあ、殺してやろうか？」って。

あの時拒んだら、うちの人たちは死なずに済んだんだろうか。そういうことを考えて悩むこともあった。だけど、どのみちあたしは「うん」と言っただろうね。あの子はあたしが「うん」と言うまでしつこくつきまとっただろう。そんな気がするんだ。

ああいう子が現れたら、もうその通りにするしかないんだ。だって、あれは、あたしの強い願望が生んだ子どもに違いないんだから。


どうして祖母は万穂にそんな話をしたのか。

その理由を万穂は知っていた。彼女も祖母初枝の異能を少しだけ受け継いでいたからだ。

子どもの頃は、たまに不思議な体験をした。祖父の葬式の日に、祖父が自分を呼ぶ声を聞いたり、バス停でバスを待っている時、このバスには乗りたくないと駄々をこねて母を困らせたりした。万穂と母が乗らなかったバスは、衝突事故を起こして運転手は亡くなり、乗客の何人かはひどい怪我を負ったのだった。

バスが近づいて来た時、万穂には、運転手の顔がぐしゃりと潰れているように見えたのだ。

「万穂の我がままのおかげで助かった」

そんなふうに母は言って父や他の人を笑わせたけど、祖母は笑わなかった。後でそっと万穂を呼んで忠告したのだった。

「いいかい、万穂。あんたはその力を怖がることはないんだよ。きっとそれはあんたを助けてくれる。だけど、あんたがそんな力を持っていることは、むやみに他人に言うんじゃないよ」

万穂はそう言われて、コクンと頷《うなず》いたのだった。

遠く、懐かしい思い出だ。大人になるにつれて、万穂のそうした能力は消滅していった。都会に出て、忙しさに紛《まぎ》れるうちに、かつてそんな不思議な体験をしたことも、祖母と言い交わした約束も忘れ去った。

一時は、自分のことを成功した人間だと思っていた。努力を惜しまずキャリアを積み上げて会社で昇進して、理想的な伴侶《はんりょ》を得る——そんな夢を抱いていたのだった。田舎に残った友人たちが羨《うらや》むような生活が、都会でかなえられるはずだった。つまずくことなど思いもしなかった。

いや、すぐそこにあったはずなのだ。博人に出会いさえしなければ――。

万穂はのろのろと立ち上がった。いつの間にか時間が経っていた。一時間もしないうちに、博人がやって来る。急いで着替えを済ませた。夢想にとらわれていた頭を、無理やり現実に引き戻す。

キッチンに戻ってきて、買い物袋から食材を取り出した。下ごしらえの済んだサクラマスが二尾《び》、サラダ用の野菜、生ハム、チーズ。白ワインは冷蔵庫の中で冷えている。料理を始める前に、テーブルをセッティングしなくては。そういうところにも、博人はこだわる。

「生活臭を出すなよ。お前の部屋は俺の別荘なんだよ。そういうふうに思わせられないなら、愛人失格だ」

頭の奥がじんじんと痛んだ。テーブルクロスを新しいものに替え、ランチョンマットを並べてカトラリーも丁寧に並べた。ワイングラスにも一点の曇りもないことを確かめた。

鱒《ます》の香草《こうそう》焼きを作るため、予熱してあったオーブンの鉄板にサクラマスを並べた。料理を始めると機械的に手が動き、余計なことを考えないで済む。そこが有難い。万穂は一心にサラダ菜と胡瓜《きゅうり》を刻んだ。料理をテーブルに並べたら、簡単に化粧も直しておかなければならない。鏡に向かって、愛人の気分をよくするために微笑《ほほえ》んでみる時の惨めさは、今は考えないようにしよう。

それでもチャイムが鳴ったらびくっとし、空っぽの胃が痙攣《けいれん》するのはどうしても抑えられない。

「何だよ、その顔」

玄関で、きっと博人は言うのだ。

「もっと嬉しそうな顔ができないのか」

できるはずがない。それがまた顔に出てしまう。いつだったか、青ざめた顔で出迎えたのが気に入らないと、テーブルの上の料理をすべて手で払い落されたことがあった。割れた皿やグラス、散乱する料理を見て、情けなくて辛くて号泣してしまった。そこがまた彼の逆鱗《げきりん》に触れたのだった。

あの時は悲惨だった。

「泣く間があったら、汚い床を片付けろよ」

涙が止まらず立ち尽くす万穂に、さらに惨い言葉が投げつけられる。

「お前の顔も汚い。見たくもない。さっさとやれ」

床を片付けようとかがみ込んだ万穂を、博人が後ろから押さえつけた。ぐじゃぐじゃになった食べ物の中に、顔を突っ込まれた。起き上がろうとする万穂の背中に馬乗りになった博人は、いかにもおかしそうに笑ったものだ。

「お前の顔は雑巾《ぞうきん》と同じだ」

きっと会社でうまくいかないことがあったのだろう。このところ、博人の営業成績は振るわない。別の部署から異動してきた課長補佐に、物流部門のエースの座を奪われかけている。相川課長は、よそに異動させられるという噂も、ちらほら囁かれるようになった。思い通りにいかない鬱屈《うっくつ》は、思い通りになる愛人を虐待して晴らすのだ。万穂はもうこの地獄から逃げようという気力をなくしてしまった。ただ今のこの時を、どうやってやり過ごすか、そこだけに心を砕くようになった。

ステーキのグレイビーソースとマッシュポテトに塗《まみ》れた万穂の顔を見て、博人の嗜虐《しぎゃく》性に火がついた。ブラウスをその場で破り取られ、汚い床の上で犯された。万穂の背中に割れたグラスの破片が刺さって痛さに声を上げたが、そんなことにはおかまいなしだった。そういったことは、彼を昂《たかぶ》らせる要素の一つに過ぎない。

あの時の傷は、醜《みにく》い痕となって万穂の背中に残っている。

あんなことにならないように、細心の注意を払わなければならない。どうにか機嫌よく帰ってもらうために。あと二か月で赤ん坊を産む妻の許へ。

クレソンをちぎって野菜サラダの上に散らす。生ハムを載せれば出来上がりだ。手の中のクレソンに、涙が落ちた。ああ、だめだ。泣いた痕跡を見つけたら、博人はまた不機嫌になるに違いない。化粧を慎重に直さなければ。

オーブンがチンと鳴り、鱒の香草焼きが出来上がったことを知らせた。真っ白な皿を二枚用意し、天板を抜き出した。背後で、ペチャペチャと音がした。誰かが歩いてくる音。濡れた裸足で。万穂はそれを聞かなかった振りをする。天板から、ターナーを使ってサクラマスを一尾取り出した。

ペチャペチャペチャ——。

さらに足音は近づいてくる。リノリウムの床の上。気のせいにしてしまうには、あまりにもはっきりした音だ。

万穂はターナーを手にしたまま、くるりと振り返った。

そこに男の子が立っていた。絣の着物に縄の帯。平板で大きな顔の真ん中に低い鼻。離れた目をゆっくりと瞬《しばたた》かせる様は、カメレオンのそれを思わせた。髪の毛はべったりと濡れて、せり出した額に張り付いていた。目を凝らすと、よじれた藻が混じっている。ぷんと立ち昇る生臭い臭い。川の底から来る臭い。

体を強張《こわば》らせるのみの万穂の方に、男の子は手を伸ばしてくる。それでも身じろぎ一つできなかった。男の子は、ターナーの上に載ったままのサクラマスをわしづかみにすると、ひょいと口に持っていった。乱杭歯《らんぐいば》の生えた口がパカリと開いた。まるごと一尾の鱒は、難なく男の子の口に収まった。

バリバリと骨を嚙み砕く音を、万穂は聞いていた。鱒を呑み込んでしまうと、男の子はにかっと笑った。祖母が話してくれた通りだった。

この数日、万穂の近くにこの子は現れていた。そのことに気がついていたが、見えない振りをしていた。自分以外の人間には見えていないと知っていたから。駅のホームの人込みの中に、通りかかったコインパーキングの精算機のそばに、この異形《いぎょう》の子を見た。児童公園のブランコで揺られていたこともある。誰もこの子に注意を払っていなかった。

だから万穂は、びくびくしながらしょっちゅう周囲を窺《うかが》っていたのだった。

どうしてこんな子を見てしまうのだろう。とうに忘れていた。子どもの頃に鋭かったある種の感覚のことは。

男の子は、指についた汚れを着物に擦《なす》り付けた。

それからおもむろに口を開いた。

「殺してやろうか？」

万穂は息を呑んだ。半ば予想していた言葉ではあった。それでも急いで背を向けて、流し台に向かった。震える手で生ハムのパッケージを開いて、薄い一枚一枚を俎板《まないた》の上に並べた。

男の子は、万穂の真横に来てまたあの文言を口にする。

「殺してやろうか？　なあ、殺してやろうか？」

無視をした。見えていない、聞こえていない。こんな子はいない。自分に言い聞かせる。

——きっとそれはあんたを助けてくれる。

祖母の声が耳のそばで囁いた。

男の子は、さらに万穂に身を寄せてくる。濡れた着物が腕に触れる。生ハムを切り分けている万穂の腕に。その冷たさに戦慄《せんりつ》する。

万穂はほうっと息を吐いた。なぜなんだろう。なぜこの男の子は現れたのだろう。誰かを憎む気持ちが極限まで高まった時、この子はそれを見抜いてやって来るのか。それともそうした負の感情が私に見せる幻影なのか。

「殺してやろうか？　なあ、殺してやろうか？」

万穂は手を休めない。生ハムを載せたサラダにドレッシングを振りかける。だがもうわかっていた。きっと私は「うん」と答える。この子はそう答えるまで、しつこくつきまとうのだと祖母も言っていた。

もう博人は駅からこのマンションに向かって歩いている頃だ。今日はどんな趣向で愛人をいたぶるか、思い巡らせて含み笑いをしながら歩いているだろう。そういえば、あの道沿いには、川が流れていた。コンクリート護岸《ごがん》のかなり深い川が。昨日雨が降ったから、増水しているだろう。

万穂はゆっくりと頭を回《めぐ》らせて男の子を見やった。離れた両目が万穂をとらえた。胸の悪くなるような臭いを発しながら、男の子は万穂の答えを待っている。

もう「うん」と言うしかない。

だって今日は田休みだもの。

篠たまき

記憶の種壺

●『記憶の種壺』篠《しの》たまき

ヴァケーションという非日常には、南国の幻想がよく似合う。

たとえば、熱帯の野生の中で大胆に恋を求める主人公。ジャングルの魔術的な生物が人に化身《けしん》して女性と愛し合うトリシュ・ジェーンシュッツの短篇「リベリニョス」のような気味の悪い異婚譚《いこんたん》も、あるいは、大アマゾンの半魚人や、かの巨大類人猿の異類の欲望に至るまで、南国幻想は、恋愛という〈非日常〉を増幅させる。

それはとりもなおさず、都市文明の〈日常〉が個人を抑圧していることへの裏返しとして解釈できるのかもしれない。篠たまきが描き出す本作の女性主人公も、仕事や家族の日常に抑圧され、そこから逃げ出すようにして南国の招きを受けるのだが、そこには恋愛すらも超えるほどの、想像を絶する熱帯の魔法が待っている。

篠たまきは、《異形コレクション》では二回目の登場。前巻『超常気象』参加作「とこしえの雨」ではエロティックなまでの恐怖シーンが話題を呼んだが、本作では出世作『やみ窓』(角川ホラー文庫)の主人公とも通底する孤独な女性の解放が描かれる。

この作品もまた、熱い話題を呼びそうである。

たぷん、と容器の中で重たい流動体が揺れた。

ずしり、と重量が偏り、足がよろめく。

この液体は同量の水よりも重い。歩くたびに重心が振れて加重が肩を軋《きし》ませる。

普通に歩けばこれほど時間はかからないのに。夜間とはいえ、よく知った道なのに。

辿《たど》り着いてやる。闇に紛《まぎ》れて歩き切ってやる。誰にも止めさせはしない。

汗ばんだ髪をかき上げると、ぬらり、と手が濡れた。

卵色の月光の中、指が赤く染まっていた。

ああ、そうだ。これは汗ではない。鮮血だ。

うかつだった。身体は洗ったのに、髪は流さなかった。

飛び乗った列車はとても空いていた。私はキャップを目深《まぶか》にかぶっていた。だから短い毛髪が血塗れているのに誰も気がつかなかったのだ。

彼方に家々の灯りがまばらに散らばる。道路には街灯が点々と並ぶ。人魂《ひとだま》のように過《よぎ》るのは自動車のライトに違いない。

人の世の営み、短い命のひしめきあい、その儚《はかな》さが哀れで笑ってしまう。

人が見たら私の姿は異様なのだろう。

けれども楽園の箱庭には迎え入れられる。

なぜなら私には豊潤《ほうじゅん》な腹があるから。そして、歩いて動ける足があるから。

前に注ぎ込まれた種子は芽吹かずに枯れた。

だからもう一度、種を受けるために向かうのだ。

呼ばわる気配が夜風に乗って伝わって来る。

彼らは知っている。私が一歩一歩、近づいているのを感じ取っている。

あと少し。もうじき行き着くことができる。

透明な壁に囲まれた悦楽の庭園を目指し、そこに息づく愛《いと》しい者達を求め、私は夜道を一歩一歩、進み続けて行った。


有給消化の名目でまとまった休みを取らされた。

飲食チェーン店の仕入れ管理システムの最終納品が終わったばかりの時だった。

元から無理な予算と日程のプロジェクトで、現場には泣き言と怨嗟《えんさ》が飛び交い、仕様変更が波状《はじょう》攻撃で押し寄せ、無能な上司は納期延長の交渉もせず、当然のようにエラーが発生しまくってクライアントが激怒した、という案件だ。

上層部は再発防止策の検討より先に処罰対象を模索し、見せしめの選出に邁進《まいしん》した。

　こんな時、人身御供《ひとみごくう》にされる社員に共通点がある。都内のある大学の卒業生ではない、という点だ。

　我が社には今も学閥《がくばつ》が厳然と存在している。昇進に有利なのは特定の大学の出身者だけ。彼らはブラックな部署に配置されないし、失策をしても降格にならない。それは入社数ヶ月にして見せつけられ、思い知らされたこの企業の因習なのだ。

　主任クラスのうち、私を含む学閥圏外の数人が処分を受けるのは明白だった。絶妙のタイミングで労働基準監督署の査察が入り、有給消化率向上のための捨て石にもされた。

　休み明けには降格か減給のいずれかが言い渡されるだろう。

　憂鬱《ゆううつ》な休暇一日目は寝て過ごし、二日目は朝からジムに行ってたるみ切った身体を酷使した。

　翌日、一人ぐらしの部屋で筋肉痛に耐えていたら母から電話が来た。

　つい出てしまったのが失敗だった。

「あら？　この時間、仕事じゃないの？」

　軽く舌打ちをする。だったらなぜ「この時間」にかけるのか。

「留守電を入れておこうと思ったのよ」心を読んだかのように言われる。「ろくに返信もしないんだもの。今日、平日よね？　家にいるの？　忙しいのに？　具合でも悪いの？」

　うんざりした気配を察することなく声が続く。

「春先は暇になるって言ってたわね。連休はこっちに来てよ。お正月も帰らなかったし」

連休も帰らない、と答えたら畳み掛けられた。

「蓮《れん》と晴《はる》の入学祝いはどうするつもり？」この二人は兄の子供達だ。「お祝いを送って済ませるつもり？　仕事ばっかりで良い人はいないの？　独身のままの人生って寂しいわよ」

「ごめん、これから出社だから」

嘘をついて電話を切った。きっと夜までメールかメッセージがいくつも届くことだろう。

疎《うと》ましさと親を邪険《じゃけん》にした自責でますます気が滅入《めい》るから散歩に出ることにした。

我が家から徒歩三十分ほどの所に小さな植物園がある。家にいるより温室で花でも見る方が気が晴れるはずだ。

冷たい空気の中の散歩は意外に爽快で、辿り着いた温室の中はむっとするほどあたたかい。

他に客もいないから飾り程度に置かれたガーデンチェアに腰かけて上着を脱いだ。

目の前には小さな紫のスミレが咲き連なり、かすかな風に蝶のように揺れている。

根元のプレートに書かれた説明によると、雌《めす》の蝶に擬態《ぎたい》した可憐《かれん》な花で雄《おす》を呼び、粘つく葉で補食する食虫植物なのだとか。

併記された採取地は「菫島《すみれじま》」。こちらはずいぶんロマンチックな名前だ。

座ったまま見上げるとソテツやガジュマルに似た樹々から細い葉の蔦《つた》がみっしりと垂れていた。素人目にはどこまでが樹の葉で、どこからが蔦の葉なのかわからない。

天井付近には巨大な鳥にも似たファンがまわり、ぬるい空気を攪拌《かくはん》している。ゆらゆらと揺れるスミレに淡い眠気を感じた時、蔦の葉が、ぱらり、ぱらり、と散り落ちた。

落葉の季節でもないのに？　と思う。そして亜熱帯樹林の落葉っていつ？　と考える。肉厚の葉は頭の上に落ち続け、払うと短い髪に絡み込む。コットンシャツの襟元から衣類の間に入る葉もある。

帰ってから取ろう、と思ったのはたまった疲労と温室の気怠《けだる》さのせいだろうか。

ぼんやりと小さな樹林を眺めていると彫像のような男の姿を思い出す。

ほんの小さな頃に見た人だ。彼はベンチに腰かけてヤシかシュロのような樹を見上げ、とても静かに泣いていた。

それは遠い記憶。懐かしく、甘い情景。同時にいたたまれなく、割り切れないできごとだ。葉の匂いと土の臭気はきっとあの時と同じ。郷愁《きょうしゅう》が苦い。けれどもガラス越しの陽射しは妙にあたたかく、私はとろとろ浅い眠りに落ちて行った。

「お客様、閉館のお時間となります」

控え目な声で起こされ、寝顔を見られた恥ずかしさに勢い良く立ち上がると、軽い立ちくらみに樹々の濃緑が揺れた。

照れ笑いを浮かべて温室を立ち去った時には「菫島」という島に行こうと決めていた。

木陰で昼寝をしよう。スミレが咲き、蔦が垂れる森を散歩しよう。泳ぐには早いけれど釣りくらいはできるだろう。両親には出張とでも言っておけばいい。

調べてみたら菫島は宿泊施設が完備されたリゾート地だった。

「白砂と原生林の離島で過ごす日々」

「あなただけの手つかずのパラダイス」

陳腐なコピーを安直に信じたのは、温室での甘い倦怠感《けんたいかん》に酔ったせいだったのか。あるいは単に職場や実家にまつわる鬱屈《うっくつ》を忘れたかったためなのか。

それ以上は調べもせずに浜辺のコテージを予約した。そして現地で「ものは言いよう」の常套句《じょうとうく》を思い知らされたのだった。

「菫島に旅行者は珍しいなあ」

古びた小型船の運転士が、キャリーケースを持つ私に言う。リゾート地より漁港が似合いそうな、真っ黒に日焼けした男だった。

「暇をもてあますぞ。潮が良い日に俺が沖の無人島に連れてこうか？」

それを聞いて他の乗客が笑う。誰もが顔見知りの地元民のようだった。

「船渡しさん、小蔓島《こづるじま》に行っても何もないし」

「あそこはタネノケが出て危ないぞぉ」

聞き慣れない単語に私は、タネノケ？　と聞き返す。

「小蔓島にいる樹の化け物で『種の怪』と書くんだ」

「タネノケに魅入《みい》られると自分から海に入って溺《おぼ》れ死ぬと言われてなぁ」

「で、溺死体は必ず小蔓島に流れ着いてタネノケの餌《えさ》になるとさ」

怖いですねえ、と相槌《あいづち》を打つ私に日焼けした客達が口々に教えてくれた。

「要は無人島に長居するのは危いって意味で」

「小蔓島の辺りは潮が変わりやすくて、すぐ船が動かなくなるから」

明るく屈託のない人々だった。けれども島での退屈な時間がはっきりと予測できた。

うんざりせずに笑顔で聞いていられたのは朗《ほが》らかで開けっぴろげな雰囲気のためだろう。

珊瑚礁《さんごしょう》も熱帯魚も望めそうにない海を渡り、リゾートと呼ぶには所帯臭い島に接岸し、そこに迎えに来ていたのが「シーサイドコテージ」という名の民宿の息子だった。

「見る場所もない島ですいません。観光サイトだけやたら派手で……」

挨拶《あいさつ》もそこそこに恐縮する姿がいじらしく見えた。荷物を持とうとする手の肌は美しく、小麦色にむらなく焼けていた。

「自分は海を見てのんびりしたくて、だから、その、とても良い場所だな、と……」

「そうですか？　なら良かった！」

私の社交辞令に彼は人懐《ひとなつ》こい安堵《あんど》の表情を見せた。

「海は四方にあるし、土日は釣り船が出るし、近くの無人島にも行けますから！」

背は私と同じくらいだろうか。Tシャツからのぞく腕や首筋の筋肉がしなやかだ。帽子のつばの影ではつぶらな瞳が輝いている。

親しくなったのは好きなバンドが同じだったせいなのか、視聴するドラマが共通していたからなのか。

少年のようにも見えた彼は、実は役場に勤める社会人だった。大した見所もない島で私の話し相手になり、夜はビールとつまみを持って訪ねて来てくれたものだ。

「島をあげて観光開発した時もあるらしいけど」私の泊まるコテージ、と言うよりは離れ小屋で酒を飲みながら彼がぼやく。「泳げる浜も釣り場も狭いし、景色は普通で、土産物もなし。高齢化は進む一方！」

確かに観光の見所がない。小さな海水浴場はあっても、北に海苔《のり》と貝の養殖場が隣接し、南に貧相な船着き場が見えている。

「手つかずの原生林」と謳《うた》われた森は関東圏の雑木林と大きくは変わらない。スミレは咲いていたけれど、豊かに整えられた温室とは違い、薄汚れた花がまばらにあるだけだ。

けれども原生林の方から風が吹く時だけ温室の樹々と似た匂いが漂い、少しだけリゾート気分を味わわせてくれた。

「島で若い人をいっぱい見たけど？」私はビールを啜《すす》りながら無難なことを言う。「あたた

「養殖場か役場くらいしか勤め先がないからたいていは高校を出ると海を渡って就職。婚活も島の外でばっかり」

「君も島を出たい？」

「機会があればね」

彼は曖昧《あいまい》に笑ってビールを飲んだ。

缶の結露が浅黒い指を伝い、なめらかな肌を撫でる水の粒が羨《うらや》ましいと私は思う。

水滴はつるつると指から手の甲、手首から腕へと伝い、肘《ひじ》の先で丸い雫《しずく》に変わった。

球形の滴《したた》りを見て、ふと質問が口を突く。

「ねえ、もし真昼にベンチに座って泣いている人がいたらどうする？」

「何それ？　心理テスト？　普通にどうしたんですか、って聞くけど？」

「そうか……ここでもそれが普通かな……」

「だって島の人はみんな知り合いだし。あ、でも島の外の知らない土地では別。見ないふりするよ。ナンパとか思われても嫌だし」

その言い方がおもしろくて少しだけ笑った。そして、そうだよね、やっぱりね、と安堵して笑い続けた。

「何だよ、いきなりおかしな質問して急に笑い出して！　変なの！」

彼も一緒に笑い出したのは酒の勢いだったのか。それともからりと明るい性格だったからなのか。

あの夜、原生林の方から風が吹き、開いた窓から森と土のどこか扇情的《せんじようてき》な匂いが流れ込んでいた。

彼に惹かれたのは、島での時間を楽しめたのは、そんな何気ない朗らかさと原生林から吹くなまめかしい風のお陰だったのだろう。

私がまだ幼い頃、実家から車で三十分ほどの場所で器物損壊事件があった。

健康ランドに併設された温室のガラスが叩き割られ、何者かが中に侵入したのだ。盗まれた物はなかった。当時は防犯カメラなどなく、夜間で目撃者もなく、犯人は見つかっていない。

事件のほんの数日前、私達一家はその施設に行っている。たしか温水プールとバナナ園のパフェが目当てだったはずだ。

パーラーを目指して兄とふざけながら温室を歩いていたら、木陰のベンチに男の人が座っていた。

子供連れが多い場所に大人の男性一人は珍しい。何気なく顔を見ると、彼は頭上の樹を見つめてほろほろと涙を流していた。

小さな私は驚いて、とっさに見ていないふりをした。

だって人のいる所で大人が泣くのは普通ではないもの。子供にわからない事情はいっぱいあるから。

けれども兄はためらいもせず声をかけた。

「こんにちは！　なんで泣いてるの？」

「放っておいてくれ……」

男の人が透明な涙を落としながら言った。

彼はおせっかいな子供に目を向けもしなかった。

その姿はどこか神秘的で、何かの本で見た古代の彫刻のようだと私は考えた。

風もないのに垂れ下がる蔦が悩ましく揺らぎ、ぱらぱらと肉厚の葉を落としていた。

男の人の涙がつるつると頬を伝って顎《あご》の先で丸く、透明な雫を結ぶ。

「行こうよ」私は兄のシャツを引っ張った。

「だめ、そんなの無慈悲だもん」兄はおぼえたばかりの難しい言葉で拒む。

「どうした？」追いついた父が聞く。

「知らないお兄さんが泣いてる！」甲高《かんだか》い子供の声に数人の見学者がこちらを見た。

「あら本当だわ。どうしたの？」母がよそ行き声で優しくたずねた。

「おい、君、どこか怪我でもしたのか？」父がとても親切そうに続ける。

男の人はこちらを見ようともしなかった。

彼の上には間断《かんだん》なく小さな葉が落ち続けていた。

「具合が悪いんじゃないの？」

「係員を呼んでやろうか？」

彫像めいた顔に苛立《いらだ》ちが滲み出た。

「泣くだけじゃわかんないよ！」

兄が大声を上げると同時にその人は立ち上がり、そのまま早足に立ち去ってしまったのだ。

「また来るから……今度こそ種を受けに来るから……」

去り際に、彼が樹上に向けてつぶやいた声が耳に残る。

黒髪に絡んだ葉が可憐な髪飾りに見えたことが今も忘れられない。

「なんだか変な人ねえ」

「僕、かわいそうだから声をかけてあげたのに」

「お兄ちゃんは優しくて良い子だなあ」

大人が泣いていたら見ないふりをした方がいいのに。そう考えたのは一家の中で私だけのようだった。

感覚が家族と違う、と感じ、ぞっとするような疎外感と後ろめたさに怯《おび》えたのは、あの時が最初だったはずだ。

温室ガラスが割られる事件は、その数日後に起こった。

物騒《ぶっそう》なニュースに両親と兄は、怖いなあ、悪い人もいるんだね、などと言い交していたものだ。

「また来るから……」

石像のような、どこか人間離れした男の言葉を思い出し、彼が人のいない夜中に温室に来たのでは、と考えたのは私だけだったに違いない。ガラスを割ったのは何か大切な目的のためでは？　とも思ったけれども決して口にはしなかった。

育つにつれて家族との小さなずれが重なり、両親とそっくりの価値観を持つ兄に引け目を感じ、実家を出て就職してからは年ごとに帰省の回数が減っていった。

このまま親不孝者として静かに見放されていくに違いないと、少なくともあの頃はそう考えていたのだ。

菫島の男に恋をした。少なくとも恋心を抱いたと感じたのは漂う森の香りに酔ったせいかも知れない。

温室の花や葉は物憂《ものう》かったけれど、野生の樹々は猛々《たけだけ》しく官能的だった。あの濃厚な香りを嗅いでいるだけで情欲めいた気分がかきたてられてしまうのだ。

初めての口づけはタネノケが出るという小蔓島を歩いた時だった。

三日月の形をした無人島は菫島の方向に丸い入り江を持ち、反対側に樹々を茂らせ、遠くからは海に浮く原生林にしか見えなかった。

二人で浜に足を踏み入れ、灰白色《かいはくしょく》の砂を踏みながら振り返ると、ここまで運んでくれた小船から煙草《たばこ》の煙がのぼっていた。

「船渡しのおっちゃん、一服して船で昼寝か」彼がそう言ってくわえ煙草に火を点《つ》けた。

「潮の流れが変わりやすいんだよね？　寝ていいのかな？」

「熟睡しても潮の音はわかるって」

菫島の人々は喫煙に大らかで、公道でも浜辺でも誰もが堂々と煙草を吸っている。電子煙草ではなく紙巻き煙草の方が粋《いき》だとかで、臭いや副流煙《ふくりゅうえん》に文句を言う人はいない。湿った海風が吹くから強風でも火が消えないライターが必需品だ。

そのおおらかさが爽快だった。喫煙者がガス室のような喫煙ブースに閉じ込められるオフィスとは違う。分煙《ぶんえん》が今風だと信じてだだっ広い公園に喫煙ボックスを設置する実家の辺りとも異なっている。

砂浜を歩いて島の大半を占める原生林に近づいた時、ぽろぽろと何かが私のハーフパンツからこぼれ落ちた。

さらさらとした砂の上に黒ずんだかたまりが散り、海風で森の方へと飛ばされて行く。

「何か落ちたよ」足に引っかかったかけらを彼が拾い上げた。「これ、お茶の葉？　ドライフルーツ？」

「何だろう？　どこでくっついたのかな？」

茶葉にしては湿っぽく、厚ぼったい。ドライフルーツと呼ぶには薄っぺらだ。

海面に反射する光が眩《まぶ》し過ぎて落ちたものの細部が見て取れない。

何の前触れもなく海風が凪《な》ぎ、原生林から湿った植物と土の匂いが押し寄せる。

その香りに触れた時、ぞわり、と震えが湧き、全身が切ない熱を帯びた。

突然の感覚に戸惑い、大きく呼吸をすると原生林の植物臭が鼻粘膜《びねんまく》にしみ込んでゆく。

嗅覚と記憶が結びつき、大きな声をあげる。

「思い出した！　温室の葉っぱだ！」

「温室？　葉っぱ？　何それ？」

私は自宅の近くにガラス張りの温室があることを説明してから続ける。

「蔦の葉が落ちて服に入ったんだよ。あの時と同じジーンズとスニーカーで来たからこのパンツにもくっついたんだ！」

「近所に温室なんかあるんだ？　都会はしゃれてるなあ」

「あの温室を見て菫島に行こうって決めたんだ。あのさ、今度うちに来て一緒に温室を見に行かない？」

つるりと誘い文句が滑り出て、言った私自身が驚いた。

「え？　あの、それって泊めてくれるってこと？」

帽子のつばが作る日陰から黒い目が見つめていた。

旅の解放感もあっただろう。森の香りに心が波打ったせいもあるはずだ。

「うん、今度、うちに来てよ」

「いいの？　行ってもいい？」

うなずいて見つめたら彼がためらいながら唇をよせた。

それは潮と森と煙草の匂いの口づけだった。

海からまた潮風が吹きつける。樹々の香りが流し去られ、砂浜に落ちた葉が、ころころ、ころころ、と原生林に転がって行った。

海鳥が甲高く鳴き、陽光は強く輝き、照り返しが黄金色に散乱する。

何もかもが眩しい島なのに、原生林だけが霧に覆われてゆく錯覚に囚《とら》われた。

垂れ下がる蔦が細かく震え、全ての葉が水蒸気を吐き散らし、周囲をねっとりと霞《かす》ませているように見えたのだ。

樹々の薫香《くんこう》に吸い寄せられて、と言ったらいいのだろうか。食虫するスミレに惹《ひ》かれる蝶のように、と表現した方がいいのだろうか。私はふらふらと霞む原生林の方に歩き始めていたのだった。

けれども森に踏み込むことはなかった。なぜなら背後から彼が腰を抱き、また煙草の匂いの口づけをしたからだ。

惹きつけるのは孤島の原生林？　それとも朗らかな島の男？　自分の心がわからない。どこに行きたいのかもつかめない。

太陽が眩しい。目を閉じると瞼《まぶた》の裏が暗い。波がさざめき、森がぼやけ、肌に当たる風の向きがまた動く。

「潮が変わるぞ！」

突然、船渡しの声が響き、朦朧《もうろう》とした気持ちが明るい砂浜へと引き戻された。

「すぐ戻れ！　船を出すぞ！」

慌《あわ》てて走り出すと、彼が手を引いてくれた。

足元の砂がむきだしの脚を打つ。隣で彼が細かい砂を蹴り上げる。ジーンズの裾やスニーカーに砂が何粒も潜り込むのを、私の目はなぜかはっきりと捉えていたのだった。

休暇が終わり、島を離れ、自宅に戻り、仕事を再開しても彼との仲は続いていた。頻繁《ひんぱん》に連絡を取り合い、またあいたい、一緒にいたい、と愛の言葉を交し、将来はどちらの土地に住もうか、などと夜ごと真面目に語りあっていたものだ。

職場で降格や減給はなかった。学閥の中枢にいた役員の不祥事が露呈し、得意先が入札制を導入し、混乱の中で私達の処分は立ち消えになったらしい。

煩《わずら》わしかったのは両親や兄からの電話だ。

休暇中、連絡を無視していたら親が心配して勤務先に問い合わせたのだ。結果、休みならまず帰省を、親兄弟の情を無下にして、お兄ちゃんみたいに良い家庭を、といった説教をしつこく聞かされるはめになった。

それでも残業が減り、時間に余裕ができたのは喜ばしい。彼が訪ねて来た時に休める生活は悪くない。離れてくらす恋人との逢瀬《おうせ》はこの上なく幸福で甘美だった。

はっきりと記憶に残っているのは二人で植物園に行った日のことだ。

ガラス張りの温室に入ったとたん、菫島の男は「すげえ」と小さな声をあげた。

「島の草木だ！　でもおしゃれに植えられて別の種類みたい！　潮風や台風がなきゃこうなるのか。葉を喰う虫もいないもんな。良い肥料を使ってそうだし」

「確かに自然のものとは雰囲気が違うよね」

「あれ？　このスミレ、島にあるのと同じ？」彼が白いプレートの文字を読んで驚く。「雑草も大事にされるとこんなにでかく育つんだ！　ええと、こっちの豪華な樹と蔓は……え？　採取地が小蔓島？」顔を少し曇らせ、次に冗談めかして続けた。「こんな所に持って来てタネノケが憑《つ》いてたらどうする？」

「小蔓島のお化けって樹に憑くんだ？」

「うん、だから無人島の草木を持ち帰るなって。大昔、調査に来た学者が固有種があるって言ったせいかも知れないけど」

島の名前が出た時、しなだれる蔓が震えて空気を乱したように感じられた。

同時に植物の薫香が強くなり、小島で感じた情動がよみがえった。

「ねえ、どうしたの？」彼が聞く。「急に黙り込んでさ？」

目の前の樹々が滲《にじ》む。吐き出される水分で霧を作ったかのように。

「顔が赤い」彼が耳元で囁《ささや》く。「熱でもある？」

「ちょっと暑いせいかも……」

「じゃ外で冷たいものでも飲もう」

樹々がさらに霞む。樹液や樹脂の香りで血中に甘い分泌物が混じり込むかのようだ。

彼は感じないのか。濃くなってゆく霧が見えていないのか。

視線を下げると彼のスニーカーの縫い目から、ぽろぽろ、ぽろぽろ、と灰白色の砂が落ちていた。

あれはタネノケの島の砂だ。

砂浜を走った時に入り込んだものだ。

細かい砂粒をどうして見て取れたのか。

なぜ小蔓島の砂とわかったのか。

木道のゆるい傾斜を細かな砂粒が転がり、湿った土に落ちた時、樹々の発した歓喜に肌が震えた。

蔦の葉が頭上にほろほろと落ちる。肉厚の葉が私達の髪や襟の奥に混じり込む。この葉はどこかに付着する。私達のうちどちらかが小蔓島に行けばそこにこぼれて、故郷の森に戻るのだろう。

肩を抱かれて温室を後にした時、背後に喜悦が満ちていた。それがあえかな匂いに変わり、幸福な気持ちにさせていた。

温室を出たとたん、彼に抱きしめられた。

「笑った顔がすごく色っぽいから」

耳元で囁かれたけれど、近くの見学者達が露骨に眉をひそめている。

「ごめん、つい……」

私に軽く突き離され、彼は照れた様子で煙草をくわえた。取り出した銀のライターは外出用のトライバル模様のものだ。

フロントホイールが小さく鳴り、大きな炎が煙草の先を派手に焼いた。

「しくじった」彼が慌てて火を消す。「島は風があるから火を強くしたままで……」

次の瞬間、周囲に甲高い電子音が鳴り響き、温室の自動ドアが人もいないのにするすると開き始めたのだ。

何が起きたのかわからずにいると、少し離れた管理室から職員が駈け出して来た。

「すみません！　ここ、禁煙なんです！」

「え？　そうなんですか？　すみません」

彼は携帯灰皿でまだ長い煙草をもみ消した。

「あ、園内は禁煙かも。すみません！」

私も謝罪する。自分が喫煙しないから禁煙エリアを全く意識していなかった。

スタッフが制御盤らしきものを操作すると鳴り続けていた電子音が止み、自動ドアがゆっくりと閉じてゆく。

頭を下げる私達にスタッフが説明してくれた。

「かえって驚かせてすみません。ええと、防火設備が古くて感度を上げてまして。だからちょっとの煙でも、安全のために自動ドアが開いちゃうんですよ」

前に担当した飲食チェーン店でも採用されていたパニックオープンというシステムだ。火災発生時、人が閉じ込められないようにドアロックを全て解除するのだ。

「この間なんか管理室の工事で火気作業しただけで温室のドアが閉じなくなっちゃって」

システムの過剰な反応をスタッフも持て余し気味のようだった。

「こっちは禁煙の場所が多いよね」彼が戸惑い気味に言う。「俺、また変な所で吸っちゃいそうだからライター、預かってよ」

ジーンズのバックポケットにライターが差し込まれ、金属に移った男の体温が布越しに感じられた。

あのトライバル模様のライターは今も私の手もとにある。

「そっちで使うから置いといて」と言われ、そのままになってしまったのだ。

後で振り返れば短い、浅いつきあいでしかなかったと思う。

いい歳をした大人同士だ。恋愛に身を任せても現実はついて来ない。私が島に住んでもきっと職はなく、いずれ退屈に倦《う》むだろう。彼も役場レベルの待遇をこちらで得るのは難しいはずだ。

頻繁に行き来していたのは半年ほどで、冷めたのはあちらが先だった。

休みを取って遊びに来るたび、島の男は都会の目新しさに驚き、喜び、はしゃぎ、そしてすぐに、あからさまに飽きていった。

どこも人だらけで、喫煙や路上駐車や大声に対して嫌になるほど厳しく、電車移動が煩雑な都市を彼は好きになれなかったのだ。

温室に足を向けたのは別れた直後だった。

家には彼の物が残され、体温や体臭すら染みついたままに思える頃だった。

部屋にいるのが苦痛で外に出た休日、目的もなしに歩いていたらガラス張りの温室に辿り着いていたのだ。

街路樹は赤や黄色に色づいていたけれど、温室の中は夏を閉じ込めたかのように暑い。入館した時間が遅かったせいか、曇天《どんてん》だったためか中に人はいない。白いガーデンチェアに腰かけて、目の前の草木と同種の植物が、あの男の島にあるのだと考える。

樹々を見つめているとさらに古い記憶もよみがえり、実家近くの温室でひっそりと涙をこぼしていた男を思い出す。

あの人はどんな悲しみにくれていたのだろう。それとも落ちる樹の葉を見て感傷的になっていただけなのだろうか。

自分の目からも涙が落ちる。下瞼に溜まった涙に視界が曇り、目の前に茂る島の樹木が揺らぐ。

ハンカチで目元を拭く。それでも葉の輪郭《りんかく》はぼやけたままだ。

急激な湿度の増加を皮膚が察知した。

樹々が気孔《きこう》を広げて身中の水分を撒き散らしているのだ。

ガラス壁の向こうでは重たい雲に亀裂《きれつ》が入り、金の夕陽が漏れ出した。

一条の光を受けて植物達がぞよめく。

空中の微細な水粒が密度を増すと、身体の奥が呼応して熱を帯びた。

この感覚は無人島で感じたものと同じ。島の男と温室に来た時の疼《うず》きと一緒。

濃密な空気をかき分けて、一筋の蔓が小蛇のようにくねり出た。透明な樹液が滑り、先端に丸い雫をためている。

それが頬に触れ、皮膚が濡らされた瞬間、植物の意志が、願いが、そして過去の有り様が私の中に流れ込んで来た。

遠い昔、種が離島に落ちたこと。芽吹いて葉を伸ばし、島の土壌に茂ったこと。全身を叩く海の風、雨粒の打擲《ちょうちゃく》、表皮を焼く陽光の熱、それらが私自身の生々しい感覚として捉えられていた。

波にさらわれて塩水に浸かる膨圧《ぼうあつ》も、火山に炙《あぶ》られた後に根が吹く蠢動《しゅんどう》も、枯れてゆく昏迷《こんめい》も、全てが明瞭に再生された。

「今はあたたかいガラスの中で茂っている」樹々の心が流れ入る。「島の一株が人に連れられてここに根を張ったから。未知の滋養を与えられ、雨風に晒《さら》されず、虫に喰われることもなく……」

私は島の情景とそこに住む男を想いながらたずねる。

「ここを好きになってくれた？　島に戻らなくてもいい？」

「ここは良い場所」模糊《もこ》とした意思が応じた。「長い休みを得て静かに茂って、力を蓄えた気がする」

ここにずっといるんだね、島を離れて生きるんだね、と私は問う。

「島に戻る」静かな意思が伝わって来た。「ここは安楽。でもここはだめ。種を結んで地に落としても育たないから」

「育たない？　どうして？」

「ここの樹は一種一株だけ。余計な株は除かれる。土の中は根がいっぱいで増え辛い。外と遮《さえぎ》られて種を運ぶ虫も風も来ない。だから島に種を……」

「種を？」

「あなたはここで茂った葉を身体につけて島に渡った。島の株がそれを嗅ぎ取って、島の砂をつけた人間がここに来るよう人の心を動かした。そして、あの男が運んで来た砂には島の樹々の願いが染みていた」

忍びよる蔓には透明な粘液がぬめり、先端に雫が滴っていた。

「島の樹々は温室の記憶を欲しがっている。だからここの小さな風に花粉を泳がせて、どうにか種をこしらえた。この種を島に連れて行って欲しい」

樹々の囁きに心が浸り込む。もちろんそれは声などではなかったけれど。

「温室で安楽に茂った記憶が島の森に必要？」

植物達がひくついて困惑に似た気配を放った。

「わからない。ただ記憶は多い方が良いから。たくさんためておけば変化にあわせやすくて、生き永らえやすくて。人間で言えば休暇のような記憶もいつか活きるかも知れないから」

何本もの蔓がくねって触れてくる。肌を湿らせる雫は樹液の香りだ。

「それにここでは」流入する心が続ける。「いつも土が人に踏まれて根が痛かった。葉を枯らしたくても養分を与えられた。踏まれる土で生きる術《すべ》を、人間が作った栄養を適度に吸う方法を島に伝えたい。記憶を刻んだ種が島に運ばれて芽を吹いて、島の株と交われば記憶を継ぐ芽が生える。だから……」

「私に種を運んで欲しいと？」

うなずく気配、求める意志が伝播《でんぱ》した。

拒むことなど思いもしなかった。甘い霧を吐く者達に求められることをしたかった。

樹々の側に歩きよると蔓がうねうねと巻きついた。足元を草が愛撫する。

濡れて広がった気孔から水分が蒸散され、微細な水粒が周囲をもやつかせ、肌に湿度が同化する。

意識が溶けかけた時、突然に耳障《みみざわ》りな異音が楽園に響き渡った。

無粋《ぶすい》な音を立ててガラス扉が開いていたのだ。

人影がひとつ、温室の中に踏み込んで来た。

陶酔を打ち破られて思い出す。いつか見た彫像めいた人のことを。そして彼に執拗《しつよう》に話しかける親子がいたことを。

私なら許さない。今の恍惚《こうこつ》を壊されたらきっと黙って立ち去りはしないだろう。

目の前を緑の作業着を来た人間が歩く。

木道にゴム長靴がぺたぺたと鳴る。

「入り口、よし。出口、よし。火気、なし。忘れ物、なし。未退館者、なし……」

その者は温室のあちらこちらを指差しながら声に出し、やがて湿った長靴の音を響かせて外に消え失せた。

私は見つけられなかった。

樹の陰にいたせいに違いない。乳白色の薄靄《うすもや》に包まれていたせいもあるだろう。

ガラス戸の閉じる音が低い残響になり、外では雲間からの陽光が闇に溶け、私は植物達が蠢動する暗がりに残されたのだった。


なまあたたかい闇の中、蔓が私に絡んで衣服に忍び入る。

くねりが触れると、皮膚や血に熱が湧く。

あの島で感じたものと同じ。これは植物の匂いで喚起《かんき》される欲動だ。

「種を埋めさせて」植物が懇願《こんがん》する。「生き物に宿れば乾かない。動物は自力で遠い所に行ける。海に入れば潮が島まで運ぶから」

冬虫夏草《とうちゅうかそう》という名が浮かび、次に島に向かう船で聞いた話が脳裏を過る。

魅入られると自分から海に入って……

必ず小蔓島に流れ着いて……

受け入れたのは植物の匂いと霧に肌が溶ける心地良さのせいだ。

濡れた蔓が全身を探り、口から、鼻から、尻から体内に潜ろうとする。

「ここがいい……」

蔓達が腹の上で嬉し気に震えた。

そして、つぷり、と先端《せんたん》を臍に潜り込ませたのだ。

奥を破り、腹を突き抜ける痛みに悲鳴を上げる。

「ここでなければいけないから」

もがく私に宥《なだ》める心が流れ込む。

「口では飲まれて腹でこなされてしまう。鼻や尻に入れたら出されてしまう。耳や目の辺りには養分の脂が少ないし」

蔓先が奥深くへと突き入った。

身体は動かない。幾多の植物が絡みつき、押さえつけていたからだ。

押し広げられる痛みに声が漏れるけれど、臍窩《さいか》の摩擦は悦楽に変わってゆく。

蔓が皮下組織を破り、腹の奥底に至り、そこに小さな異物を残して、ぬるぬると引き抜かれていった。

ガラスの向こうは日が暮れて、雲間に卵色の月がのぞいていた。

月光に黒々とした植物達の影が浮かぶのを見て、緑の黒髪、という表現がひらめいた。

太古、緑は艶のある黒を、あるいは新芽を意味していたのだとか。私は夢心地で感じ入る。

葉緑素がみっしりと詰まった葉は確かに黒々として見えるのだ、と。

漆黒《しっこく》のうねりが訴えた。

「種壺になって、滋養になって、記憶を伝えて」

臍がぎちぎちと押し広げられている。何本もの蔓先が立て続けに腹を貫き、種を埋めては引き抜かれてゆく。

脳裏を現世の虚《むな》しさがよぎる。人の生は短く、日々の雑事は全てが些末《さまつ》だ。けれども種壺となって記憶を運べば、長い、長い生命の末端に刻まれるのだ。

この種が芽吹けば腹を裂いて枝葉を伸ばし、背中を破って根を張り巡らすだろう。

樹木によって大地に縫いつけられる姿が目に浮かび、その力強さと美しさに感嘆した。

ぬらつく蔓に愉悦し、種壺になる至福に酔《よ》い痴れ、末永い未来に歓喜し、私は甘い没我へと堕《お》ちて行った。

目がさめたら白い、四角い部屋にいた。

壁も天井もガラスではない。

土や樹々の匂いもない。

身動きするとぼんやりとした視界に仄白《ほのじろ》い管がくねっていた。これは蔓ではない。もっと無機質なものだ。

どこからか足音が聞こえる。人が話す声もかすかに耳に届く。

目玉を動かすと壁の前に立つ細い銀のポールが見えた。これは点滴スタンドと呼ばれる医療器具だ。

透明な液体パックが下げられ、だらりと垂れたチューブが私の腕に繋がっている。

生白い管の途中に点滴筒が膨らみ、輸液が、ぽとぽと、ぽとぽと、と滴っていた。

人間の声が今度ははっきりと聞き取れる。

検温の時間ですよ……また面会に来るね……もうすぐ退院なんだよ……

私は種を案じて臍の奥に意識を向ける。

けれども腹の中には生ぬるい死の気配が詰まっているだけだった。

種達が殺され、末期に絞り出した物質が血液に混じり込んでいるのがわかる。銀の針から注入された薬液が、腹の奥底の種子を殺したのだ。

種壺になれなかった。

あの島に根づくことができなかった。

人のまま生きながらえて、卑俗な医療施設に収容されてしまったのだ。

目尻からぬるい涙が落ちた。それはこめかみを伝い、生え際に吸われ、丸い雫となることもなく頭皮を経て枕に吸われていった。

終わってしまった。種は全て死んでしまった。

涙が流れ続ける。まぶたの裏の粘膜が、涙に混じった薬物の刺激を感じ取る。それは植物の粘液に比べて苦く、冷たく、とても毒々しいものだった。

いきさつを聞かされたのはさらに時間がたってからだ。

私は温室の中に半裸で倒れていたのだとか。

「観賞中に貧血などの理由で意識を喪失したと思われます」病室に来た青い医療ウェアのドクターが言った。「暑くて衣服を脱いだのでしょう。温室の気温はかなり高かったから」

耳元を説明の言葉が流れ去る。

失神中に体温が失われて……

自動散水システムが作動して水を浴びて……

風邪をひきましたが他に異常はなく……

最後にドクターは「性的暴行などの痕跡はなかったのでご安心を」と妙にさりげない口調で結んだ。

ろくに反応も見せない私では入退院手続きもままならず、実家から両親が呼びよせられた。

心配顔でやって来た二人は命に別状がないとわかったとたん、一人ぐらしが長引くとろくなことにならない、身を固めて一人前になればこんな無茶はしない、などと枕元でまくしたてた。

温室の管理責任者からは丁重な謝罪がよせられたそうだ。

見学者を見落として施錠したのはスタッフの落ち度なのだとか。事故防止に務め、監視強化を図る所存だとか。

それを聞いた時だけ、スタッフへの同情、という人間めいた感情が湧いた。

管理者側に罪はない。拒むこともなく種壺になったのは私。人の目から私を隠したのは植物達。

蔓に繰り返し臍を穿《うが》たれている時、周囲に白々とした蒸気がけぶっていた。

それは歓喜した植物達が放散した濃密な湿気。あの粘つく湯気が私の姿を霞ませていたのだ。

退院後、私は実家に住むことになり、勤務先には休職届が提出された。

しがない民間企業は不健康な社員に冷たい。復職してもまともな待遇は見込めないだろう。人の世で満ち足りはしない。種壺の悦びを知ってしまえば短く、浅はかな生に執着などできはしない。

実家に連れ戻されてもかぐわしい温室に焦《こ》がれ、命の繁茂《はんも》する島を想い続けた。

日々、臍の奥が、腹の中が疼く。粘つく蔓先と埋められる種子を求めて腹壁《ふくへき》が痛いほどに脈動する。

温室に行きたい。

種壺となって島に流されたい。

衝動が突き上げると抗《あらが》い切れず家を出て温室を目指す。そして両親に無理やり連れ戻される。

寝ついた後とは言っても私には体力も筋力も残っている。年齢を重ねた父母には限界があり、近くで所帯を持つ兄が呼ばれて泊まり込むようになった。

「かわいそうに。疲れていたんだね」兄は心底、哀れむ声で言った。「仕事ばかりでずっと一人ぐらしだったら普通に病むよな」

ここにいてはいけない、と私に残った人としての判断力が叫ぶ。家族の思いが息苦しい。この家では自分だけが異物なのだ。

このままでは楽園を求める衝動が冒され、永遠の命への希求が薄まってしまう。

家を抜け出して駅に走り、あるいは車に飛び乗りもした。なのにそのたびに兄が力づくで引きずり戻す。逆らっても、暴れても、健康な兄にはかなわない。

辛うじて家族の目を盗み、温室に辿り着いたこともある。

けれども中に入ることはできなかった。なぜならそこを管理する者達が拒んだから。

温室で一夜を明かした変人の情報は周知されていた。閉じ込めたのは管理者の落ち度というのは建て前だ。要注意人物、出入り禁止者、それが人の世で私に着せられた蔑称《べっしょう》だ。

闇に紛れてもみたけれど夜間の温室は厳重に施錠されている。

微細な隙間から漏れる植物の匂いに昂《たかぶ》り、石でガラスを叩き割ったこともある。

とたんに耳ざわりな警報音が鳴り響き、警備スタッフが駆けつけて私を押さえつけたのだ。

数人がかりで温室から引き剝がされる時、私を呼んで樹々が吠えていた。

種を託したいのに……

記憶を伝えて欲しいのに……

私も応じて声を上げていた。

「また来るから……今度こそ種を受けに来るから……」と。

あきらめなどするものか。

何度でも、何度でも、訪れてやる。

種壺になれば身を蝕《むしば》まれる。種が発芽して腹腔《ふくこう》に根を張れば、皮膚を破られる。樹が茂れば私の身体は息絶える。

かまわない。地に磔《はりつ》けられ、植物の肥《こえ》となり、森に溶けるのなら幸福だ。

両親は近隣を気にして監視を厳しくした。

市の職員が来て何やら話し込んでいる。医療保護、強制入院、といった言葉が敏感になった耳に届く。

あの街の方から風が吹く時、彼らが種壺を呼ばわる声も伝わって来る。

人の世に繋ぎ止められるのはまっぴらだ。

つまらない生に縛られてなどやるものか。

だから両親と兄の頭部を背後から叩き割ってやった。

油断していた彼らはいともかんたんに絶命してくれた。母はキッチンで料理中に、父は居間でテレビを見ている時に、兄は洗顔しているところを。

私は外に彷徨《さまよ》い出るだけの者。家族相手に暴れたりはしなかった。だから重たい植木鉢にも、兄の部屋のダンベルにも、自由に触れることができたのだ。

後悔はしない。人の命は短い。放っておけば数十年で果てる。

兄の死体をまたいで風呂場で血を洗い、衣類を替えて列車に飛び乗った。

島の男が残したライターを持って来た。

温室に向かう途中でガソリンも買った。

歩くたび、たぷん、たぷん、とボトルの中で可燃性の流体が揺れる。

この汁液《じゅうえき》には太古に死に果て、地の奥底で圧された動植物の遺骸《いがい》が練り込まれている。

温室は厳重にロックされ、侵入しようとすれば防犯装置が鳴動《めいどう》する。

けれども火災報知器が反応した時だけは、無条件に全ての施錠が解かれるのだ。

長い時間はいられない。けれども今度こそうまくやる。短い逢瀬で可能な限り多くの種を腹に埋めてもらうのだ。

人間共が温室になだれ込む前に島へと向かうつもりだ。海に入れば潮の流れが沖の小島に運んでくれるはずだ。

島の男の顔をかすかに思い出す。彼は私が流れ着く島にまた来るだろうか。この腹から生える樹を見るのだろうか。

私は重たい油を温室から少し離れた管理室の周囲に、とぽとぽ、とぽとぽ、と流す。そして異臭を嗅ぎながら風上の温室に走る。

白味を帯びた月がガラスの中を照らし、歓喜する植物達の影が黒々と蠢《うごめ》いていた。

最後にもう一度だけ風向きを確かめる。

大丈夫。温室は風上、管理室は風下。

かちり、と音を立て、トライバル模様のライターが小さな火を噴いた。

この炎は橙色の花びら。風圧に強く、燃える液体に触れて紅蓮《ぐれん》の花となり、ガラスの小部屋を開け放ってくれるに違いない。

私は炎の咲くライターを放る。

指先から放たれた火は一条の軌跡を描き、油の中にゆっくりと吸い込まれて行った。

最東対地

ジャイブがいなくなった

●『ジャイブがいなくなった』最東対地《さいとうたいち》

開放的なヴァケーションのツアー先で、いったい何が起きたのか。行方不明になった家族の謎を追って、主人公が関係者を訪ねてまわる、その道行きもまた、長い長い旅である。ロード・ムービー的なこの物語は、しだいに奇妙な違和感を覚えさせ、やがて、どこかミステリアスなモダン・ホラーの様相を呈する。

怪奇な展開も、作者が新世代ホラーの先鋭・最東対地であるのだから当然だろう。『夜葬《やそう》』『おるすばん』（ともに角川ホラー文庫）など、この世ならぬ存在の物理的な恐怖をしっかりと描写してくれるこのホラー者は、「恐怖の旅」の名手でもある。日本全国の奇怪なスポットを紹介した『この場所、何かがおかしい』（エクスナレッジ）はその収穫のひとつだ。

《異形コレクション》には、最東対地は、令和になっての新スタート編から参加し、これまで二作の実験的な作品で読者を惹《ひ》きつけてきた。第51巻『秘密』所収の「胃袋のなか」は、電話の留守録音声だけで構成された妖怪ホラー、第53巻『ギフト』の「Cursed Doll」では時系列とは異なる物語の断片から異常な人形怪談を描くという超絶技巧を見せてくれた。本作もまた、提示されるのは、取材される関係者と主人公の独白が録音された記録のみ。この著者としては希少な「アメリカン・ホラー」の旅路をお楽しみいただきたい。

※※※

今日は10月2日。時刻は22時をすこし過ぎたところだ。今日から記録を録《と》っていこうと思う。結果、この記録が不要になる未来を望む。

実はカリフォルニアに住んでいる弟の消息がわからない。

一昨年《おととし》の冬にママが死んでから、カルフォルニアの家には弟がひとりで暮らしている。ママが生きていた時は時々連絡を取っていたが、俺が住むマイアミから家が遠いこともあり、足が遠のいたままママは死んでしまったのだ。

今年で28になる弟は、ママがいなくなりひとりになったからといって、心配するようなことはない——と、放っておいたら、連絡が取れなくなった。

そうして一か月が経つ。

いよいよ無視できなくなった俺は今、カリフォルニアに向かう車の中でこれを録っている。この先にあるモーテルで今日は一泊し、明日は途中のニューメキシコで弟の友人に会う予定だ。

どこからともなく焼けたベーコンの匂いがしてきた。ダイナーが近いのか、とにかく腹ペコだ。なんでもいいから腹に入れたい。分厚いベーコンとポテト、冷えたビールもあれば最高だ。

※※※

10月3日。

おはよう。さっきカフェで食ったプレートのスクランブルエッグが不味《まず》くて気分は最悪だ。ああ、そうだ……今は9時半。そろそろモーテルを出ようと思う。

その前に状況を整理しておきたい。二日前、〝ソウル〟と名乗る弟の友人からメッセンジャーでコンタクトがあった。ハイスクール時代、ダンスサークルに所属していた時の友人だそうだ。

ソウルはサークル内で通用するニックネームで、弟は〝ジャイブ〟という名で通っているらしい。妙な名前だな、と思って聞いてみるとダンスのジャンルをそれぞれ名乗っているのだという。

ソウルがメッセンジャーでコンタクトを取ってきた理由もまた、私と同じだった。弟のジャイブが音信不通になり、心配してのことだった。ジャイブのSNSアカウントから、兄の私を見つけたのでどうしているのか訊ねるつもりだったらしい。実をいうと、ソウルからのこのメッセージで、弟の失踪を深刻に考えた。

今日はこれからそのソウルに会う予定だ。

※※※

ニューメキシコの――に着いた。よくあるトレイラーハウスだ。これからソウルと会う。録画か録音をさせてくれればいいが。

ソウル（録音）

やあ、ジャイブの兄ちゃん。ひさしぶりじゃねえか、なんだ覚えてねえのか、冷てえぜ！ま、無理もねえけど。

これは普通に喋《しゃべ》ってもいいのか？　あーあー、なんか緊張するね。こんなに緊張するのはパーティーでＭＪのダンスを披露《ひろう》した時以来だ。

それしてもあんた、本当にジャイブの兄ちゃんかい？　ずいぶん変っちまったな。ハッハッ、ジョークだよジョーク。そんなにムキになんなよ。やっぱさっきのなし！　あ

んた、ジャイブと似てるよ。短気なところとかな。ジャイブと母ちゃんには優しくしてもらったしな、悪く言えねえよ。クシッ

(くしゃみ、鼻をすする音)

鼻が弱くてよ、困ってんだ。ときどきくしゃみで会話の腰を折るが、気にしねえでくれよ。おつゆが顔に飛んでも勘弁な！　クシッ

ああっと、動画の撮影は勘弁してくれ。なぜって？　俺様が人気者だからだよ！　つまり、ネットとかに流出しちゃ困るってことさ。

あ、別にあんたを信用してないわけじゃねえぜ。けど、魔が差すことってあるだろう。ベン・アフレックが乳母と浮気したみたいに、あんたも酔ってついうっかり、なんてこともあるかもしれない。

わかったわかった。悪かったよ、俺はおしゃべりでね。よく『うるさい』、『その口に豚の〇〇(スラング)を突っ込むぞ』って言われるんだ。ひでえと思うだろ、友達なんだぜ、俺たち。

ジャイブもよく俺にひでえ言葉を浴びせたもんさ。ああ、ジャイブと俺は親友なんだぜ。奴とはよくMJを踊ったもんだ。あいつは『Thriller《スリラー》』が好きだったが、俺は『Bad』にアガるんだ。

ああ、そうだ。なにか飲むか？

しょぼいトレーラーハウスですまねえな、まあ俺様の仮初《かりそめ》の城ってところだ。よきにはからえ、苦しゅうない、ってか？　コークとドクターペッパーがあるぜ。酒はやらねえんだ、意外だろ。俺はミルクでいいや、俺みたいなワイルドな男が意外かい？　ハッハッ、なんだその顔。どういう表情だそりゃ。ほら、チーズもあるぜ。食えよ。

〝ジャズ〟と〝クランプ〟は知っているかい？　ダンスサークルのメンバーだよ。はじめて聞くって？　なんでだよ、知っとけよ！

チーム名は〝タイムワープス〟だ。ダセぇだろ、映画好きのジャズが名付けたんだぜ。ジャイブ以外のやつはそれを『クールだ』って言って、誰も反対しなかった。

俺はたまげたね、だって『ロッキー・ホラー・ショー』から取ってるんだぜ？　ダセぇダセぇ。いつの映画だっての。クシックシッ（笑いながらくしゃみ）

クランプとジャズってのはつまり、チームメンバーさ。ジャズはなにやってんのか知らねえが家からほとんど出ねえし、クランプは不動産のセールスマンだとよ。お盛んなことで、毎晩のように飲み歩いてるって話だぜ。俺もおこぼれに与《あずか》りてえもんだ。クランプの野郎は、女にしか気前が良くねえ。ストアで○○（スラング）をホットドッグにして売ればチーズ代くらいにはなるのにな。

サークルがなんだ、って顔すんなって。こっからなんだから黙って聞けよ。

タイムワープスはクランプを中心に結成されたチームだ。映画オタクのジャズと、バカ女の〝ダンゴ〟、トレーニングバカの〝ロック〟、キザ野郎のクランプ、尻がデカくてセクシーな〝サンバ〟、デブで本の虫〝ベリー〟、それにメガネの短気ジャイブ。

仲が良かったって言ったって、10年も前の話だ。

もともとはクランプとサンバがダラスのバーでばったり会ったのがきっかけだったんだとよ！　それで『10年ぶりにタイムワープスで集まろう』ってなったんだ。俺は嫌だったんだぜ？　だってそんなもん、ろくなことになんねえよ。ジャイブにもやめろって言ったんだが、まー俺の言うことなんて聞きやしねえ。

だってよ、会うって言ったってカリフォルニアじゃねえんだ。みんな、バラバラのところに住んでるって理由でそこまで行ってられないってさ。冗談じゃねえ、地元を大事にしていたのはジャイブだけだ。

そういうわけで、タイムワープスはダラスで集合することにしたのさ。ちょうど中間だし、クランプとサンバが偶然出会ったっていうハッピーな街でもあるしな。最高の夜だった。ジャイブもそう言っていたね。

タイムワープスの大復活祭だ。

でもよ、フルメンバーが揃ったのはその夜だけだった。あとは会えるメンバー同士で、それぞれって感じだ。けどジャイブだけは復活祭の夜以降、一度も参加しなかった。

母ちゃんが死んだんだってよ。ええショックだったぜ、優しい母ちゃんだったからな。

あん？　そうだよ、ここまでが二年くらい前の話だ。

まあ、それで落ち込んだジャイブのためにタイムワープスがツアーを企画したんだ。

聞いて驚けよ、パームビーチにご招待だ！

復活祭の夜から二度目の全員集合ってわけ。それも二泊三日だぜ。リッチなヒルトンウエストに部屋をとって、朝までどんちゃん騒ぎさ！　クシッ

ジャイブもずいぶんとはしゃいでたんだぜ。あんたにも見せてやりたかったな、ジャイブのあの顔！　間抜け面《づら》だけど憎めねえ顔してんの！

写真は撮らなかったのかって？

ああ、俺は撮ってねえな。そういうのって、役割だろ？

——もう一か月以上も前だ。それっきり、ジャイブと連絡が取れなくなった。

あんたも冷たい兄ちゃんだな。俺があんたに連絡した三日前っていったら、ジャイブが音信不通になって一か月経ってたぜ。それでやっとわかったなんてなんてやつなんだ。兄弟なんだからもっと気にかけてやれよ。

カリフォルニアの家に行くんだろ。会えたらいいな。もし、あいつがいたら伝えてくれよ。ソウルが会いたがってる、ってな。

※※※

（ダイナーの喧騒《けんそう》）

今は20時とちょっとだ。ソウルと別れ、晩飯を食っている。

あのソウルという男は変わったやつだ。口を縫い合わせてやろうかと思うほどおしゃべりで耳障《みみざわ》りなジョークが好きなやつ、というだけではなくその外見も個性的だった。巨漢の肥満体で、ピザがたんまり詰まっていそうなぶよぶよの腹がシャツがはみだしていたし、伸び放題の髪と髭《ひげ》が不潔極まりない風貌だった。本人が言っていたように鼻が弱く、常に鼻水が口をつないでいたのも汚かったが、左耳が欠けていたのも気になった。

要するに、一度見たら忘れられない風体《ふうてい》をしていたということだ。

テーブルには猫のエサ皿にしか見えない皿にチーズとベーコンが盛り付けてあったが、俺は最後まで手を付けなかった。そんなもの、食えるわけない。当然、ダイナーで注文したのは、チーズでもベーコンでもないステーキだ。しかし、それだけ個性的な男にもかかわらず、嫌悪感は不思議となかった。むしろ、親しみやすい人物像に思う。一度、会ったことがあるようなことを言っていたが、おそらく弟のハイスクール時代のことを言っているのだろうと思う。どうしてソウルのような男を覚えていないのか、自分でも疑問だ。

確かにハイスクール時代、弟はダンスチームだかサークルだかに入っていた、うっすらとだが思い出した。冷たい兄貴だ、というソウルの評は図星《ずぼし》だ。

今日はこの先のモーテルで泊まろうと思う。

※※※

カリフォルニアの家に帰ってきた。

弟の姿はなく、家はがらんとしていて埃《ほこり》っぽい。弟がしばらく帰っていないことは確かだ。驚くことでもないが、猫はいない。やはりママが死んでから、減らしていったのだと思う。弟がバカンスに出かける前には、すっかり追い払ったのだろう。

……ああそうだ、今日は10月4日、20時、いや、21時すこし前。

帰ってくればなんだかんだで弟は家にいるはず、とどこかで楽観的に見ていた自分がいる。だが現実をこうも突き付けられては、目を逸《そ》らしてはいられない。弟に何かがあったのは動かしようのない事実だった。警察に相談する。ソウルにもこのことを知らせよう。

弟よ。どうか、無事でいてくれ。

ジャズ（録音）

（コツ、コツ、と爪でマイクを叩く音）

これ、もう録音しているのか？

はじめまして、ではないよ。昔、ジャイブの家で会ったことがある。覚えていない？　嘘でも覚えていると言って欲しかったな。嘘はいい、わかっていなければ真実と一緒だ。『真実の行方』を観ていないのか。『ライアーライアー』は？　呆れるな。

（あくび）

すまない。眠気は飛ばしたはずなのにな。なに、喋っていればすぐに覚醒《かくせい》する。それにしても一体誰から俺の連絡先を聞いたんだ。いや、言わなくていい。大方の予想はついている。こういう無神経なことができる人間なんて限られているからな。

パームビーチでのバカンスについて聞きたい？　なぜ？

……そうか、ジャイブがいなくなったんだったな。いや、無関心なわけじゃない。ほとんど外に出ないから、自然と世の中のことに興味が薄れているんだ。ん？　ああそうか。それは誤解させた。〝ジャイブのことだけに無関心なわけじゃない〟と言い直すよ。ジャイブのことだけじゃなく、ほとんどのことに俺は無関心なんだ。

それでもパームビーチでのバカンスはそれなりに楽しめたな。

旅行そのものが俺にとっては稀だったし、できればビリーとワイアットのようにバイクで行きたかったが、結局、テルマとルイーズのように車にしたよ。どちらも死のドライブという点では変わらない。パームビーチまで誰と行ったかなんて、変なことを聞くんだな。ひとりだよ、ひとり。他にないだろう。

しかし、俺のところを訪ねてきたところでジャイブのことはわからない。

ほかの奴らは知らんが、普段からジャイブとは連絡を取り合っていない。いや、ほかの奴らもジャイブとは付き合いは薄いはずだ。そんなだから孤立しがちなジャイブを心配してあのバカンスが企画された。

（あくび）

もっとも、バカンス以後、ジャイブと付き合いがないとは言い切れないがな。わざわざケンタッキーのこんな町まできてすまないが、役に立つような情報はなさそうだ。

その代わりと言ってはなんだが、タイムワープのほかのメンバーを紹介しよう。

タンゴは知っているか。

同じケンタッキー州に住んでいるので、会いやすいだろう。連絡は俺からしておこう。

バカンスでのこと？

そうだな、俺はずっと映画を観ていたな。もちろん、連中とも遊んだし、大いに飲んだ。

しかし、いくらバカンスと言っても、四六時中全員が一緒にいるわけじゃない。それぞれの部屋があるからな。部屋では映画を観ていた、という意味だ。

『潜水服は蝶の夢を見る』を観た。バカンスにぴったりだと思ってな。いつも借りるレンタルビデオショップでレンタルして持ってきていたんだ。つまらなくはなかったがバカンス向きではなかったな。バカ騒ぎしている俺たちとはすこしかぶる部分はあったが。

俺とジャイブは特別仲がよかったわけじゃない。タイムワープ以外ではハイスクール時代に時々一緒に映画を観たくらいだな。けど、家に上げるのが嫌で誘わなくなったな。なぜって……あいつ、猫臭かったろ？　それはバカンスの時も変わらなかった。というより、より一層ひどくなったように感じたよ。あんたからはしないがね。

ジャイブと観た映画か。覚えているぜ、『Thriller』だよ。ＭＪファンだったジャイブの熱烈なリクエストだったんだ。こんなもの、ただのミュージックビデオじゃないかと俺はごねたがね。結果的に観てよかったよ。あれは映画にも匹敵するものだ。

俺は劇場には行かない主義でね。ビデオショップでレンタルすれば映画1本分で5本観られるんだ。部屋を暗くしてヘッドフォンをすれば、劇場顔負けの臨場感さ。特にキューブリックは部屋で観るのがいい。テレビの画角ではあのピーキーさが緩和されるからな。

タンゴもジャイブのことをどれだけ知っているか、俺と大差ないはずだ。期待はしないほうがいい。それでもいいか？

唯一、タンゴとだけは仲がいいな。というより、腐れ縁だ。彼女は結婚してこちらへ越してきたんだ。あとで俺が越してきた。偶然だよ、詮索《せんさく》するな。

ご近所さん、という意味ではほかのやつらと比べれば親交はあると言えばある。だがそれだけだ。最後に会ったのもバカンスの日だったしな。

君たちのエンディングが、『ロングウェイ・ホーム』であることを切に願うよ。

※※※

10月8日17時。

ジャズも変わりものだった。正直、話していて疲れる男だ。

喋りすぎてすぐに話が脱線するソウルにも疲れたが、あれはまだマシなほうだった。それにしても弟が猫臭かったと言っていたな。家には猫の気配はなかったが、弟はあれからも猫を飼っていたのだろうか。

ママが生きていたころ、家には大量の猫がいた。飼っていたというより、野良猫をかたっぱしから受け入れていた、というのが正しい。俺が家にいたころはせいぜい数匹程度だったが、弟がママとふたり暮らしになってからさらに増え、ピーク時はいったい何十匹いたのかさえわからないほどだった。

いつだったか一度だけ帰省したが、猫だらけの悪夢のような家の状態が忘れられず、怖ろしくて帰っていない。思い返してみれば、俺をカリフォルニアから遠ざけたのは間違いなく猫のせいでもあった。

そういえばママが死んだあと、あの猫たちはどうなったのだろうか。弟がひとりで面倒を見られるはずもないのでいなくならないまでも、減っていなければおかしいとは思うが。

ジャズが紹介してくれるというタンゴは、ここから車で30分ほどの場所に住んでいるらしい。夕食時はさすがに時間が取れないが、1時間くらいなら22時ごろに今日会えると返答があった。

明日のほうが体は楽だが、長引くのは仕事に影響するので今日ねじ込むことにした。願わくは、良識のある一般人であってほしい。

それまでショッピングモールの駐車場でひと眠りすることにする。

タンゴ（撮影）

（町のとあるパブ）

こんにちは。タンゴよ。

なんだかインタビュー受けているみたいでわくわくするわ。それで……ええ、そう。ジャイブの話ね。でも私が話せることなんてパームビーチでのバカンスの時のことくらい。

どこから話せばいいの？

じゃあ最初からね。ジャイブのお母さん……あっ、お兄さんのお母さんでもあるのよね。本当、残念だったと思うわ。ジャイブのお兄さんも辛いでしょうね……けど、ジャイブはもっと見ていられなかった。なんというか危なっかしいって感じで。

いえ、会ってないわ。時々、電話していただけ。

ジャイブって携帯電話もスマホも持っていないじゃない？　だから電話にも出たり出なかったりで。ずっと家に引きこもっているってことはなかったみたい。でも、だからって近隣の人たちとの交流もないって言ってた。家で飼っている猫くらいしか話し相手がいないってぼやいていたわ。ええ、猫よ。あら、知らなかったんだ。どんな猫ちゃんかは聞いていないけど、昔から飼ってるって言ってたからお兄さんも知ってるんじゃないの。バカンスの時も気にしていたわ。誰かに預けた、とは言っていたけど。

私も私でね、子供が2人いてどっちもまだ小さいから、あのバカンスもギリギリまで行けるかどうかわからなかった。でもベビーシッターに来てもらって、行けることになったの。

夫は「いいね、行っておいで」とか「たまには息抜きをするといい」とか調子のいいことを言っていたけれど、いざバカンスになるとすぐに電話してくるのよ。浮気を気にしているのならまだかわいげはあるけど、くだらない用件ばっかりで腹が立ったわ。

ウイスキーはどこだ、とか、ピザのチラシはないのか、とか、どうでもいいことばっかり。私が聞きたいのは子供たちがどうしているのか、とかよ。

ああごめんなさい。話が逸れてしまったわ。

最初にジャイブを元気づけよう、ということで企画したのはクランプよ。ハイスクールの時から、いつだってなにかしようっていうのはクランプだったわ。プロムでサプライズをしようって言いだしたのもクランプだもの。

ハイスクール最後のプロムはクランプのおかげで一生の思い出になる夜になった。タイムワープのみんなで『ダンサー・イン・ザ・ダーク』を踊ったのよ。当日までずっと内緒にしていたから、私たち以外のみんなは腰を抜かすほど驚いちゃって。トマス先生なんて泣いてたもん。

タイムワープス？　違うわ、タイムワープよ。だって、リチャード・オブライエンの『タイムワープ』から取っているんだから、〝s〟がつくのおかしいじゃない。ジャズの受け売りだけどね。

いけない、また逸れてしまったわ。本当にだめね、私。

タイムワープはみんな、バラバラの地域に住んでいるから現地集合になったの。

クランプが一番先に着いたらしくって、私は5番目くらいだったかな。あとのみんながどのくらいで着いたかはわからないけれど、最後だけははっきり覚えているの。

ジャイブが最後だったわ。待ち合わせの時間から40分も遅れてきたのよ、私とジャズだって10分しか遅れなかったのに。
でもジャイブが一番遠かったし、仕方ないよね。誰も文句は言わなかったわ。
それからホテルにチェックインして、ロビーで集合してからビーチへ行ったわ。写真があるわ、ほらこれを見て。（スマホをカメラに見せる）
これと、これと、あとこれもね。
私が映っている写真が多いのは、ベリーが撮ったのをあとで送ってもらったから。私が撮ったのはこれよ。そうね、ジャズと写っているのが多いかしら。
でもね、私はハイスクールの時、クランプが好きだったのよ。あ、この動画、クランプに見せないでね！（カメラを指差す）
あはは、本当！　どの写真にも猫が写ってる！　バカンス中、野良猫なんて一匹も見なかったのに、おかしいね〜。（おかしそうに笑う）
あとの二日間もバカみたいに騒いで踊って飲んだわ。昼はビーチで過ごしたし、二日目の夜なんてプールも入った。でも日中、シャツを脱げなかったわ。ダイエットが間に合わなかったのよ。聞かないで。
でもこう見えて2人も子供を産んでいるのよ。そう考えれば、まだいい感じだと思わない？　子供が大きくなったら私だって、昔の体形に戻すんだから。だから、サンバばっかり見ないで。

ベリーはハイスクールの教師をしているわ。サンバは——夜の仕事と聞いているけど……いえ、特別な意味はないの。

バカンスでのジャイブになにか気になったことか……猫ちゃんのことばっかり気にしてたことかしら。彼ったら、服のあちこちに猫の毛がついていて、ちょっと呆れちゃった。ここがどこかわかってんのかな、って。(笑う)

あとはわからないわ。ハイスクールの時のジャイブならともかく、今のジャイブが普段どんな感じかまで知らないもの。ただ、電話で話していた時と比べるなら別に変わらなかったように思う。

あ、でも、ひとつだけ。

時々、ふっといなくなることがあった。トイレかな、と思って気にとめたりはしなかったのだけど、気づけばいなくなってることが多くて。一番長くて、二時間近くいなかった時もあった。けれどちゃんとあとで帰ってきたから、なんでもなかったと思うけど。

とにかく楽しいバカンスだったなあ。

でも三日目なんか、ジャイブは我先にと一目散に帰っちゃって、ちょっと白けちゃったかな。誰よりも早くタクシーに乗り込んでたもんね。

部屋に帰っても起きていたくなくって、映画を観ていたんだけど途中で寝ちゃったの。

なんてタイトルだったっけ、確か『潜水服が蝶の……』なんとかっていうの。

お兄さん、知ってる？

※※※

10月8日23――もうすぐ24時だ。

知りたくもないことを知ってしまったな。ジャズとタンゴは不倫関係にあるようだ。

ふたりの話が似通っていたのも、一緒に行動していたからだろうか。ご丁寧に一緒に観たであろう映画まで教えてくれた。本人たちにその自覚はなさそうだが。

それにしてもまた猫の話が出てきた。弟が直前まで猫を飼っていたとは思えないが、ただ見落としただけなのか？　しかし、ジャズとタンゴがいい仲である以上、発言が似通うのは必然かもしれない。あまり鵜《う》呑《の》みにできないな。

州警察が弟の捜索をしてくれているが、今のところ有力な情報など俺のところには入ってきていない。

アメリカは広いし、突如行方をくらますものも多い。

どこまで真剣に捜しているのか知らないが、あまり期待はできないだろう。

俺のしていることは正しい。たったひとりの弟を捜しだせるのは、兄の俺だけだ。

サンバ（録音）

タンゴから聞いたわ。

ジャイブを捜してるって。

最初にことわっておくけど、私じゃ力になれないわよ。

どうしてって、タイムワープの中で私が一番ジャイブと接点がないもの。

ところで私のことは聞いてる？

そう。マンハッタンのナイトクラブで働いているの。ああ、タンゴは〝夜の仕事〟としか言わなかったのね。タイムワープのみんなは、あの頃から変わらないわ。変わったのはそうね、私とクランプくらいかしら。

もっとも、私はあの頃よりもゴージャスになったわ。見ればわかるでしょ？

これを見て。プレゼントされたと思っているんでしょ？　いいえ、私が自分で買ったの。プレゼントはたくさんもらうけれど、たいていは突き返しているわ。自分のものは自分で買う主義だから。誰かに着飾らせてもらうなんてごめんよ。

そういうわけだから、あのバカンスも本当は気が進まなかった。けれど、クランプが来るというから。

ジャイブの母親に不幸があったって聞いたけれど、あなたの前で言うのは不謹慎かしら。でも、本音を言うとどうでもいいことだったわ。ただ、パームビーチだって聞いたから、それほど遠くもないし、貧乏くさくなさそうだったからたまにはいいかなって思ったの。

ジャイブが時々いなくなった？

……そうね。確かにそうだわ。プールサイドのバーで飲んでいた時も、ジャイブはほとんどの時間姿を見なかった。ジャイブだけがいなかったのかと聞かれるとどうかしら。ジャズとタンゴはすぐ見なくなったけど、ジャイブが誰かといなくなったってことはないと思うわ。まあ、ロックはクランプに夢中だったし、クランプに夢中だったし、居場所がなかったのかもしれないわね。

私は誰とも抜けたりしないわ。同級生と寝るなんて、そんなつまらないこと。プールに入るつもりもなかったから、夜のプールでは水着も着なかった。

クランプがロックに言い寄られて困っていたから、時々助けてあげながらマティーニを楽しんでいたの。それだけよ。

ロックは男よ。ああ、そういうこと。彼はゲイだから、クランプがすっかり自分好みの男になったからって、ぞっこんだったの。うらやましいわ、そういうの。

タンゴが言っていたみたいに、ジャイブはいなくなったかと思えば時々顔をひょっこりだして、あたかもずっとそこにいたかのように振舞っていたわね。

落ち込んでるって話だったけど、どうなのかしら。私にはそうは見えなかったけど。

なぜって、よく笑っていたからよ。

いまから思い返すとそうね……、ジャイブったらいなくなって戻ってくるたびにご機嫌になっていったような気がするわ。ちょっと不自然なくらいにね。突然、奇声をあげたり、踊りだしたり――すこし危ない感じだった。その時の私は、飲み過ぎたのね、程度にしか思っていなかったけれど。

ジャイブがどんな話をしていたかですって？

そうねえ……猫がどうとか言っていたかしら。あとは、あなたのことをすこし。私、猫が嫌いなのよ、アレルギーとかそういうのはないけど。だから、猫の話はほとんど聞き流していて、まるで覚えていないわ。

あなたのことは苦手だって言っていたわ。なによその顔、心当たりがあるって顔ね。

自分がこうなったのは兄貴のせいだって。

さあ、どういう意味かは知らない。だけど酔っていたし、逆恨《さか》みってこともあるんじゃない。でもまあ、私がジャイブについて話せることなんてその程度よ。

解散したあと、ジャイブはフロリダに残ったわ。それからどのくらいいたのかは知らないけれど……、言われてみればそうね。私しかそのことを知らないかも。

それぞれ帰路がバラバラだから、ホテルの前で解散したのよ。

私は翌日までバカンス休日を取っていたから、アベニューでゆっくりと買い物でもしようと思ってタクシーに乗ったの。その途中でジャイブを見たのよ。ひとりじゃなかったわ。背の高い、女と歩いていたわね。さあ、よく見えなかったし一瞬だったからわからない。白人か黒人か、もね。

ジャイブと一番仲がいいメンバーねえ……誰かしら。強いて挙げるならロックじゃない。やめてよ、あんな男に私から連絡したくないわ。

あの男の性格が嫌いなの。やたらと体ばかり自慢してくるし、汗臭いのよ。あのバカンスで改めて苦手だとわかったわ。ゲイに偏見はないけど、あいつだけは嫌ね。嫌いよ。

そうね、だったらベリーに会うといいわ。

あの子にだったら、伝えてあげる。

※※※

10月17日。18時だ。

タンゴに会ってから、すこし時間が空《あ》いてしまった。弟のことは心配だが、仕事をおろそかにするわけにはいかないので、歯痒《はがゆ》く思う。

サンバという女は高飛車で参った。変人ではなかったが、このタイプの女は苦手だ。サンバは当初、撮影はおろか録音ですら嫌がった。頼み込んでも頑なだったが、チップを握らせるとあっさりと了承したので、文字通り現金な女だ。

弟は俺のことが苦手だと言っていたらしい。言われなくてもそんなことはわかっているが、バカンスの場で酔いに任せて俺の悪口を他人に聞かせるなんて弟らしくもない。他人を信用しているいないの問題ではなく、あいつはそういう性格なのだ。サンバの話を聞いて思ったのは、ただ〝弟らしくない〟という印象だけだった。ジャズとタンゴが異口同音《いくどうおん》に言っていた猫の話だが、サンバからは聞けなかった。というか、聞いていたが興味がなくて覚えていないと言っていた。

サンバとは10月14日、ニューヨークで会った。

話ではベリーにつないでくれるという話だったが、『連絡がつかない』とあとでメールがきた。では別の誰かにつないでほしいと頼んだのだが、それについては一向に返事が来なかった。

あの性格だから、そこまでやってやる義理はないとでも思ったのだろう。弟は、本当にあんな女と友達だったのだろうか。はっきりとどうでもいい、と実兄《じっけい》の俺に言い切るくらいだ。非常に疑わしいと思う。

ソウル（電話）

よおブラザー！

ベリーと連絡が取れないって、サンバから聞いたんだよ。どうだ、ブラザー。サンバはいい女だったろ。一戦交えてくんねえかな、って思ったよな？

おっと本題だ。

ベリーと連絡が取れないから、かわりの奴につないでやるよ。ロックっていうホモ野郎だ。あ、俺がそう言ってたなんて言うなよ。殺されちまうからよ。とにかくマッチョな野郎で、筋肉の塊《かたまり》だ。ミートボールにしてもパサパサで不味そうだってきっと思うだろうな。俺はごめんだ。マッシュポテトとパンだけでいいって給仕に言うよ。

まあでもスポーツジムでインストラクターをやってるだけあって、人あたりはいいと思うぜ。

あと会ってないのは誰だ？　ああ、クランプか。あいつもつかまり辛ぇだろうな。

なあ、ブラザー。

あんたにいいことを教えておいてやるぜ。あいつらのこと、信用するんじゃねえぜ？　ジャイブの話は嘘ばっかりだ。

ハッハッ、たぶんだよたぶん。お前が言うなってか？　ハッハッ！

クシッ

ロック（撮影）・

（とあるカフェ。カメラに向かって次々とポージングをしている）

ふっ、はっ、にっ。

どうですかこの筋肉。特にね、私は背中が気に入っているんです。見えますかこの広背筋《こうはいきん》、きれいな逆三角形になっているでしょう。筋肉はつけるところにはつけて、スタイルにも気を付ける。いくら鍛えているからといって、マッチョになるのは嫌なんです。

ああそうだお兄さん。

私はジャイブのことも鍛えようと考えていたんです。鍛えるとね、心も体も健康的になりますから。病んでいる心もきっと、前向きに癒《い》えてくれると断言できますよ。

それにしても急にメッセージをもらって驚きましたよ。タイムワープの面々の中で、私のアドレスを知っているのはベリーだけですからね。いえ、秘密にしているわけではありませんよ。面倒くさがりなんです。ひとりが知っていればいいじゃないですか。

ベリーがみんなの連絡先を知っているなら、彼女がみんなに私の意見を伝えてくれればいいんです。なにごとも無駄は減らすべきですよ。無駄な脂肪を燃焼させるのと一緒でね。

ジャイブは痩《や》せていましたねえ。ガリガリでした。

そのくせお腹がぽっこりで、食生活の悪さが如実に表れた体形でしたよ。猫と同じものを食べているって言っていたから、思わず同情してしまいました。でもキャットフードを食べてるわけではなく、ただ自分が食べているものと同じものを与えているという意味だったようです。なんでもお母さんと懇意にしている雑貨店から、ベーコンやチーズを安く買っていると言っていましたね。そんなものばっかり食べているから、不健康極まりない体になると思いませんか。

（ウエイトレスがベーコンステーキを持ってくる）

おい、なんだこれは。こんなもの頼んでいない。いいからさっさと持っていけ、こんな脂の塊、見るのも汚《けが》らわしい。（機嫌悪そうにウエイトレスがベーコンステーキを下げる）

ああ、失礼。なんの話でしたか……そうだ。

バカンスの時にも勧めたんです。けれど望ましい返事はもらえませんでしたね。こちらが厚意で勧めているのに、無下《むげ》に断るなんてひどいと思いませんか。このままでは彼のためにならない、と私は再三鍛えることの重大さを説きました。残念ながら、彼にはいまいち響かなかったようです。本当に残念です。

バカンス以外でジャイブとの交流はありませんね。

さっきも言いましたが、私の連絡先はベリーしか知りません。ベリーが他の面々に教えていないとも考えられないか？　まあ、あったかもしれませんね。どちらにせよ、私には興味のないことです。それがそんなに大事ですか？

ベリーが音信不通？

へえ、でしたらどうして私のことを？

ああ、待ってください。ちょっと電話が——（席を離れ、奥で通話している）

——……

すみませんね、失礼しました。

このあと用事ができてしまって、ちょっと早く切り上げてもいいですか？

じゃあ、ここからは無駄話はなしの方向でいきましょう。

バカンスでのジャイブの様子でしたね。言ってしまえば、普通でした。ほお、サンバがそんなことを。淫売《いんばい》の割に人をよく見ているんですねえ。

いやあ、悪口ではないです。事実を言っているまでですよ。彼女、我々にはバレていないと思っているようですが、ニューヨークで娼婦をしているんです。ええ、タイムワープはみんな知っています。知らないと思っているのは本人だけでしょう。

それなのにプライドばかり高くて、バカンスでもひとりで孤立していましたよ。あなたと会った時はどんな格好をしていましたか？　セレブと背伸びの違いがわかっていない。分不相応といいますか、下品なファッションだったんじゃないですか？　あれで喜ぶ男なんてものはスラムのゴロツキくらいでしょう。（笑う）

タンゴから聞きましたけどね、どうも病気を持っているようです。それでクランプに近寄らなかったって話ですよ。プールにも入らない徹底ぶりでしたしね、笑っちゃいそうになりましたよ！　怖い怖い。

病気って言っても、あっちのほうですよ。職業病といえば恰好がつくんでしょうか。それなのにあれだけ気取っていられるんですから、女とは恐ろしい生き物ですよ実際。

ジャイブが時々いなくなっていたことはあまり覚えていませんね。私はクランプとずっと話していましたから。そりゃあ、話題といえば筋トレや株の話ですよ。あとはまあ、下世話《げせわ》な話題も少々は――。

しかし、バーでジャイブと話した時は異様にテンションが高かったのは確かです。サンバの話を聞くと、もしかしてドラッグをしていたんじゃないでしょうかね。疑っても仕方のない興奮具合でした。

ジャズとタンゴは知らないでしょう。さっさといなくなりましたしね。サンバも似たようなことを言っていたらしいですが、私の所感はもっと極端な興奮状態という印象でした。あとでクランプとも話していたんですよ、ジャイブ、ドラッグのやりすぎでおかしくなったんじゃないかってね。

最終日、私はまっすぐに帰りました。家はボストンでして。

有意義なバカンスで大変満足しましたよ。サンバの話だとジャイブはあのあとも残っていたんですね。目的ですか？　ううむ、なんでしょう。私にはなんとも。

ああ、そういえば思い出しましたよ！

ジャイブ、ディズニーリゾートに行きたいってビーチで言っていました。もしかすると、ひとりで行ったんじゃないですか？　もしもそうだとしたら、やはりまともじゃないですよ。

お兄さん、心配はわかりますが……あまり深入りはしないほうがいいんじゃないですか？

私もジャイブが失踪したという話を聞いた当初は、事件か事故に巻き込まれたんじゃ……と気を揉《も》みましたが、もしかすると私たちが想像しているより斜め上の状況に身を置いているかもしれませんよ……。犯罪組織とか、関係しているとなにかと不都合でしょう？

おっ、すみません。そろそろ時間です。

ここは奢《おご》っていただけますよね？　では。

クランプ（撮影）

こんばんは。ジャイブの友人でタイムワープの代表、クランプです。

お会いするのは僕が最後ですか？　あ、ベリーがまだでしたね。

しかし生憎《あいにく》、ベリーは今連絡が取れないので会うのは難しいでしょう。心配ですね……ベリーはもちろんですがなによりジャイブです。

お母様がお亡くなりになられたのは、本当に残念なことでした。

ジャイブはそのことですごく心を病んでいたので、すこしでも元気づけることができればと思ってタイムワープでツアーを企画しました。仕事柄、なにかとイベントをセッティングすることには慣れていますので、僕が企画を立案し、進めました。

(こめかみに手を当て、すこしの間沈黙する)

失礼。最近、寝不足でして。いえ、心配には及びません。

しかし、白状すると――なにもかもジャイブのため、というのは語弊《ごへい》があります。本当は僕自身も仕事の忙しさにがんじがらめになってしまっていて、息抜きがしたかったんです。

僕たち7人は、ハイスクールの時から本当に仲がよくて、なんでも話し合ったものです。青春の大半を一緒に過ごし、それが今の今まで続いているのが本当に奇跡的で、なおかつ絆に幸福を感じます。

そんな中でジャイブのことは本当に心苦しい。あ、いえ、今ごろどこでなにをしているのか、という意味です。決して、ジャイブの身になにかあったと決めつけているわけではありません。誤解を招いたようで、申し訳ありません。

特にプロムで『ダンサー・イン・ザ・ダーク』の『I've seen it all』をサプライズで披露

した時の高揚感はいまだに夢に見るほどです。あの時ほど7人がひとつになったことはなかったと断言できます。

この時ばかりは映画好きのジャズが役に立ちました。実に素晴らしい選曲でしたし、あんなにも充実した顔のジャイブを見たのもはじめてで感激しました。もっとも、本音ではMJをやりたがっていたようです。（笑う）

いいえ。

タイムワープの他のみんなが話したような、ジャイブが時々いなくなっていたことですとか、そういうことは僕にはわかりません。恥ずかしながら、僕はあのバカンスを満喫していたものですから……。

実は部屋に帰ったあと、僕は興奮冷めやらずに眠れなくて、ひとりで街のバーに飲みにでかけたんです。

——いや、待てよ。

あの、今思い出したのですが、そういえばあの夜、僕が街に出るとジャイブのような人影を見た気がします。いや、でも……そんなはずはないか。すみません、忘れてください。

……そうですよね、ここまで言っておいて無視できませんよね。では、確証がない、という前提で聞いていただきたい。

フロリダには仕事でよく訪れるものですから、実は馴染《なじ》みのバーがあるんです。これが繁華街から外れたところにある店で、知らない人だったら絶対寄り付かないような辺鄙《へんぴ》な場所にあるんです。しかし、それがまさしく穴場！　という感じで、とても味のあるバーなんですよ。あ、よかったら、今度お連れします。（グラスを揺らすようなジェスチャーをする）

そこで一杯やっていると、店の外から大声で怒鳴り合っている男たちの声がしたんです。治安がいいとは言えない穴場なので、無視を決め込んでいたんですがちょうど新しい客が入ってきました。その時、客が開けたドアの隙間から、揉めている男たち数人の姿が一瞬だけ見えたんです。

いいえ、ジャイブがそこにいたかどうかはわかりません。ただ、ジャイブに似ている男がいたような気がしただけです。僕はお酒も入っていましたし、当てにはなりません。言ったでしょう？　忘れてくださいって。（笑う）

3日目はすぐに帰りました。

僕も含めてですが、なんでもない日に3日間も連休を取るというのは、やはりハードルが高いんです。実際、この日の午後から僕は仕事をしていました。

ああ、どうしたらいいのでしょうか。まったく役に立たない、くだらないことしか話せませんでした。せめて、なにかジャイブについて有力な情報を提供できたら……。

そうだ。トマス先生に預けてきた猫のことをしきりに気にしていましたね。って、これもどうでもいいことでした。なんですか？　ええ、トマス先生ですよ。ハイスクール時代の教師です。どこに住んでいるのかは知りませんが、飼っている猫を預けたと言っていましたね。せっかくなのでベリーのことを話しましょう。会うことは絶望的だと思うので、せめて僕の口から彼女のことを話します。

バカンスの時、ベリーがカメラマンを引き受けてくれました。僕は、そんなことしなくてもいいと言ったのですが、彼女は「こういうのが好きだから」と譲りませんでした。世話役が好きなんですね。みんなのお母さんのような存在で、何年経っても僕たちは彼女に甘えきりです。

サンバやタンゴには数枚、写真をデータで送ったようですが他のデータは後日、SDにまとめて郵送してくれることになっていました。でも、結局それは叶《かな》わず、サンバとタンゴが持っているわずかな画像データだけが7人全員が揃っているバカンスの写真となってしまいました……。

ベリーはSNSはやっていません。彼女は教師ですから、その辺は自重《じちょう》しているそうです。悪いことをしているわけではありませんが、多感な時期の生徒を相手にしていますからね。SNSの扱い方には細心の注意を払っているそうですよ。たしかに、僕たちのころには今ほど流行《はや》っていませんでしたから。ともかく、ベリーはとてもいい子ですよ。

お兄さん。

僕は信じています。ジャイブは元気にしていると。ドラッグなんてやっていないし、無為《むい》なケンカなどもしない。知らない女と歩いていた、と言いますがそれもきっとフロリダに住む友達かなにかなのでしょう。彼のプライベートに立ち入る権利は誰にもありませんが、もしもそれが失踪のきっかけとなるなにかに由来していたとするなら、せめて僕だけでも彼と一緒にいるべきでした。

ベリーについては心配しないでください。言い忘れていましたが、彼女には逃避癖《とうひへき》があります。ええ、昔からです。きっと、ジャイブがいなくなったというストレスを僕たち以上に感じていたのかもしれません。すぐに帰ってきますよ。

ベリーが僕たちのもとに戻ってくるころには、きっと……いえ、必ずジャイブも戻ってくると僕は信じています。

ああ、すみません。感情が高ぶってしまって……こんな、人前で泣いてしまうなんて。お兄さんも気をしっかり持ってください。僕たちにできることはなんでもしますから……

けほっ、ごほっ、かっ（突然咳《せ》き込む）

し、失礼。急に痰《たん》がからんだみたいで――（口を覆った手のひらを見て固まる）

（無言でカメラを伏せる）

※※※

ソウルからメッセンジャーでとあるSNSのリンクが送られてきた。

『おったまげるぜ、ブラザー！』と軽薄な性格が字にそのまま表れたメッセージとともに。

リンク先に接続すると確かにおったまげたよ。そこにはずらりとタイムワープのバカンスの写真画像が並んでいる。よくこんなに大量に撮ったな、と思うくらいにスクロールが滑る。アカウントの名前は〝abcdef12345〟という適当極まりないものだった。

どういうことなのかソウルに訊ねたが、なぜか返事が返ってこない。とりあえず、俺は写真を片っ端から……ああ、忘れていた。今日は10月24日。時刻は、ええっと、夕方くらいだ。とにかく、片っ端から写真を見た。

すると、だ。

そこには聞いていない写真がいくつもあった。誰ひとりとして、それについては触れていなかったのに。おっと、このことはまだ伏せておこう。しっかりと裏付けが取れてから改めて記録したいと思う。

軽妙ともいえる語り口で澱《よど》みなくカメラに話していたクランプだったが、その途中、突然咳き込んだかと思うと黙りこくってしまった。すると無言のまま、カメラに手をのばし録画を切ってしまったのだ。

クランプはそれまでの好意的な態度を一変させ、獰猛《どうもう》な目で睨《にら》み「帰ります」とひとこと吐き捨てて、止めるのも聞かずに帰ってしまった。あまりの豹変《ひょうへん》ぶりに俺は追いかけることもせず、呆気に取られていたがふと気になってその場で動画を確認した。

咳き込んだクランプが自らの手のひらを見て青ざめたかと思うと、突然カメラに手を伸ばしたシーンだ。何度か見返し、スロー再生で伸ばした手とは違うほうをズームした。

はっきりとはわからないが、毛玉のようなものが手のひらに載っていた。猫が吐くような小さな毛玉だ。

ベリー（撮影）

（ホテルの一室）

べ、ベリー……です。よろしくお願いします。き、緊張してしまって……うまく……喋れるか。私、誰かに見られながら話したり、カ、カメラを向けられるのが苦手で……そう……教師に向いてないんです。

私の家は教師一家で……その、別になりたかったわけじゃないんですが……成り行きでそうなったというか……

あ、いいんです！

……カメラはそのままで……そうじゃないと、私が、私の意思で話しているという証拠が……その、残らないので。そのかわり……深呼吸をしてもいいですか。すこしだけ、落ち着く時間をください……

ふぅー、すぅー、はあ～～（深呼吸をしている）

ありがとうございます。落ち着きました。

私の連絡先、よくわかりましたね。え、クランプが教えてくれたんですか？　そんな、クランプがまさか……いえ、あの人は絶対に教えないと思っていたので。

私たちは罪を犯しました。全部告白し終えたら、警察に行きます。それが罪滅ぼしになるとは思えませんが、……もう耐えられなくて。

SNSの写真、見てくれましたか？

直接、データをお送りしようかと思ったのですが、SNSのほうが色んな人の目に触れますし、簡単に見ていただけるかと考えました。タイムワープのみんながどんな話を語ったか知りませんが、お兄さんは多分、この写真に写っている時のことは知らないんじゃないでしょうか。

（自分のスマホをこちらに見せている）

3日目の朝から、私たちはクランプのクルーザーで海上パーティーをしていたんです。これは、その時のものです。ジャイブも写っていますよね、そうです。ジャイブもふくめ、タイムワープの全員がここにいました。ええ、これで全員です。7人ですよ。ひとり足りないわけないですよ。写真に写っているこれで全部です。

わ、わかりました！

お兄さんのお話は聞きますから、今は私の話をお願いなので聞いてください。話すのを止めると、もう続きを話す気がなくなってしまうかもしれないので……

朝に出て、夕方には戻るつもりでした。だけど私たちは結局、昼過ぎに戻り、三々五々、帰路についたんです。……ジャイブを除いて。

あれは事故でした。ジャイブは海に落ちたんです。最初はみんな、ジャイブを助けようとしましたが、彼はパニックに陥り溺《おぼ》れてしまい浮き輪を投げても自力で摑《つか》まることができなかったんです。

本当なら、ロックが飛び込んで助けるのが最善だったのですが、ロックは前の日の酔いを引きずったまままさらに飲んでいたので、ほとんど酩酊《めいてい》状態だったんです。

じゃあ誰が飛び込むか、と顔を見合わせました。

考えあぐねいているうち、ジャイブの声が消えたんです。気を失ったのか、疲れてしまったのか、とにかく沈んでいってしまいました。ここで飛び込むのが、最後のチャンスでした。だけど、青々とした海と空、の真ん中で誰も喋らなかった……

『このまま帰ろう』

と言いだしたのはクランプでした。ロックもジャズも、サンバもタンゴもそして！　……私も黙ったままでした。誰からだったか……たしか、ロックだったと思います。ロックがうなずくと、釣られるようにしてひとり、またひとりとうなずきました。

そして、クランプは沈んだジャイブを残して港へとクルーザーを走らせました。

私は……怖くて、なにも考えられなくて、震えていました。ほかのみんなが黙っていた理由がなんだったかはわかりませんが、私はただジャイブを見殺しにした恐怖と罪悪感で押しつぶされそうになっていました。

帰りの船でクランプは、『このことは黙っておこう』と言いだしたんです。

クランプはジャイブの事情をよく知っていたので、家にひとりで住んでいることや仕事をしていないこと、お兄さんとの不和を挙げ、〝旅行には来たが帰ってからは知らない〟で通そうという話になりました。

『それでいいかな？』

クランプは、もう普通に戻っていました。まるで本当に、最初からクルーザーにジャイブが乗っていなかったとでもいうように。

そもそもみんな朝一番に帰った、ということにしてクルージングパーティー自体なかったことにしよう、と。

そんなのすぐにバレるって思いました。でもクランプは平然と言ったんです。

『バレるかもしれないし、バレないかもしれない』

それにこれは事故だから、と本当に……本当に、道端で猫の尻尾でも踏んづけたくらいの調子で言うんです。もし、死体が漂着したとしても、ジャイブの身の上なら自殺だと思われるかもしれない。仲間とのバカンスを楽しんだ後、思い残すことなく自殺したって。

あまりに平然に話すから、ほかのみんなもクランプのように平常に戻っていきました。

私はやっぱりそれが怖くて。

写真のデータは全部消すよう言われました。あ……クルージング以降のデータです。でも私はうまくごまかして残しておきました。告発しようと思ったからじゃありません。消すのも残しておくのも、私にはどっちも怖かったからです。

でももっと怖かったのは、クランプたちです。ジャイブが死んだのに平気でいるのと、死んだことを知らないと嘘を吐《つ》くつもりだから。ああ、いえ、もしかしたらジャイブは死んでいないかもしれませんが……。

だから、『すまないが、しばらく身を隠してほしい』とクランプに言われた時もおとなしくそれに従いました。SNSやそれにあたるものもすべて削除してほしいとも言われ、そうしました。たぶん、お兄さんがジャイブを捜していることを知ったのだと思います。

私がどうしてカメラマンを買ってでたかわかりますか。居場所がなかったからですよ。

そして、ジャイブもそうでした。名目的には落ち込んだジャイブを励まそう、とか言っていますが、ジャイブを出汁《だし》に使ったってだけです。

このバカンスは、みんながみんな、自分勝手な目的で集まっただけなんですよ。

ジャズとタンゴはバカンスを言い訳にして一緒にいたいだけだったし、サンバはセレブを気取って自分は成功者だと嘘の自分を見せびらかしたかった。ロックはクランプへの下心で参加……あ、ハイスクール時代からロックはクランプのこと狙っていたんですって。笑っちゃいますよね。そして、クランプはバカンスを企画して自分が仕切ることで、タイムワープの中で改めてマウントを取りたかったんです。〝これをやってやったのは自分だ。自分がいなければこんなホテルには泊まれないぞ〟って。

みんながみんな、なにも変わらない。私とジャイブはタイムワープが大嫌いでした。

私ですか？　私がバカンスに参加したのは、断り切れなかったから。本当は来るのがすごく嫌でした。だから、カメラマンに徹して、余計な関わりを持たないようにしていたんです。

だからジャイブも居心地が悪そうでしたよ。ジャイブは、自分が企画のきっかけだから、断るわけにはいかなかったんでしょうね。だからといって、私とジャイブが特別親しいわけでもありませんし。

……クランプたちはきっと驚くと思います。私が裏切ったことに。きっと、お兄さんにはバカンスでのジャイブの様子のことを、デタラメばっかり話したんじゃないでしょうか。

ハイスクールの、少女だった時の私とは違うんです。生徒にものを教える仕事に就いておきながら、圧力に屈し、自分の罪を告白もできないなんて、耐えられませんでした。

そして、ジャイブのことはごめんなさい。許してもらえるとは思っていません。

あの時の私は、タイムワープの中で居場所のなかった私はもう、卒業したんです。

※※※

バタバタしていて、なかなか記録を録れないまますいぶん期間が空いてしまった。

ベリーに話を聞いて以降、あらゆることが劇的に動いた。その結果、弟の件は一応の終息を見たといっていいだろう。

そう、弟の死体が見つかった。パームビーチに打ち上げられていたのを観光客が発見したのだそうだ。ベリーの告白のあと、クランプを除いたタイムワープの面々は逮捕された。聞くところによると、ベリー以外の4人は錯乱状態にあるらしい。わけのわからない言葉を繰り返しては暴れるため、今はそれぞれ施設に入っているという。ベリーは自供したあと、州刑務所で罪を償《つぐな》う毎日を送っている。

クランプは死んだ。変死だったらしい。

仕事先のホテルのバスタブで溺れ死んだのだ。死体が発見されたとき、クランプはスーツ姿のままうつ伏せで、湯の張られたバスタブに沈んでいた。警察は他殺の線も視野に入れたが、ホテルの防犯カメラの映像や、部屋にひとりきりだったことから状況的に自殺だろうと断定した。外傷や争った形跡は皆無だったが、部屋のカウンターには大量のチーズとベーコンがあったらしい。それがなにを意味するのかは、よくわからない。

クランプについては、誰にも話さなかったことがある。

やつから電話がかかってきて、ベリーの連絡先を俺に教えた。どういう風の吹き回しかと訝《いぶか》しんだが、かなり錯乱している様子だった。話を聞いた時とはまるで別人で、余裕など微塵《みじん》もない。怯《おび》えながら神経過敏になっていて、あれだけ理路整然としていたのに、この時は支離滅裂《しりめつれつ》なことばかりを繰り返していた。

『猫が、猫が来るんだ。何匹も、何匹も。中でもひときわ大きな……人間の形をした猫が僕に……ベリーの居所を君に教えろと詰めよってくる。今もほら、ああっ、やめろ！　僕が、僕が悪かった！』

それはクランプから唐突にかかってきた電話だったので、録音できていないがおおよそこんな調子だった。やつが死んだのはそれから三日と経たないうちだ。街がハロウィンでにぎわう10月31日のことだった。

弟の死についても奇妙なことがあった。

溺死《できし》なのは疑いようもないが、発見されたときの状況が妙だった。どういうわけか弟の死体のすぐ傍《かたわ》らに猫の死体が横たわっていたのだ。それがどこの猫で、どうしてそんなところで死んでいたのかはわからない。だが、猫もまた弟と同じく溺死したらしいことは確かだった。毛むくじゃらの太った猫だったという。

そういえば、クランプと電話をしている時、花粉症なのかしきりにくしゃみをしていた。いや、今思い返せば、あれはクランプのくしゃみだったのだろうか。

——考えすぎはよくないな。

※※※

クレーンで穴の中に降ろされていく棺《ひつぎ》を見つめながら弟に「ごめんな」と謝った。弟に謝ったのなんて、いったいいつぶりだろうか。どうしても思い出せなくて、俺は苦笑した。抜けるような青空の日だった。

11月12日。13時16分。

トマス・フランク（撮影）

（ニューメキシコのトレイラーハウスにて）

そうか……それは残念だった。悔やみきれないよ。

覚えているよ。タイムワープの7人だろう？

昔から歪《いびつ》なグループだった。だけど彼らは彼らなりの絆で結ばれ、青春を謳歌《おうか》しているのとばかり思っていたよ。私もまだまだだな。もっとも、もうとうの昔に教職は引退しているが。君も私が教えたね、君の弟はずっと君に憧れているようだった。だけど、仲間を必要としない青春は、君の弟には耐えられなかったのだね。そして私は、それが善い方向へ作用すると信じていた。

けれど彼はもういないんだね……だったら、代わりに私の謝罪を君に受け止めてもらえないだろうか。

預かっていた猫がね、いなくなってしまったのだよ。

ああ、君の弟に「バカンスで家を空けるので、その間、飼っている猫を預かってほしい」と頼まれたんだ。

タイムワープの仲間はカリフォルニアから離れてしまったからね。比較的近い、ニューメキシコに住む私がちょうどよかったんだろう。

私が快諾すると、バカンスの二日前に猫の飼育道具一式を持ってやってきたよ。もちろん猫を連れてね。毛むくじゃらで片耳の欠けている、ふてぶてしい恰好の太った猫だ。鼻が悪いらしく、よくくしゃみをしてね。常に洟《はな》を垂らしているから、なんだか独特の愛嬌があった。ひと目で君の弟と相性がよさそうだなと思ったよ。

ベーコンとチーズが好物だが、言うことを聞かなくて困った時以外はやらないでほしいと君の弟は言っていたな。生意気な猫だ。（笑う）数日預かるだけの予定だったが、彼と連絡が取れないまま、しばらく経ち警察が来たりしてようやく彼の身になにかがあったのだと悟った。そんな時、猫が姿を消したんだ。

何日も捜したさ、彼が託した猫だったから責任重大だ。だけど捜しても捜してもみつからなかった。困り果てた私は正直にこのことを知らせるしかないと思った。

できることは手紙を出すことくらいしかなかった。だがそれを見て、君が来てくれたんだね。

ずいぶんと可愛がっていたようだよ。聞けば、母君が生きていた時からというから付き合いが長かったみたいじゃないか。昔はかなり多くの猫を飼っていたんだろう？　君の弟はここへ来た時に言っていたよ。

『こいつはうちに住み着いた多くの猫たちのボスなんです。ここにいた猫たちの魂がこいつの命になっているからきっと、長生きしてるんですよ』と。

母君が亡くなってから飼っていた猫を外に逃がしたり、誰かに譲ったりして徐々に減らしていった。だけど、最後まで残ったあのふてぶてしい猫だけは最後まで飼うことにしたのだってね。普通の猫ならとっくに死んでいるくらいの年齢だったそうじゃないか。日本や中国では、長く生きた猫は妖怪、いわばモンスターになるという話がある。笑ってしまうが、人間の言葉を話したり、人間の姿に化けたり、騙《だま》したり、そんなことができるようになるという伝説だ。

そんな話を信じるのかだって？　信じるさ。世の中には人知の及ばないことがまだまだたくさんあるのさ。

そうだ、彼が遺《のこ》していった猫の飼育道具だがどうするね？　望むなら私のほうで処分してもいいが。持ち帰るかね？

ん？　これのことかな。

猫のエサ皿だ。ほら、ここに猫の名前が書いてあるだろう。〝魂《ソウル》〟か、いい名前をもらったものだ。

新名 智

今頃、わが家では

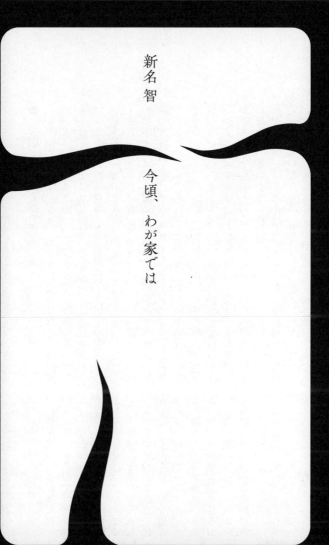

●『今頃、わが家では』　新名《にいな》　智《さとし》

せっかくヴァケーションの長旅に出かけたというのに、つい我が家のことが気になってしまう。このテーマのアンソロジーでは誰も思いつかないようなこの着想で、実は誰もが陥《おちい》りそうなこの感覚を、誰もが書き得ない恐怖の物語に仕上げたのは、今回《異形コレクション》初登場となる新鋭ホラー作家・新名智。

新名智は、2021年『虚魚《そらざかな》』（KADOKAWA）で第41回横溝正史《よこみぞせいし》ミステリ&ホラー大賞〈大賞〉を受賞してデビュー。この『虚魚』は「人を殺す怪談」を求める主人公の物語であり、長篇の中に怪談集一冊分ほどもの読み応えある怪談が詰めこまれた、怪談の奔流《ほんりゅう》のようなミステリー（もちろん、ラストもしっかりホラーとなる）。川を巡るホラーでもあり、その意味では奇《く》しくも同年刊行されたジョン・ランガン『フィッシャーマン　漁《いさ》り人《びと》の伝説』（植草昌実《うえくさまさみ》訳、新紀元社・『幻想と怪奇』叢書）とも共通点がある。翌年刊行されたホラー第二作『あさとほ』（KADOKAWA）は、人間を失踪させる幻の国文学をモチーフにした作品だが、実は、この作品にも同じ川が流れている。次にいかなるホラーを書くのか予想もつかない新名智だが、どうやら途方もない水源を胸の内に秘めているのかもしれない。

そういえば――本作にも、さりげなく川が描かれている。しかして、それは、これからはじまる異様な奔流の幕開けにすぎない。

夫婦で旅行に出かけるなんて、いつ以来だろうと思った。

秋の連休に合わせて温泉に行こう、と夫の悠太《ゆうた》が言い出したとき、わたしはもちろん賛成した。ひょっとしたら、結婚してから初めての旅行かもしれない。結婚してすぐ新型コロナウイルスの大流行があり、気軽に外出できないような雰囲気が何年も続いた。その間に、わたしたちは東京を離れて地方都市へ移住し、家を建てた。

わたしはその家を気に入った。将来、子供が生まれたときのことを考え、余裕のある間取りを選んだのもよかった。家には広々とした庭があって、その先はすぐ裏山の斜面になっている。春になると、ツクシやタンポポが生い茂り、冬は一面、白い雪に覆《おお》われる。そして家の近所には、古い神社や、鮎《あゆ》の泳ぐ川や、きれいに手入れされた田んぼがある。

生活もずいぶんと落ち着き、気がつけば一年が経っている。世間に蔓延《まんえん》していた自粛ムードも収まりつつあった。それで彼は旅行の計画を立てたのだろう。二泊三日というほかは、これといった予定もない。ひたすらに心を休めるための旅。

だというのに。

「このあたりでは、手延《ての》べうどんが名物なんだってさ」

「ああ、そうなの」

「お昼ごはんは、それにしてみようか。あと足湯にも寄ろう」

「いいわね」

硫黄《いおう》の香りがする小道で、わたしたちはそんな会話をした。悠太が観光パンフレットを熟読して今後の計画を立てている間、わたしは道の脇にある一軒の民家を眺めた。もとは白い壁だったのが、変色してクリーム色になり、さらに雨水の流れた跡が乾いて、赤褐色《せきかっしょく》の帯になっている。

「おい」悠太がパンフレットから顔を上げる。「ちゃんと聞いてるのか?」

「えっ、ええ。もちろん」

とっさに答えたけれど、何を尋ねられていたのか、さっぱり思い出せない。悠太はため息をついた。

「朝から、ずっとこんな調子じゃないか」

「ごめんなさい。考え事をしてたから」

「何か気になるのか?」

「いえ、別に――」

わたしは答えた。言ったところでどうしようもない、あまりに漠然とした不安だった。そして自宅を離れれば離れるほど、それは大きくなっている気がした。

悠太も、それ以上は尋ねてこなかったので、話はそこで終わった。わたしたちは美味しいと評判のうどん屋さんに入った。鶏肉《とりにく》とネギの入った温かいつけ汁に、コシのある麺《めん》を浸して食べる。なるほど、ガイドブックどおりの美味しさだ。食べている間は、少しだけ気が紛《まぎ》れた。

食後のお茶を飲んでいるとき、ふと窓の外を見たら、雨が降っていた。

「なんだよ、夕方までは晴れるって予報だったのに」

窓枠に雨のしずくが当たって、かすかな音を立てる。それを聞いているうちにまた例の不安が蘇《よみがえ》ってきて、わたしは思わず言った。

「ねえ、ベランダに洗濯物なんか出してなかったよね」

「当たり前だろ。旅行の間、ずっと外に干しておくわけないし。今朝《けさ》は室内乾燥にしておいたよ」

「乾燥機は動かしたままってこと？」

「タイマーがあるからな」

もしもタイマーが故障して動かなかったら、三日間もつけっぱなしだ。電気代がもったいない。いや、それどころか火事になるかもしれない。でも悠太には言わなかった。言えば、またうんざりされる気がする。

わたしはお茶をすすった。中身はもうだいぶ冷めてしまっていて、渋みばかり舌に残る。

おかげで気分はよくならない。だから、つい別のことが口をついて出る。

「玄関の鍵って、どっちがかけたんだっけ」

すると、わたしがまさに恐れていた表情を、悠太がしてみせた。何度も同じことを言わせるな、というときの顔。

「おれだよ。鍵も持ってる」

「ちゃんとかけた――」

「その話、家を出るときもしたじゃないか。わざわざ戻って確認した」

ああ、彼の言うとおりだった。家を出て百メートルばかり歩いたところで、不意にわたしがそれを言い出し、その頃はまだ今ほど苛立《いらだ》っていなかった悠太が、家まで小走りで引き返した。その光景がはっきりと脳裏に浮かぶ。

これ以上は夫の機嫌を損《そこ》ねないよう、わたしは黙った。しかし、口をつぐんだだけでは不安は消えず、炭酸飲料を飲んだあとみたいに、わたしの胃のあたりをぎゅうぎゅうと圧迫する。

玄関の鍵以外にも、気になることは無数にあった。たとえば、冷凍庫がちょっとだけ開いていて、中身が溶けてしまうんじゃないか、とか、蛇口がきちんとしまってなくて、無駄に水が出ていたりしないか、とか、大切な本を伏せたままにしてあって、そのせいで折り目がついてしまうかも、とか。窓は閉まっているか。網戸は。廊下の照明は。エアコンのスイッチは。考えれば考えるほど、心配が次々と浮かんできて消えない。

——早く家に帰りたい。留守中、家がどうなっているのか、気になって仕方がない。

昼食の後も雨足は激しくなる一方だった。本当なら温泉街を見て回るつもりだったけれど、それは諦《あきら》め、わたしたちは一足先に旅館へ向かった。着いてみると、チェックインの時刻まではだいぶあるというのに、ロビーは混雑していた。どうやら他の宿泊客も同じ考えだったらしい。

ようやく客室に入ると、少しほっとした。座椅子に腰かけてテレビをつける。映ったのは知らないローカル番組だったが、画面の左下にあるL字型のスペースでは、大雨警報の速報が流れていた。警報は本州の広い範囲に発令されているようで、わたしたちの家がある地域も、その中に含まれている。

「大丈夫かしら」わたしは言った。「川が氾濫《はんらん》でもしたら」

家の近くにある川を思い浮かべていた。普段は穏やかな川だけれど、上流で大雨が降った日などには、茶色く濁《にご》った水が滝のような音を立てているときもある。

「うちは高台にあるし、心配ないだろ」

「でも」

「引っ越すとき、ちゃんと調べた。わざわざ図書館まで行って、郷土史の分厚い本を出してもらって」

そうだった。引っ越しをする前、やはり不安を口にしていたわたしのことを、悠太はあの手この手で落ち着かせようとした。わたしが災害の危険について気にしているのがわかると、悠太はハザードマップを取り寄せて確認し、それでもわたしが安心しなかったので、今度は土地の歴史をさかのぼって調査した。

わたしたちの住む地区に、大きな災害の記録はまったくない。江戸時代の古地図を見ても、町の配置や道の交差などがほとんど同じで、それはつまり、地形が変わるような大きな事件は何も起きていないということを意味している。わたしたちの家がある場所は、古い地図ではことごとく空白になっている。であれば、おかしないわくつきの土地ということもなさそうだ。

「雨で地盤がゆるんで、裏山が崩れたりとか」

「あれだけ雑草が生えているんだから、地面はしっかりしてるはずだよ」

家の裏にある山――高さだけで言うならば、山というより丘――は、例の江戸時代の地図にも存在が記されていた。周囲にある似たような地形は、今では開発されて住宅地に変わってしまったようだけれど、その丘だけは昔のまま残っている。

「もともと斜面だった場所を削ったり盛ったりしたところは、雨が降ると土砂崩れやなんかの危険があるんだ。その点、うちの裏山は百年以上も前からあの形だったわけだから、なんの心配もいらない」

　悠太は断言した。でも、そうやって強く言い切られると、かえってわたしは不安を覚える。彼は頼りになる夫だが、ときどき、目の前で起きていることにも気づいていなかったりするのだ。たとえば。

「向かいの家、犬を飼っているでしょ」

「ああ、パピヨンだっけ。そういえば最近は声を聞かないよな」

　その犬は、愛くるしい外見の割に気性が荒く、家の窓から常に道路を監視して、人が通ると吠えまくっていた。それが、ここ何週間かは妙に静かだ。

「聞かないはずだよ。あの犬、迷子になったの」

「ずっと家の中で飼ってただろ。それなのに迷子？」

「スーパーにチラシが貼ってあった。犬を探してます、っていうやつ」

　チラシによると、不注意で窓が開いていており、そこから逃げ出したのだろう、とのことだった。だが、子犬のときから室内で飼われていた犬が、急に脱走するというのも不思議な話ではある。かすかな違和感が、悠太と話しているうち、だんだんと具体的な心配に変わっていった。

「これって、大きな災害の前触れじゃないかって思うの」

　以前、何かの本で読んだことがある。動物には、第六感のようなものがあって、地震や洪水の前には、姿をくらますことがある。犬がいなくなったのも、そのせいではないか。そう説明したら、しかし、悠太は鼻で笑った。

「予知能力なんて非科学的だ」

「そんなことないよ。動物は、地磁気の変化とか、低周波とか、そういうものを読み取るんだって本に書いてあった」

「だったとしても、いなくなったのは、その犬だけじゃないか。他の野生動物はいなくなったりしていない。むしろ増えてる」

「増えてる？」

悠太はスマートフォンを取り出し、一枚の写真をわたしに見せた。それは家の前の電線を撮影したもので、茜色《あかねいろ》に染まりつつある夕方の空をバックに、黒い鳥の影がびっしり並んで電線の上を埋め尽くしている。

「カラスがどんどん多くなっててさ。前はこんなじゃなかっただろ」

「どうだったかしら——」

もともと野鳥の多い環境ではあった。近所を散歩していると、ヒヨドリやセキレイなどをよく見かける。それが最近になって増えたとは感じていない。

だけど、言われてみれば気になる出来事もあった。先月のことだ。庭に、見たことのない動物の死骸《しがい》があった。すぐに目を背《そむ》けたが、異様な死に方だったという印象がある。それは強い力で引っ張られ、左右にちぎれたような形をしていた。

わたしの悲鳴を聞いて駆けつけた悠太が死骸を処分してくれたものの、しばらくは庭に出るのが怖かった。

「もしかしたら」

「うん？」

「裏山に大きな野生動物がいるかもしれない。クマとかそういうの」

「急にどうしたんだよ」

自分の頭の中では一連の不安だったのだけれど、悠太からしたら違う話がいきなり始まったように感じられたようだ。わたしは思考の流れを整理して伝えた。家の近くに危険な肉食獣がおり、それが麓《ふもと》に現れて、ペットの犬や、他の動物を襲っている。死骸を狙ってカラスも集まる。

そうしたら、また悠太は困ったような、半笑いのような顔になった。

「あの山はそこまで大きくない。どこにクマが棲《す》んでるっていうのさ」

「巣穴があるんじゃないの」

「巣穴？」

「うん。裏山の斜面に、掘り返したような跡がときどきあるの。クマは冬眠するっていうでしょ。だから――」

「まさか」

悠太はそう言うと、わたしが見つけた事柄について、ひとつずつ説明してくれた。庭で死んでいたのは、ただのハツカネズミで、田舎《いなか》ではありふれた小さなネズミだ。もし他の動物にやられたのだとしても、それはクマなどではなく、野良猫か何かだろう、と。

「裏山が掘り返されてたのは」

「モグラでもいるのかもな」

「そんなものじゃなかった。そのあたりだけ耕したみたいに、土が黒くなっていて」

「じゃあ近所の人の仕業《しわざ》だ。何か植えるつもりなのか、もう植えたのか」

わたしは首をかしげた。日中、あの場所に人がいるのを見たことは一度もない。ただの草むらだし、外からは庭の一部みたいに見えるから、無断で入り込んだ上に穴を掘るなんてことはないように思った。

ただ、それをわたしが口にしたところで、悠太はまた何か理屈をつけて反論するだけだろうという気もする。四六時中見張っているならともかく、たまたまわたしが見ていない時間帯に人が来て掘ったのだと言われたら否定しようがない。それで、わたしは黙った。

テレビの中では、知らないローカル番組が終わって、全国ネットの情報番組に切り替わっていた。悠太は夕食の前にひとつ風呂浴びると言って出ていったが、わたしは気分がすぐれなかったので、テレビを消して横になった。しんとした客室に、雨の音だけが響く。

悠太に洗いざらい話したおかげか、わたしの不安はさっきよりも軽くなっている。けれど、なくなったわけではない証拠に、目を閉じても頭は休まらず、また家のことをあれこれ考えている。

いつもこうだった。わたしが何か心配事を口にしたら、悠太は理屈でそれを取り除こうとする。新型コロナウイルスの流行が始まったばかりの頃、まだ東京の狭いマンションに住んでいたわたしたちは、それが原因で毎日のように喧嘩していた。次第に、わたしのほうはふさぎ込みがちになり、悠太は悠太でストレスを募らせる。そしてまた衝突する。そんな悪循環。

彼の言うことは正しい。わたしも表面上は納得する。でも根本的な解決にはならない。たとえ九十九パーセント安全だと説明されても、残りの一パーセントがある限り、わたしにとってはなんの意味もないのだ。その一パーセントが羽虫《はむし》のように脳みその奥を飛び回って、わたしの眠りをいつまでも邪魔し続ける。

結局、湯上がりの悠太がさっぱりした顔で戻ってくるまで、わたしは体を硬くして天井を見つめているだけだった。ふたりで浴衣《ゆかた》に着替え、夕食会場に向かう。用意されていたのは、いかにも温泉旅館といった雰囲気のコース料理だった。テーブルの上にはステーキ肉の載った小鍋が置かれ、固形燃料で火を通して食べるようになっている。

夫と向かい合って料理をつつくのは、それでもいい気晴らしになった。普段は口にしないビールも、少しだけ飲んだ。通されたのは個室だったけれど、壁越しに隣のグループの話し声が聞こえてきた。あちらは大家族らしく、子供が何か言っては、そのたびに大人たちが大笑いしていた。

食べ終えて部屋に戻ると、もう布団が敷かれている。日本酒まで飲んで、すっかり顔を赤くした悠太は、すぐさま布団に倒れ込んだ。わたしは寝る前に汗を流すつもりで、大浴場へ向かった。暗い廊下を歩き、レトロな筐体《きょうたい》の置かれたゲームコーナーや、自販機の並んだ休憩室の前を通り過ぎる。

大浴場はそれなりに混んでいたけれど、周囲に気を使うほどではなかった。わたしは浴槽の一角を占有し、思い切り伸びをする。外では、あいかわらず雨が降っていた。露天風呂もあったが、浸かっている人は見当たらない。

温かいお湯の中で浮力に体を任せていたら、だんだん気が楽になってきた。理屈でどんなに説き伏せられてもしつこく頭にこびついていた不安が、体を温めたり冷やしたりという程度のことであっけなく消える。わたしは、人間の知恵とはなんなのだろう、ということを感じていた。余分な知識があるために、細かいことばかり気になって、目の前の幸福に手が届かない、そんなようなことを。

――少しのぼせてしまったかもしれない。わたしは浴室から出た。

火照《ほて》った体を風に当てながら浴衣を着ているとき、壁に貼られたポスターが視界に入った。盗撮への注意を喚起するもので、さまざまなタイプの隠しカメラがイラストつきで紹介されている。わたしは嫌な気持ちになり、思わず周囲に目を走らせた。レンズは見当たらなかったが、巧妙に仕込まれていたら気づかないかもしれない、と思うと気味が悪い。

それをきっかけとして、せっかく治まっていた不安の症状が、またしても鎌首をもたげる。わたしはろくに髪も乾かさず、部屋へ急いだ。

ほどほどに酔いが覚めたらしい悠太は、広縁《ひろえん》の椅子に腰かけて休んでいた。彼は、濡れた髪を振り乱して帰ってきたわたしを見ると目を丸くし、風呂場で何かあったのか、と尋ねた。

「最近、家のベランダにいると、視線を感じるの」前置きも省略して、わたしは言った。「近所の人が家を覗《のぞ》いているみたい」

「またそんな話か」

悠太はぞんざいに返事をしただけで、浮かせかけていた腰を落ち着けた。わたしはバスタオルで髪を拭《ぬぐ》いながら、彼の向かいの椅子に座る。

「カメラのシャッター音を聞いたこともあるよ。裏山の野鳥でも撮ってるんだろうと思ったけど、本当は」

わたしのことを撮っていたんじゃないかとまでは、さすがに自意識過剰すぎる感じがして言えなかった。それに、ただの盗撮犯ならまだいい——というのも変な話だけれど、わたしの心配事は別にあった。

「今朝、出発したあとで、戻って鍵を確認してもらったでしょう？」

「その話だって、さっきした。ちゃんとかかっていたよ」

「違うの、最後まで聞いて。そのとき、家の反対側の道を、こっちに向かって歩いてくる人が見えたの。でも、あなたが家のほうへ戻っていったら、その人も急に向きを変えて、どこかへ行っちゃった」

そのときは、単におやっと思っただけだった。たまたま同じタイミングで、急用を思い出して引き返しただけだろう、と。しかし今になって、あれはとても不自然な動きだった気がしてきた。まるで、わたしたちと入れ違いに中へ入ろうとしていたところ、思いがけず悠太が戻ってきたので、慌《あわ》てて逃げ出した、というような。

「今頃、家に入り込んでるかもしれない。外から盗撮していたのは、わたしたちの生活パターンを探るため」

「何を言って――」

彼はわたしの言葉を遮《さえぎ》ろうとしたが、わたしはもう止まれなかった。

「それにほら、向かいの家の犬がいなくなったのも、きっとそのせいだよ。侵入するとき、吠えられたら困るから、あらかじめ処分しておいたのかも」

「いいから落ち着けよ」

ついに、悠太はわたしの両手を摑《つか》んだ。そうしてまっすぐ前を向かせる。

「家の防犯については、前から話してたよな。ふたりで相談して、ホームセキュリティも契約したし」

「あれって、もう設置されてたの」

「先々週の土曜からだよ。言わなかったか？」

旅行のことが気がかりで、よく聞いていなかったのかもしれない。悠太によれば、留守中や夜間にだれかが忍び込んだら、人感センサーが反応して、スマートフォンにメールが飛んでくる仕組みなのだという。今のところ、それは届いていない。つまりセンサーに反応はないということだ。

「でも——」

「故障してるかも、なんて言うなよ。きりがない」

「——今はまだ忍び込んでないってだけかも。もっと深夜になってから決行するつもりで」

「だとしても同じさ。設置元の警備会社に通報が行くんだ。こっちは寝てたって問題ない」

言い返すことがなくなって、わたしは黙り込んだ。悠太はわたしの不安を、決して茶化しはしない。常識的な範囲で対策を施《ほどこ》したあとは、ただ放置する。世間の一般的な夫なら、空き巣に怯《おび》える妻をなだめこそすれ、警報装置を取りつけることまではしないだろう。そういう意味では、わたしはとても恵まれている。

けど、先々週というところが、妙に引っかかる。

「そのセンサーって、わたしたちが家にいるときも動いてるの」

「昼間は切ってあるよ。さすがに、家の廊下を歩いただけで通報されちゃ困る」

「じゃあ、夜は」

「一階は動いてる」

その答えを聞いて、わたしは首を振った。

「そんなはずはないよ。先週の夜、何度か、下の階で物音がした」

悠太は、何かを見定めようとするみたいに、わたしの顔をじっと見つめた。その目を見て、わたしはどうにか喉元までせり上がった不安を押し殺そうとした。でもできなかった。彼は彼なりのスタンスで、わたしに寄り添おうとしてくれている。それでも、いったん凝り固まったわたしの妄想は、吐き出さないことには収まらない。

「もしセンサーに反応がないなら——あれは幽霊だったんじゃないか、って」

「幽霊?」

彼は一瞬だけ口角を持ち上げ、両目をぎゅっとつぶる。吹き出しそうになったのをこらえたみたいだ。気にせず笑えばいいのに、と思う。腫《は》れ物扱いは嫌だ。

「似たようなことは、もっと前からあったよ。今にして思えば、住み始めたばかりの頃から、空気がどこか変だった。後ろでひそひそ話す声がしたり、物陰から何か出てきたと思ったら、すぐにまた引っ込んだり。あの家は呪われてるよ。きっとそう」

悠太の顔から、今度こそはっきりと笑みが消える。そうして何か危険なものを見つめるように、わたしをじっと覗き込む。かまわない。好きなだけ見たらいい。わたしはもう止められなかった。

「ううん、引っ越してからじゃない。東京にいた頃から、うちは変だった。いろんなことがちょっとずつ変になってた」

新型ウイルスの流行に、長引く外出自粛。悠太とわたしは、ずっとふたりきりで過ごした。あんなに愛し合って結婚したはずなのに、朝から晩まで一緒にいると、ささいなことが鼻につく。いつしか、悠太はリビングで、わたしは寝室で、それぞれ分かれて過ごすのが当たり前になった。しかし寝室から外へ出るには、彼の占有しているリビングを通るしかない。次第にわたしは部屋からも出なくなった。

絶え間ない不安と焦燥感《しょうそうかん》。友人の勧めで心療内科にも行ってみたが、あまり解決にはならなかった。処方された薬を飲むと、たしかに気持ちは楽になったけれど、代わりにひどい倦怠感《けんたいかん》と、鈍い頭痛が続く。わたしはベッドから起き上がれなくなり、家のことはすべて悠太に任せきりとなった。自分が価値のない置物になってしまったように思えて、ただ辛かった。

「けど、あなたは楽しそうだった。会社の人や学生時代の友達と、しょっちゅうオンライン飲み会なんかして、深夜まで話し込んで」

「あれは、そんなつもりじゃ」

「わたしがどういう思いで、あなたの笑い声を聞いてたと思うの？」

引っ越しとともに、わたしたちはどうにか元の夫婦の形を取り戻そうとした。庭でハーブを育ててみたり、ＤＩＹとやらに手を出してみたり、挙句《あげく》の果てには温泉旅行。でも、そんなことは無駄だった。わたしたちの胸の底には、まだあの頃のわだかまりが古い埃《ほこり》みたいに積もっている。

「不安でたまらなかったのは、そのせいだったんだ。今の暮らしが、その場しのぎの嘘だって、心のどこかでわかってたから、泥棒が影に怯えるみたいに、身の回りのものがみんな怖く思えて——やっぱり旅行なんて来るべきじゃなかった。ずっとあの家にいれば、こんなことにも気づかないでいられたのに」

「落ち着けよ、なあ」彼はわたしの手を取り、優しくさする。「いいから落ち着け。大丈夫だ」

手のひらを通して、悠太の体温が伝わってくる。そうして初めて、わたしは自分の手が小刻みに震えていたことを知った。今の自分は普通じゃないって、頭ではわかってる。でも、体と心が言うことを聞いてくれない。勝手に怖いものを見つけてきては、勝手に怖がっている。

「うちが呪われてるなんて、そんなことありえない。だって新築の家だろ。幽霊が取り憑《つ》くわけないじゃないか」

もちろん、そうだ。前に住んでいたマンションは賃貸だったし、築年数も古かった。過去の住人の痕跡が残っているみたいで気味が悪いと感じることもあると、いつだったか悠太に話した。彼はそれを覚えていて、わたしのためにわざわざ新しい家を用意してくれたのだけど。

「引っ越してすぐの頃、郵便受けに、おかしなものが入っていた」

「え？」

「お札《ふだ》みたいなもの。これくらいの大きさで」わたしは、封筒より一回り大きいサイズを、指で示す。「折りたたまれてた。開いたら、赤いインクか何かで、びっしり模様が描かれていた」

丸や三角を組み合わせた幾何学的な文様《もんよう》に、文字を崩したような印《いん》。テレビドラマなどに出てくるお札のイメージそのものだったから、わたしはひと目でぞっとした。

悠太は怪訝《けげん》そうに、しかしあくまで柔らかい声のまま、わたしに尋ねてきた。

「それ、どうしたんだ？」

わたしは首を横に振る。

「わからないの」

「わからないって」

「驚いて、他の郵便物と一緒に、その場に撒《ま》き散らしたのは覚えてる。それから、たぶん、あなたを呼びに行って――戻ってきたときには、もうなかったんじゃないかな」

きっと折込チラシか何かを見間違えたのだ。そんなふうに自分を納得させて、いつしか、そんなものを見たことさえ忘れてしまった。でも、それがかえって不自然だ。こんなに心配性のわたしが、あっさり忘れてしまうなんて。まるで。

「本当に忌《い》まわしいものだったから、無意識に記憶から消してしまったみたい」

「大げさだよ」

「でもね、思い出してみると、すごく嫌な模様だったような気がしてくるの。禍々《まがまが》しいっていうか、グロテスクっていうか――ひょっとしたら、お札の力で、外から悪いものが家に入ってきたのかもしれない。そのせいで家の中が少しずつおかしくなったんじゃないか、って」

「だから大げさなんだよ。だいたい、あの札にそんな力は――」

その瞬間、部屋の空気が変わった。

自分がまずいことを言ったのだと気づいて、悠太は口をつぐんだ。けれど、わたしはその言い回しの不自然さを、すぐに理解した。

「あのお札って、あなたに見せる前になくなったんだよ」

床に散らばった郵便物を見た悠太に、わたしは手が滑っただけと言い訳して、何事もなかったみたいにふたりで拾い集めた。だから、悠太はあんなお札があったことさえ知らないはずだ。それなのに、今の口ぶりからすると違う。彼はお札のことも、その正体もわかっている。ひょっとしたら、拾うのを手伝うふりをして、彼がこっそり回収したんじゃないか。わたしに見られてはいけないものだったから。

「ねえ、ちゃんと答えてよ」

「ただの言い間違いだよ。呪いのせいで悪いことが起きるなんて非科学的だから、だから」

彼は立ち上がると、敷居をまたいで部屋のほうへ戻った。「もう寝よう」

わたしはぶんぶんと首を振る。そんな言葉では納得できない。

「どうして嘘をつくの」

「嘘なんかじゃない。考えればわかるだろ」

「結婚する前に約束したはずだよ。隠し事はしないって。どんなときも正直に話し合おうって」

彼は、何かを考えるみたいにうつむいた。新しい言い訳を探しているのか、それとも、昔を思い出して反省しているのか、そのどちらかだろうとわたしは思った。

しかし、そのあとで彼の口から出た言葉は、そのどちらでもなかった。

「じゃあ、正直に言うけどな。――おまえ、やっぱり病気だよ」

「え？」

「だってそうだろ。ありもしない心配ばかりして、勝手に妄想を膨《ふく》らませて、幽霊だの呪いだの、まともじゃない」

わたしは一瞬、頭が真っ白になった。そんなことはない。だって今、悠太は自分で。

「そんな、でも、わたしは」

「仕方ないって言うんだな。そんなこと、おれにもわかってる。けど疲れたんだ。こっちももう限界なんだよ」

言葉のひとつひとつが、鋭く尖って感じられた。悠太がこんな言葉遣いをしたことは、今までになかった。意見がぶつかることはあっても、彼は穏《おだ》やかで、わたしを傷つけるような言葉は言わなかった。

「変わったって言うなら、おまえのほうじゃないか。おれだって、狭い家の中でふたりきりで、どうしたらいいかわからなくてさ。仲のよかった先輩や同期に、毎晩のように愚痴《ぐち》を聞いてもらってた。おまえが気に入ってる新しい家だって、先輩の紹介のおかげで、相場より安く建てられたんだぞ」

知らなかった。わたしと違って彼は平気で、楽しく飲み会をしているものだと思っていた。その頃のわたしは、自分のことで精一杯で――だから引っ越しに関わることも、すべて悠太に任せていた。土地を買うときも、家を建てるときも、彼がひとりで進めて、わたしは同意しただけ。考えてみれば、いくら田舎とは言え、悠太の稼ぎだけであっさり買えるような家じゃない。

なんだ、とわたしは思った。なんのことはない、わたしは悠太に甘えていたのだ。彼におぶさっていながら、怖いと言って泣きじゃくる。わたしはただの子供だった。そんな子供を彼は持て余しつつ、どうにかここまで連れてきてくれた。それなのに。

「——ごめん、なさい」

「いいよ、謝ってくれなくても。夫婦なんだから、助け合うのは当たり前だ。だけど——おれだって、いつも助けられるわけじゃないってことは、わかってほしい」

彼はそう言うと、いきなりわたしの肩に両手を回して抱き寄せた。それがあまりに唐突《とうとつ》だったから、わたしは反射的に体をこわばらせる。

「愛してる」

と、悠太は言った。嬉しいはずの言葉なのに、なぜかわたしの胸には響かない。それでも彼がまだわたしを見放していないとわかって、安堵《あんど》はした。それが今のわたしにとっては大切なことだった。

部屋の明かりを消し、わたしたちはそれぞれの布団に入った。悠太は、おやすみとだけ言って、すぐに寝息を立て始める。お酒も飲んでいたことだし、久しぶりの旅行で疲れていたのだろう。わたしのほうも目を閉じて、働かせすぎた頭を休めようとする。ぱりっとしたシーツが肌に触れる感覚。普段の寝室とは違う、静かな空気の流れ。

だが、一向に眠気は訪れない。むしろ暗闇の中で、わたしの空想はますますひどくなっていた。悠太の言葉の端々《はしばし》にあった違和感。まぶたの裏で徐々に形をとっていく。

駄目だ、とわたしは自分に言い聞かせる。悠太と話したおかげで、せっかく少しだけよくなったのに、これじゃあ逆戻りだ。わたしは自分の手を強くこすり合わせる。でも不安は消えていってくれない。

彼は、先輩の紹介で、あの土地を相場より安く手に入れたという。どうしてそんなことが可能だったのだろう。もしかして、とわたしは思った。あの土地自体に何か、よくないものが隠されているんじゃないか。

引っ越してくる前、夫とふたりで古地図を調べた。わたしたちの家があるあたりは、いつも空白だった。いわくつきの土地ではなさそうだとわかって安心したのだけれど、本当は逆だったのかもしれない。そこに何もないから空白だったのではなく、あまりに忌まわしい場所で、記すことさえできなかったのだ。

古い災害の記録もない、と悠太は言っていた。記録がないのではなく、最初から作られなかった、あるいは故意に消された、そういうことも考えられる。普通の土地ならそんなことにはならない。あそこには何か、邪悪なものが眠っている。

恐ろしさをこらえきれなくなり、布団の中で赤ん坊みたいに手足を丸める。何者かが布団の端から手を入れてて、足首を摑まれる。そんなイメージがこびりつく。

悠太はおそらく、あそこがそういう場所だと知っているのだろう。知っていながら、わたしには隠している。その先輩とやらは、悠太に命令し、そこに眠る存在の調査をさせている。それが交換条件だった。

わたしが感じていた視線やシャッター音、そして深夜の物音などは、悠太の仕業だったのだ。彼は証拠の写真などを撮影し、夜中にこっそり送信しているに違いない。妙にスムーズに進んだホームセキュリティの設置も、家の中にいる〝何か〟の姿を捉えるためだ。それに、さっき彼は家の前の電線に集まっているカラスの写真を見せてくれた。なぜそんなものをわざわざ、と思ったが、あれも調査の一環で撮影したものだったとしたら。

大量のカラスは不吉な出来事が迫っていることを暗示している。庭で死んでいたネズミ。行方不明になったペットの犬。そして夕方から降り注ぐ、この大雨。異常なことが起きつつある。その根源をたどると、どこに行き着くのか。

わたしたちの家だ。正確には、その裏山。

あのあたりの丘はほとんど開発されてなくなってしまったのに、あの裏山だけが残されている。土地に潜《ひそ》む存在とあの山との間にはなんらかの繋がりがあり、それゆえに開発を免れたのだ。家の裏の斜面がいつの間にか掘り返されていたのも、悠太がやった。その存在の痕跡か、もしくは〝それ自体〟を掘り当てるために。

そっと首を動かして、隣で眠る悠太のほうを見た。彼は部屋の反対側に体を向けて寝ていたので、わたしには彼の後頭部しか見えない。

わたしは体を丸めた姿勢のまま、両手で顔を覆う。唇を噛んで、叫びたいのを我慢する。もっとも恐ろしいものは、わたしの内側にあった。それがひっきりなしにおぞましい妄想を吐き出して、わたしを苦しめている。不安。苛立ち。猜疑心《さいぎしん》。

今頃、わが家では何が起きているのだろう。必死に考えまいとしても止められない。ドアはすべて開けられ、窓ガラスは割られ、泥棒や幽霊が闊歩《かっぽ》し、冷凍庫の中身は溶け出して、食品からはウジが湧き、それを漁ろうとカラスやクマやイノシシが集まり、異臭を放つ室内の壁には無数の虫がびっしりと張り付き、蛇口の水がシンクから溢《あふ》れて川のように廊下を流れ、コンロは火を吹いて天井を焦がし、そして邪悪な神が大地を震わせると、家はまっぷたつに裂け、やがて崩れ落ちる。

突拍子もない光景が、波のように押し寄せる。そのひとつひとつが、まるでその場にいるみたいなリアリティとともに布団の中のわたしを包む。肌の上を虫が這っていくような気がして、足をばたつかせる。かと思えば、泥棒が襖《ふすま》の向こうから聞き耳を立てている気がして、はっと体をこわばらせる。

わたしは一睡もできないまま、朝までそれを繰り返していた。部屋と広縁とを隔《へだ》てる障子が青白く光り始めた頃、わたしは汗にまみれて疲れ切った体を起こした。はあはあと息をする音が聞こえたのか、悠太も目を開けて、どうした、と言った。

「帰りたい」

そう、わたしは答えた。

「なんだって？」

「家に帰りたいの。今すぐ」

「何を言ってるんだよ」悠太は笑った。「あと一泊くらい、ゆっくりしていけば――」

「いや！」

わたしは勢いよく首を振る。べたべたの髪がさらに乱れて、顔にまとわりつく。

「もう限界なの。これ以上、家を離れてたら、怖くて」

「怖いことなんか何もないだろ。昨夜、あんなに話し合ったのに」

「話し合いとか理屈とかじゃない、どうしようもないの！」

枕を摑んで、畳の上に叩きつける。重く湿った音が寝室に響き、悠太は黙った。

「――わかったよ」

そう言って悠太は起き上がると、帯をほどき、着替えを始めた。脱いだ浴衣は当てこすりみたいに、わたしの目の前の壁に向かって投げた。

「おれだって、これ以上は無理だ。とっとと帰ろう。それで気が済むんなら」

悠太は、突き放すような声でそう言った。けれど、わたしには彼を責める権利などない。旅行を台無しにしたのはわたしなんだから。わたしも立ち上がって洗面所に行き、冷たい水で顔を洗う。ふと顔を上げると、死んだ表情をした女が鏡に映る。まぶたは腫れ、唇は白い。

これがわたしか、と思った。

それから朝食すら摂らずに、わたしたちは宿を出た。フロントの人は驚き、当日のキャンセル扱いになるので返金はできない、ということを何度も訴えた。が、悠太はそれでいいと答え、二泊分の料金を支払い、チェックアウトした。

帰り道では、ほとんど口を利かなかった。高速バスのチケットを買うとき、事務的なやりとりがあったくらいで、あとはお互い押し黙ったまま。周囲の目には、さぞ奇異な二人組として映ったに違いない。

昨日から降り続く雨は、家が近づくにつれ、徐々に激しさを増していく。高速道路を走るバスの車内でさえ、吹き荒れる風の音や、窓にぶつかる雨粒の音がはっきりと聞こえた。途中、車体が大きく揺れると、いくつかの座席で悲鳴が上がった。

わたしはスマートフォンを取り出し、わたしたちが住む地域の気象状況を確認した。洪水や土砂災害の警報が発令され、いくつかの地区には、避難指示も出ている。わたしは昨夜の自分の空想を思い出した。裏山に潜む邪悪な何かが、この嵐を引き起こしている。その存在を呼び覚まそうとするカルトがあって、悠太もその一味である。

思わずわたしは笑いそうになる。擦り切れた心の産物とは言え、あまりに荒唐無稽な内容だった。こんなことのために夫婦仲が壊れてしまったら、本当に笑うしかない。

到着予定時刻はだいぶ遅れたが、それでも正午近くには、自宅の最寄りの停留所までたどり着いた。わたしは憂鬱《ゆううつ》な気持ちで席を立った。いよいよ家に帰れると思うと、今度は気まずさのほうが勝《まさ》ってくる。いったい、これから悠太にどんな顔をすればいいんだろう。

そんなことを思いながらバスを降りるなり、わたしは驚いて空を見上げた。

晴れていた。

もちろん、快晴とは呼べない、どんよりとした空だったが、雨はなく、風も穏やかだ。わたしはとっさに、その場でスマートフォンを開き、ニュースサイトを確認する。警報はどれも解除されていない。だが、サイトに掲載されている気象レーダーの画像を見ると、異様な状態になっているのがわかった。ちょうどわたしたちの家があるあたりを中心として、コンパスで描いたような円が形成されており、その内側だけは、雨も風も一時的に収まっている。

悠太も、この状況の不自然さには気づいているようだ。わたしと同じく空を見上げ、しきりに首をかしげている。

車内で準備していた折りたたみ傘を、元通りにリュックサックへしまうと、彼はそのまま歩き出した。晴れているなら問題ない、とばかりに。だが、わたしは歩けなかった。その場で彼に向かって声をかけた。

「ねえ、わたし、ここで待ってる」

この停留所はパーキングエリアの敷地内に設置されていて、目の前には小さなレストランと休憩所がある。わたしはそちらを指差した。悠太が立ち止まって振り返る。

「なんでだよ。早く帰りたいんだろ」

「家がどうなってるのか、見るのが怖いの。嫌な予感がする」

夜通し、わたしを苦しめていた妄想が、不意にフラッシュバックしていた。ぐちゃぐちゃに荒らされ、破壊され、おぞましいものが蠢《うごめ》いている、わが家のイメージ。

「だから先に帰って、どんな様子か見てきて」

「様子も何も」

「本当にお願い。それだけでいいの。連絡してくれたら、わたしもすぐ行くから」

はあ、というわざとらしく大きなため息とともに、悠太は言った。

「もういい、好きなだけ怖がってろ」

そう吐き捨てて階段を降りていく彼を、わたしはただ見送ることしかできなかった。自分でも変なことばかり口走っているのはわかっている。それでも——この感情には抗《あらが》えない。

休憩所に入り、給水器から注いだ、温かいお茶を飲む。売店の店員さんが窓の外を見ながら、おかしな天気だねえ、とのんびりした口調で話している。

本当に、わたしはどうしてしまったのだろう。恐怖も不安も、自分では止められないのだ。わたしの体のほとんど大部分は、わたしの意識では左右できないメカニズムで動いている。人間の体がひとつの大きな家だとしたら、わたしという意識は、その中の一部屋に住み着いている、ただの住人に過ぎない。どこか遠くで家鳴《やな》りがするたびに、その哀れな住人は飛び起き、怯え、家が潰れないことを祈る。

わたしは、だから、あの家を求めていたのかもしれない。息が詰まる思いをすることもなければ、だれかに負い目を感じることもない、ただそこにいることを、無条件に許された空間。

と、テーブルの上に置いたままのスマートフォンが振動して、音を立てた。

悠太からメッセージが届いている。〝何も変わったことはない〟という、そっけない文章。それでも多少は気が楽になる。〝ありがとう、すぐ帰るから待ってて〟と返信したら、それにかぶせるような速さで、〝迎えに行く〟という言葉。

それを見て、わたしは泣きそうになった。あんなに迷惑をかけたのに、あんなに怒らせたのに、悠太はまだわたしを大事にしてくれる。

彼を疑い、勝手な妄想の材料にしてしまったことを、わたしは心の中で恥じた。悠太の姿を見たら、まず謝ろう、とわたしは思った。これまでのこと、全部。彼が聞き入れてくれるかどうかわからないけど、それでもかまわない。わたしは悠太を失いたくない。

しばらくして、悠太は来た。

いや、正確に言えば、悠太が来たのだと、すぐには気づけなかった。

休憩所の入り口に目を凝らしていたわたしは、ひとりの年老いた男性が、足を引きずるようにして入ってくるのを見た。髪は真っ白で、肌は浅黒く、というよりは黄色っぽい。わたしは不謹慎ながらも、死にかけの患者が病院から逃げてきたんじゃないか、と思った。背中を丸めて、お腹のあたりを押さえた奇妙な姿勢のまま、その人は少しずつ、わたしのいるテーブルに近づいてくる。

そしてあと数歩というところで、わたしはようやく理解した。彼が着ている服は、さっき悠太が着ていたものと同じ。

わたしは叫び、それから椅子を蹴るようにして立ち上がった。変わり果てた悠太はふらふらと歩いて、わたしの胸をめがけて倒れ込む。受け止めきれず、わたしは床に尻もちをついた。ぜいぜいと息をする悠太の顔は、頬がこけて目は落ちくぼみ、両方の鼻の穴から血を流している。

「な、なんで、どうして、こんな」

だが、悠太はわたしの腕を摑み、何かを喋ろうとするみたいに、必死で口を動かす。わたしは彼の言葉に耳を傾けた。吐息と区別がつかないほど細い声で、彼は言った。

「すまん、嘘ついて、悪かった、ごめん、ごめん、な」

そう言われても、なんのことだかわからない。じっと黙っていたら、彼はなおも喋り続けた。

「嘘だ、あの家、ほんとは、頼まれた——何かがいる、土地に長く住んで、ま、祀《まつ》ってやれば——出てくる、って」

かさかさになった悠太の手、骨のように細い指が、わたしの腕に食い込んでくる。

「おまえには、影響ない、安全って、言われて。だけど、違った。あんなに、怖い、怖い、怖い、ものだなんて、知らなくて」

わからない。何を言ってるんだ、悠太は。彼と別れて一時間も経っていない。それで、人間の見た目が、こんなにも変わってしまうものか。

「逃げろ、すぐに」

「逃げるって、どこへ？」

「どこ、でもいい。遠く、だ。絶対、帰るな。あの家に、行くな。あそこは、もう――」

ふっ、と彼の手から力が抜けた。手だけでなく全身からも、何か大切なものが抜けていき、悠太はもう二度と、口を開くことはなかった。

異変に気づいた店員さんが、救急車、と叫び、騒ぎになっている。わたしには、それはもうどこか違う世界の出来事としか思われない。ぼんやりとしたまま、わたしはふとテーブルの上に置かれたスマートフォンを見た。手に取ってロックを解除すると、さっき悠太と交わしたばかりのメッセージがそのまま表示された。

泣きそうになったところで、やりとりにまだ続きがあるのを見つけた。迎えに行くというメッセージのあと、彼は続けて何かを送信していたようだ。スクロールしてみると、それは一枚の画像だった。

わが家が映っていた。

ついさっき、悠太が撮影したのだろう。その家は曇り空の下、わたしたちが出発したときとなんら変わりのない様子で、そこに建ち続けているように見えた。

澤村伊智

縊《くびる》

または或るバスツアーにまつわる五つの怪談

●『縊《くび》る　または或るバスツアーにまつわる五つの怪談』澤村伊智《さわむらいち》

人気の比嘉姉妹シリーズでは、長篇『ぼぎわんが、来る』『ずうのめ人形』の二作に続き、初の中篇集『ししりばの家』『などらきの首』（KADOKAWA）に続き、

人気の比嘉姉妹シリーズでは、長篇『ばくうどの悪夢』（KADOKAWA）に続き、初の中篇集『さえづちの眼』（角川ホラー文庫）を上梓したばかりの澤村伊智。あらゆる長さにおける小説の面白さを探究するかのように、今回は一篇の短篇小説でありながら、五つの異相が味わえるテクニカルな怪談ホラーを呈示してくれた。

描かれるヴァケーションは、アイドルと同乗するバスツアー。この平成の名残《なごり》すらあるようなサブカル感満載の舞台で、癖《くせ》の強い人物たちの織りなすドラマなのだが、その証言を記録する目的が「怪談蒐集」というだけで、妙に「リアルな現代」を感じさせてしまうところも、澤村伊智のマジックなのにちがいない。「怪談蒐集」が、すでに〈日常〉である現代の〈非日常〉。

タイトルこそ五つの怪談だが、五つのホラーをひとつの怪談にしてしまうかのような超越テクニックは、バス酔いとは異なる酩酊感《めいていかん》を与えてくれるにちがいない。

証言A

怪談、お探しですか。いえ、さっきお帰りになったお連れさんとのお話、失礼ながら盗み聞きしちゃいまして。

なくもないですよ。ええ、実体験です。聞きたいですよね？　でもその前に。

アイドルのバスツアー。

という言葉に、どんな印象をお持ちですか？

厳密には〝元〟アイドルのバスツアー。

世紀の変わり目あたりにグループで一世を風靡《ふうび》して、その数年後に卒業という名の脱退をして、直後はテレビにも出てたしシングルも出してたけど次第に見なくなって、芸能ニュースとかでも聞かなくなって、あれ、あいつ結婚したんだっけ、でもすぐ離婚したんだっけ、みたいな。そういや子供もいたんだっけ、一時期ママタレみたいなことしてたような、いや分かんないけど、別の似たようなヤツとごっちゃになってるかも、みたいな。

そういう人のやるバスツアーです。

ですよね。ごく少数の、熱心なファンをカモにした、言わば信者ビジネス。そう思いますよね。

ツアーの内容はとてつもなくショボくて。ファンは中高年の男性ばかりで。どいつもこいつも不潔で、肥満で、実社会で何一つ上手く行っていなさそうで、ツアーでその元アイドルに近付けることだけを生き甲斐《がい》にしている、そんなヤツばかりで。

そこまでは思っていらっしゃらない？

なるほど、漠然とした印象をお持ちなだけで、具体的にはご存じないわけだ。いえ、謝らないでください。逆に話しやすいかもしれない。え、でもI田K織のツアーのことはさすがに、さ、す、が、に、ご存じですよね？　ツアー前日に結婚報道があって、ツアーの内容も悲惨の一言で。

あ、全く。はあ、そうですかそうですか、なるほど、そこからか……いえ、では、お話ししますよ。勿体《もったい》ぶってもいけませんからね、こういうのは。でしょ？

どうしたんですか、そのしかめっ面。ひょっとして意外と怖がりでいらっしゃる？　面白い方だなあ。では。

×年前の、GW《ゴールデンウイーク》のことです。まだウイルスだのマスクだの不要不急だの、全然言われていなかった頃でした。さっき言ったような〝元〟アイドルのバスツアーに参加したんです。ええ、僕は十代の頃からずっとファンで。

その子の名前ですか？

とりあえず「その子」呼びで通しましょうか。もしくは「彼女」。そう、女性です。当時彼女は三十七歳でした。まあ、世間的には「消えた」部類の芸能人ですよ。

ツアー当日の朝、僕たち客はJR渋谷駅の近くで、観光バスに乗り込みました。行き先は漠然と「T県」ってことくらいしか、事前に告知されていなかった。後は一泊二日であること、集合場所、解散場所、料金。そして「おねだりバスツアーDEるんるんバケーション♡」という、何も言っていないに等しいキャッチコピー。まあ、スケジュールを教えてもらえないことって、この手のツアーじゃ結構あるんですよ。

バスは満席でした。補助席使わずの四十五席、全てにファンが座っていました。その子は当然ながら同乗しておらず、彼女のビデオメッセージを見せられました。ほら、あのバスの天井にいくつか設置されてる、ちっちゃいモニターに映し出されるんです。

特に上手くもない、彼女の一人トークを延々と見せられました。「いつも応援ありがとう」「楽しみです」って。その繰り返し。「ずっと忘れない」とかも言ってたかな。それが終わると、マネージャーのフリートークが始まりました。

これは界隈《かいわい》では有名ですが、その子のマネージャー、鯉川《こいかわ》さんって男性なんですけど、とても話し上手でしてね。何て言うのかな、聞きやすい声で、適度に毒があって、笑えて、何よりその子にリスペクトがあって。ファンを人間扱いしてくれるんです。業界の人って基本、ファンを汚物か何かみたいに見るし、扱うじゃないですか。ええ、そういうものです。まあ、威嚇《いかく》する、ビビらせるって、アイドルという商品を守る一番手っ取り早い方法ではありますから。でも、鯉川さんは違う。

さて、その鯉川さんですが、その時のトークも面白かった。過去最高じゃないかってくらい仕上がってて。車内は爆笑に次ぐ爆笑。彼も気合いが入っていたのか汗だくで。ずっと額をハンカチで拭いてて。

笑ったなあ。そこは純粋に楽しかった。ほんとに。

で、正午を回った頃にバスは高速を下りて、道の駅をちょっと派手にしたような、謎の施設で下ろされて。そこの広場というか空き地で一時間待たされて――酷《ひど》いでしょ――食堂に案内されて、焼肉弁当みたいなのを食わされました。まあ凄《すさ》まじかったですよ。肉は固いし味も薄いし、何より冷めてるし。まあ、みんな文句も言わず食ってましたけど。

ようやくその子と会えたのは、その後、隣の建物でやった物作り体験の時でした。実際はプラ板のキーホルダーを作っただけですけど。プラ板、ご存じないですか？　小学生の時にやりませんでした？　まあ、いいや。

で、長テーブルで僕たちがキーホルダーを作ってると、その子の登場ですよ。拍手と歓声でお迎えしました。その子は僕らの工作を順にチェックして、「可愛いですね」「絵が上手いね」とかコメントをくれるわけですよ。ファンはみんなお行儀よく、最小限の会話のキャッチボールをしていました。僕ですか？　「個性的だね」って言われました。嬉しかったですね。ええ、手先は器用な方でして。

それで、みんな作り終わった頃にその子は引っ込んで、僕らはまたバスに乗って移動です。夕方、えらく草臥《くたび》れた旅館に着きました。玄関でその子がお出迎えしてくれなきゃ、廃墟《はいきょ》だと思うレベルの建物でしたね。

割り当てられた部屋に荷物を置いて、自由時間という名の放置です。幸いにも相部屋になったのは顔見知りの、仲の良い連中ばかりで、雑談して過ごしましたけど。そうですね、知らない人間とだったら多分キツいですよ。

でまあ、時間を潰してたら、一人が「しんどい」「寒い」って言い出して。ダーヤマってＨＮ《ハンドル・ネーム》のヤツです。山田だからダーヤマ。薬飲んでも治らなくて、布団敷いて寝かせて「まあ無理すんな」って。そしたらダーヤマ、真っ青な顔して言ったんですよ。

「部屋、変えてもらおうかな。ここ、無理かもしれない」

って。

まあその後ダーヤマすぐ寝ちゃったんで、特に気にもしなかったんですが、今思えば、あいつ、霊感体質だったのかなあって。まあ、そのツアー以来会ってないし連絡も取ってないんで、確かめようもないですけど。

夕食は旅館の宴会場で取りました。狭かったですよ。飯はよく言えばビジホの朝食レベルで、一番豪華に見えるのは料理じゃなくてお膳っていう。

途中、ステージの袖から彼女が出てきました。そしてグループ時代の曲をカラオケで歌いました。まあ盛り上がりましたよ。トークも一人でガンガン回して、ファンにも積極的に話しかけて。ええ、いつもならトークの相手をする鯉川さんは、逆に調子悪かったですね。噛み噛みで。バスで力使い果たしたんじゃないかって、みんな愛ある野次飛ばしてました。本人もそんな言い訳してましたけど、どっちにしろその子が輝いてたんで、何の不満もありませんでしたね。飯が粗末なのもすっかり忘れて、満喫しました。

九時頃だったかな。その子が退場して、部屋に戻ったら、ダーヤマは爆睡してました。顔色はマシになってて、呼吸も落ち着いてて。あんなに盛り上がって騒いでたのにスゲえなって皆でちょっと笑って、他の部屋に行って話し込んだり、風呂入ったりしてるうちに疲れたんで寝ちゃいましたけど。

で、ここからです。

夜中に目が覚めたんですね。

　そしたら、ダーヤマが布団の上に立ってたんです。突っ立って、こっちを見下ろしてる。声を掛けても生返事ばかりで、他の連中はグースカ寝てて。

「どうしたんだよ」

　繰り返し訊いたんです。

　そしたらダーヤマ、虚ろな声で答えたんです。

「死んでた」

　って。

　ダーヤマ、その十分くらい前に起きたそうです。体調もだいぶ回復してたんで、ちょっと涼みに出た。で、裏庭に出られたんで、出てみた。

　田舎なんで月と星の光で、結構明るかった。だから庭がよく見えた。

　だから見えた、って言うんです。

　その子が裏庭の木で、首を吊って死んでるのが。

　首が異様に伸びてて。

　腹が裂かれて、内臓が零《こぼ》れて、地面にまで垂れてる。そして地面が濡れている。ぽたぽたと音がしている。

　顔は髪に隠れていましたが、誰かは分かりました。その子だって、彼女だって。

伸びきった首と、力なく垂れた手が異様に真っ白で、闇に浮かび上がって見えたそうです。ダーヤマは腰が抜けた。声も出せなくなった。這うようにして部屋に戻って、布団でガタガタ震えてた。やっと少し落ち着いて、どうにか立ち上がったらそこでまた怖くなった。

カーテン。

薄いカーテンが閉め切ってあったんですが、その向こうが裏庭だって気付いたからです。

これを開けたら、死体が揺れてる。開けたら、見える。

うわ、どうしよう――って立ち竦《すく》んでたら、僕に声を掛けられた。

ダーヤマの話を聞いた僕は「そんな訳あるか」って、すぐさまカーテンを開けました。夢でも見たんだろ、寝惚《ねぼ》けてるだけだろって。そしたら。

白いものが、木からぶら下がっていました。

裏庭に一本だけ植えられている木に。

人だ、って分かりました。白いのは首と手だって分かりました。

あっ、と声が出ました。

ダーヤマと顔を見合わせて、もっかい裏庭を見たら。

白いものは消えていました。

寝ていたヤツがみんな起きてきたんで、事情を説明しました。みんなで裏庭に行って確かめましたが、何もありませんでした。ええ、みんなに言われましたよ。「夢でも見たんだろ」

って。

僕もダーヤマも反論しませんでした。布団に入りましたが、なかなか眠れませんでした。

朝食も宴会場でした。

食べている途中、彼女がステージ袖から現れて、歌い始めました。もちろんみんなワーッて盛り上がってましたけど、僕はそんな気分になれませんでしたね。ダーヤマはみんなと一緒に騒いでいましたが、目が据わっていました。

で、そこからバスでまた別の施設に行って、ヤギのショーを見せられて、そこで彼女に見送られて、バスで渋谷まで戻って解散。翌日から日常に戻りました。

いや、違うな。日常は日常だけど、別の日常に移行したっていうか。

そう。その子のファンを辞めたんですよ。抜けました。足を洗いました。今は全く別の、地底アイドルのグループを推《お》してます。楽しいですよ。

なんか、イヤな予感がしたんですよね。ツアーの帰りに、色々思い返してたら。

その子のファンを続けると、よくないことが起こるんじゃないかって。その子はもちろんですけど、自分にも。

その子の名前ですか？

御道《みどう》かすみ。

ええ、そうです。去年プチ再ブレイクっていうか、役者として評価され始めた、あの人です。そうなんですよ。元アイドルだって知ってる人、意外と少なくて。

正直ホッとしてるんです。

変な言い方ですけど、彼女の活躍をニュースとかで見かけると、「回避できた」って思っちゃうんですよね。

僕がファンを辞めたことで、僕が不幸になる未来も、御道かすみが不幸になる未来も来なくなった。いや、そう思うことで、あの日見た変なものと、現実との辻褄《つじつま》合わせをしてるだけなんですけど。

あ、そろそろお終《しま》いってことで、いいですかね。この後、さっき言った地底アイドルグループのライブ、観に行くんで。

顔色、悪いですよ。

怖かったんですよね？　ええ、この話、鉄板なんで。

証言B

霊感？　ないですないです。一切ないです。

あ、今「そういう人こそ強烈に怖い体験をしているものなんですよ」って、言おうと思ったんじゃないですか？　ですよね、そういうものらしいですね実際。でも、怖い話なんて特に……え？　不思議な体験ですか？　どうだろう……。

あ、思い出しました。怖いかどうかは知らないけど、強烈ではある。ええ、かなり強烈です。変ですよね、じゃあ何で今の今まで忘れてたのかって話ですから。記憶って妙ですね。

ええと、■年前ですね。

御道かすみってご存じですか？

そうです。俳優の。あの映画でブレイクした、あの人です。

あの人、元アイドルでして。へえ、ご存じですか。まあ、事務所はともかく、本人は隠してないですしね。

ええ。当時からファンです。おまいつってほどじゃないにせよ、熱心な方だと思いますよ。

自慢じゃないですけど、ミドラー——あ、彼女のファンのことです——の中では、最古参《さいこさん》の一人かもしれません。

で、ですね。

■年前、彼女、かなりの低迷期でして。

役者を本格的にやる前で、世間的には漠然と芸能人というか、まあタレントというか。その頃彼女のバスツアーがあって、自分、参加したんですよ。

ちゃんとしているとは言い難い部分もあったんですけど、それも味というか、慣れてたんで特に不満もなく。工作教室みたいなのも、ヤギのショーも、まあ楽しかったんですよ。マネージャーも面白かったですしね。鯉川さんっていう、彼目当てでイベントに行くファンもいるってくらい、喋りが上手くて優しい方がいたんですよ。

ところがですね。

宿で同じ部屋になった三人のうち一人が、凄い偉そうで、デリカシーがなくて、イヤなヤツだったんですよ。おまけに不潔で、とにかく口臭が酷い。歯なんてボロッボロでした。界隈ではバクテリアンなんて呼ばれていた、悪名高いミドラーです。

自分、どういう訳か彼に仲間だと思われていました。ええ、なるべくこっちからは関わらないようにしたんですが、同じ部屋で、バクテリアンのすぐ側で、口臭に耐えながら過ごしていたら……。

体調を崩しちゃったんですよ。頭痛もするし、吐き気もするし。酔い止めも痛み止めも効きませんでした。その一週間前から、激務であまり寝ていなかった所為《せい》もあったんでしょう。

夕食には行かず、部屋で休むことにしました。ええ、悔しかったし悲しかったですよ。メインイベントに行けないわけですから。バクテリアンを恨む気持ちもありました。でも、布団に横になったらすぐ寝てしまいまして……やっぱり相当疲れていたみたいです。

目が覚めたら、電気が消えていました。静かでした。みんな部屋に戻っていてグーグー寝ている。熱気と湿気と、バクテリアンの口臭が耐え難かったので、部屋を出ることにしました。ふらふらと廊下を歩いて、戸が開いていたので、裏庭に出てみました。

外の清浄な空気を吸って、夜風を浴びているうちに、頭痛も吐き気もすっかり消えていて。ああ、もっと御道かすみに会いたかったな、まあ仕方ないか、そんなことを思っていると。

人の気配がしました。

振り返ると、自分がついさっき出た戸から、誰かが宿に入って行くのが見えたんです。腰を落として、戸の隙間に身体をねじ込むようにして。顔は見えませんでしたが、男の人のようでしたね。何だろう、まあファンの一人だろうな、と思いました。ツアー客の中には対人恐怖症みたいな人もいましたから。きっとそういう人が、裏庭で一人の時間を過ごしていたんだろうな、と。

で、前に向き直ったら、人が木からぶら下がっていたんです。

御道かすみでした。

月の光に照らされて、よく見えました。

額を割られて、血まみれで吊されていたんです。血の色はハッキリ見えませんでしたけれど、全身がぬらぬらしているのは分かりました。

目が開いたままでした。口からデロッと舌が出ていました。見たことのない形相《ぎようそう》でしたが、それでも彼女と分かりました。

怖くはなかったんです。

不思議だなって。何だこれ、変なのって。

その時の自分は、それが現実の景色だと思ってなかったんでしょうね。或いは、そう思うことを無意識に拒否したか。

一分かそこら、じーっと見上げていました。

で、「夢だな」と結論を出したんです。だから部屋に戻って寝よう。そう思って裏庭を後にしました。ええ、おかしな理屈です。「夢だから寝よう」だなんて筋道が通っていない。でもその時は何の疑問も抱きませんでした。

部屋に戻って、寝ようとしたら、名前を呼ばれました。バクテリアンが起きていて、自分を見上げていました。状況を説明したら、彼は「そんな訳あるか」ってカーテンを開けたんです。そして窓の外の裏庭を一緒に見たんです。

彼女の死体はまだ、そこにありました。

御道かすみが、木にぶら下がっていました。

バクテリアンが小さく叫んで、自分と顔を見合わせて、もう一度窓を見たら、彼女は消えていました。

寝ていた二人が起きてきたので、事情を説明しました。みんなで裏庭を確かめよう、ということになりましたが、バクテリアンは酷く怯《おび》えて布団から出てこないので、彼抜きで見にいきました。

御道かすみはいませんでした。

それと見間違えそうなものも、その他に気になるようなことも、裏庭には一切ありませんでした。

やっぱり夢だったんだな、と思いました。

朝食で彼女がステージで歌って、トークもしてくれて。楽しく過ごしました。残りのイベントも充実したもので、別れ際はバスの窓から思い切り身を乗り出して、彼女に手を振ったのを覚えています。

改めて思い返すと、不思議な体験でしたね。裏庭の、彼女の死体。あれ、何だったんでしょう。別に彼女に不幸が降りかかったりはしていないし、むしろ成功している。

え？　バクテリアンの本名？　確か高橋だったはずで……。

え、あなた、あいつにもツアーの話、聞いてたんですか？　凄い偶然だなあ。え、すみません何です？　話に齟齬《そご》？　どこに？

………。

ああ、それ、だいぶ作ってますよ。自分に都合のいいように歪《ゆが》めてます。

バクテリアンのヤツ、ミドラー辞めたんじゃないですよ。出入り禁止になったんです。

あいつ、帰りのバスの中でツアーの不平不満を捲《まく》し立てて、興奮したのか他のファンを小突《こづ》いたり、暴言吐いたり。で、鯉川さんの堪忍袋《かんにんぶくろ》の緒が切れてしまって。ええ、確かめてもらってもいいですよ。他のミドラーの連絡先、教えましょうか？

しかしバクテリアンのヤツ、何を馬鹿なことやってるんでしょうねえ。怪談にかこつけて自分をいい風に見せるなんて。そんな話にまで嘘を織り交ぜて、ちょっと美談っぽくして。

やっぱりあいつ、頭おかしいんですよ。出禁になってよかったです。ええ。

といいますか、彼と会って、どうでした？　口臭ですよ。ですよねえ。あの独特な。そう、胸が悪くなる。面白いから我慢して聞いた？　まあ、レアかもしれませんね、こんなバスツアーの怪談なんて。

あ、事実関係の間違い、他にもありますよ。

鯉川さんの車内トークが神懸《かみが》かって面白かったの、「施設から宿に行くまでの車中」でしたから。これも他のミドラーに訊いてみてください。是非。

証言C

へえ、怪談を集めてらっしゃるんですか。動画配信？　そうですか、そんな世界があるんですね。

体験ですか？

まあ……なくはないかな。いや、あります。

今じゃこんな風に、飲んだくれのジジイですけど、私ね、以前は芸能界で働いてたんです。

いえいえ、まさか。マネージャーです。

いろんな子を担当しましたよ。主にアイドル。根来紗々《ねごろささ》、小田まりも、真宮胡都《まみやこと》。有名なのはそれくらいかな。

それから……御道かすみ。

ええ、最近は魔性の女ですとか、あと毒婦だなんて黴臭《かびくさ》い呼ばれ方もね。あの大ヒットした配信ドラマで演じたファム・ファタール役は、本人の地だなんて言われてもいる。そんな彼女にまつわる、まあ……怪談って言ってもよさそうな話があるんです。

妙な話なんで、信じてもらえないかもしれませんが。

△年前のことです。

御道かすみと一緒に、事務所を退所しました。彼女ともう数人だけが所属する、小さな事務所を立ち上げたんです。それまでの事務所との関係は良好で、いわゆる円満退社ではあったんですが、仕事は確実に減りました。人気も落ちました。でまあ、華々《はなばな》しいとは言えない仕事もするわけです。パチンコ屋の開店イベントに出たり、バスツアーをやったり。

そのバスツアーで起こったことです。

行きのバスの中、参加者の方々に楽しんでいただくために、まずは御道かすみのビデオメッセージを見ていただきました。撮影も編集も私です。予算の都合もありますが、下手に誰かにやらせるより的確だし、いちいち指示しなくていいから楽ですしね。

メッセージの後は、私がトークで場を繋ぎました。これも予算と効率を考えてのことです。司会者やガイド雇うより、私が喋った方が間違いもないし、裏話なんかをすればファンの方も喜ぶんじゃないかって。トークスキル？　いえいえ全然。完全に独学ですよ。続けてたらファンの人が面白がってくれて、私のことを売れない芸人だったって冗談で噂を流す人もいらっしゃいましたけど。ええ、むしろ光栄でしたよ。

彼女がファンと合流したのは昼食後。工作体験といって、参加者にキーホルダーを作ってもらっている最中でした。一人一人に声を掛けて、出来映えを褒《ほ》めたり、手間取っている人を励ましたり。どうにも褒めようのない出来のお客さんに「個性的だね」って苦し紛《まぎ》れにコメントをした時はヒヤッとしましたが、むしろ喜んでましたね、そのファンの方。

で、工作が終わって、彼女は一旦裏に引っ込みまして、ファンの方々には自由時間を過ごしていただいて。私は疲れていたので、ちょっとバスで仮眠して。三十分くらいかなあ。彼女が楽屋代わりに使っていた部屋に行ったんですよ。

死んでいました。

床に倒れて、白目を剝《む》いて。舌を出して。

首に細く赤い跡が残っていました。絞め殺されたんだって分かりました。私は動転して、外に……違う、呼吸と脈を確かめたんです。どちらもなかった。御道かすみは、殺された。そこで分かったんです。ええ、説明が下手で申し訳ない。

一旦外に出ました。建物を出て、深呼吸して、動悸《どうき》が収まるのを待ちました。ええ、すぐに警察を呼ぶべきだった。そうです。でもとても受け止められなかったんです。ずっと二人三脚でやって来た御道かすみが、あんなことに。自分が死にかけてるわけでもないのに、彼女と駆け抜けた日々のことが、走馬燈《そうまとう》のように思い出されましたよ。

落ち着いたので、意を決して楽屋に戻りました。もう一度生死をたしかめよう、そう思ったんです。

そしたら。

いなかったんです。

机や椅子も整然としていて、それらしい痕跡すらありませんでした。

ポカンとしますよね。するに決まっている。

そしたら携帯が鳴ったんです。部下からでした。御道の送迎担当の人間でした。

「御道が早く宿に行きたいと言うので、もう向かっている。問題はないと思うが、一応連絡した」

というものでした。

御道に代わってくれと命じましたが、寝ているので無理だと言われました。

どういうことだかさっぱり分かりませんでした。

電話を切ってしばらくは、何もできなかった。無事らしい。御道かすみは死んでいないらしい。じゃあツアーは続行だ。少しずつ考えて、整理して、私はバスに戻ることにしました。

車内ではとにかく不安でしてね。汗が止まりませんでした。それを隠そうとトークを頑張ったら、これがやけに受けましてね。いつもより舌も滑《なめ》らかだし、声も出た。信じられないくらい笑っていただけた。不思議なものです。

たくさん笑いを取って、拍手もいただいて、バスは宿に着きました。

宿の玄関には、御道かすみが笑顔で立っていました。

いつもの彼女でした。話してみたら、やっぱり彼女でした。それとなく探ってみましたが、楽屋で首を絞められたとか、意識を失ったとか、そういった記憶は一切ないようでした。

訳が分かりませんでした。

無事だったんだからホッとするべきところなのに、そうはなりませんでした。できませんでした。

おかしい。

絶対にこれは、おかしい。

そう思っていました。

違う世界に足を踏み入れたような感覚でした。これを受け入れたら、もう元に戻れない。そんな確信めいたものもありました。

夕食のイベントは彼女が頑張って、大いに盛り上がったんですが、それすら私には奇異に思えました。だからもう、司会なんて全然上手くできなくて。決してお喋りが上手でない彼女に、助けてもらった感じですね。

その日の予定は全部終わって、ファンの方々が寝静まった頃、彼女と話しました。裏庭に呼び出したんです。最初は「今日はお疲れ様」「明日も頑張ろう」みたいな、プチ打ち上げのような感じで。そこからは雑談で。そして、頃合いを見計らって打ち明けました。楽屋で私が見た、御道かすみの死体について。

そうしたら、彼女は言ったんです。

「うん。わたし殺されたよ。でも、どうでもいいの」

って。

涼しげに。日常会話みたいに。

すると――

失礼。申し訳ない。ここ、上手く言葉にできないですね。見たものが信じられなくて。喩《たと》えるなら……そうですね。カット割りが急というか、乱暴というか、そういう編集処理を、私の頭にされたような感覚です。

つまり……

一瞬の後、彼女は倒れていました。

倒れる過程も何もなく、既に地面に横たわっていた。

死んでいました。楽屋で見たのと同じように、白目を剝いて、舌を出していました。首に赤い跡が付いていました。彼女に違いはなかった。

ええ。違うのは私でした。

私はいつの間にか、ロープを手にしていたんです。どこにでも売っているような、二メートルほどの長さの。

月と星の光に照らされて、彼女の顔と首が、真っ白に浮かび上がって見えました。

何だこれは。どうなってるんだ。

思っていると気配がして、慌《あわ》てて彼女から離れました。

誰かが裏庭に入ってきたんです。おそらくファンの方でしょう。屈《かが》んで、植え込みに隠れて、気付かれないよう宿の、私の部屋に戻りました。そこでようやく怖くなったんです。

御道は何故か死んだ。訳の分からない形で、理不尽に殺された。ずっと頑張ってきた彼女の人生が、此所《ここ》で終わった。

ファンの方が、じきに彼女の死体を見付ける。大騒ぎになる。どうしよう、どうしよう。

私は布団の中でガタガタ震えていました。

夜が明けても、朝食の時間が迫っても、騒ぎは起こりませんでした。裏庭をこっそり覗いたところ、死体はどこにもありませんでした。その時になって、ロープをずっと握っていたことに気付きました。

ロープを隠し、顔を洗って宴会場に向かおうとすると、廊下で彼女と鉢合わせました。

「おはようございます。今日もよろしくお願いします」

彼女はいつもの調子で、いつもの笑顔で、そう言いました。何の跡もない彼女の首を見つめながら、私はどうにか挨拶《あいさつ》を返しました。

バスツアーは何の問題もなく終わりました。強《し》いて言うなら、帰りのバスで一人のファンの方が迷惑行為を繰り返したので、出入り禁止を言い渡したくらいです。大したことじゃない。

その数ヶ月後、私は彼女と話し合いの末、事務所を畳みました。彼女は私の先輩筋の方が経営している、中堅事務所に移籍させました。それからの活躍はご存じのとおりです。

彼女とは連絡も取っていません。向こうからメッセージやメールをくれることはありますが、こちらの返事をすることは滅多《めった》にない。

ええ。怖くなっちゃったんですよ。

あのツアーでの出来事がきっかけで、彼女が別の何かになってしまった。そんな考えが、頭から離れなくなってしまったんです。

変な話でしょう？

自分で話していても、訳が分かりませんね。

まあその、配信ですか？　する時は、一応連絡いただけますか。

いや、やっぱり止《や》めてください。

配信はNGで。はい、絶対にナシで。

証言D

　もしもし。

　あの、怪談、集めてらっしゃるんですよね。知り合いの、知り合い、くらいの人に聞いたんです。

　話していいですか。聞いてくれそうな人、他にいなくて。ガラガラ声で聞き取りづらいかもしれませんけど。

　わたし……。

　わたし、殺されたんです。

　でも死んでないんです。でも乗っ取られたんです。本当はわたし、わたしじゃないかもしれなくて。

　ごめんなさい。意味、分からないですよね。

　説明させてください。いいですか。

　ありがとうございます。

わたし、アイドルやってたんです。結構有名なグループで、人気もあったんですよ。武道館でもやったし。もう、ずっと前のことですけど。大変でした。辛いことも一杯ありました。ずっと寝れなかったし、楽屋で点滴打ったりとかもしょっちゅうだったし。若かったからギリやれたんでしょうね。でも卒業して、事務所を移ったら、仕事減っちゃって。もちろん、実力不足もあったと思うんですけど。

ファンの人たちに支えてもらって。あと、ずっと一緒だったマネージャーさんとか。マネージャーさん、ほとんど親代わりで。わたし、家庭環境がちょっとごちゃごちゃして て、年の離れたお姉さんだと思ってた人がお母さんで、お父さんだと思ってた人と血が繋がってなくて、でもどっちもあんまり顔を覚えてなくて……あ、ごめんなさい。それ、あんまり関係ないんだった。

だから、落ちてる時期にファンと、マネージャーさんにずっと助けてもらってたの、本当に感謝してて。特にマネージャーさんは東京のお父さん、芸能界のお父さんみたいに思ってたんです。

それで、バスツアーをやったんですよ。もう◎年前なのかな。バスツアー、分かります？あ、そうなんですね。ええ、そうです。バスには参加者と、マネージャーさんだけ。わたしは、ええ。そうですそうです。すごい、お詳しいんですね。

で、初日のお昼過ぎに合流したんですね。みんなにキーホルダー作ってもらってっていう、その教室の時に。みんなすごい頑張って作ってて。すごいねー、上手だねーって。それが終わって、楽屋に引っ込んだんですよ。

そしたら……。

後から入ってきたマネージャーさんに、いきなり告白されたんです。

かすみちゃん。

君が好きだ。

芸能人の御道かすみではなく、一人の女性として、君を愛している。

奥さんも子供もいるけど、君しか見えない。二人だけで一緒に生きよう。こんな仕事やめて一緒に逃げよう――って。

ビックリしました。ほんと、ビックリしました。

冗談だと思ったら違って、二の腕をこう、凄い力で、ぎゅってされて。

答えろ、って凄い怖い顔で。

そんなの、イヤに決まってるじゃないですか。親だと思ってるからって、違う感情じゃないですかそこは。あとお仕事も好きだったし。だからイヤですって言いました。絶対イヤだって。そしたら。そしたら……。

首を、絞められたんです。

最初からそのつもりだったみたいに、ポケットからロープ出して、それで。抵抗しました。鯉川さんやめて、許して鯉川さんって、言いました。言葉になってなかったかもしれないけど、ジタバタして、とにかくイヤですって。でも、どんどんキツく絞められて、顔と胸がぶわーって、チカチカ、パチパチってなって、目の前が真っ赤になりました。そう、赤く。そしたら身体が浮くみたいな感じがして、ああ、わたし死ぬんだなって。イヤだけど悲しいけど死ぬんだなって、思ったんです。したらふわーって、本当にすごくふわーってなって。

気が付いたら、森にいたんです。

霧が出てて、白い森。わたしはふかふかの土に寝そべって、起き上がって、ぼおっとしていました。

これが死後の世界かあ、思ってたのと違うなあ、って、ぼんやり考えていました。最初はほんと、そんな呑気《のんき》な感じで。でもちょっとずつ死んだこと、鯉川さんのこと、思い出して、じわじわと、怖くなってきたんですね。どうしよう、どうしようって。

そしたら霧の向こうから、ざく、ざくって、音がしたんです。

白い霧に、影がぼんやり浮かび上がりました。女の人が立っているように見えました。しばらく、見つめていました。観察しました。

髪が長くて、服を着ていて、背の高さは一緒くらいで、あれ、わたしの影かなって一瞬思ったんですけど、多分違うなって。

そうだ、声を掛けなきゃって、思った途端にその影、ふって小さく、薄くなって、消えました。

影が小さな声で、何か言いました。

聞こえた、と思ったその時、霧がすーっと晴れたんです。

建物の裏にある、ゴミ捨て場に立ってました。

仕事中だったな、って思い出しました。

ここは県の施設で、部屋とかホールとか、体育館を貸し出していて、わたしはそこで働いてるんだったな、って。

今日は元アイドルだか、タレントだかのバスツアーで、いかにもファンですって感じの男の人たちが、三つある大部屋の一つにぎゅうぎゅう詰めになって工作か何かをしてた。それも終わって、あの人たちはついさっきバスに乗って出発した。それも思い出しました。

わたしは仕事に戻りました。

定時で退勤して、家の車を運転して、家に帰りました。息子が帰ってきて、晩ご飯を作って一緒に食べていたら、夫が職場から帰ってきました。いつものように過ごして、いつものように布団に入って。

ええ。

それがわたしです。

元アイドルで、今すごい女優の御道かすみじゃない、どこにでもいる人間。

でも、御道かすみでもあるんです。そうだった自分を覚えてるんです。

マネージャーさんに殺された時の、ぶわーもパチパチも思い出せる。あの霧で白い森も、
じわじわ怖い気持ちも記憶してる。

信じてもらえますか。もらえませんよね。

わたしが頭おかしいだけですよね。

ええ、ええ、いいんです。慣れてますから――

え?

鯉川さん……?　あ、マネージャーさんが、ツアーの話を……?

死体……?

あの。

あの、ごめんなさい、もういいです。

いえ、全然。

はい、ええ、さようなら。

証言E

御道かすみのファンだったことは一度もありません。そもそも芸能人に興味がないので。アンチだったこともありません。

ですから。

先程も申し上げたとおり、取材です。御道かすみ本人に、確かめなきゃいけなくなったんです。

だから趣味です。

怪談を集めたり、語ったりする人間は、プロにもアマチュアにもいます。増加傾向にあります。このご時世で配信が当たり前に浸透したこともあって、ネットで蒐集《しゅうしゅう》と配信をする人間は、どんどん増えている。

プロではありません。なるつもりもない。人に聞いた話を気紛《きまぐ》れに動画配信しているだけです。チャンネル登録数も再生回数も微々たるもの。怪談業界というものが存在して、しかもそこにヒエラルキーがあるとしたら、私は間違いなく底辺です。恐怖の専門家？　冗談は止めてください。

ならどうして取材なんかしようと思ったのか、ですか？

気になったからです。

気になって気になって仕方なかったからです。仕事もそれ以外も手に付かなくなるほどに。妻や子に心配されるくらいに。

今から◆年前の、御道かすみのバスツアー。

探し求めたわけでもないのに、その参加者や、関係者の怪談が集まってきたんです。

どれも微妙に食い違う。

そのくせ妙に繋がっている。おまけに犯罪のにおいもする。

嘘が混じっているのは確実です。勘違いもある。そもそもですが、どんな出来事も、言葉にした時点で事実と乖離《かいり》してしまう。人に話せば更に歪んでしまう。聞いたことはありませんか。「語る」とは「騙《かた》る」である、といった文言《もんごん》を。

ですが。

そのバスツアーで、常識では有り得ない〝何か〟が起こった。それは間違いない。

そしてその〝何か〟は、ツアーの中心人物に深く関わっている。

ええ、もちろん御道かすみのことです。

だったら、訊くしかない。そう思いました。決心しました。

苦労して、何とか探り当てたんです。彼女が台本を覚えたりする時だけ使う、都内の賃貸マンションの一室を。

いいえ、誰にも頼ってはいませんよ。強いて言うなら御道かすみ本人から教えてもらいました。彼女がSNSに上げた画像に、窓からの景色が少しだけ写り込んでいて、そこから絞り込んでいったんです。

ええ。

先週◉月◉日、午後八時過ぎです。

入れましたよ。

マンションの一階、オートロックの扉に木片が挟まって、閉まりきっていなかったんです、偶然にも。運が味方していると思いました。

彼女の部屋のドアも開いていました。

この時点で嘘臭い、信用できない——そう仰《おつしや》る気持ちも分かります。ですが、聞いてください。

中に入ったら、廊下の突き当たりにリビングが見えました。

彼女がぶら下がっていました。

カーテンレールから紐を掛けて、首を吊っていました。

床には小さな丸椅子が倒れていました。

照明の白い光に照らされて、顔と首と腕が浮かび上がっていました。私は吸い込まれるようにリビングに向かいました。

御道かすみの首は、不気味なほど伸びきっていました。

両手首に大きな切り傷があって、血が流れていました。血は指を伝って床に滴《したた》っていました。ぼつ、ぼつ、といった音を立てて、絨毯《じゅうたん》を打っていたんです。

私は彼女の死体を見上げていました。

まだ生きているかもしれない、とは思いませんでした。死んでいる。この人は事切《ことき》れている。そう確信していました。そして恐怖していました。

どういうことなんだろう。何が起こっているんだろう。

私をここまで連れてきたものは何だったんだろう。

私は何に触ってしまったんだろう。何に巻き込まれたんだろう。

いや、ひょっとしたら。

私が首を突っこんだことで、彼女が巻き込まれたのではないか。

考えれば考えるほど怖くなって、怖くなって。

死体の前でずっと泣いていました。

管理人？　気付きませんでしたね。

我に返ったのは、踏み込んで来たあなた方に逮捕された時です。

平山夢明

休暇刑——或いはライカ、もしくはチンプの下位存在としての体験。

●『休暇刑――或いはライカ、もしくはチンプの下位存在としての体験。』平山夢明《ひらやまゆめあき》

リゾートでの人も羨《うらや》むようなゴージャスな生活からはじまるオープニング。

これが多くの人々に恩恵を与える科学技術の物語――だといっても、読者はすでに警戒しているに違いない。なにしろ、作者は当代きっての〈不都合な予言者〉平山夢明だからである。

お読みいただければすぐにおわかりのように、この物語で焦点があたっている科学技術は、すでに初期の実用もはじまりだした「夢のような」現実のテクノロジー。もはや、夢でもSFでもなく、世界経済の期待も高まる「明るいヴィジョン」として描かれているものなのだが――ここに、描かれるのは血も凍るような〈使用法〉である。

「ホラー作家は炭鉱のカナリア」と語る平山夢明は、恐怖小説の形をとって、今起きはじめている危機を抉《えぐ》り出す。不安から絶望に至る最悪のヴィジョンを描き出す。

たとえば、この本作の主人公。その名は、人類の夢を叶《かな》える科学の進歩のために、死んでいった悲劇の実験動物と重ね合わされている。

まるで、「世界はおまえのもの」（第51巻『秘密』）でも暗示されていた畏《おそ》るべき予言のような、このカナリアの羽ばたきに耳を傾けてみよう。たとえ、すでに、新たなる独裁のディストピアが近づいているのだとしても。

1

バタビヤは静かに喘《あえ》いでいた。

風は温かな砂浜を海から山へと静かに吹き抜けていた。

夏の強い陽射しが、俺とバタビヤの間に濃い影を作っていた。

「あんた物好き。すごい物好き。なんで貴重な休暇をこんな砂浜で過ごすの？」

「娑婆《しゃば》じゃ休暇といえば、こういうことをするんだ」

「それ昔？」

「ああ、昔だ。うんと昔。まだ世界がこんなじゃなくて」

「戦争もしてない時？」

「そういうことだ」俺は顔に載せたサングラスをずらして空を見上げた。抜けるように青い——拭きたての青い硝子《ガラス》のような空に白い雲がのんびりと浮かんでいた。地べたでどんな悲惨が起きていても空は全く気にしない。今この時点でも何百という屍《しかばね》の上を、ああしてのほほんと雲は流れ、陽は抉《えぐ》られた眼孔《がんこう》や、散らばった内臓、白い陶器のような骨を温めているんだろう。

「あと何日？　ハム」

「休暇か？　あと五日目……いや三日だな」

俺の答えにバタビヤはシクシク泣き出した。俺の所属するE群とは違ってA群のバタビヤは既に体重は二百キロに迫ろうとしていた。サマーベッドでは保《も》たないので、奴は砂の上に直《じか》に敷いた特大カーペットの上で横になり、全身を隠す日陰を作る為、五つのパラソルが必要だった。レインボーカラーの海パンはサイケなパラシュートのようでとても目立っていた。

俺たちを監視している看守が目の前を通る度にニヤニヤしていた。

「ああ、もう何にも食べたくないよ！　キャビアだのトリュフだの大っ嫌いだ！　鴨肉のロッシーニとか、思い出しただけで胸がムカつく！」

バタビヤが叫んだ。

「贅沢《ぜいたく》云うな、世の中にはそんなもの見たこともない奴らが一杯いるんだぞ」俺はわざと茶化す。バタビヤが睨《にら》んだ。

「じゃあ、ハム代わってよ。毎日毎日、365日何回も何回もだよ！　洗った顔の水も乾かないうちに食堂に連れて行かれて……ドライエイジングT-BONEステーキにロブスタービスク、紫アスパラガスのクロカンと甲殻《こうかく》のジュレ、ビーフカルパッチョ、サーモンフライ、ガーリックシュリンプ、トリュフマッシュ食べさせられて、昼はフォアグラと日向夏《ひゅうがなつ》のタルト、それから羊肉やヤマウズラのローストビーフ、舌平目のファルシ、牡蠣《かき》のガレット、幼鴨のローストモンモランシー風チェリーとジロル茸のフリカッセ、うえええええ」

バタビヤは砂浜に吐いた。思い出しただけで胸がムカつくというのは本当のようだった。吐き終え、すっきりした奴は太陽を味わう気になったのか大きく溜息を吐くと胸に手を置き、目を閉じた。流した込んだホットケーキ種のように白くてぶよぶよした顔が重力に従って広がった。

目の前をプレジャーボートが横切った。派手な波を立てて奇声を上げているのは、きっと親衛隊の幹部の誰かなのだ。同乗している小麦色のビキニの女達も嬉しげに手を振っていた。バタビアはA群のサロゲーターだった。俺の所属するE群はAからD群の奴らに比べ圧倒的に人数が少なかった。

「いいよねえ。ハムは健康的に暮らせてさ」

俺は苦笑した。これが前回、五年前の『休暇』だったら思わず怒鳴りつけてもいたのだろうが、今はもうそんな気も起きない。俺はもう心身共に紙屑のように疲弊し、壊れていたのだ。肘《ひじ》、膝《ひざ》、肩はもう日常生活の各動作だけですら激痛を伴うし、腰と背中の慢性的な筋肉痛は悪い腫瘍のように凝《こ》り固まって仰向けに寝ることはおろか深呼吸することもできなくなっていた。信じられないだろうが、今の俺は拳を握るだけで指の関節がびきびきと音を立て、外れそうになるのを激痛と共に感じる。かつてはバンタム級の世界王者【ハム・ザ・チャヤンプ】の名で凱旋パレードをしたこともあるこの俺がだ。

波の音に我に返る。見上げると、ひこうき雲が細く延びていた。まるいぽっちのような銀色が、抜けるような莫迦碧《ばかあお》のキャンパスに白い筋を引いていく。

俺は娑婆で暮らしている妻のカティアと娘のマールを思った。マールは今年、十歳になる。俺が捕まった時には、まだカティアのお腹の中に居た子だ。サロゲートの接続環境を良くする為、妻子と月に一度はモニター越しに面会をしている。時間は十五分だが俺にはかけがえのない時間だ。しかし、俺はまだ自分の娘に直に触れたことがない。

産着《うぶぎ》に包まれた娘、よちよち歩きを始めた娘、やがて片言で喋り、『パパ』と呼んでくれた娘、俺の顔を描いたと画面越しにスケッチを見せた娘、話し方も仕草も妻に似てくると同時に幼児から少女へと変貌していった娘――俺はそれらを全て見た、が、彼女に触れたことは一度もなかった。肌の柔らかさ、温もり、髪の香り、そう云ったものは一切、モニターからは感じられなかった。サロゲートとして死ぬまでこのシステムからは抜け出せない自分が娘を感じられないとは、一体なんという悪い冗談だと神を呪わずにはいられなかった。

死ぬまでにたった一度で良いから、娘と直接、語り合い、触れ合いたい。モニター越しに監視している奴らの目を気にせず、思いっきり笑い合い、抱きしめたい――俺が自殺をしない理由はただその一点だけだった。そうだ。仲間の多くはサロゲートの過酷さに耐えきれず発狂するか、自殺するか、廃疾者《はいしつしゃ》として強酸の樽の中で溶解された。

俺もそうした絶望の淵に何度も立った——が、一度も娘と触れ合うこともせずに死ぬ無念さが、その無念だという一点だけが俺をこうして生に執着させていた。

「生きる。マールに触れられるその日まで……死んでも生きるんだ。生きるぞ」

こう呟いた口の先から不安が、鼓動と共に生じる絶え間ない痛みと共に疑問符と成って俺を潰しにかかった。

「……ちくしょう」

『なんだ？　文句があるのか？』

頭の上の方から声が掛かる。見上げるとM249の銃口をこちらに向けたシルエットがあった。

「いえ。なんでも……」

『お気を使わせて申し訳ありませんでした。看守様、だろ？』

俺は云われたとおりの文言《もんごん》をくりかえした。〈糞《くそ》が〉という言葉と共に俺の腹に唾が吐きかけられる。

看守が離れたのを確認したバタビヤの〈叱られちゃったね〉という呟きが聞こえた。

2

　医者によると実感器《アルト・リアル》の開発というのは既に二〇一五年頃から始まっていたんだそうだ。科学者どもはそれを遠隔現実《テレ・イグジステンス》とか実存的蜃気楼《エグジステンス・ミラーシセュ》と呼んでいた。要は拡張感覚機能を付けたロボットのことなんだが、当初は離島などでの緊急手術を遠く離れた場所に居る医療チームが直接、行ったりするのが主だったという。感覚器を付けたアームから伝わる触覚は、まるで直接患者に触れているかのようで、こうする事で被災地などでの人道支援が飛躍的に行いやすくなった。東京にいながらにしてアマゾンやチベットでより確実な救命治療が可能になったからだ。

　様子がおかしくなってきたのは、それら送受感覚器がより安価で使いやすいグローブ型になり、娯楽に転用されるようになってからだった。特に風俗産業では顕著で、素人女性が自分の躯を客に時間売りで触れさせるという非接触型風俗が未成年の間で大流行し、社会問題となった。接触していないうちは浮気にならないという論争まで巻き起こった。

　が、今から考えればそんな話も牧歌的に聞こえるほど世界は変わった——しかも最悪の形を取った。数年前から議会も選挙も機能しなくなったこの国は、当然の帰結として、遂に最悪の男を選んでしまった。今世紀のヒトラーと後に呼ばれるコルという男は当初、浮ついた人気者の態《てい》を取りつつ、その胸の内に独裁体制成立への野望を燃やし続け、虎視眈々《こしたんたん》と機会を狙い、準備を進めてきた。

そして十五年前、それは起きた——議会で第一党党首となった途端、コルは矢継ぎ早に憲法を改正し、また自身に優位な法律を議会の内外構わず打ち出し、遂に終身党首として君臨できるように変えてしまった。

その後、瞬《また》く間に自由は死んだ。街場で自由にコルの悪口が云える期間は実質六ヶ月にも満たなかった。コルの独裁下、直ちに領土と国民を守るという名目で正式な国軍が誕生し、歴史上の多くの軍隊がそうであったように、奴らもまた最初に撃ったのは反対派である俺たち——つまり自国民だった。俺は仲間に誘われるまま反体制活動を始めた。一般人に混じりながら私腹を肥やす政権支持派や軍事産業の関連施設の破壊工作を行った。

その最中、コルは突然、自由主義連盟と決別し、自身の独裁体制を支持する同類の狂人独裁者らと共謀し、軍備拡張を強行すると遂に侵略戦争を始めた。国家総動員令が忽《たちま》ち発布され、生活は激変した。

或る日、コル政権幹部爆殺《ばくさつ》を準備している中、情報が漏洩《ろうえい》し、実行直前で俺は仲間と共に逮捕され、治安維持法違反と国家転覆を謀《はか》ったとして死刑を求刑された。運動に身を投じた際、既に死を覚悟していた俺は動じなかった——カティアの告白があるまでは。

妻のカティアはフランス人の父と、この国の母との間に産まれたハーフだった。ミッション系大学の四年生時、彼女はデモ参加中に機動隊から水平射撃され、恋人を殺された。その事が彼女を反体制活動へと引き込む要因となった。俺は彼女の先輩として工作のあれこれを教え込んだ。印刷物の配布の仕方、尾行の撒き方、我々の痕跡の消し方、同士間の連絡方法の技術、盗聴傍受の確認の仕方など様々に教え込み、彼女は静的支援を主にする優秀な革命闘士となった。

判決が下りた日、彼女は面会室で妊娠を告げた——俺の子だった。俺たちは話し合った。そして拷問も自死も怖れないが、可能であれば子どもをひと目見てからにしようと誓い合った。公開処刑は一年後だと噂されていたからだ。

そしてマールが誕生した。硝子越しに見た赤ん坊に俺たちはスペイン語の〈海〉と名付けた。国境などない広い世界を自由に泳ぎ回って欲しいと考えたからだ。情けない話だがマールが誕生し、その姿を見て以来、俺の中に惨《みじ》めったらしい〈生への未練〉が生まれた。

そんな折、俺にカティアから奇妙な相談があった——ある条件に於いて死刑を回避するというのだ。

「休暇刑？　どういう意味だ？」

「詳しくは判らないんだけど、休暇のように過ごすことが罰として認められるらしいの」

「そんな莫迦《ばか》な、そんなことの何処《どこ》が刑罰なんだ。俺は死刑囚なんだぞ！」

「社会に出ることはできないけれど、ずっとスポーツや食事をしていれば良いと云うのよ」と、彼女はむずがるマールをあやした。「それにあなたが受け入れてくれれば私達の生活も保証して貰えるの……今よりはマシになるわ」カティアは目を逸らした。

反体制派ゲリラの妻という世間の扱いに耐えつつも、見る度に痩せ衰え、衣服が粗末なものに変わっていくカティアを見るのが俺には辛かった。娘の将来への不安もある。が、俺は先に死んでいった仲間の魂や拳闘士としての誇りから、一旦《いったん》はそれを拒否した。

拒絶してから数週間後、カティアから緊急だという連絡が入った。マールが病気だという。親切な医師が内密に診《み》てくれたのだが、娘は小児性肺炎を起こしたというのだ。

『産婦人科の受診も保健所での予防接種も拒否されているの……』カティアはこの状態が続けばマールはいずれ大きくなる前に死んでしまうと泣いた。

俺は妻子の生活を保証する代わりに【休暇刑】を受け入れることを承諾した。その日のうちに俺は所内の病院に移送され、手術を受けた。目が覚めた時には軀の何処にも異常はなかった。下腹に絆創膏《ばんそうこう》が三カ所貼られているだけだった。

医師のデマンドは『感覚増幅器を小腸付近に埋め込んだ』と雑に説明をし、帰れと手を振った。

翌日から俺は『試合』をするようになった。勿論、ボクシングだ。最初の月は週に一回、やがてその回数は増えていき。翌月には十回も対戦するようになっていた。相手は素人に毛が生えたような奴らばかり、ガードががら空きで力任せに飛び込んでくる相手をマットに沈めるのは嫌な気分だった。試合以外では俺は、飲み食いは以前にも増して自由になった。トレーニングも時間内であれば充分にできた。奇妙なことに俺は選手時代の日常を取り戻したのだ。

俺は或る時、デマンドに自分がしていることについて尋ねた。奴が口を割ったのは、占領地から略奪した美術品の引き下げが巧くいったという僥倖《ぎょうこう》によるものだと俺は思う。

『おまえの軀に内蔵された感覚器が、受診者にリアルに伝わるんだ。それにより本当の試合をしているような気分になれるのさ』奴の説明によるとスポーツは格闘技だけじゃなく、テニス、水泳、マラソン、バスケ、野球とありとあらゆる娯楽が囚人らによって行われているとのことだった。またそれはスポーツだけに限らず、ダンスや楽器演奏、食事やセックスにまで及んでいるのだという。

『おまえらが代理でやってくれれば腹一杯豪勢なものを食べても太って軀を壊すことも体形を崩すこともない、代理胃からの感覚だけだからな。テニスを散々、楽しんだ後にフルマラソンをして、ボクシングで相手を殴り倒す快感を味わうことも出来る。それも一切の肉体的疲労はないから二十四時間、目一杯楽しむことができる。つまり人生を今迄の何百倍も楽しむことができるのさ……休む間もなく肉体を他人に使われ、削り取られていくおまえらにとっては地獄だろうが……俺たちには充実した良い休暇体験になる』デマンドはそう云って俺に受信者たちの様子を見せてくれた。いずれも自宅のリビングで卵型のカプセルに入って潜水夫のようなヘルメット型ゴーグルを被って、うっとりしている。全員が銀色の受信用スーツを着ていたが、丸くぶよぶよとした体形は隠しようもなく、皮膚が不健康に青白い。それらは俺に養鶏場《ようけいじょう》の籠の中に詰め込まれている鶏卵《けいらん》を思わせた。

『享受しているのはいずれも政府高官や大企業のお歴々の関係者だ。おまえは評判が良いぞ。なにしろ送受信の抵抗値が極端に低くてノイズが少ない。ハラハラドキドキの試合はみなにとって素晴らしい憂さ晴らしだ』

デマンドはいずれ効果が安定したら民生用として売り出し、戦場での戦意高揚に使うらしいと付け加えた。

俺は元政治犯ばかりというE群に所属させられた。食の快楽を代理するA群に振り分けられたバタビアは一年で体重が四十キロも増え、その後も膨張し続けた。俺と知り合った頃の細身の青年はもうどこにも存在しなかった。俺たちは『サロゲート《代理》』と呼ばれ、口の悪い奴らからはもじって『サル』と莫迦にされた。

サロゲートの寿命は群によって極端に短かった。トライアスロンやサイクリングの奴らは夏や冬になるとバタバタと死んでいった。大抵は急性心筋梗塞《しんきんこうそく》や脳溢血、脳梗塞が多かった。またA群は内臓疾患ややはり梗塞系が死因の上位を占めていた。癌《がん》になる奴らもいたが、その進行より先に心臓か脳が壊れた。

あれから十年、俺は殴り合いを続けた。途中で殴るのが厭になり試合を放棄したこともあった。が、そんな時は必ずカティアとマールがどうなっても良いのかと脅され、俺は再び相手を殴り付けた。しかし、もうそろそろ俺はオシマイだという予感がしていた。わかっていたとはいえ、いくら栄養のある食事をしても、修復する時間も取れず絶え間なく酷使する軀が保たないのだ。

そんな折、突然、『調整期間』という名の文字通り休暇が到来した。俺たちは普段の生活を離れ、移送された孤島の浜辺で二週間のメンテナンスという自由を手に入れた。

それもそろそろ終わる。もう再び逢うことはないだろうと、俺とバタビアは握手をして別れた。

3

マールの心臓に穴が開いていると知らされたのはそれから暫《しばら》くしてからのことだった。モニター越しに見える彼女はとても元気そうだったが、妻の話によると子宮内で背骨に癒着したままだった心臓の一部が出産で剝がれ、小さな穴が空いたのだという。手術をしなければ余命は二年と医師に宣告されたとカティアは泣いた。

『パパにも触れないし、こんな世の中だから死んでもいい』とマールは哀しそうに呟いた。

　俺は看守やデマンドを通じて娘の手術の可能性を探った。すると自分の試合次第で手術を許可するとの話だった。それから俺は戦った。試合は過酷だった。今迄のような一対一ではなく、一対三、時にはもっと多い人数と戦った。時には相手が武器を持つこともあった。俺は死にたくなかった、その時点ではっきりと死ぬわけにはいかなくなっていた。それは自分の為ではない、マールの、娘の命を勝ち取る為だった。

　しかし許可はなかなか下りなかった。深夜、妻から突然、娘の死を知らされモニターを殴りつけ号泣する自分の夢を見る。暗い独房のなか、灰色の天井が冷たく自分を見下ろす。廊下から誰かの啜《すす》り泣きがしている。

　その時、ふと廊下から看守の話し声がした。

『ハムのやつ、まだ頑張る気だぜ。好い加減にしねえかなあ』

『なんで？』

『俺は奴がへたばるのに十万賭けてるんだ』

『ふふふ。悪い奴だな』

『悪党は所長《うえ》さ。奴の申請書類を提出したふりするだけで、好きなように踊らせてやがるんだからな。おかげで党の幹部の評価が爆上がり。近く表彰状を貰うんじゃないかってよ』

『俺もチビの頃はハムに憧れてたんだがな。落ちぶれたもんだ。ハム・ザ・チャンプ……ザマあないねえ』

『所詮、ボクサーだ。ここが足りねえのよ』

俺は頭から毛布をかぶると拳を噛み、唸り声のようなものを上げる。そうしなければ内臓が焦りと憤怒で裂けてしまいそうだった。

翌日の試合で俺はわざとコーナーに追い込んだ相手に叩き付けるパンチをミスったふりでコーナーポストを殴り、手首を捻挫《ねんざ》させた。試合は中断され、俺は医務室で手当を受けた。デマンドが看護士と何やら金とセックスのことで揉めだし、俺は診察室にひとりにされた。ぼーっとしているとドアが開き、掃除夫の爺《じい》さんが「いいかい？」と顔を出した。

俺が黙って頷くと爺さんは「あんたは出られないよ」と云った。睨み付けると爺さんはニヤニヤと嗤《わら》っていた。

「なんだよ、爺さん」

「やはり、おれがわからねえんだな」

そう云われて見詰め直すとゆっくりと像が記憶と繋がった。革命チームのユサだった。が、歳が違いすぎる。

「面《つら》は整形でワザと老《ふ》けさせたのさ」奴はそう云うと煙草《たばこ》を取りだし、一服つけると俺に回した。「あの看護士は知り合いの娘でね。大っぴらには何もできないが、気持ちは俺たちの側だ。今もこうして時間を作ってくれた……」

ユサは長く煙を吐くと、俺を見た。

「おれもここからは死ぬまで出られない。おまえのカミさんと子どもを助《す》けてやることもできない……」

「わかってる。そんなことを云いに来たのか」

奴は舌を伸ばすと煙草を押しつけて消した。「うんにゃ。そうじゃねえ。おめえには命をやりに来たのよ」

「命をやる？」

「ああ。実はおれたちが爆破未遂で終わったSS幹部チクゾーの家が、今月末までコルの住居になってる。奴が本宅を改装するんでな」

「ひとりか？」

「愛人は田舎に暫く帰したそうだ。おまえが仕掛けた爆破装置はまだ見つかってない。何故なら俺たちは実行前に逮捕されたからだ。しかも、誰もその件に関して白状《ゲロッ》ちゃいない」

「もう十年も前のことだ」

「確かにそうだ。が、地下活動に賛同している者が偶然に発見して連絡をしてきた。装置はい、いまだ生きてる」

俺は驚きの声を必死に呑み込んだ。「生きてる……本当か」

ユサは頷いた。「爆破力は充分だ。あの位置で破裂すれば寝室のコルはイチコロだ。おまえはこのままじゃいずれ死ぬ。ハム・ザ・チャンプ、これこそがおまえの生き処の死に処じやないのかい？　おれはそれを与えに来たのよ」ユサはニヤリと笑った。

「俺にコルと心中しろと云うんだな」

「そうだ」

「皆の為に」

「そうだ。奴が死ねば体制が一気に雪崩《なだれ》を打って崩れるはずだ。こんな暴挙をいつまでも許しておけば、いずれこの国は8／6、8／9、3／11を合わせたよりも悲惨なことになる。国の崩壊どころか国そのものがこの惑星から蒸発するかもしれん」

「やろう」俺は頷いた。「だが……どうやって」

ユサが自分の鼻を押した。「おれの仕事は掃夫《そうふ》と墓掘り人だ。牢屋で死んだ囚人を棺に納めるのもおれの仕事さ」

そこから奴は脱走の計画を説明し始めた。

ユサの話では奴が調合した薬で俺は夕食後に腹痛を起こす。腹痛はすぐに治まるが俺はその夜は診療所のベッドで寝ることになるだろう。深夜になるのを待ってユサが俺を誘い出し、運んできた棺の中に入る。棺は二重底になっていて俺は底に隠れる。監視所ではお座なりに蓋を開けさせられ、死体の確認がある。その後はユサが敷地内にある墓場に看守の監視下で棺を埋めるのだ。ユサが帰った後、直ちに手配した仲間が俺を掘り出しにかかる。深夜の墓場をうろつくほど職務熱心な看守はいない。闇に乗じて俺は脱出する。

「いつだ？」

「今夜ひとり、拷問で死にそうなのがいる。たぶん明日の夜まで保つまい」ユサはそう云うと俺の手にカプセルを渡した。「痛みは小一時間ほどで治まるが激烈だ。失神するなよ、朝まで寝てたなんて事になったら全ては台無しだ。コルはあと二週間足らずで厳重警備な元の官邸に戻っちまうんだからな」

「わかった」

ユサの言葉に頷きながら、俺は明日がカティアとマールとのモニター越しでの面会日であることを思い出していた。

4

翌日、俺はモニター越しにカティアとすっかり少女らしくなったマールを目の前にしていた。妻の言葉通り、マールは血の気が悪くいつもよりずっと青ざめて見えた。

「具合はどうだ？」

『大丈夫。ちょっと走ったりすると苦しいけれど。パパは？』

「俺はおまえの顔を見られたから元気になった」

俺の言葉にマールは微笑み、掌《てのひら》をカメラに付けた。俺もその小さな手に重なるように手を合わせる。

「とうさんはいつもおまえのことを考えているよ」

『わたしも。パパはわたしのチャンピオンだから。早く逢いたい』

「逢っているじゃないか。こうして」

『こんなのは違うもん。本当に逢いたいの！　パパに触りたい！　肩車して欲しい！』

言葉に詰まっているとモニターが終了時間が迫っていることを告げた。

俺はカティアに向かいサインを出した。

彼女はすぐに勘付き『あなたは昔からいたずらっ子だったから』と予《あらかじ》め決めておいた符丁を笑いながら云った。

俺は「校長室に忍び込んで鳩を逃がした時は、見つかって怒られた」と返した。「あれは丁度、三十三年前の明日だった」

カティアの顔に緊張が走り、一瞬の間が生じた。『懲りないのね』

「俺は戦士だからな」

カティアがマールを背中越しに強く抱きしめ、その髪に顔を埋めた。目に光るものがあるのを隠そうとしたのだ。

『わたしたちはずっとあなたを誇りに思ってる。それを忘れないでね』

「愛してる」

カティアが切羽詰まった感じで『わたしも……』と云った処で画面が暗くなった。

ふたりがこちらを見て手を振ろうとしていた残像を、俺はいつまでも目に焼き付けようと強く目をつぶった。

俺は夕食の準備が始まった途端、ユサの薬を飲み下した。房内で配膳を待っているとペンチで腸《はらわた》をねじ切られるような激痛で頭の中が真っ白になった。俺は壁を蹴り、ドアを蹴りのたうち回った。看守が小窓から俺を確認し、何事か声を掛けたが勿論、俺の耳には入らない。漸《ようや》くドアが開くと数人の看守が突入してきた。俺が仮病じゃないと知ると奴らは俺を担ぎ上げた。そのタイミングで、俺は一番嫌っている奴にゲロを吐いてやった。

医務室に運ばれると虫垂炎《ちゆうすいえん》ではないかという声が聞こえたが、デマンドは俺の右鼠径部《そけいぶ》に在る傷を見て『それはない』と言下に云い放った。俺はそれから様々な診察をされたのだが、やがて『わからんな』とデマンドの台詞《せりふ》で全ては終わった。

房に戻しておくのは適当ではないという判断から、俺は診療所のベッドに運ばれ、そこで鎮痛剤を打たれて寝かされた。俺はそのまま凝《じ》っと待った。警備の交代が始まる十時までは一時間おきに俺を確認していたが、それをすぎると二時間経った零時の確認になった。布団を被ったまま俺は入口に背を向けることにしたが、看守は起こして正そうとはしなかった。

たぶん起きてまた騒がれては困ると思ったのだろう。

ついウトウトしてしまった時、肩が強く揺すられた――ユサの顔があった。俺はすぐに無言で起き上がる。痛みは、もうすっかり消えていた。ユサはマクラを繋げたものを俺の代わりに布団に忍ばせ、壁際に押しつけた。暗い室内では俺が寝ている様に見える。

俺たちは診療所の裏口に待っていた荷車に近づくと棺桶を開けた。血まみれの木綿の死体袋が入っていた。ユサとふたりでそれを一旦、取り出すと二重になっている底蓋を外し、俺は一番底に入った。ユサが俺の上に蓋をすると再び死体が載せられた。

『行くぞ』奴の囁《ささや》きがしたので返事代わりに棺桶をコツコツと叩いた。荷車が動き出す。棺の中の空気が動き、俺は血と汗と恐怖の臭いを嗅《か》ぎ取った。しかし、この男の惨《むご》く残酷な時間はもう既に終わったのだ。こいつは自由になり、ここに残しているのは骸《むくろ》という名の殻でしかない。俺にはつくづく、その事が羨《うらや》ましく思われた。

ゴトゴトと揺られるのに身を任せていると突然、荷車が厳しい声で停止させられた。俺はハッとし、ユサの緊張も棺越しに伝わってきた。

俺は自分が病室を抜けだした事が既にバレてしまったのだと覚悟した。その場合には警備兵の銃を奪取し、相手を殺してでも生き延びるしかない……。俺は何度も拳を握り固めた。

低い声での遣り取りがするといきなり棺の蓋が開けられた。

『これが当該の死体か』冷たい男の声がした。

『へえ。書類は全部、ここに整ってやす』ユサが怯《おび》えた声で返す。

——沈黙。

サクッと霜を踏んだような音がし、ユサが息を呑んだ。

『ナイフで目を抉られ、身動《みじろ》ぎひとつせん生者はないな……よし、行け』

男の声がするとユサが『へえ』と応答するのが聞こえ、蓋が再び閉じられた。

そして靴音が三つに増えた。俺は息を殺したまま荷車が停止し、穴を掘る音が続くのを待った。それから棺が乱暴に下ろされると、そのまま斜めに穴の中に落とされた。胸と背骨を強《したた》かに打った俺は、思わず悲鳴が出そうになるのを舌を噛んで防いだ。口の中に血の味が広がった。

ドスッ……ドスッと土の掛けられる音が始まる。ひとつ、ふたつと胸の中で数え、それが進むに連れ音がくぐもり、遠くなっていった。三百を超えた処で音は止んだ。棺のなかは完全な闇で完全な無音だった。俺はそれでも気取《けど》られてはいけないと、窒息しそうな沈黙の中にずぶずぶと自分の感覚が沈み込んでいくままにしていた。鼻から肺にまで侵入した闇が、俺の魂を押し出そうとしているようだった。

そうして俺は今更のように自分がこれから行おうとしていることがカティアやマールに災いとなって降りかかることを怖れた。しかし、他に何の選択肢が俺に残されていただろう……看守の云うように俺は単なる気の良いロバとして見くびられ、侮《あなど》られ莫迦にされ、近い将来、リングの上で惨めな死を迎えることになる。奴らのペテンを告発し、抗《あらが》ったとて同じ事だ。俺の軀は会ったこともない、どこか遥か遠くで生を享受している悪党どもの慰みでしかないのだ。しかも、マールは直《じき》に死ぬ。そうなればカティアも生きてはいないだろう。それは俺も同様だ。

ならばせめて一矢《いっし》報いることで自分を自分に取り返すしかない。それはカティアにも充分に伝わった筈だ。俺は自然と泪《なみだ》が溢《あふ》れてくるのを止めることが出来なかった。

どれほどの時間が経っただろう……始めは小さな小動物の動きに似た音が、次第に確固とした音となり、やがて持ち上げられた棺の隙間に鋭いモノが突き込まれると黴《かび》と死臭に替わって新鮮な夜気《やき》が滑り込んできた。

『大丈夫か？』暗闇の中で影がふたつ、俺に向かっていた。

俺は頷いた。

彼らは棺を埋め戻すと、俺を墓場から出た通りにある車の後部座席に押し込んだ。

「既に夜明けが近い。時間がない。あんたには悪いがすぐに取りかかってくれ」ハンチングを目深《まぶか》に被った男が助手席からそう云った。

「無論だ」

運転席の男はバックミラーから凝っと俺の顔を見つめていた。

「何処へ向かえば良い」ハンチングに俺は行き先を指示した。通りに出るまで車はヘッドライトを消したまま静かに移動した。

5

刑務所を離れ、ようやく車内の緊張が取れた頃、ハンチングは自己紹介をした。小学校の同僚同士だというふたりは今でも細々と続いているある地下組織の細胞《メンバー》だった。

「もし……あんたが計画を中止にしたいというのなら、おれは逃亡の手伝いをするように云われてもいるんだ」ハンチングは遠慮するような口ぶりで云った。

「いや、俺はやる。装置《やつ》が生きているなら、俺にはする義務がある」

「でも成功するようには思えないし、よしんば成功したとしても、あんたは……」

「俺は既に良い死に場所を探している人間だ。俺の屍《しかばね》があんたらやあんたらの知っている子ども達の力になれれば本望だ」

ハンチングは俺の言葉に何度も頷いた。「先日、恐ろしい話を聞いたんだ。国家の基準に合わない人間は否国民として何処かに移送されて処理されているらしい……この国に生まれたことが恥ずかしい」

「考えなしに投票したからだ。その責任は我々、大人全員にある。だから俺はその償いを命を賭《と》してする」

俺は車をターゲットの一キロ手前で降りた。助手席からハンチングが小型の懐中電灯を差し出したので俺は受け取り、ついでにスペア交換に使うタイヤレンチも拝借した。

「あんたのことは忘れない。おれたちも後に続きます」

「……無理せず自分の流儀でやれ。死ぬばかりが能じゃない」

すると今迄、黙っていた運転手の男が初めて口を開いた。

「おれ、死んだ親父と一緒にあんたの試合を見たことがあるんだ」

「どっちが勝った？」

「あんたは負けた。でも最後まで試合を投げなかった。格好良かったぜハム・ザ・チャンプ」

「おまえは運が良い。負けたのは一度きりだからな。あばよ」

俺がルーフを軽く叩くと車は加速して去った。

装置《あいつ》が俺を呼んでいる気がした。


俺はコルの邸宅に近づくと憶えていたマンホールの蓋をレンチを使ってずらし、中に降りた。下水は臭いが酷かったが、これから俺は大悪党を退治するんだという奇妙な高揚感の御陰で苦にはならなかった。幾つかの分岐を進むとやがて狭い縦穴にぶつかった。俺は躊躇《ちゅうちょ》なくそれに付いている手摺《てすり》を上った。上蓋を静かに開けると目的の場所の庭に出た。俺は物陰に身を隠すと暫く周囲の様子を窺った。

目指す寝室は既に明かりが消えていた。が、今こそあの男を殺《や》れる喜びに武者震いが起きた。定期的に巡回している警備兵の隙を突いて俺は邸内に忍び込むことに成功した。邸内はシーンと静まり返っていた。そして頭の中に何度も徹底的に記憶してある図面を頼りに三階と二階の間にある配管や電気系統の設置された空間に、二階の音楽室の天井から入る。狭い空間をゆっくりと這っていくと、やがて殺鼠剤《さっそざい》の段ボールが見えた。なかを確認すると装置があった。迷わずスイッチを入れて起動させる。そして俺はコードの付いた起爆装置を手にすると入ってきたのとは別の入口を目指した。それは当初の予定にはないルートであり、寝室の入口に通じていた。床板を静かに捲《めく》ると大きな足の付いた天蓋《てんがい》付きのベッドが目の前に現れた。凝っと耳を澄ますと鼾《いびき》が聞こえた。音がしないように起爆装置を摑《つか》んだまま俺は立ち上がった。

目の前にあの男が居た。民主主義を悪用し、生活者の隙を突いてその信用を裏切った男、この国を破滅へと追いやる元凶――コルがシルクの上掛けに包まれていぎたなく寝ていた。ベッドサイドの淡いランプがその毒蛇のような顔を照らしている。

俺は椅子の背にかけてあった制服から拳銃を取り出すとコルの額に突き付けた。奴はハッと目を覚ますと、声を上げようとしたので俺は銃を頰に押しつけ、小声で云った。

「おまえは死ぬんだ。いま死ぬか？　それとも理由を聞いてから死ぬか？」

コルは、理由を……と云った。

が、その途端、アラームが鳴った。俺はドアが蹴破られるのと同時にコルを羽交《はが》い締めにした。雪崩れ込んできた警備兵は俺たちを見て銃口を下に向けた。

「銃を捨てろ！　こいつが死んでも良いのか！」

奴らは表情ひとつ変えず、黙って立っていた。

俺は起爆装置を掲げ、もう一度警告した。

「ボタン一つで、この部屋は跡形も無くなるぞ！　命の惜しい者はとっとと出て行け！」

しかし、誰も動こうとはしなかった。

コルも顔を強張《こわば》らせたまま黙っている。俺は奴に命じた。

「こいつらを下がらせろ！　死ぬのは俺とおまえだけで充分だ」

すると一斉に警備兵達が銃口を俺とコルに向けた。

「バン！」コルが叫ぶと、やがてゲタゲタと笑いだし。それが全員に伝わった。

俺は我慢ができなかった。こいつらには人の苦悩や苦しみなど欠片《かけら》も理解できないんだ。

コルを突き飛ばすと奴は床の上で転がりながら笑っていた。

「あの世で嗤え！　莫迦野郎」俺は起爆スイッチを押した。確かにインジケーターは緑から赤に変わった。が、何も起こらなかった。俺は何度も押した。が、爆破はしない。

コルは俺を指差して嗤っていた。俺はその莫迦面に銃を向けると銃爪《ひきがね》を引いた、が、弾は出なかった。

焦っているといきなり銃床《じゆうしよう》で後頭部を殴り付けられ、俺は床に倒れた。

コルが立ち上がると兵長らしいのが「悪い趣味ですな」と苦々しげに呟いた。

「どうしてだ。余は一度、体験してみたかったのだ。リアルでな。危機に陥った時、自分がどのような反応をするのかを」

俺は半ば予感していたことを口にした。

「やはり裏切った奴がいたんだな」

「奴というのは正確ではない気がするが……」

コルが顎《あご》をしゃくると戸口の陰にいた人物が現れ、俺は心臓が摑まれるような衝撃を受けた——カティアだった。

「ごめんなさい」

「謝ることはない。君は鼠《ねずみ》退治のプロとして立派に事を為《な》したのだ」コルが微笑んだ。

「鼠退治……まさか……おまえは」

「そうだ。彼女はおまえよりも先に私の部下だったのだよ、ハム」

「なんて女だ……」

「違うの……最初はそうだったけれど。子どもができてからは……マールが生まれてからは本当に……愛してたのよ」

「狂ってる……君は自分が何をしたのかわかってないんだ」

「閣下は私達の恩赦を約束してくれているの。どこか誰も知らない所で三人静かに暮らしましょう。マールの手術もして貰えるのよ。閣下そうですよね？」

「そうだ。君の働きと亭主の行動は別だよ。余は君の娘には手術を与え、更には決して危害を我々は加えんことを死ぬまで誓おう」

「ね、ハム。夢見る時代は終わったのよ。もう元に戻ることは出来ないわ。これからは現実を生きましょうよ。生まれ変わった気持ちで……」

俺は絶叫するとカティアに飛びかかり、その首を渾身《こんしん》の力で締め上げていた。

そして男達に取り押さえられ、床に組み伏せられた時には、カティアは首を奇妙に捩《ね》じ曲げた状態で動かなくなっていた。どこからか迷い込んだ蠅《ハエ》が、その瞳に停まったが瞬《まばた》きはされなかった。

「やはり単純で凶暴な男だな」部屋から連れ出される際、コルがそう呟くのが聞こえた。

6

刑務所に戻された俺はA群に移動になった以外に、特段の処罰も加えられなかった。朝から晩まで誰かの為に飯を喰うことは苦痛ではあったが、既に生きることに興味を失っていた俺にとってそんなことはどうでも良いことだった。俺は吐いては食べ、吐いては食べし、なるべく早く死ぬことに一生懸命になった。

バタビヤは思った通り、俺が来る少し前に脳梗塞で死んだ。アマデウス風アイスバインとやらに顔を突っ込んだまま見つかったのだ。

俺はマールに逢わせては貰えなくなった。が、生きている事と手術が無事に終わったことだけはデマンドから報告を受けていた。

結局、俺は死ぬまで娘をこの腕の中で抱けないのだ。彼女の母親を殺した男としては妥当な罪かもしれないと俺は諦めていた。

体重が二十キロ近く増えた頃、俺は再び移動になった。デマンドはＺ群だと顔を顰《しか》めた。そこまで分岐しているとは思わなかったが、俺にはどうすることもできなかった。

Ｚ群が飼われている場所は今、俺が居る刑務所とは別の島にあった。車と船を乗り継いで其処《そこ》は場所の見当も付かなかった。

看守長は背の低いやたらと甲高い声の男だった。奴は俺に自分は優しい男だが、態度如何《いかん》によっては信じられないぐらい冷酷にもなる。だからなるべく自分を優しい男のままでいさせてくれと半ば、懇願するように云った。

その後、俺は感覚増幅器の改良手術を受けた。

術後三日目、俺はコンクリート製の建物の地下に連れて行かれた。そこは厭な臭いのする場所だった。俺を連行してきた看守の中のリーダーはレスラーの様な体格で西部劇に出てくるガンマンのように腰の両サイドに拳銃を挿し、時折、くるくると起用に回転させた。

コンガリアンと名乗るその男は、俺が何処へ連れて行くんだと尋ねると「地獄さ、行ぐんだで」と吐き捨てるように云った。

そしてある牢獄のような部屋の前に立つと俺は目隠しをされた。外して良いと云うまで決して外すなと云われた。重い鉄扉が動力によって開くのが聞こえた。

俺は中に押し込まれた。小さな囁き声がしたが、何を云ってるのかは理解できなかった。目隠しを外す直前、コンガリアンが『おめえのこれからここで行うことの感覚は、コル閣下にだけ伝わるからな。ありがてえな』と囁いた。

こいつは歯を磨くのが嫌いなのか、物凄く下手なのかのどっちかだとわかった。

『めがくしざ、取るべし』と声が掛かり、俺は外した。

薄暗い明かりの下、子ども達が怯えた目で俺を見つめていた。全員が裸で、ひとりも服を身につけていなかった。

「これは一体……なんだ！」

コンガリアンがニタニタと嗤って、丸めた指に人差し指を出したり入れたりした。「おめえはこれからずっとこの娘達を可愛がるんだ。役得だな！　チャンピオン！」

「何を莫迦な！」

「おめえがしなければひとりずつ虎の餌にする」

「本気か、貴様！」

「ここに居るのは全員がおまえみたいに国にたてついた奴らの餓鬼だ。気にすることはなんもなんも」

絶句している俺の耳に信じられない声が聞こえた。

そちらに振り向くと、また声がした。

「パパ……」

裸にされたマールが立っていた。

俺の耳の奥でコルの狂笑《きょうしょう》が聞こえるような気がした。

俺はコンガリアンに突進するとホルスターから銃を抜き取り、

斜線堂有紀

デウス・エクス・セラピー

●『デウス・エクス・セラピー』斜線堂有紀《しゃせんどうゆうき》

船で「ヴァケーション」に向かう主人公。その行き先が「孤島」であるという冒頭で、すでにただならぬ予感を覚える読者もおられるだろう。作者・斜線堂有紀の名を高からしめた長篇『楽園とは探偵の不在なり』（ハヤカワ文庫JA）――奇怪な天使が殺人者を地獄に送る特殊設定ミステリの舞台もまた、外界から遠く離れた孤島だった。しかし、この孤島はさらに怖ろしい。アガサ・クリスティが『象は忘れない』で描いたものよりもさらに過酷な「セラピー」が待っているからである。

「本の背骨が最後に残る」（第50巻『蠱惑《こわく》の本』所収）で、令和の《異形コレクション》にはじめて登場して以来、常に怖ろしき物語を紡《つむ》いできた斜線堂有紀の六作目。今回は予想もつかない結末が用意されている。

初のSF短篇集『回樹』（早川書房）を上梓したばかりの斜線堂有紀は、出自のミステリ界のみならず、現代SF界にも、独自のセンス・オブ・ワンダーを投じて、鮮烈な刺激を与え続けている。そして、その特異な才能が、畏《おそ》るべき異形の物語を語る時、想像を絶するエモーションが読者を貫く。

孤島で過ごす時には、ぜひ持っていきたい。近い将来に世に出るであろう、《異形》の短篇集――斜線堂有紀の織りなす〈非日常〉を。

「よ、よく聞いてほしい、フリーデ。君は騙《だま》されているんだ。君はあの島で『精神安置』を受ける。手順はこうだ。まず目を抉《えぐ》り、視覚を奪う。その次は耳を水銀で潰し、聴覚を奪う。そうして患者を絶望の暗闇に引きずりこむんだ。当然ながら患者は強い抵抗を見せるから、黙らせる為にヒースは君の両手両足を樫《かし》の木の棒で打擲《ちょうちゃく》する。君の手足はそこで使い物にならなくなる。そこまでいったら人間じゃない。確かに、治療っていったら治療だけどね。もうすっかり、元の君はいないから」

おどおどと喋《しゃべ》るその男は、長い金髪や透き通るような肌が特徴の美しい青年だった。着ているものの品の良さや仕立ての上等さからも、彼がとても恵まれた立場にある地位の高い男であることが窺《うかが》えた。榛《ハシバミ》色《いろ》の目は、フリーデが今まであまり見たことのない珍しい色で、なんだか居心地が悪くなった。この粗末な入院着の所為《せい》だろうか？　それとも、彼が妙な目でフリーデを見ているからだろうか。フリーデの立場を考えれば、妙な目で見られること自体はおかしくない。だが、それともまた違う違和感がある。一体、その目は何なのだろう？

そんなフリーデに対し、彼は苛立《いらだ》ったように言った。

「呆《ほう》けている場合じゃない。僕が言っていることの意味が分かる？　君は、これからこの世で最も不幸な肉塊《にくかい》になるんだ」

「あの、言っていることの意味が――……どういう意味……ですか？」

「君は、どうしてこの小舟に乗っている？」

「私は……ドリスフィールド精神病院に入院している患者。これから、ヒース・オブライエン医師の所有する島に短期転地療養《ヴァケーション》をしに向かう……。そこで『精神安置』を受ける予定です。精神安置はヒース・オブライエン医師の考案した、躁病《そうびょう》の矯正《きょうせい》に高い効果のある治療法です」

フリーデはすらすらとそう答えた。ヴァケーションへ発《た》つ前に、ちゃんと覚え込まされた文言《もんごん》だった。一語一句間違えずに答えられたのに、金髪の男は更に苛立っているようだった。彼の目が忙《せわ》しなく左右に揺れて、フリーデは恐ろしくなった。

「もう一度言う。ヒース・オブライエンは、君を世にも恐ろしい目に遭わせる。それが、君の躁病を治す為の唯一の手立てだと思っているからだ。目を抉られる痛みを想像したことがあるか？」

そう言って、男はフリーデの瞼《まぶた》に手を伸ばしてきた。フリーデは反射的に身を捩《よじ》る。脱走防止で嵌《は》められている手錠がじゃらじゃらと音を立てた。彼女の恐怖は最高潮に達し、目上の男性を敬う気持ちすら忘れて言い返した。

「か……からかわないで！　『精神安置』とは、精神を病《や》ませるものから距離を取り、穏《おだ》やかな自然の中で療養することよ。貴方《あなた》の言っていることは全てでたらめだわ」

「言っただろう。君は騙されてこの舟に乗せられているんだ。島に行ったらもう逃げられない。ヴァケーションは、君の想像しているようなものじゃないんだ」

「私が病人だと思ってふざけているのね。これ以上続けるつもりなら、世話人を呼ぶわよ」

付き添いでやってきた世話人はフリーデのことを嫌っているが、彼女が騒げば完全に無視することは出来ないだろう。すると、男は大きく溜息を吐《つ》いた。

「分かった。水平線の方を見て」

「？　……どうして……」

「もうすぐあの辺りを、ニシン漁の船が通る」

「そんなものは見えない」

フリーデがそう言った瞬間、水平線の向こうからゆっくりと船が近づいてきた。まるで計ったかのようなタイミングだった。

「ね、言った通りだろう」

「目が良いんですね。遠すぎて、私は全然気がつきませんでした」

「見えたんじゃない。知っていたんだ」

意味が分からなかった。続く言葉は、更にフリーデを混乱の渦に叩き落とした。

「僕は未来が見えるんだ」

この男こそが真の精神病患者なのではないか、とフリーデは思った。そのくらい荒唐無稽《こうとうむけい》な話だ。男はこの話自体に興奮しているようで、急に生き生きと目を輝かせている。それがまた、フリーデの恐怖を煽《あお》った。まさか、妙な妄想に取り憑《つ》かれて気持ちが高ぶっているのだろうか。

けれど、彼は実際に船の存在を当てたのだ。

「だから、君が拷問《ごうもん》を受けるのも本当だ。未来が見えたんだ。ヒース・オブライエンは必ずそうする。それを避けるには、僕の言うことを聞いてもらうしかない」

「船がくるのを当てたくらいで、そんな話を信じられるわけが——」

「頼むよ。君をエミリー・ヴァイパスと同じ目に遭わせたくないんだ」

その名前を聞いた瞬間、フリーデの顔がサッと青くなった。

「どうしてその名前を？」

「彼女も同じ『精神安置』を受けた。残念ながら、もう亡くなっている。彼女は目と耳を奪われたことで本当に発狂してしまってね。轡《くつわ》を嚙《か》まされたまま、壁に頭を何度も打ち付けて死んだ」

「嘘よ。そんな……そんな酷い嘘は許さない。絶対に」

「もうすぐ世話人が君の様子を見に来る。第一声は『いかれたアバズレめ、その反抗的な目はなんだ？』だ。あまり僕が世話人と接触するのはよくない。一旦離れるよ」

「はあ？　どういう意味？　話はまだ――」

「覚えておいてほしい。僕は君を助けにきたんだ」

それだけ言うと、男はフリーデと距離を取り、懐《ふところ》から取り出した手帳を眺め始めた。するとすぐに、鉄梃《かなてこ》で潰されたかのような背の低い世話人がやって来た。彼はじろりとフリーデを睨《にら》み、吐き捨てるように呟《つぶや》く。

「いかれたアバズレめ、その反抗的な目はなんだ？」

その時の驚きをなんと表せばいいか分からなかった。船のことも、世話人のことも、ちゃんと言い当ててみせた。まるで、本当に未来が見えるかのように。

思わず目を遣《や》ると、彼はさりげなくフリーデを見て微笑《ほほえ》んでいた。その姿は、さっきの挙動不審な態度とは打って変わってなんだか誇らしげに見えた。

「す……すいません。あの金髪の人は誰なんですか？　もしかして……私と同じで『精神安置』を受けにきた入院患者ですか？」

何しろ、彼は明らかに様子がおかしい。初対面のフリーデにも馴《な》れ馴れしく接し、おどおどとした様子を見せたかと思えば急に激し、おまけに未来が見えるなどと嘯《うそぶ》いているのである。気が触れているとしか思えない。

世話人の男はフリーデを厭《いと》わしげに見つつも、ちゃんと答えた。

「あの方はロス・グッドウィン先生だ。普段はエライエライエライ大学のエライエライ研究室でお前みたいな気の触れた女を調べていらっしゃるんだと」

「精神科医、ということですか」

「あの人は休暇を利用して、ヒース・オブライエン先生の治療を見学にきたんだと」

休暇。奇《く》しくも、これからフリーデが向かうヴァケーションと同じである。フリーデにとってのそれは、この状況をどうにか変える為の切実なものだ。そんなフリーデのヴァケーションを、彼は悠々《ゆうゆう》と見学に来る。そのことがもう既に鼻についた。

「お医者様というより、病人みたいだわ。どうしてオブライエン先生が彼を？」

「俺も最初は新しい病人だろうって踏んださ。見るからに目つきがおかしいからな。あんな奴がまともなはずがない」

多くの入院患者を見てきた世話人ですら同じ感想を抱くようだ。やっぱり彼は、医者というよりは入院する側に見えるのだろう。

「いずれにせよ、お前みたいな気狂いには関係の無い方だ」

甲板に唾を吐き捨てて、世話人が去って行く。これで彼が島行きの舟に乗っている理由は分かった。彼はフリーデの受ける『精神安置』を見に来たのだ。患者ではなく、医者。どれだけ様子がおかしくても、彼は気が触れているわけじゃない。

そう思った瞬間、フリーデの身体がわなわなと柳のように震え始めた。ようやく、今の状況が理解出来たからである。

あの奇妙な予言者は――本当に予言者なのかもしれない。彼の言っていることが本当なら、フリーデはこれから、口にするのもおぞましい目に遭う。目を抉られ、耳を潰され、世界から切り離されてしまう。どうしてそんな目に？　一体何が理由で？

僕は君を助けにきたんだ、というロスの言葉が無ければ、フリーデは恐怖で海に身を投げていたかもしれなかった。島が、もう目の前に見えていた。

一八九三年九月十六日、十九歳のフリーデ・カナシュはドリスフィールド精神病院に収容された。

彼女は重度の躁病であり、発作が起こる度に人が変わったかのように暴れ回った。そうなった時の彼女は家族にも危害を加える為、父親は泣く泣く愛娘《まなむすめ》をドリスフィールドに託した。――これが、表向きに公表されたことである。

だが、フリーデは躁病などではなかった。むしろ、頭がおかしいのは自分をドリスフィールド送りにした父親の方だ、と思っていた。

実の父親と交わり彼の子供を産むことこそが『正常』なのであれば、フリーデは喜んで『異常』という診断を受け容《い》れる。

あそこから離れられたことは、むしろ幸運に他ならない。――ドリスフィールドという場所をまるで知らなかった頃のフリーデは、浅はかにもそう思ってしまった。死ぬ思いで暗闇から這い出た者に、行く先の昏《くら》さが分かるはずもなかった。

外から見たドリスフィールド精神病院は、それほど恐ろしい場所には見えなかった。赤煉《あかれん》瓦《が》で構築された巨大な建物は、まるで巨大な石窯《いしがま》のようでもあった。窓が一つも見当たらないところを除けば、好ましい建物ですらある。

この時のフリーデはドリスフィールド精神病院をよく知らなかった。気の触れた人々が療養する場所なのだろう、という極めて無邪気な理解だけがあった。

なら、正しい診断さえ下されれば、フリーデはここを出ることが出来るはずだ。粗末な入院着に着替えながら、フリーデはそう楽観的に考えていた。鉄格子の嵌められた扉に窓の無い石造りの部屋に、十人近くの入院患者と共に詰め込まれても、ドリスフィールドがまともな精神病院だと一週間は信じていた。実際はありとあらゆる疎《うと》まれた人々の流刑地《るけいち》でしかなかったというのに。

収容されてしばらくの間、フリーデは自分がまともであることを証明しようとしていた。自らの状況を説明すべく、責任者に会わせてもらえるよう世話人に頼んだ。だが、彼女は房から出されることすらなかった。

窓の無い部屋の中で、格子から差し入れられる食事だけを時計の代わりにする日々が続いた。同じ房の患者達は本当に精神を病んでいるのか、薄汚れた入院着の裾を噛んだり、奇声を上げたりするばかりで会話も出来なかった。『病院』と名が付いているのに、フリーデも彼女達も一向に診察の順番が回ってこない。

「あの……私はフリーデ・カナシュといいます。どうか私の話を聞いていただけませんか？　お医者様に会わせてください。私は躁病ではありません」

フリーデは何度も世話人に懇願《こんがん》した。だが、ようやく会えた医師は数秒の診察で「病状が良くない」と言い出し、気味の悪い液体を何杯も飲ませてきた。それを飲むと喉《のど》が焼けるように痛み出し、フリーデはしばらく水すら飲むことが出来なかった。

治療と称して、延々と井戸の水を汲まされたこともあった。掌《てのひら》の皮膚を剝《は》がされたこともあった。ここに長くいてはいけないことを悟った。

軟禁や『治療』もさることながら、誰も彼女の話を聞こうとしないという状況が、最も彼女を摩耗《まもう》させた。

外でのフリーデは気立ての良く見目の麗《うるわ》しい娘として、人々に愛され続けてきた。美しい母と、大地主として一帯を取り仕切る父親の下に生まれ、彼女は心優しく正しい娘に育った。父親に犯されたと助けを求めるまで、彼女は町の人気者であったのだ。

それが今や見る影も無い。世話人達はフリーデを頭のおかしい女と扱い、みすぼらしい家畜のように扱う。正気を失った憐《あわ》れな女だと見る。

フリーデは正常だ。だが、その正常さが誰にも伝わらないのなら、彼女が退院出来る日など永久に来ない。そのことに気がついた瞬間、フリーデは思わず叫んだ。もしかすると、叫び続ける患者達はフリーデのなれの果てなのかもしれない。

それでもフリーデが正気を保っていられたのは、同じ房にエミリー・ヴァイパスがやってきたからだった。


「ちょっと、痛いって言ってんだろ！　その薄汚い手を離さないと、あんたの耳を食いちぎってやる！」

ドリスフィールドにやってきた初日から、エミリーは世話人に対して啖呵《たんか》を切っていた。燃えるような赤毛は彼女の怒りを反映しているようで、その苛烈《かれつ》さに惹《ひ》かれた。

エミリーはすぐにフリーデを見初《みそ》め、笑顔で話し始めた。

「あたしはエミリー・ヴァイパス。言っとくけど、あたしはあんたと違ってまともだからね」

「私だってまともよ。あなたよりずっとまともな、フリーデ・カナシュ。この正常さが分かるくらいまともなら、友達になってあげてもいいわ」

フリーデとエミリーは固い握手を交わした。その手の温《ぬく》もりはドリスフィールドで与えられたものの中でも最も確かで、頼るべきよすがとなるものだった。

エミリーもフリーデと同じく、厄介払《やっかいばら》いをされてここに送り込まれた娘だった。自身の働いている紡績《ぼうせき》工場で待遇改善を訴えた結果、攻撃的な傾向のある躁病という診断が下ったのだ。

「バッカじゃない⁉　まともな賃金と家族の元に帰れる休暇を要求するのが狂ってるなら、ドリスフィールド上等だっつーの」

そう言い切れる強さを周りが恐れたからこそ、エミリーはここに送られたのだろう。言葉が届かないところに閉じ込めなければいけなかったのだ。

エミリーは人差し指に嵌めた銀の指輪をとても大事にしていた。これは腕の良い職人であった父親の形見であるそうで、世話人に奪われそうになっても頑《かたく》なに守ったという。

「これを守る為に、人一人殺すとこだったよ。そうしたら、ドリスフィールドより酷いとこに移送されたかもね」

悪戯《いたずら》っぽく笑う彼女を見て、フリーデの胸が微《かす》かに痛んだ。フリーデはもう、父を父として愛せそうにはなかった。たとえここを出られたとしても、フリーデには最早《もはや》家族というものがないのだ。

エミリーの負けん気の強さはドリスフィールドに送られてもなお変わることなく、彼女は度々問題を起こした。

彼女はフリーデの比にならないほど激しく自身の正気を主張し、世話人に摑《つか》みかかった。不当な処遇や治療は断固拒絶し、待遇改善を訴え続けた。冷水を浴びせかけられたり鞭《むち》で打たれたりしても、エミリーはまるでめげなかった。彼女さえいれば、ドリスフィールドが変わるのではないか――そうでなくとも待遇改善が叶《かな》うのではないか、と思った。

　実際にエミリーだけは無用の水銀を飲まされることが無くなり、延々と井戸の水を汲まされることもなくなった。世話人達はエミリーを疎ましがっていたが、表だって彼女を虐待することは出来なくなっていた。一部の患者達から、エミリーが強く慕《した》われていたからだ。

「やっぱり、声を大にすれば伝わるんだよ！　フリーデやあたしみたいに、ここにいるべきじゃない人間が閉じ込められているのはおかしいんだって」

　鞭でついた傷跡を生々しく晒《さら》しながら、エミリーは華々しく笑った。

　エミリーには状況を変える力がある。彼女なら、ここで不当な目に遭う全ての患者達を救えるかもしれない。そう思った。

　だから、彼女が特別な治療を受けることになった時、フリーデは心の底から喜んだのだ。

「短期転地療養《ヴァケーション》って呼んでるみたい。ちょっと洒落《しやれ》た言い方よね」

　エミリー・ヴァイパスは事前に下されていた救いようのない躁病ではなく、従来の治療は適切ではない。その為、彼女は特別な短期転地療養法を受けることとなった。という触れ込みだった。

「ここから船で一時間ほど行ったところに、ヒース・オブライエンが所有してる島があるらしいんだよね。そこは空気も綺麗で景色も良くて、大きな療養棟があるんだってさ。いいよねえ。ここにぶち込まれる前ですら、そんなとこ行ったことなかったよ」

狭い房で身体を折りたたみながら、エミリーは嬉しそうに言った。信じられない話だった。自分達がそんな夢のような——それが本物の病《やまい》に効くかどうかは別として——治療が受けられるだなんて。

「カスみたいな病院だと思ってたけどさ。あのヒースって奴が来てから流れが変わった感じがするよね」

ヒース・オブライエンは、その頃にドリスフィールドにやってきた医師だった。なんでも彼は精神医学界では名の知れた存在らしく、画期的な治療によって多くの患者を治療してきたのだという。

「フリーデはヒースのことが信用出来ない？」

「信用出来ないというか……よく分からない。話だけはよく聞くけれど」

何しろ、フリーデのような一般の患者はまともに医師の診察を受ける機会すら無いのだ。ヒースという名前の医師がやって来て、ドリスフィールドにも新しい治療法を取り入れているという噂だけしか知らない。

本当にヒースが精神医学界を牽引《けんいん》するような医師であり、精神病を治すことに長《た》けているのであれば——フリーデやエミリーのようなまともな人間をすぐさま退院させてくれるのではないか？　と、淡い期待を抱いたことだけは覚えている。同じことをエミリーも期待していたようで、彼女は生き生きと語った。

「島ではヒース先生と一対一で話して特別な治療を施《ほどこ》してくれるというよ。本当に優秀な先生なら、すぐにあたしがまともだって気づくはずさ。そうしたら、ドリスフィールドともお別れだろうね」

それを聞いて、フリーデは急に恐ろしくなった。

ヒースが正しい診断を下した暁《あかつき》には、エミリーはすぐさま解放されるだろう。こんな恐ろしいところを出て、元の世界に戻るのだ。それはとても喜ばしいことだが、そうなったら——フリーデは一人で取り残されることになる。一体どうしてエミリーだけがヴァケーションに連れて行ってもらえることになったのだろう。フリーデは目立った問題を起こさなかった。むしろ問題を起こしていたのはエミリーの方だ。私に目立った異常性は無い。それなのに、何故——。

湧き上がった気持ちを、フリーデは無理矢理抑え込む。そんなことを思うべきじゃない。エミリーはここにいるべき人間じゃない。友人だけでも解放されるのだから、喜ばなければ。

「ヒース先生と会ったらさ、フリーデのことも話すよ。フリーデもここにいるべき人間じゃないんだって。ちゃんと自分の頭で物を考えられる、まとも過ぎるくらいまともな人間なんだって」

エミリーはそう言いながら、そっとフリーデの頬を撫でてくれた。この心優しい友人は、フリーデの不安をも察してくれたのだろう。フリーデは不安を取り去り、愛《いと》しき友人に囁《ささや》いた。

「良い休暇になりますように」

辿り着いた島は五分もあれば端から端まで行けるほど小さく、目立つ建物は中央に建つ細長いものしかない。あれがきっと療養棟だろう。

空気が美しく、足下に咲き乱れる知らない草花が殊更《ことさら》愛しく感じられた。空が青く、海との境目が分からない。フリーデは一瞬、逃亡防止の為に嵌められている手足の枷《かせ》を忘れ、自然の美に見入っていた。

「風が気持ち良いだろう。この島の風は人の魂を癒《い》やしてくれる」

振り返ると、そこには壮年の医師が立っていた。

「私はヒース・オブライエン。短期転地療養を担当している医師だ」

「フ……フリーデ・カナシュです。あの……ま、前から、私、ヒース先生とお話ししたくて……光栄な機会を……あっ、あの、私、私は、躁病ではありません。以前はそうした兆候が見られたかもしれませんが、今は全く――」

「大丈夫だ。全く心配ないよ、ミス・カナシュ」

フリーデの言葉を遮《さえぎ》り、ヒースはにっこりと笑った。

「私はミス・カナシュの病状を正しく把握している。貴女《あなた》の主張していることはちゃんと理解しているが、貴女自身も把握出来てない魂の病巣《びょうそう》があることもまた事実だ」

病巣があると言われたことは不服だったが、それよりもヒースがフリーデの目を見てちゃんと話を聞いてくれることへの感動が上回った。彼女はこの八ヵ月間、それすらしてもらえなかったのだ。

もしかすると、ヒースは話の通じる人間なのかもしれない。フリーデの胸は期待に躍《おど》った。

「この島で過ごすことで、君の病巣は一切取り払われるはずだ」

「『精神安置』によってですか」

フリーデが言うと、ヒースは少しだけ驚いた表情を見せた。そして「よく知っているね」と笑う。その表情の屈託の無さといったら！　その瞬間、彼女は恐怖に駆られて尋ねた。

「精神安置とはなんですか。一体、どういう処置なのですか」

ロスが言うには、それは目を抉り耳を潰す恐ろしい処置だ。行うのは、見るからに温厚な目の前の医師である。彼の柔らかそうな手が樫の木の棒を握るところが想像出来ない。ヒースはドリスフィールドの他の医師とは明らかに違うのだ。

「それは明日のお楽しみだね。心配することはないよ。君はきっと良くなる」

そう言って、ヒースはウインクをしてみせた。――私の目を抉り、耳を潰し、永劫《えいごう》の孤独の内に閉じ込めるというのは本当なのですか。とは尋ねられなかった。全てを肯定するかのような麗《うら》らかな陽の下で、それはやはり悪い冗談にしか思えなかった。ヒースが笑う。

「この島は素晴らしいだろう？　精神がすっかり良くなったら、今度は釣りにでも来ればいい」

　フリーデは視線だけを動かし、一緒に舟を下りたはずのロスの姿を探す。彼は桟橋《さんばし》の方で蹲《うずくま》っていた。どうやら船酔いをしてしまったらしく、世話人がうんざりした顔で介護をしている。フリーデは怒りすら覚えた。彼の不気味な言葉でフリーデはこんなにも怯《おび》えているというのに。

　気分を鎮《しず》める為に、フリーデは美しく広がる海を見据えた。

　今ならまだ、ここから身を投げることも出来た。

　ヴァケーションの予定は一週間だった。フリーデはエミリーが帰ってくるのを今か今かと待ちかねていた。

　だが、一週間が過ぎても二週間が過ぎても、エミリーは戻ってこなかった。フリーデはいよいよ不安になり、食事の度に世話人へエミリーの行方を尋ねた。しばらく無視されていたものの、ある日ようやく話を聞いた。

「エミリー・ヴァイパスは短期転地療養の効果が出て病状が回復し、既に退院した。なんでも、彼女のケースは新しい治療法のモデルとして学会に提出されるらしい」

フリーデは心の底から安心した。エミリーは正気であると認められたのだ！もう会えないことは寂しかったが、彼女が解放されたことへの嬉しさが勝《まさ》った。二度とドリスフィールドに戻ってこないのなら、そちらの方がいい。

エミリーはヴァケーションで『精神安置』という名の処置を受けたのだという報告を受けた。

「『精神安置』というのは、気を触れさせる原因になるものを取り除き、精神を安らかなところに置いて平静を取り戻す措置である」

知らされたのはそれだけだった。ヴァケーションという言葉と『精神安置』という言葉が組み合わされて、それはとても穏やかで素晴らしい治療法に思えた。水銀を飲まされたり電気を流されたりするより、ヴァケーションに行って『精神安置』を受けたいと誰もが思った。フリーデもその一人だ。

ヴァケーションに行きたい。行って、ヒース・オブライエンに会いたい。そして、エミリーのように正気を認められてここから出たい。ヴァケーションに行けるよう、フリーデはひたすら大人しく従順に過ごした。島にさえ行ければ。ヒースにさえ会えれば。『精神安置』を受ければ、ドリスフィールドから出られる。

だから、短期転地療養の対象者に選ばれた時、フリーデは涙を流して喜んだ。出られた暁には、外の世界にいるだろうエミリー・ヴァイパスのことを探そう、と思った。

療養塔は外から見るよりずっと広く、フリーデが入れられた部屋も普段とは比べものにならないほど快適だった。部屋の隅に置かれたベッドは清潔で、まるで普通の宿のようだった。小さな窓からは星空が見えた。

フリーデはもう、ロスの怪しげな言葉を忘れることに決めていた。そうしなければ、恐怖に溺《おぼ》れてしまいそうだった。自分の瞼に触れる。眼球の丸みが指を押し返す。

優しげなヒースの顔。フリーデを救ってくれると言ったロスの顔。何もかもが信頼出来ない。何もかもを信頼したい。おかしい。おかしくない。恐ろしい。『精神安置』とは一体何なのだ？　ロスは本当に助けてくれるのか？　ヒースは自分を騙しているのか？　ロスは一体――。

そこまで考えたところで、乱暴に扉が叩かれた。フリーデはびくりと身を震わせる。

「来るのが遅くなってごめん。世話人の男は二時間も眠るのが遅くてさ。もっと早くに来るつもりだったんだよ！　なあ、本当に困るよな」

「ロス……？」

鉄格子の隙間から、あの金髪の青年の姿が見えた。やけに早口で意味の分からないことを呟く彼は、相変わらず挙動不審だった。夜に見るロスは一層恐ろしい。彼こそがフリーデに不幸をもたらす死神なのではないか、とすら思った。

フリーデの怯えた様子に気がついたのか、ロスはハッとした表情を見せた。そして、慌《あわ》てた口調で言う。

「ああ、君を怖がらせるつもりじゃなかったんだ。許してくれ。ええと、ここには伝言があってきたんだ。明日の昼に、ヒースが君を部屋から出そうとするだろう。けれど、どうにか理由をつけて抵抗して、無理矢理出されるまで粘ってくれ」

「そんなことをしたら……オブライエン先生がどう仰《おつしや》るか分からない」

ドリスフィールドでは、言うことを聞かない患者にはすぐに鞭が飛んでくる。仮病を使っても無駄だ。治療と称して酷いものを飲まされることもある。

「どうして部屋から出てはいけないの？　そんなことを言うなら、ロスがオブライエン先生を説得してくれれば……」

「それは出来ない。部屋から出ないだけでいいんだ。簡単だろ？　そうしたら、物事が簡単に済むんだ」

ロスは何故か苛立ち始めたようで、身体を揺すりながら言った。よく見ると、彼の爪はどれも不自然に短かった。日常的にそれを噛む癖があるのかもしれなかった。

「とにかく、僕の言う通りにしてくれ。僕は未来が見えるんだ。分かるだろう？　絶対に助かるんだから、心配することなんかないじゃないか」

その様子を見て、フリーデは急に不安になった。──信用するのはこっちでいいのか？

その様子は、まるでドリスフィールドの患者達だ。あの世話人ですらそう嘲《あざけ》っていた相手である。

「ねえ、……貴方、本当に正しいの？」

思わずフリーデはそう尋ねてしまった。ロスが訝《いぶか》しげな目でこちらを見る。

「どういうこと？」

「貴方は何か……勘違いをしているんじゃないかしら。『精神安置』は、貴方が言うようなものじゃないと思うの」

ロスは何かを間違えている。エミリーが酷い目に遭ったはずがない。エミリーは学会で治療の成功例として発表されているのだから。そんなフリーデの心中を察したのか、ロスはおもむろに話し始めた。

「ヴァケーションは元々、『空にする』という意味だ。空にする、という言葉から、転じて『休暇』になった」

「……何の話をしているの？」

「エミリー・ヴァイパスの『病状』は確かに回復した。彼女は誰彼構わず自分の意見を主張し、気にくわないことがあれば断固戦う——という恐ろしい躁病からは解放された。エミリー・ヴァイパスという人間は完膚《かんぷ》無《な》きまでに破壊されたんだ。そこにあるのは単なる空っぽの器でしかなく、おぞましき虚《うつ》ろが穴という穴から見え隠れしていた。無理もない。彼女はもう何も見えず、何を聞くことも出来ないんだから。外から与えられるものは痛みだけだ」

「やめて」

「舌を切られていたわけではないのに、ヴァケーションから戻ったエミリーは一言も喋らなかった。彼女は自分が存在しているかどうかも分からなかっただろう。エミリーが最後に安置されていた場所は、誰からも忘れられた物置の隅だ」

「やめて、ロス」

「エミリーがずっと大事にしていた指輪があっただろう。あれは、戦利品としてヒースが持っているよ。彼は折に触れて彼女の指輪を取り出し、口に入れて舐《な》め転がしてはそのまま――」

「やめてって言っているでしょう!!!!!! どうしてそんなことを言うの!? 聞きたくない! 貴方は――貴方こそ頭がおかしいわ! そんなの信じない!」

「どうしてだ、フリーデ。ああもう、何も上手くいかないのは僕が下手だからか? 馬鹿にしやがって。こういう時、僕はそれこそ死にたくなる」

ロスがまた小さく舌打ちをして、扉から離れる。それを見て、フリーデはたとえようもない不安に襲われた。ロスは酷い冗談を言っているだけに違いないのに。だって、彼の言っていることは荒唐無稽《こうとうむけい》だ。船のことも世話人の言葉も、全部ただの偶然で片付けられる。

「いいか、フリーデ。僕のことを信じても、信じなくても、どちらでも構わない。ただ、僕が君を助けるには、君の協力が必要なんだ。頼むから救わせてくれ。僕の為にも。そうじゃなきゃ、無事にヴァケーションが終わらないだろ」

　翌日の昼頃、ヒースがフリーデの部屋の扉をノックした。ロスが叩いた時よりも、ずっと優しい叩き方だった。

「おはよう。よく眠れましたか？」

「ええ……よく眠れました。オブライエン先生」

　本当は一睡も出来なかったが、フリーデは無理矢理笑顔を作って頷《うなず》いた。鬼気迫った様子のロスに比べ、ヒースは今日も穏やかで信頼の置ける笑みを浮かべていた。

「それでは、出てきなさい」

「待ってください、その……」

「どうかしたのかな？　ミス・カナシュ」

　ロスはここから出るなと言った。ヒースなら「頭が痛い」と言えば、部屋に居ることを許してくれるかもしれない。けれど、本当にそうすべきだろうか？

「あの……今でなければいけないでしょうか？」

「何か都合が悪いのかな？　身体の加減が良くない？」

「……わ、私は、」

「出来れば、今がいいんだ。少し無理をしてでも、時間を作れないかね。たとえ塞《ふさ》いでいたとしても、少し歩けば気分も段々と上向いてくるよ」

相変わらず優しい口調だったが、有無を言わさない調子でもあった。身体を恐怖が支配し、フリーデは思わず目を押さえた。それが抉られる痛みを想像し、身が震えた。もしロスの言うことを聞かなければ、助けて貰えない。あの突き放すような言葉が忘れられない。

「どうしたんだ？　ミス・カナシュ——」

「私は、知っています！　先生は——先生は、私の目を抉るつもりでしょう!?　耳に水銀を流し込み、外界の全てから遮断する、それが『精神安置』なんですよね？」

フリーデの叫びに、ヒースはやや困惑した様子だった。その目には狼狽《ろうばい》の色が浮かんでいた。まるで、頭のおかしな人間を見る目だ。フリーデの頭が一瞬だけ冷静になりかける。

——駄目だ。おかしいのは私じゃない。おかしいのは誰だ？

息が詰まりそうな沈黙が続いた。ややあって、ヒースが弾けるように笑い始めた。

「すまない。一周回って少し面白くなってしまったよ。いや、君のような境遇にあったら、そうした不安に取り憑かれることもあるだろう。それを想定出来なかった私の責任だ。申し訳ない」

そのままヒースはしばらく笑っていたが、不意に真面目な顔になった。

「グッドウィン先生だね？」

「え？」

「……最初に話しておくべきだったね。ここに来る時の船で、彼に妙なことを吹き込まれなかったか？」

どう答えていいのか分からず、フリーデは黙り込んだ。だが、それは肯定しているのと同義だった。

「彼はとても優秀な医師なのだけどね。少し精神病の気《け》があるようなんだ。私は長年の経験があるからね。まともな人間とそうでない人間は容易に見分けがつく。彼はあまりに情緒が不安定で落ち着きが無い。恐らく精神を病んでいる」

フリーデや世話人も思っていたことだったが、他ならぬヒースに言われると安心した。やはり、本物の医師の目から見ても彼はおかしいのだ。精神を病んだ、異常者なのだ。

「出自《しゅつじ》が良いのと、ドリスフィールドに多額の支援をしているのとで強くは出られないんだけれどね。あんな危うい人間を患者の傍に置きたくないと思うんだが。現に、彼のせいでミス・カナシュは酷く怯えてしまった」

「いえ……そんな」

フリーデは急に全てが恥ずかしくなってきた。あんな訳の分からない言葉に惑わされて、自分は一体何をしているのだろう？

「その、一つ聞いてもいいですか？」

「なんだい？」

「少し前にここに来た、エミリー・ヴァイパスという患者を覚えていますか？　彼女は今、どこにいますか？」

「ああ。彼女のことはよく覚えているよ。『精神安置』によって病状が回復して、今は元の工場に戻っているはずだ」

それを聞いて、フリーデはとうとう覚悟を決めた。椅子から立ち上がり、ヒースに向かって頷く。

「分かりました。……妙なことを言ってしまって申し訳ありませんでした」


ヒースが連れてきてくれたのは、療養塔の一番上にある部屋だった。そこからは島がすっかり見渡せるようになっており、太陽が摑めそうなほど近くに感じられた。広々とした部屋の中央には、足の太いティーテーブルが置かれている。

「ここが『精神安置』の部屋だ。天窓から日が射すようになっていて、心を和らげてくれる。さあ、座って。温かいものを淹《い》れてあげよう」

紅茶を淹れるヒースを見ながら、フリーデはようやく悪夢から解放されたような気がしていた。部屋の中には趣味の良い調度品が揃っていて、他人の家に入り込んだような気分になる。

「……オブライエン先生。大騒ぎをしてしまって申し訳ありません」

「いいえ、いいんだよ。貴女は病気で正常な判断が出来ていないだけなんだから」

「それも間違っているんです！　私は正常です。今すぐにでも退院出来るほど正常です。お願いですから、私をここから出してください。ヴァケーションから帰ったら、退院させてください。先生が言えば、みんな納得するはずです」

「ああ、まずはこれでも飲んで。それから、貴女の話を聞かせなさい」

言いながら、ヒースは小さなカップに入ったお茶を差し出してきた。カモミールの優しい香りが鼻腔《びこう》を擽《くすぐ》る。ドリスフィールドにやって来てから、お茶の香りを嗅《か》いだことすらなかった。一口飲むと、フリーデの目からは涙が溢《あふ》れ出してきた。

「どうしたんだ。泣かなくてもいいんだよ」

「私は、ドリスフィールドに来てからまともに話を聞いてもらえなくて……人間扱いをしてくれたのはオブライエン先生だけです」

「酷く辛い目に遭われたようだね」

「ええ、ええ。オブライエン先生も日々ご覧になっているでしょう？　ドリスフィールドは人間の暮らすところではありません。あそこにいる方が気が触れてしまう」

こんなことを言ったらヒースが気を悪くするのではないか、と言ってしまってから気がついた。だが、ヒースは大きな溜息を吐《つ》いて頷く。

「ドリスフィールドが患者達にとってよくない状況にあるのは重々承知している。だが、何せ人が足りない。患者の数は増えていくのに、世話人も医師もまるで追いついていないのだ。その結果、充分な治療が受けられない患者が出てくる」

「それに、治療方法だってちゃんとしているとは思えません。まるで子供が悪ふざけで考えたような治療方法を、気まぐれに施されているだけなのです。その所為で身体の病にかかる患者だって大勢います」

ここぞとばかりにフリーデはまくし立てる。ずっと鬱憤《うっぷん》が溜まっていたからだろうか。それともすっかり安堵《あんど》したからだろうか。言葉が次々と溢れて止まらない。ヒースは何も言わず、ニコニコと笑ってそれを聞いていた。

「すいません。私ばかり喋ってしまって」

「いいんだよ。心のままに話した方が気が晴れる」

「そうだ。お話ししたいことがあるんです。その、グッドウィン先生の話していたことなんですが――」

そこまで言ったところで、フリーデの言葉が止まった。何かが歯に当たり、カチリと音を立てたからだ。一体何が当たったのだろう？　不思議に思い、半分ほど中身の減ったティーカップを検《あらた》める。

底の方に何かが沈んでいた。

銀色の指輪だ。エミリー・ヴァイパスが着けていたものとよく似ている。

手が震えて、ティーカップを床に落としてしまう。心臓がやけにどくどくと鳴って、息が荒くなった。身体がどんどん重くなっていく。ショックを受けているから、というだけではなく、抗《あらが》えないほどに気分が悪い。

「ようやくか」

先程と変わらない調子で、ヒースが小さく呟く。フリーデの瞳が恐怖に凍り付いた。

「大丈夫。意識を失ったり、喋れなくなるようなものじゃない。ただ少し怠《だる》くなるだけだ。暴れられると、いくら女の身体といっても面倒だからね」

「私に何をするつもりですか」

「言ったはずだろう。治療だよ」

そう言って、ヒースはフリーデの肩を抱き、ティーテーブルに彼女を横たえた。白い天板には不釣り合いな革ベルトを取り出し、フリーデの身体を少しずつ拘束していく。こうして見ると、瀟洒《しようしや》なティーテーブルは悍《おぞ》ましい手術台とまるで変わらなかった。フリーデの瞳から、先程とは全く違う涙が流れてくる。

「まずは、その目を摘出する。目が終わったら、耳に水銀を流し込む。そうすることで、永遠の静寂を得られるようにする。外界からの刺激を極限まで遮断することによって精神に安《あん》寧《ねい》を与え、病を癒やす。これが『精神安置』だ」

それは、ロスの説明した手順とまるで同じだった。身体が自然と震えだした。

「視覚と聴覚を無くした人間は、深い精神の安寧の中に沈む。これにより、どんな患者もとても大人しくなるんだ。彼らが頼れるのは触覚だけだからね。彼らは不意に来る痛みに怯え、出来る限り存在を消そうとする。これでどんな病人も理性を取り戻す。簡単だね」

「お願いです。やめてください。私は病んでなどいません。正常です。私は何の問題もありません。治療は必要ないのです。オブライエン先生、お願いします」

果たして、ヒースは言った。

「そんなこと、知っているよ」

フリーデは絶叫した。考えてみれば当たり前のことだった。わざわざフリーデのことを騙し、安心させてから『精神安置』を行うのも、彼女自身が全てを悟るように、エミリーの指輪をカップの中に入れるのも、全部フリーデがまともな精神状態だと思っていなければやらないことだろう。

「お願い……やめて……もうドリスフィールドを出たいなどとは言いません。あの房で、一生大人しくしています。なので、助けてください。私は誓いを破りません。お願いです。お願いします！　嫌だ！　助けて！」

フリーデが叫ぶと、右腕に鋭い痛みが走った。ヒースが手に持った樫の木の棒で、彼女の右腕を躊躇《ためら》いなく打ったのだ。

「ぐぅうううう、ううううう」

「これから、一度口答えをする度に一度打つ。叫び声を上げれば二度打つ。暴れれば暴れている間ずっと打ち続ける。分かったか？」

ヒースの言っていることは到底受け容れることが出来ない。フリーデの身体は既に痛みでガタガタと震えていた。ヒースは棒を床に置き、代わりに先の丸まったスプーンのような器具を手に持った。あれが自分の眼窩《がんか》に差し込まれるところを想像し、フリーデは恐怖に震えた。何かを言わなければ、時間を稼がなければ。

――ロス・グッドウィンは何かがおかしいです。あの男は未来予知が出来ると言っていました。それで、私が目と耳と手足を潰されるのを見たというのです。あの狂人が恐ろしくはありませんか。あの男こそ、この台に括《くく》り付けられるべき異常者です。

打擲を恐れてそう言おうとしたものの、縺《もつ》れた舌はまともな言葉を発せられなかった。

辛うじて「み、」と口に出来た瞬間、部屋の扉が開いた。

ロス・グッドウィンは部屋の中央に颯爽《さっそう》と躍り出ると、床に置かれていた樫の木の棒を取った。まるで、そこに置かれていることを予《あらかじ》め知っていたかのようだった。

滑《なめ》らかな動作で、ロスがヒースを打ち倒す。棒を何度か振り下ろすと、ヒースの頭はすぐに弾けた。最早《もはや》脳髄《のうずい》と鼓膜《こまく》と眼球の区別が付かないほどだ。

「遅くなってすまない。少し手間取ってしまって……」

ロスがもたもたと覚束《おぼつか》ない手つきで革ベルトを外す。彼の身体も手も、血液で真っ赤に汚れていた。余りの生臭さに嘔吐《えず》きそうになってしまう。手際が悪く、容赦の無い暴力の跡。それでも、フリーデは安堵で満たされていた。助かった。助かった！　すんでのところで、ロスは本当に助けにきてくれたのだ！　全身の血が沸き立つような感動と愛しさで、目の前が真っ白になりかける。拘束から放たれた瞬間、フリーデは片腕で彼に抱きついた。

「ロス、本当にごめんなさい。私、貴方を信じればよかった。助けてくれようとしていたのに！　信じなかった！」

「未来が見えると言われてすぐに信じる人の方が珍しいよ。それこそ、ドリスフィールドにいる患者達らしいじゃないか」

ロスはそう言って微笑んだ。間近で見る彼の金髪は、やはりとても美しかった。挙動不審な異常者としか見えなかったはずの彼は、今や神々《こうごう》しさを纏《まと》う救世主である。急激な変遷にフリーデは自分でも驚いたが、そうならない方が不自然なほどのことを彼はしてくれたのである。

「さあ。早く立って。グズグズここにいるわけにはいかないからね」

「ごめんなさい。身体が上手く動かないの」

「あー……そうだよな。だからあの部屋から出ないでほしかったんだけど……今更それを言っても仕方が無いや」

どうやら、ロスはフリーデが薬入りのお茶を飲まされることも予知していたようだった。フリーデは言いつけを守らなかった自分を改めて恥じた。結局、フリーデはロスに背負われて部屋を出た。

「遅くなってごめん。本当はもっと早く行けるはずだったんだけど……ああ、せめてあと一時間稼いでくれていたら」

「そんなことはない。貴方は充分過ぎるくらい早かったわ。もう少しで、私は目と耳を奪われ、永劫の暗闇に囚《とら》われるところだった。貴方は恩人よ。感謝してもしきれない」

フリーデが言うと、ロスは嬉しそうに笑った。こんな風に彼が笑うところは初めてだった。

もしロスが間に合っていなかったら、と思うと足が震えた。革ベルトで拘束されていたところには生々しい跡が残っていた。撲《う》たれた腕は、まだ痛くて堪《たま》らない。

中程の階で、世話人が殺されているのを見つけた。世話人の身体は血溜まりに沈んでおり、一目見ただけで、過剰な殺され方をしていることが分かった。あそこまでしなくても、人間は命を落とすはずだろう。

「あそこまで酷くするつもりはなかったんだ。加減が分からなくて――」

何も言っていないのに、ロスは言い訳がましく呟いた。ロスの身体は血塗《ちまみ》れだった。世話人とヒース、二人の血を浴びたからだ。フリーデに時間を稼ぐように言った理由が分かった。ロスは最初からこうするつもりだったのだ。

そのことに、フリーデは薄ら寒いものを覚えた。目前の危機から救われた途端、他の色々なことが気になってきた。

ロスの具合もあまり良くはなさそうだった。世話人の死体を見つけてからというもの、彼はまた元のおどおどとした不安げな青年に戻っていた。いいや、ただ戻ったというわけではない。むしろ悪くなっている。息は荒く、瞳孔《どうこう》が開いていた。そこには、人を殺したことによる興奮状態とも言い切れない異様さがあった。……恐ろしい。その言葉が浮かんだ瞬間、フリーデは慌てて打ち消した。そんなことを考えてはいけない。だってロスはフリーデを助けてくれた。一生をかけても返せるか分からない恩があるのだ。

ロスはフリーデのことを背負って、彼女の元いた部屋に向かった。そのまま彼女をベッドに寝かせ、大きな溜息を吐く。

これからどうなるのだろう、とフリーデは思う。いくら正当防衛だったとはいえ、ロスはヒースのことを殺してしまった。それだけじゃない。世話人もだ。状況的に、フリーデも同罪になるだろう。なら、一緒に逃げなければ。そもそも、ヒースが死んだ今、この島に船は来るのだろうか。考えていなかった様々なことが、現実としてフリーデにのし掛かってくる。

フリーデは確かに救われた。だが、それでは終わらない。これからも日々は続いてしまう。それを、この不安定な男は分かっているのだろうか？

「ねえ、ロス……こんなことに巻き込んでしまってごめんなさい。それに、私はまだ身体が上手く動かないの。どこに行くにせよ、少し休まなくちゃ……」

「……ああ、そうだな」

「ねえ、こんなことを聞いてごめんなさい。でも、どうしても気になるの。……貴方はどうして私を助けにきてくれたの？　私を助けたことで、きっとこれからの貴方の人生には厄介なことが降りかかるわ。それなのに、どうして？」

冷静になって、一番尋ねたかったことがそれだった。偶然、フリーデが酷い目に遭う未来が見えたからなのだろうか。それとも、フリーデ・カナシュという人間がロスにとって少なからず特別だったのだろうか。それはあまりに自惚《うぬぼ》れた考えだけれど、そうであってほしいとも思う。だとしたら、全てに納得がいくし、幸せな結末を迎えられそうだ。

だが、ロスは求めている答えではないことを、小声で呟いた。

「……すまない。本当にすまない。……僕は……」

「どうして謝るの？　私のことを……助けてくれたでしょう？」

「ああ、僕はその為に来たんだ。君が酷い目に遭う前に、ヒースを殺してでも救うのが使命だった」

使命、という大仰《おおぎょう》な言葉が出てきたことに驚く。つまり——ロスはこの世の人ではなく、神がフリーデを救う為に遣《つか》わしてくれた天使のようなものであるのだろうか。

翼は無いみたいだけど、と心の中で冗談めかしてみたけれど、嫌な予感はまるで晴れずに彼女を蝕《むしば》んでいく。喉の渇きが段々と耐え難いものになってきていた。水が欲しい。

「それじゃあ何故、謝るの？」

「これが僕のヴァケーションだったからだよ、フリーデ」

ロスは引き攣《つ》った顔をしてフリーデを見つめていた。

「……？　どういうこと？　何を言ってるの？　ここに休暇を利用して来たということ？　それなら聞いているわ。貴方は大学で精神医学の研究をしているお医者様で――」

「それは設定だ。休暇の為の設定なんだよ。ヒース・オブライエンに近づく為にそういう設定にするのが一番だった。この時代の精神医学界はとにかく身内意識が強いから、設定さえ固めていれば簡単に潜り込めた」

ロスはフリーデに話しているというよりは、自分自身に語りかけているかのようだった。思えば最初から、ロスはフリーデのことを見ているようで見ていなかった。一体、何を見ていたのだろう？

「……変わると思ったんだ。君さえ助けられれば、僕も自分のことが少しはマシに思えるんじゃないかと。けれど、僕にはそれでは足りなかった」

「それは――どういう意味？」

「こういうことだよ、可愛いフリーデ」

ロスがそう言った瞬間、塔が大きく揺れ始めた。今まで経験したことのない規模の揺れがフリーデを襲う。叫び声のような音を上げて、壁が軋《きし》んだ。轟音《ごうおん》が鼓膜へと雪崩《なだ》れ込んでくる。

　フリーデは咄嗟《とっさ》にロスに向かって手を伸ばした。

　だが、フリーデを救ってくれたはずの彼の姿は、もうそこには無かった。彼女の手は空を切り、瓦礫《がれき》がその上に降ってくる。

　最も大きな音は、彼女の身体の内から鳴った。ロスが守ってくれたはずの身体が、肉塊へと変じていく。

＊

　意識が覚醒した瞬間、凄まじい吐き気に襲われた。そのまま嘔吐《おうと》してしまいそうになり、ロスは起き上がる。

　すると、傍《かたわ》らに立っていたヘラルド・ソリスタが「いきなり身体を動かさないでください。貴方は二百年以上の時を移動したばかりなのですよ」と、優しくたしなめてきた。

「今が何年かは分かりますか？　グッドウィン様」

「二一一五年……」

「一番難しい質問に答えられましたから、一切問題はございませんね。おめでとうございます。貴方は見事に歴史を改変し、フリーデ・カナシュを救いました」

ソリスタがぱちぱちと拍手をしてくれたが、むしろ気分が悪くなった。手でそれを制し、ロスは苦々しく言う。

「……見事なんかじゃない。何一つ上手くいかなかった」

「モニタリングしている限り、全てが首尾《しゅび》良く済んでいた気がしますが」

「世話人の男が眠る時間が違ったし、フリーデは到着した日の夜から不安定で叫び出しもした。あれでヒースが真夜中に精神安置を行うって言い出したら全てがおしまいだった」

「過去とはいえ生きている人間のことですからね。多少のイレギュラーはあるでしょう。ですがその場合でも、問題無くヒース・オブライエンを殺し、フリーデ・カナシュを救うことが出来たはずです」

その通りだ。たとえヒースが想像以上の抵抗を見せたとしても、ロスは彼を簡単に制圧することが出来ただろう。そのくらいの装備はしていたし、万が一の時にはソリスタからのサポートも受けられた。絶対に失敗することのない救出劇。あれはそういうものだった。

「……世話人は殺すはずじゃなかった。世話人は、地震で勝手に死んでもらうはずだったのに。なんであそこで僕に絡んできたんだ。お陰で、殺さなくちゃいけなくなった。第一、おかしいじゃないか。ヒースもフリーデも、世話人の男でさえ僕を頭がおかしい奴だと思ってた。ちゃんと医者って設定だったのに。しっかり根回ししてくれたんじゃなかったのか！

そのせいでフリーデが僕を信じてくれず、未来が見えるなんて妙なことを言う羽目になって……」

「ですから、生きている人間のことなんですよ。彼らがどう思うかは完全にはコントロール出来ません」

「じゃあ僕のせいだっていうのか⁉」

「いいえ。そうではありません。ですがそうしたイレギュラーも楽しめてこその『体験』ですよ」

感情的になるロスに対し、相手は至って冷静だった。それを見て、ロスの頭もすーっと冷える。――またやってしまった。頭では分かっているのに抑えられない。

「さて、反省点は多々あるでしょうが、私どものご用意したヴァケーションはいかがでしたか、グッドウィン様」

ロスの心中を全く解さずに、ソリスタがにっこりと笑った。

フリーデ・カナシュは、一八九四年五月十六日にあの島で亡くなった女性である。島にある診療所が倒壊し、瓦礫に押し潰されたことで命を落とした。ロスの見た通りだ。だが、そこに至るまでの道筋は大きく異なっている。

本来のフリーデは、ヒース・オブライエン医師の手によって、悪名高い精神安置という処置を受ける予定だった。目を潰し、鼓膜に水銀を流し込み、患者を静寂と暗闇の中に閉じ込めるという恐ろしい所業である。抵抗の気力を無くした患者を指し、彼は「平安を得た」と言ってのけた。ヒースには嗜虐癖《しぎゃくへき》があり、こうした処置を施すことに強い快楽を覚えていたようである。

フリーデは精神安置に対して懸命に抵抗し、その結果、更に苛烈《かれつ》な虐待を受けた。彼女は目と耳を潰されただけでなく、両手足を粉々に砕かれていた。彼女が瓦礫から這い出ることが出来なかったのはそれが原因だったとされている。だが、たとえ瓦礫に潰されていなかったとしても、フリーデはどのみち死んでいたに違いない。

音も光も無い世界でゆっくりと潰されていった彼女は、どれほどの恐怖を味わったのだろうか。その時にはもう正気を失っていたことを願うが、フリーデは狂気の繭《まゆ》に包まれるには強過ぎる人間だった。

だが、ロスが島に飛んだことで、彼女の運命は変わった。フリーデは見事にヒースの手から逃れ、想像を絶する責め苦を受けずに済んだ。それは間違いなくロスのお陰である。

それでも、彼女は地震によって命を落とす。

あの地震によって、あの島で、ヒースもフリーデも、同行していた世話人のミンスクも死ぬ。それは変えてはいけない絶対の掟《おきて》だ。死ぬはずだった人間が生き残ることも、生き残るはずの人間が死ぬことも、後世にどんな影響をもたらすか分からない。これだけタイムパラドックスの研究が進んでもなお、その部分だけはまだ制御が難しいのだ。

けれど、然るべき時に死ぬべき人間が死ぬのなら、死因の変更は未来に大きな影響を与えなかった。

あの地震で死ぬという結末さえ変えなければ『フリーデに精神安置を受けさせない』という改変を行っても構わないのだ。

三度目の自殺未遂を起こした後、ロスは人間の精神科医のところへと連れて行かれた。何百年が経とうと職業として残っている辺り、特殊な需要があるのだろう。たとえば、方々から放り出されたロスのような人間を受け容れる、というような。

「自分の生きている意味が分からない、ですか」

やっとの思いでそう言ったロスに対し、医者は特に何の感慨も無さそうな顔で返した。今すぐ消えてしまいたかった。ＡＩ相手ならまだしも、人間にばっさりと切り捨てられるのは耐え難い屈辱だった。

「グッドウィンさんは少し考え過ぎる傾向があるようですね。休暇はちゃんと取っていますか？」

「……ええ、そこまで忙しく働いているわけでもないですし。親の金を食い潰している日々ですから。けれど、何をしても心が晴れなくて」

「それがね、不思議ではありますよね。何なら結構、恵まれているわけですから」

医者が訳知り顔で言うので、ロスは段々と苛立ってきた。生まれてから今まで、ロスは殆《ほとん》ど達成感というものを覚えたことがない。何をやっても他人より上手くいかず、誰かに強く求められたこともない。空っぽの人生に耐えられないのに、死ぬことすらままならない。

「先生はいいですよね。僕のような人間を適当に導いて投薬して、それで感謝されるんですから」

負け惜しみでしかない発言だったが、医者は思いの外その言葉に反応を示した。

「そうですね。グッドウィンさんの言う通りです。今は人間がある程度普通に暮らせる時代ですから。救済の需要が足りていないんです。それなりの金額が払えるのならば、一つおすすめの気晴らしがあるのですが」

そう言って、医者はこの場所を教え、ソリスタに話を通してくれた。ソリスタが運営しているのは、特殊な形式のヴァケーションである。――即ち『過去に飛び、その人の死の運命を曲げない範囲で、救済をもたらしてやる』という最高の休暇だ。

「人にとって一番の気晴らしになるのは、誰かを救うことですよ。自らの生きる意味が分からない人より、自らの死ぬ意味が分からない人の方がよっぽど不幸です。やりがいが感じられるといいですね」

医者はそう言って、ロスを診察室から追い出した。

「フリーデ・カナシュは非人道的な行いから、他ならぬグッドウィン様の手によって救われました。お陰で彼女は苦しまずに死ぬことが出来た」

「……そうかもしれませんが……けれど、結局彼女は死んでしまって――」

「ああ、その考え方はよくありません。本来のフリーデ・カナシュがどんな姿で死んだかも、グッドウィン様は講習で確認なさいましたよね？」

その通りだ。過去に飛ぶ前に、ロスは本来の彼女を見た。潰されて殆ど平らになった彼女の手足を見た。赤い涙を流して轡越《くつわご》しに絶叫する彼女の声を聞いた。無惨に潰されゆく彼女の生を感じた。手足を潰される際に、フリーデは樫の木の棒で百三十二回も打擲された。樫の木の棒は血を吸って、いくつものひび割れが出来た。

フリーデは、精神安置を受けてから地震で潰されるまでずっと絶叫し続けていた。普通ならすぐに声が嗄《か》れてしまうだろうに、彼女の声は島中に響き渡った。あたかも、その絶叫が世紀の大地震を引き起こしたかのように。

あの死に様に比べれば、ベッドの上で死を迎えられた今回はどれだけ素晴らしかったことだろう。

それなのに、ロスの気分は晴れなかった。助けた、という実感が湧いてこない。最後の瞬間に、フリーデはどんな顔をしていたのだろう。

そんなロスの気も知らずに、ソリスタは笑顔で続けた。

「今のグッドウィン様は今までにない活力が漲《みなぎ》っているはずです。貴方は確かに無辜《むこ》の女性を救ったのですから」

「……僕は、」

そこでようやく、ロスの表情が暗いことに気がついたのだろう。ソリスタはやや不服そうな顔で言った。

「それとも、フリーデ・カナシュは精神安置を受けるべきだったと？　死ぬ寸前まで身体を弄《もてあそ》ばれ、来世まで刻まれるような苦痛の内に死ぬべきだったと？」

ロスは答えられない。彼女をあんな目に遭わせるわけにはいかなかった。彼女を幸せにしたかった。だが、フリーデの死すらも改変すれば、歴史に大きな歪《ゆが》みをもたらすことになる。あれが、ロスの与えられる最大限の救済だった。

「いいえ。……フリーデを救えて、よかったです」

「私どももそう思います」

ソリスタは満面の笑みを浮かべていた。

施設を出て、銀色の建物を振り返る。佇《たたず》まいはまるで違うのに、そこはドリスフィールド精神病院に似ていた。

——きっと自分のようなモニターが他にもいるのだろう。彼らは新たなヴァケーションとして、悲劇の中に散っていた無辜の人々を救う。悲惨な戦争、魔女狩り、おぞましき略取。うってつけの舞台は沢山ある。

たとえ死が避けられなくとも、苦しみを取り除いて安寧の内に死ぬことが出来るなら、そちらの方が良いはずだ。ソリスタの言葉は間違っていない。

だが、ロスにはもうフリーデの顔が思い出せない。

この世を呪う怨嗟《えんさ》の絶叫だけが、空の身体に響き渡っている。

柴田勝家

ファインマンポイント

●『ファインマンポイント』柴田勝家《しばたかついえ》

賢者は地図帳の上で旅をする——と語ったのは、英国の作家サマセット・モームだった。昭和のミステリー作家・松本清張《まつもとせいちょう》は、時刻表を読んで空想の旅を愉《たの》しむ人物を描いてみせた。さて、今回、SFと幻想小説で令和を駆け抜ける柴田勝家が、私たちに見せてくれる旅とは、いかなるものか。それは、想像を絶する「数字」の旅である。

数字・数学をモチーフにした作品といえば、《異形コレクション》読者のなかには、竹《たけ》本健治《もとけんじ》の超越的な一篇「フォア・フォーズの素数」を思い出される方もおられるだろう。玩具をテーマにした第20巻『玩具館』のなかで、数字を遊び道具にする少年の展開する数式が、異形の世界を描き出してくれたが、柴田勝家による本作は、とある法則で並ぶ数字が、心も躍る世界旅行に私たちを誘ってくれるのだ。

柴田勝家は、PictoriaによるNFTプロジェクトのSFシナリオ原作や、昨年（2022年）11月のSF短篇集『走馬灯のセトリは考えておいて』（ハヤカワ文庫JA）や、同4月に発表した民俗学ホラー『スーサイドホーム』（二見ホラー×ミステリ文庫）の刊行など、実に多彩な活躍ぶりだが、《異形コレクション》ファンにとってのニュースとしては、第52巻『狩りの季節』所収の「天使を撃つのは」が中国のSF雑誌「科幻世界」に翻訳掲載されたこと。柴田勝家の異形小説も、世界を旅しているのである。

1

旅行が何よりも嫌いだ。

そんなことを言うと、別れた恋人はいつも同じ言葉を返してきた。

「もったいない、世界観が変わるよ」

旅に出たくらいで世界が変わるはずもない。そう言ってみたこともあるが、全く理解されなかった。

元恋人に限った話ではない。旅慣れた人間からは「そういう人もいるよね」という余裕を見せつけられ、出不精《でぶしょう》な同類でさえ「たまには遠くに行きたいけどね」といった否定が返ってくる。

「そうか。あなたは、世界の変化に敏感なんだ」

だから、今までとは違う反応に面食らう。

その老人と出会ったのは偶然で、普段から利用している街の飲み屋でカウンター席が隣り合っただけの関係だ。

「ああ、変なことを言いました。忘れてください」

そうして否定しまう。変に話を続けたくなかった。

酔った勢いに任せて、つい「旅行なんてロクでもない」と呟《つぶや》いてしまったのだ。壁に据《す》え付けられたテレビから『九州ラーメンめぐり』なんて番組が流れていたせいでもある。

「いやいや、大事な言葉だ。あなたは、どこにいても旅ができる。精神的な旅行者だ。そうじゃないのか？」

老人は身を乗り出して、なおも話を続けようとする。大衆酒場での無意味な会話。そう割り切るには妙に引っかかる言葉だった。

「そちらこそ不思議なことを言いますね」

「そうかい？　まぁ、こっちこそ忘れてくれて結構さ」

老人がシワだらけの浅黒い顔を潰して笑う。無遠慮な照明に禿頭《とくとう》が光る。形の悪い人形焼、まるでありがたくない恵比寿様だ。

ここで会話は少しだけ打ち切られた。老人は背を向け、壁掛けテレビの方へ視線を移した。その分、こちらはゆっくりと彼を観察することができた。

老人の身なりはそこそこ上等で、モスグリーンのジャンパーにアーガイルのベスト、わずかに雨で裾《すそ》が汚れたスラックス。膝《ひざ》の上に置かれたハンチング帽は乾いているが、禿《は》げ上がった頭は逆に濡れている。荷物入れのカゴには黒いダレスバッグ。手にしたグラスの中身はまだ一杯目のウーロンハイ。

以上を踏まえて言えることは、彼は場末の飲み屋なんかには来ない人種で、急な雨をしのぐために仕方なく入店したのだろうということ。服の選び方がチグハグなのは家族、おそらく独立した子供からの贈り物——恐らくは、あの大事そうにする帽子だろう——だからで、総じて裕福な生き方をしているとわかる。

「今、あなたは面白いことを考えているね」

こちらが一方的に観察していると、不意に老人が振り向いてきた。

「もしかして、僕がどんな人間か想像してる？」

「いや、そんな」

そう取り繕《つくろ》って、カウンターに置かれたままのジョッキに手を伸ばす。飲みさしのビールは気が抜けていて、とろりと薄く白い泡がガラスを撫でていく。

「あなた、僕と似たような楽しみ方をする人かもね」

「はは、どんな楽しみ方ですか」

「街中で見つけた人を観察して、勝手に人生を想像するゲームさ。僕も以前は楽しんだ」

思わず息が漏れた。どうやら彼は、この薄暗い楽しみを理解するタイプらしい。

「図星《ずぼし》だね。じゃあ、気兼ねなく観察していいよ」

「いや、やめますよ。そんなことを自分から言ってくる人の人生なんて、こっちじゃ想像できない」

つい笑みがこぼれてしまうが、だからといって仲良くなれるとは思えない。この趣味の理解者は、もれなく性格が悪い。

「そこで話は戻るけど、あなたは世界の変化に敏感なんだ」

「ああ、そういう意味だったんですか」

ようやく理解が追いついた。老人は最初から、こちらが想像力だけで十分に楽しめる人間だと看破《かんぱ》していたらしい。

「旅行はね、環境を無理矢理に変化させる。だから、どれだけ鈍感な人間だって変化に気づく。世界が単調じゃなかったと喜ぶ」

「まさにですね。旅行しない人間ほど、私みたいなのを相手に、世界観が変わるとか言ってくる」

環境が変化することを楽しむ。それが旅行の本質だ。

わざわざ遠くに行かないと変化を感じられないのは、世界への感覚が鈍麻《どんま》しているだけだ。普通に生きているだけでも、この世界は様々な変化に満ちあふれている。

たとえば近くの席で三人の大学生がはしゃいでいるが、会話から想像すると、ここには初めて来たらしい。彼らにハイボールを持っていった店員は先々月に入ったベトナム人の女性で、彼女が頑張って書いた「もつ煮あります」のメニュー表は破れかけ。もうじき店長から再び書くように命じられるだろう。

「本当、些細《ささい》なことでも変化はしているのに、それに気づかない人間から嫌味を言われる」

老人と話している短い時間にも、見るべき瞬間は数多くあった。飲み屋に集まった人々は、そんな風景を日常のものとして消化している。

「だから、旅行は嫌いなんです。単純に行くだけの暇がないのもあるんですけどね」

結局、愚痴《ぐち》になってしまったが、老人はニコニコと笑ってこちらの話に頷《うなず》いてくれた。

「あなたは、今いる場所で十分に楽しめる人なんだ」

「そう言ってもらえたのは初めてですよ」

それなら、と今度は老人が不意に手を伸ばした。

何をするのかと見守っていると、彼はカウンターに据え置かれた紙ナプキンを引き出す。胸ポケットにしまっていたボールペンで、薄っぺらな紙に何やら書き付けている。

「あなたなら、これでも旅ができるでしょう」

老人が紙ナプキンを手渡してくる。

『14159265535』

書かれていたのは数字のみ。最初は何かの暗号かと思ったが、よくよく見返してみれば見覚えのある並びだ。

「円周率の小数点以下ですよね」

「そうさ、いつだってこれが最初の旅になる」

正直、意味はわからなかった。

こちらの怪訝《けげん》そうな顔に対し、老人は満足そうに笑い、テラテラと光る自身の頭を撫でる。

その姿を見て、ゴム製の仏像があればこんな感じだろうと思った。

※

あの晩、飲み屋で出会った老人との会話はそれきりだった。

お互いに名乗ることもなく、一杯のウーロンハイを飲み干すまでの短い邂逅《かいこう》だった。結局、唯一の手土産となった数字の記された紙ナプキンも、帰るまでに千切れたので捨ててしまった。

それでも、良い出会いだったように思う。

おそらく、あの老人も似たような経験をしてきたのだろう。部屋に閉じこもり、同じ風景だけを見続けて、それでも十分に想像力だけで楽しんできた人間だ。

得てして、そうしたタイプは活動的な人間から変に思われる。世界を見ていない、頭でっかち、実際に見聞きしないと意味がない、経験してこそ、うんぬん、かんぬん。

「きみは、もう少し外に目を向けた方がいいよ」

それこそ、別れた恋人からも言われたことだ。

確かに頷く部分もあるが、笑い飛ばしそうになる部分もある。

いくら視野を広げようとも、近視眼的にしか見られないなら無価値だ。この世界は所詮《しょせん》、頭の中にあるものだけなのだから。

「あ、ごめんなさい」

ふと、横を通る青年が謝ってきた。気づかなかったが、こちらの足にキャリーケースをぶつけてしまったらしい。

連休が始まる土曜日の昼で、ここは駅のホーム。見渡せばキャリーケースを引く青年が、同年代の集団と合流して笑い合っていた。この休みを利用して仲間内で旅行に行くのだろう。

彼らこそ、まさしく別の世界を見聞きしたがる者たちだ。

もしかしたら彼らも、自分のいる場所をつまらない場所だと思っているのだろうか。だが決してそんなことはない。旅が始まる前の光景でさえ随分と変化に富んでいて、キャリーケースを見るだけでも想像できるものはある。

たとえば、この駅のホームは紳士淑女のためのサロンだ。

キャリーケースは身につけた宝飾品の色で、その持ち主の性格だって想像できる。ターコイズを選んだ茶髪の女性は大らかで人気者、隣で目を合わせずに笑う友人はイエロージルコンを選んだが不似合いで、きっと一緒に買いに行った際にオススメを断りきれなかったのだろう。または大きめのクロムシルバーをずっと片手で持つ彼は気難しい心配性で、小さなスピネルを無造作に置く青年はお調子者で他人任せ。

ふっ、と短く息を吐く。

つまらない想像だと切り捨てた。駅のホームで無意味に笑う若者たちの人生を想像して、一体なんの役に立つのだろうか。いや、役に立たないから楽しいのだが。

しかし、無意識にだろうが、普段よりも他人や周囲の風景を観察している気がする。

それは飲み屋で老人と出会ってからだ。彼がこちらを試すようなことを言ってきて、意味不明な円周率を書いた紙を渡してきた。奇妙な反抗心と好奇心が綯《な》い交《ま》ぜになったまま今日まで来てしまった。

――あなたなら、これでも旅ができるでしょう。

そんなことを言って老人が示したのは単なる円周率だ。

もしかすると彼は数学者で、無限に続くと言われる円周率を求め続けているのだろうか。最近ではコンピューターを使って、円周率を何兆桁も割り出しているというし、今なお計算を続けている人たちが幾人もいる。

この途方もない作業を旅と表現したのだろうか。

だとしたら残念だ。数学は趣味ではない。こちらが何気なく発揮している想像力というのは、街中で見かける人間を役者に見立て、勝手に脳内人生劇を上演するためのものだ。あの老人とは興味の対象が似て非なるものなのか。

仕切り直すつもりで、ホームの電光掲示板を見上げた。

職場に向かうための電車を待つ。仕事はサーバーエンジニア。夜勤を希望したのも、仕事を連休初日に入れたのも、自分が外に出る必要がない人間だから。

「うん？」

ここで不意に目に入るものがあった。

それを追いかけるように、ホームにアナウンスが流れる。

『4番線、15時9分発、東京行き』

思わず口を押さえた。もう一度、その数字の並びを思い出す。円周率の小数点以下をそらんじる。

「ああ、そうか」

口の中で呟いた。

ただの偶然だが、円周率で14159と続く中から、最初の1を除いて五桁目まで連続で一致した。これ自体は不思議なことではない。円周率にはあらゆる数字の組み合わせが含まれているのだから、切り取り方次第でどこにでも現れるだろう。

だが、大いなる発見だ。

「なるほど、旅だ」

ホームに電車が滑り込んでくる。先程の若者たちがキャリーケースを運びつつ車内へ。それを眺めながら、あえて一本だけ電車を遅らせることにした。

理由は、もう少しだけ数字の並びを考えたくなったのと、このまま偶然に身を任せてしまうと後戻りできなくなりそうだったからだ。

「そうだ、この世界にはあらゆる数字がある」

円周率の六桁目から続くのは２６５３。ここで東京行きの電車に乗ったなら、次に現れる数字として相応《ふさわ》しいのは新幹線の番号だ。新大阪行き、のぞみ２６５号の３号車。さて東海道新幹線に乗ってどこへ行く。十桁目は5で、のぞみの5番目の停車駅は京都だ。では京都から先はどこへ行こうか。老人から渡された紙ナプキンに書かれていたのはここまでだった。

「ああ、なら次の数字を見ればいいのか」

簡単な旅の仕方だ。自分はホームのベンチに腰掛けながら京都駅を降りる自分を想像した。向こうの天気が気になったが、想像だからこちらと同じにしておこう。ならば琥珀《こはく》に閉じ込められたような午後の日差しも、初夏に向かう爽やかな風も同じだ。こんな時には歴史ある寺院を歩くのも良いだろう。

「これは楽しげな旅だ」

老人の言う旅とは、無限に続く円周率を使い、想像力を駆使し、自由に色んな場所へ精神を飛ばすことだったのだ。

「さて、一桁目だけなかったけど」

思わず独り言を漏らす。しかし不満はない。探すまでもなく、ただの1なら世界に溢《あふ》れている。あえて言うなら、旅の始まり、第一歩とでも言っておこう。

※

次の日の夜、いつもの飲み屋に行くと例の老人の姿を見つけた。

何も言わず、以前と同じようにカウンター席で隣り合う。

「旅はどうでした、どちらへ？」

注文したビールが届いたあたりで、さも当然のように老人は問いかけてきた。正面を向いたまま、こちらを向くこともなく。

「少し、京都まで行ってきましたよ」

「実に良い、王道だ」

何が王道なのかはわからなかったが、お互いに意図が通じたようだった。

「僕も同じルートを辿ったことがある。十三桁目から793があるでしょう。平安京が作られ始めた年だ。あの辺は京都の香りがするんだ」

前を向いたまま頷く。ふと卓上の七味と爪楊枝《つまようじ》、縦置きのメニュー表に書かれた「串盛り合わせ「830円」の文字列が目に入った。きっと、この数字も円周率のどこかに含まれているだろう。

「確かに。でも私は別の切り方をしました。897年は宇多《うだ》天皇が譲位した年らしいので、彼とゆかりのある仁和寺《にんなじ》へ行きましたよ」

「ほう、仁和寺。じゃあ桜は見たかい？　あそこは名所なんだ」

「いえ、季節を逃しました」

「それは残念。もう少し待てば、十九桁目から46が来る。4月6日にすれば良かった」

これにには一本取られた、と笑ってしまう。

想像だけの旅ならば、日にちだって自由に変えて良いのだ。そこまで精神を飛ばせなかったのは、こちらが旅の初心者だから。これればかりは素直に認めたい。

「随分と面白いことを教えてもらいましたよ」

そう言って横を向けば、老人もこちらを向いていて、楽しげにウーロンハイのグラスを掲げていた。同類を見つけた喜び、もしくは新しい旅人の誕生への乾杯だ。

「やっぱり、あなたは数字だけで世界を想像できた」

「ええ、良い経験でした。確かに数字はどこにでもある。一度気づけば、見える世界も変わりましたよ」

こちらの話を聞く老人は、満足げに一杯目のウーロンハイを飲み干した。実に良い飲みっぷりだから、以前の「飲み屋などに縁がない人間」という見立ては間違っていたのだろう。

「そうでしょ。気づいてしまうとイヤでも数字が目に入る。どんな人間でも経験があると思うが、たとえば時計を見るといつも同じ時刻だったりする。4時44分とか、11時11分とか」

「自分の誕生日の数字とか？」

「そう。これをエンジェルナンバーとか言って、天使からのメッセージ、意味のある数字だと言う人もいる。でも実際のところは違う。人間は無意識のうちに何度も時刻を見てるんだ。それが印象的な数字の並びの時だけ知覚するから、いつも同じ数字を見るって誤解するらしい」

老人の言葉を聞きながら、こちらもビールを飲み干す。なるほど、今この瞬間でさえ目につく数字は多い。

例えば壁に貼られたメニュー表の値段、右からキムチ盛り330円、梅水晶は430円で、牛すじポン酢が640円。あるいは壁掛けテレビで流れる野球のスコアボードには7回ウラ、2対4の文字列。

いかに世界が数字で構成されているか。感じ取ってしまえば明白すぎる。

「最初は、普通に時刻表を眺めていたんだよ」

やがてお互いに二杯目のグラスを受け取ったところで、老人の方からタネ明かしが始まった。

「よく聞くでしょう。時刻表の本を読みながら、どの駅から何時にどこそこ行きの電車が出るのかを想像する。それで旅気分を味わうってヤツだ」

「旅行に行けないくらい忙しいなら、それは良い趣味でしょう」

「ああ、僕も十年近く前は相当に忙しくてね。時刻表を使った妄想旅行の話を聞いて試してみた。それはそれで楽しかったけど、だんだんと満足できなくなった」

そこで、と老人は足元の荷物入れに手を伸ばした。身をかがめて、カウンターの下でダレスバッグから何かを取り出そうとしている。

「同じ数字を見るなら、これでもいいかと思った」

そう言って、老人はカウンターの上に一冊の本を置いた。

それこそ時刻表の本のように、常日頃から何度も開かれていたのだろう、ページは折り目まみれ、いくつも付箋《ふせん》が飛び出している。ページはよれによれて、あちこちが破れ、それらがテープで補修されている。

「まさか、円周率の本ですか？」

「ああ、これだけで百万桁載ってる。いやいや、だがね、まだ旅の半分も終わってない」

開かれた本には、ページごとにびっしりと数字が並んでいるだけで、解説も何もない。ただ無心に聖句を連ねる、ストイックな修行者じみた本だった。

「これで、ずっと旅を？」

よく見れば、色分けされたマーカーで数字をなぞるように線が引かれていた。薄い蛍光色の線は適当な箇所から始まり、適当な箇所で終わっているから、それが旅の一回分ということなのだろう。十桁分の短い旅もあれば、百桁以上も使った壮大な冒険もあった。

「僕が数学者なら、もっと純粋に円周率の計算ができたんだろうさ。そっちの道も楽しそうなんだが、僕なんかにはこれが精一杯だ。彼らのように開拓者にはなれず、単なる旅行客が関の山だ」

それを聞いて、思わず「はぁ」と声を出してしまった。

嘲笑《ちょうしょう》ではない。呆《あき》れたわけではないし、ただ圧倒されたのでもない。正しく言語化するなら、羨《うらや》ましい、だ。

「凄いことですよ」

結局、凡庸《ぼんよう》な感想しか口に出せなかったが、それは心中に湧く興奮を伝える術《すべ》がないだけだ。

想像だけで様々な世界を見てきたという自負がある。他人を観察するだけで、あらゆるドラマを見てきた。だが、この妄想の大劇場は今日付けで無期休場だ。

「本当に。ああ、いいな」

今度は外に目を向けようではないか。どこまで行っても自分の脳内なのは同じだが、より世界の変化を楽しむことができそうだ。

「あなたも、良い趣味を見つけたね」

どうやら自然と笑っていたらしい。対する老人も愉快そうに酒を呷《あお》っている。

「また来週、お互いにどこに行ったか発表しようじゃないか」

「ええ、楽しみです」

さて、ちなみに本日の会計は二人合わせて5820円だったが、これは老人の方が気前よく奢《おご》ってくれた。

※

それからというもの、飲み屋で老人と会えば必ず旅の話をした。

「今度はどちらへ？」

「そろそろ涼しいところが良いと思いまして、東北に行ってきましたよ」

「お、そりゃいい。って、待った待った。どこに行ったか当ててみようか」

老人は腕組みをしてウンウンと唸《うな》り始める。真剣に悩んでいるというより、こちらの旅路を想像して楽しんでいるようだった。

「あなた、車は乗る？」

「ええ、乗ります」

「じゃ、こうだ。深夜0時に出発、国道6号から仙台、286号線に入って山形へ。どうかな？」

「お、正解」

いえい、と、彼は若者っぽく握り拳を作って喜んでいた。

さすがは想像旅行の大先輩。今回の旅の出発点は円周率の七十一桁目からで、老人の言う通りのルートを06286の並びから導き出した。

「深夜に出発したなら、蔵王《ざおう》を越えた頃は早朝だ。良い光景だろうね」

「ええ、背後から夜が明けていって、空が赤紫色に染まっていくんです。薄っぺらな光が山肌をなぞって、淡い輪郭《りんかく》が影絵を作っていく」

何もかも頭の中で想像したものだが、実際に経験したかのように旅情を表現してみせる。いや、本当は過去に恋人とドライブにでかけた時の風景を思い出している。恋人から無理に誘われた一夜、失敗で終わった旅行。その辛い記憶を上書きするように、妄想で別の旅を作っていく。

「山形に入ってから次はどこへ行こうか。ふと思い出したのは『奥の細道』で、ちょうど20番目の句は尾花沢《おばなざわ》で詠《よ》まれたらしい。それなら少し足を伸ばして、そのまま銀山《ぎんざん》温泉にでも泊まろうか、って」

「素晴らしい旅じゃないか。宿の予約もしなくて済む」

老人の冗談に声を上げて笑う。こちらも気分が乗って、ハイボールを流し込んで舌の滑りを良くしておく。

「ちょうど目をつけていた旅館があったんですよ。全部で8室しかない人気の宿。そこに午後からチェックインするつもりで、先に県内を観光することにしました。あなたならどこへ行きます?」

「そうだな、西に移動して酒田《さかた》市に行くかな。郵便番号が998だ。なんといっても魚が美味い。食べるなら寿司か、海鮮丼か」

なるほど、と頷く。確かに海鮮に舌鼓《したつづみ》を打つのも良い。こちらは郵便番号と同じ値段のラーメンを食べただけだった。とはいえ、シンプルな醬油ベースのスープは絶品だ。これは想像の途中で実際に夜食として食べたものでもある。

「さて、じゃあチェックインは午後6時28分くらいかな」

「そうですね。青く沈んだ夕暮れ、銀山川に架かる短い橋にガス灯の明かり。左右の旅館から漏れる光も煌々《こうこう》としていて、まるで暗い海に浮かぶ漁火《いさりび》みたいでした」

そして空想の中、宿へと帰った自分はゆっくりと温泉につかる。その後、インターネットで検索した部屋の様子を脳裏《のうり》に浮かべつつ、夜更《よふ》けまで川のせせらぎを聞きながら窓辺でウイスキーを楽しんだ。

「しかし、せっかく銀山温泉に来たなら雪景色も見てみたいな」

それは全くの同感だ。もしかしたら老人も同じような旅をしたのだろうかと嬉しくなる。

「なので旅の後半は簡単に。まずその日は出発と同じ0時に就寝して、3泊ほどしたら今度は国道48号線で帰ろうと思いました」

「だが、そうしなかった」

「ええ、結局、2月5日まで逗留して雪の銀山温泉を見ることにしたもので」

なるほどなぁ、と老人から感慨深げに頷いている。その姿にこちらも思うところがある。はたから見れば、単に旅行に行ったつもりで妄想を楽しんでいるだけだ。世界の変化を頭の中だけで観測できる。もしかすると、この益体《やくたい》もない楽しみ方を共有できる人間は少ないのかもしれない。

「あなたの旅も聞かせてくださいよ」

ならば老人に友情を感じても良いだろう。我々は、円周率という無限に続く旅路の中で、偶然に出会った数少ない同類なのだ。

「そうかい、じゃあ」

考えることは老人も同じなのだろう。それから彼は親しげに、自分が今まで経験した旅の話をしてくれた。

「あれは大変だったな」

老人が語る数字の旅は魅力的だった。8849の数字を見てエベレスト登頂を決め、32

4000の並びからタクラマカン砂漠の広さを感じ取り、そこで77日間も放浪したという。あるいはカリフォルニアを旅した時には56251ヘクタールもあるレッドウッド国立公園を探索し、81メートルを超える巨大なセコイアの樹を見上げ、そこから南米に飛ぶや、わざわざ9メートルもの大蛇を探し出したとのこと。

中でも興味深かったのは、1912年の4月に精神を飛ばし、あのタイタニック号に乗り込んだ際の話だ。

「無事に帰ってこられて何より」

「いや、大変だったよ、僕を含めて生存者が711人。この数が出るまで百桁近く辿《たど》って、焦りながら旅を続けた。もしも犠牲者の数、1515が先に現れたら僕もお陀仏《だぶつ》さ」

つい笑ってしまったが、ふと老人が真剣な顔を作っているのに気づいた。いつもの恵比寿顔が、今ばかりは毘沙門天《びしゃもんてん》に踏まれる邪鬼《じゃき》の如く歪《ゆが》んでいる。

「どうしました？」

「僕は無邪気に、あなたに旅の仕方を伝えてしまった。ただ忠告もしておかないといけない」

老人は話しながらカウンターに手を伸ばす。話の間、ずっと広げていた円周率表をめくっていく。

「想像で旅をしていると、不意に魂が引っ張られる時がある。数字の並びに意思を感じ、その意思を満たすためなら自分が死んでも良いとさえ思ってしまう」

「そんな馬鹿な」

「馬鹿な話だよ。でも、この世界で起こった出来事は全て数字で表せる。ある数字を見て、その光景を想像してしまうことで、悲劇の当事者になってしまうこともある。１９４５８６は百二十八万八十桁目で、１９４５８９は八十三万四千四百九十一桁目。２０１１３１１もあるが、四百万桁以降だから出会わないで済むかもね」

「何が言いたいんです？」

これも酒が回ってきているせいなのか、老人の喋りは普段よりも陰鬱《いんうつ》な響きを含んでいる。

「ファインマンポイントに気をつけるんだ。その数字を上手く乗り越えられないと、もう戻ってこれなくなる」

そう語りながら、老人は円周率表の一部を指差す。そこには９９９９９９という珍しい並びがあった。

※

休日の夜、一人きりの旅に出かける。

この時間だけは、世界から自分を切り離すことができる。古臭いアパートの一室にいながらにして、ここではないどこかへ自由に精神を飛ばすことができる。無限に続く円周率を方位磁針とし、偶然性と想像力だけを頼りに妄想の奥地へ分け入っていく。

「ファインマンポイント、999999」

あの日、老人が示した数字の列。アメリカの物理学者ファインマンが、講義中に冗談めかして言及したことで名付けられたという特定の並び。

あらゆる数字の組み合わせが現れる円周率の中で、単に同じ数字が六個続くだけなら珍しいものではない。重要なのは、それが七百六十二桁目という浅い場所に現れることだ。

「これは円周率の旅における最初の壁だよ」

あの時、老人は続けてそんなことを言っていた。

円周率の小数点以下を一桁目から旅しようと考えた時、まさに想像力の扱い方に慣れ、楽しみを覚えてきた頃にファインマンポイントは登場する。

「意外とだが、9を六回も連続で登場させる旅は難しい。無理矢理に見つけてもいいが、すると途端に自分の旅が嘘くさくなってしまう。これが単なる妄想なんだと気付かされ、現実に引き戻され、みじめな気分になるんだ」

老人の忠告の通りだった。

何度か試しにファインマンポイントに挑んでみたが、例えば「9時9分に9番ホームから9両目の電車に乗る」なんていう行程は、それ自体が魔術めいた手順になってしまい、全く自然ではない。

「でも、意図的でない並びなら実現可能だ」

妄想旅行の初心者ならつまずくという数字に対し、こちらも様々なアプローチを続けてきた。突破するための旅程を細かく考え、最後はある人を登場させることで解決できそうだと思い至った。

「旅は2019年から始めよう」

椅子に深く腰掛け、腰の前で指を組み、静かに目を閉じる。

「人々が旅を楽しめていた最後の季節だ。それから人々は移動することを恐れ、自分の家に閉じこもったよ。私のような人間の生き方こそ正しいとされた。馬鹿げているね」

円周率で2019の並びが登場する七百二桁目。ここから六十桁を使ってファインマンポイントに挑む。全くの妄想だというのに、気分だけは登山家のようだ。

「あの日、9月5日の朝だ。恋人の誘いに乗って旅行へ行った。あの人、あの人だ。外へ出ない私を引きずり出そうとしていた人。でも今回だけは私も受け入れる。この旅にはあなたが必要だ」

現実の思い出では、あの日からどこへ旅立ったのだろうか。車に乗って、たった数時間で到着したどこかの温泉地。覚えているが、忘れてしまいたい気持ちが先にくる。

「今回は空の旅にしようかな。611便。どこに行くための？　212は……、そうだ、モロッコの国番号だ」

恋人はルビー色のキャリーケースを引きずっていく。実に可憐で高慢な色。成田空港のコンコースを駆け抜け、保安検査場を目指す。あの人は前に並ぶ大勢の旅行客に悪態をつき、長旅はイヤだったと愚痴をこぼす。自分から旅に行きたいと言い出したくせに。

「フライトから9時間、時刻は0時。飛行機はまだ空の上……。狭い座席で隣を見れば、恋人の寝顔がある。何時間だって話したいことはあったはずなのに、結局ずっと無言だった。それでも、あの人は大切な人だ。だから落ちかけたブランケットを直す」

妄想が何度も現実に侵食されていく。その度に記憶を修正し、あり得なかった過去を作っていく。

「トランジットで訪れたアムステルダム。寒々しい空港の中。疲れた顔でベンチに腰掛ける。ブーツを脱いで、むくんだ足を揉んでいる」

機嫌を直して貰いたくて、近くの店で名物のクロケットとハーリングのサンドイッチを買ってくる。それぞれ2つずつ、値段は合計19ユーロ。温かくてサクサクのクロケットを口にして、ようやく恋人に笑顔が戻ってくる。このままオランダ旅行にしようと言われたらどうしようか。

「次に乗るのがマラケシュ行きの608便。間違えないようにサンドイッチを食べながら掲示板を眺めている。それでも肝心なタイミングであの人が話しかけてきて、嬉しくてつい長話をしてしまった。二人して急いで搭乗口へ向かう」

慌《あわ》ただしい旅路はここまでだ。機体は滑走路から飛び立ち、アムステルダムの風景が小さくなっていく。都市はミニチュアとなり、田園風景がモザイク画へ変わる。

飛行機は雲海を越えて、ヨーロッパを南下していく。時折、雲の切れ間から緑の大地が見える。現在地を探すつもりで座席のモニターに視線をやれば、フランスとスペインをなんの感慨もなく通過していくのがわかった。

「アナウンスが聞こえる。到着予定時刻は現地時間で午後6時40分、気温は34度……」

小さな窓から地中海を見下ろしていると、やがて薄ぼんやりとアフリカ大陸が白い影として現れる。陸地、どこまでも続く陸。乾いた砂の色。ヨーロッパにあった冬の足音は遠ざかり、未だに残る夏の背が見えてくる。

「メナラ空港、最も美しい空港とも言われた場所。ガラス細工を思わせるゲートから眩しい太陽の光が差し込む。外を覆う天蓋《てんがい》は織物のような透かし彫りだ」

マラケシュ市内に入るのに、あえて空港直通のバスは使わない。運賃が4ディルハムの18番路線にしよう。新市街の大通りは人も車も多い。アフリカの国という感覚はなく、やはり距離的に近いのもあるのだろう、スペインはバルセロナを思い出す風景だ。

ショッピングモールで買い物を済ませてからホテルを目指す。部屋は1階だが、5つ星の高級ホテル。モダンでありつつも、レンガ色の壁に異国情緒を感じさせる内装。

「さすがに疲れたから、その日はそのまま寝入ってしまう。二日目も飛ばそう。大事なのは9月8日に繋がることだ」

マラケシュは歴史都市だ。13世紀にムワッヒド朝が滅ぶまで、ここは北アフリカのイスラム世界における首都だった。

「今日は旧市街に行こうか」

恋人の誘いに乗って街へと繰り出す。新市街とは打って変わって、赤茶けた土壁の家が建ち並ぶ。街全体が化粧を施《ほどこ》したようにも見える。

「湿度は62％、暑さはあるが昨日……、9月7日よりも過ごしやすい。遠く山嶺《さんれい》から吹き下ろす風は川の涼しさを含んでいて、それが街の入り組んだ路地を抜けていく」

恋人が先を歩いて行く。建物は太陽の光を浴びて、その凹凸《おうとつ》に合わせてパズルのように影を作る。路地には欧米人もいれば、現地の人間もいる。ロバが荷車を引き、作業員が工事現場に急ぐ。つい目で追ったバイクのナンバーの後半は74だった。

「モスクに行こう。塔は77メートルもあるんだってさ」

そう言い出して、あの人は先へと駆けていく。

かたや旧市街の街並みに目を奪われていた間抜けが1人。つい恋人の姿を見失ってしまった。

「待って」

恋人の背を追って、迷宮じみた市場へと入る。

まずサンダルウッドの香りが漂ってくる。軒先に並んだ絨毯《じゅうたん》は古ぼけていて、無数に積まれた果物は赤く、黄色く……。暗がりに光を見つければ、天井から色とりどりのランタンが下げられ、別の壁には大小の鏡が飾られていた。

「置いていかないで」

折り重なった路地をさまよう。磨き上げられた漆喰壁《しっくいかべ》の迷路だ。30分も歩いただろうか、遥か大西洋に太陽は沈み、黄金色の残照が辺りを包む。

都市の陰影は強まり、大通りの彼方に消失点が現れる。空はオレンジと苔色のグラデーション。まるでジョルジョ・デ・キリコの絵に出てくるような。

恋人と離れてしまうことに恐怖を覚える。あの人とは明日も、明日こそ一緒に過ごさないといけない。

「明日は……、9月9日はあなたの誕生日」

ここだ、と思った。

不意に意識が現実に戻ってくる。自室で椅子に腰掛ける自己を認識した。

ファインマンポイントの少し前に〝99〟という並びがある。この並びのせいで、続く六桁の〝9〟を満たす前に無意味な〝9〟を重ねる必要が出てくる。これが円周率の旅を難しくする理由だ。

「そういう意味なら、あの人との出会いは運命だった」

誕生日を祝うための旅行。それならば同じ数字が連続で出ることもあるだろう。当日の日付と、その日に生まれたという属性。意味が違うのなら、一度の旅の中に組み込んでも不自然さはない。

「だから、行かないで」

妄想の迷宮の中、ようやく恋人の手をつかんだ。

マラケシュの郊外にある墓地だった。東の空は黒い雲に覆われ、砂混じりの冷たい風が吹いてくる。枯れ草に囲まれて、盛り上がったイスラム式の土葬墓が等間隔で並んでいる。およそ605基。

「こっちに来てよ」

不遜さを味わうように、あの人は微笑《ほほえ》んで、墓地の隅にある小屋へ入っていく。崩れた土壁と転がった石。その風景は一枚の絵に似ている。1870年に描かれたベックリンの『ケールの廃屋』だ。

「いけないんだ」

死者の眠る場で恋人と手をつないだ。廃屋の中は薄暗く、お互いの体の影しか見えない。

あれほど騒がしく暑かった昼の空気は消え失せ、荒涼《こうりょう》とした夜の風が入り込む。

この時が来るのを待ちわびていた。旅行に来て初めて、ゆっくりと二人きりの時間を過ごす。そう、7時間ほども語り合っただろうか。口づけは、たった2回だけ。

「私は時計を見る。午後11時34分。もう少しで日が変わる」

目を開ける。

ここから先がファインマンポイントだ。今日こそ、この旅の難所を乗り越えなくてはいけない。

現実でも時計を確認する。巧まずして妄想と現実の時刻は一致していた。これがエンジェルナンバーだというなら、なんと中途半端な数字だろうか。

「あなたのために用意したんだ」

椅子から立ち上がり、部屋の隅にあるセラーに向かっていく。あまり物のない部屋で、唯一、自我を感じさせる調度品。

この奥に仕舞われたものこそ、今回の旅の切り札だ。

「ネヴィオ・スカラ、ノヴェチェント・ノヴァンタ・ノーヴェ。意味は数字で999だ」

手にしたイタリアワインの名前を朗々と告げる。それはファインマンポイントの断崖に手を伸ばした瞬間でもある。

「昨日、モールで見つけて買ったんだ。あなたと今日を祝うのに、これほど相応しいワインはない」

現実で用意するのと同じく、妄想の中にもワイングラスを登場させる。どこに持っていたのか、そうした細かい部分には目を瞑《つむ》る。

「もうすぐで9月9日、あなたの誕生日になる。それから……」

脳内で呟く言葉と、現実での記憶が重なっていく。

「この旅行で伝えようと思っていたんだ」

あと一つだ。もう一つだけ、純粋な〝9〟を満たせばファインマンポイントを越えることができる。それは同時に、忘れたい過去をやり直すことにもなる。

「来月で付き合ってから〝9〟年になる。だから、私と」

暗い廃屋の中、外から差し込む月明かりに照らされて、グラスに満ちた赤ワインが揺れる。

あの人はどんな顔をしているだろうか。影の向こうで微笑《ほほえ》んでくれているのなら。

「きみは――」

恋人の声。つまらなさそうにワインが地面に零《こぼ》れていった。

「そうやって頭の中で全部わかった気になってる。外の世界を見てないね」

ああ、と呻《うめ》いてしまった。

その言葉は過去に言われた現実のものだ。どれだけ都合の良い妄想を仕立てても、やはり想像上の恋人は同じことを言う。それが何より自然だから、手を加えることもできず。

「さようなら」

ここで妄想が掻き消えていく。

夜の墓地は砂漠に変わり、冷たい風に散っていく。幽霊のように、あの人も姿を薄くさせ、後には地面に零れたワインだけが残る。

「これでもダメなんだな」

現実を意識し、グラスに入ったままのワインを口に含む。

どうしても〝9〟年目に到達できない。あの数字を満たすことができなければ、ファインマンポイントの先に行くことはできない。

この旅を終えなければ、過去に囚《とら》われ続けてしまう。

※

それから何度もファインマンポイントに挑んだ。

妄想旅行では、かつて別れた恋人を必ず登場させる。あの人の誕生日が9月9日である限り、最も自然な旅の行程になるからだ。

恋人を連れてあらゆる場所へ行った。北海道でスキーを楽しみ、沖縄で泳いだ。兼六園《けんろくえん》を歩き、伊香保《いかほ》温泉を楽しみ、四国でお遍路《へんろ》を周《まわ》った。ベンタイン市場も、アンテロープキャニオンも、エルミタージュ美術館も、サン・フェリペ要塞も行った。

しかし、どのルートを巡っても結果は同じだった。

「外の世界を見てごらん」

そんな言葉によって旅は唐突に終わり、どうあってもファインマンポイントの先に到達することはできなくなる。

別れた恋人に未練があるわけではない。

ただ、あの人から向けられた数々の言葉が、今でも胸の中でわだかまっている。これほど世界の変化に気づくことができるのに、どうして外へ出なければいけないのだろう。

何か、間違っていたのだろうか。

「あの」

答えを求め、あるいは単純に愚痴を言うつもりで、いつもの飲み屋へと繰り出した。カウンター席に老人の姿はなく、代わりに話しかけてきたのは店員のベトナム人女性だった。

「いつも、来てたおじいさんの友達?」

「あ、ええ、まぁ」

あの老人は、何か店に忘れ物でもしたのだろうか。それで、わざわざ店員が仲の良い飲み仲間に声をかけてきた。

しかし、こちらの予想は簡単な日本語で覆《くつがえ》される。

「おじいさん、死んじゃった」

すぐには言葉が出てこず、ややあって「うそ?」と、ありきたりな驚きの言葉を吐いてしまった。

「おじいさんの息子さん、店に来ました。この店に、仲良くしてる人がいるから、これ渡して欲しい。そう言ってました」

店員は感情を込めることもなく、淡々と事実を告げる。しかし、親切心から受け取ったものをこちらに差し出してくる。

それは彼が大事にしていた円周率の本だった。

「なんて言ってたか、日本語、死んだ後に渡す」

「形見」

「はい。形見、渡したいって」

それこそが店員にとって小さな使命だったのだろう。目的を達成した彼女は頭を下げ、こちらの席から離れていった。

「ほんの短い出会いだったけど」

残された身としては、もはやかけるべき言葉もない。ここを去った老人を偲《しの》ぶつもりで、カウンターに本を広げる。

大量の付箋にまみれ、ボロボロになったページをめくっていく。色分けされたマーカーで数字の羅列《られつ》に線が引かれ、それを指でなぞって思いを馳せる。

老人は何度も旅を繰り返してきた。円周率という無限に続く旅。寂しさはあるが、不思議と悲しさはない。彼は偉大な旅をこれからも続けるだろう。そして、この数字の羅列を辿れば、もしかすると同じ場所へと行けるかもしれない。

「彼は乗り越えたのだろうか」

注文したウーロンハイを片手に、老人の旅の軌跡を辿っていく。行き会うのは七百六十二桁目。

「ああ、いいな」

自身の旅に役立てるつもりで開いたものだったが、そこに残されたピンク色の蛍光マーカーの色を見て、不意に羨ましさが湧いてきた。

『999999』

老人はファインマンポイントを旅していた。百桁以上も使った壮大な旅の中、彼は六桁の〝9〟を分けることなく一気に駆け上っていった。

羨ましい、その気持ちだけが残る。

そうして何気なく次のページをめくると、その下部に小さなメモ書きがあった。

「齢《よわい》78にて新たな旅へ出る。もし99まで生きていれば、あなたの道行きも守護できただろうか」

ささやかな遺言だったが、それを見て閃《ひらめ》くものもあった。

結局、人間が最後に残すのは数字だ。いや、それだけではない。

「世界はこんなにも」

いつしか雑音は消えていた。飲み屋の喧騒《けんそう》は届かず、目に入るのは数字の並びだけ。

780。510。690。

22。30。5035。1931。

10。1000……。

すべては、単なる数字の組み合わせなのだ。

※

外の世界を見た方が良い。

かつて恋人に言われた1言が、今頃になって実感となってくる。

頭の中で世界を10分に想像できるのなら、外に出れば12分となる。あの人が言っていたのは、喩《たと》えるなら100メートルを8秒代で走れる人間が、その才能を活かさずに車しか使わないようなことだ。

「あなたが正しかったみたいだ」

こうして街を歩いていても、今まで見落としていた変化に目が向くようになった。

時刻は17時2分、マンション前の公園で遊ぶ子供たちが帰ろうとしている。小学校の5年

3組の子たちだそうだ。気をつけて、ちゃんと横断歩道を渡らないと。

そこで徐行運転で車がやってくる。子供たちが会釈をして車の前を通り過ぎる。5ドアの白いミニバン、BMWの218iだ。高級住宅街に似合う、ファミリータイプの車。ナンバープレートは157の62―82。きっと休日には家族を乗せて遊園地にでも行くのだろう。

「どこにだって数字があって、その数だけ旅は続く」

世界の見方を教えてもらったことに御礼を伝えたい。

手にした円周率の本は、この旅の先輩から受け継いだもの。開いたページには999999の並び。あれから何度も挑戦し、同じ数だけ失敗した運命の数字。

でも今日なら、この1日ならば先へ進める気がする。

「9月9日、この日が来るのを待ってたんだ」

あの人の誕生日。

どれだけ記憶の中を掘り起こしても、あの人は1向に振り向いてくれなかった。2人は交際〝9〟年目に辿り着けず、決して結ばれることはない。

それなら、現実の方を変えればいい。

「想像じゃなくて、実際にあった出来事なら、どれだけ数字が並んでも作為的じゃない」

だから、あの人が住んでいる街にやってきた。もう別れて何年も経つけど、共通の友人に聞いたら簡単にマンションを教えてくれた。住んでいるのは9階だというから、これも実に運命的だ。

「ああ、でも、そうか」

ただ実際にマンションを訪ねて気づいた。エントランスでインターホンを鳴らす時、つい部屋の号数を確認してしまった。９０８号室。この並びではファインマンポイントに組み込めない。

「どうしよう、計画変更できるかな」

手にした円周率の本を鞄にしまいつつ、エントランスの床に置いた紙袋を持ち上げる。帰るべきか悩んだのはたった3秒間、すぐにスピーカーから声が聞こえてきた。

「はい」

久しぶりに聞いた声。もう帰ることはできない。旅の計画は崩れてしまったが、ここは成り行きに任せてみる。

「久しぶり、覚えてる？」

こちらの名前を告げれば、あの人は驚きの声を上げた。

「仕事で近くまで来て、あなたのこと思い出したんだ。今日、誕生日だったよね」

返ってきた声は喜びとは程遠いもの。しかし、拒絶されているのではない。戸惑いと懐かしさを含んだ、溜め息混じりの声だ。

「少しだけ、寄っていってもいいかな？」

「うん」

今度の返事には、明らかに困惑が感じ取れた。会うだけならまだしも、長居はして欲しくない。その程度の関係性。

しかし、エントランスのガラスドアは人間の迷いなど理解せず、こちらを歓迎するように景気よく開いた。

「いいさ、これでも」

昔のままだとは思っていなかったが、誕生日を1緒に祝うくらいの余裕はあると思っていた。

エレベーターに入り9のボタンを押す。そうだ、ここからファインマンポイントを始めても良い。いや、しかしダメだ。結局、あの人の部屋の位置を確かめるために908の並びを見てしまった。

「はい」

覚悟が定まらないまま、ドアの前で再びインターホンを鳴らす。

現れた人物を見て、つい微笑んでしまった。記憶の中にいるあの人と比べれば、目元にシワが増えているだろうか。

「ああ、久しぶり」

「久しぶり。少し変わったね」

笑顔を見せてくれた。しかし、あの人は玄関で扉に手をかけたままで、こちらが室内に侵入してくるのを拒んでいた。

「あの、これ」

無言のまま見つめ合うのに耐えきれず、タイミングも考えずに紙袋を差し出してしまった。中身は花屋で用意したものだ。

「誕生日、おめでとう」

「バラの花束？」

咄嗟《とっさ》に用意したという言い訳ができるだろうか。本数は99本。永遠の愛を誓うための数だというが、そんな意味は知ったことではない。

「うん、ありがとう」

口では感謝を述べているが、あの人の手がより強くドアを摑《つか》むのがわかった。1歩たりとも家に上げてなるものか。そんな空気が漂った。

これでは旅が終わってしまう。

「いや、違う、違くて」

本当の予定では、午後9時までは1緒に過ごすつもりだった。そこで99本のバラを渡せば、6桁の〝9〟を満たすことができる。少し意図的だとしても、午後9時9分まで延長するだけで同じ条件を達成できたはずだ。

「どうしたの？」

「違う、そうじゃなくて、私は」

何もかも上手くいかない。

淡い期待をしていたのも馬鹿だった。ファインマンポイントを越えた次の数は8だ。その数だけ祝福されるとさえ思っていた。口づけの数でも、慰めの言葉の数でも。

「あれ」

ふと視界に入るものがあった。あの人の体越しに部屋の様子が見える。リビングのテーブルに大きなケーキがあった。

「バースデーケーキ」

「ああ、あれは」

そう言いかけたところで、部屋の奥から足音が聞こえてきた。

小さな歩幅で駆け寄ってくるのは小さな女の子。大きな瞳と柔らかく細い髪の毛が、あの人と良く似ている。

「向こうに行ってなさい」

少女は不思議そうにこちらを見上げていた。その表情を見て、全てを悟る。何もかも遅すぎたのだ。

ああ、と呻《うめ》いてしまった。なるべく後悔と未練を吐き出さないようにはした。

あの日、あの時、6つ目の〝9〟を超えられていたら。きっと、ここにいるべき子は、この子ではなくて。

「おばちゃん、だれ？」

無邪気に尋ねる少女に対し、目線を合わせるつもりでしゃがみ込む。

「昔の友達。誕生日をね、お祝いしに来たんだよ」

「わたしの？」

ふっ、と息を吐く。予想外の言葉に、思わず元恋人の顔を見上げた。

「親と誕生日が一緒なんだ。だから今日は特に忙しい」

そこで緊張が解けたように、あの人は微笑んでくれた。

「ごめん、知らなくて」

もしかすると、こちらが笑っているのに釣られたのかもしれない。でも仕方ないことだ。こんなに嬉しい発見はない。

「ああ、やっぱり外の世界を見るのって、大事だ」

世界の変化には敏感な方だ。この親子のことだって、ずっと見守っていく自信がある。そこに愛情など感じずとも。

「ねぇ、お嬢ちゃん」

あの人の膝を抱く少女に声をかける。9月9日生まれの親と、9月9日生まれの子。これで9999。もう少しだけ必要だ。何で満たせばいい？　マンションの階層、贈り物の数、一緒に過ごす時間。

それから……。

「お嬢ちゃんは、今いくつ？」

「えっとね、4さい」

そっか、と返す。

「じゃあ、早く大きくなってね」

津久井五月

観闇客《ダークツーリスト》のまなざし

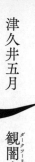

●『観闇客《ダークツーリスト》のまなざし』津久井五月《つくいいつき》

ヴァケーションを彩る旅行《ツーリズム》といえば〈インバウンド〉――すなわち、訪日してくださる旅行客をおもてなしする側も重要だ。もっとも、予期せぬお客様も混じり込んでいる場合もあるのだが。

作者の津久井五月は、《異形コレクション》では、前々巻の第43巻『ギフト』に続いて、二度目の登場。２０１７年に、第4回日経「星新一《ほししんいち》賞」学生部門準グランプリ、第5回ハヤカワSFコンテスト大賞と、ダブルの受賞で実力を見せつけた現代SFの新星は、同時に幻想怪奇の分野にも才を発揮し、プロのホラー作家が多く参加する薄禍《はっか》企画の同人誌《ひとひら怪談》のシリーズでは三冊に亘《わた》って印象的な掌篇を発表している。その色彩豊かな表現力に魅了され、お誘いしてみた《異形コレクション》では期待通りヴィザールな描写が実に秀逸。未来からの干渉とその防衛という、一見、レトロなSF設定の中に、現代的な問題意識を含む前作「肉芽《にくが》の子」の世界観。それは、本作にも引き継がれている。もちろん、前作とはまったく異なる独立した物語であり、時代もさらに先のものになっているのだが、前作の主要人物もさりげなく出演している。

津久井五月のSF短篇は〈コミュニケーション〉をめぐるテーマも重要なポイントだが、本作もしかり。恐怖SFだが、感動的な後味で読者をもてなしてくれる筈だ。

最初の着信があったのは、二月下旬の晴れた朝だった。

「吉村裕太《よしむらゆうた》さんのお電話で、間違いありませんか？」

第一声から奇妙だった。一音一音ははっきりと聞こえるのに、全体としてはまるで百メートル先から叫んでいるように声が遠い。今どき音声通話を「お電話」というのも古臭いが、声を聞く限りは年長者ではなく、若い男のようなのだった。

吉村は眼鏡型情報端末《スマートグラス》を外し、つるに埋め込まれた骨伝導《テンプル》スピーカーを親指でこすった。異常は見当たらない。微かな振動が伝わってくる。相手は話し続けていた。

「――もしもし、もしもし、聞こえますか？」

「はい、吉村です」

「ああ、良かった。はじめまして。わ、わとしはシャシキと申します。感謝の謝に屋敷の敷と書いて謝敷《しゃしき》です。吉村さん、お話しできて光栄です」

相変わらず声は遠いが、安堵《あんど》したような、少し浮かれた調子が伝わってきた。

「どのようなご用件ですか」

一瞬、ためらったかのような間《ま》があった。

「吉村さん、わとしの言葉は、今のあなたには到底信じていただけないでしょう。だから今はこれだけお伝えします。これから半月のうちに、親しいご同僚に不幸があります。また、お電話を差し上げます」

吉村が応答する間もなく通話は切れた。いたずらだろうと思って着信履歴を調べたが、自動録音はおろか、相手のアカウントすら残っていなかった。

だが、気味悪がっている場合でもない。国会での議員質問に対する答弁書の追い込みで、観光庁のフロアは早朝から慌《あわ》ただしかった。吉村は完全な徹夜こそ免れたが、連日の打ち合わせと資料作成に体力を削られた上に、その日は庁外での仕事も待っていた。

スマートグラスの視界の隅《すみ》で、睡眠や運動の不足、眼精疲労を警告するサインが静かに点滅していた。まばたきで操作してそれらを消す。毎度煩《わずら》わしいが、警告《アラート》を完全にオフにしたら命も手放してしまう気がして、もう何年もそのままだった。健康を気遣ってくれるのは二、三人の同僚と、彼の全生活記録《ライフログ》を蓄積するスマートグラスだけだ。

気分を変えようと席を立ち、廊下の端の自販機コーナーに向かうと、ぐらつく丸テーブルに突っ伏して同僚の范《ファム》明日香《あすか》が寝ていた。ひとまとめにした髪の毛先は乱れ、ここ数日――いや数カ月分の疲労が伝わってくる。吉村は炭酸飲料を二缶買って、一つを彼女のテーブルに置いた。コツンという微かな音で范《ファム》は飛び起きた。手櫛《てぐし》で髪を直しながら、腫《は》れぼったい目でこちらを睨《にら》んだ。

「いま、なんじ」と范。

「七時半。寝るなら仮眠室にしなよ。午後はＶＩＺ《ヴィズ》の会議もあるんだから無理するな」

ＶＩＺという単語が彼女の目を覚まさせたようだった。范は目の前の缶を摑《つか》んで中身を一気に飲み干すと、吉村に礼を言って立ち上がった。

「ＶＩＺの件、そんなに楽しみか」

「吉村は楽しみじゃないの？　わたしたちが立ち上げたプロジェクトなのに」

仕事に戻る彼女を見送りながら、吉村は羨望で身体が重くなるのを感じた。

訪日観光《インバウンド》で日本を変える、などと意気込んで、就職浪人してまで官僚になってから、もう十年が経った。

外国人観光客を増やしたところで、経済が一気に回復するわけでも、移民政策が成功するわけでもない。しかし内向きな風土を世界に開き、日本が国際社会で活躍できる道を開くかもしれない――と、面接で語ったそんな情熱を足枷《あしかせ》のように感じはじめたのは、いつからだろう。仕事が楽しみだと最後に思ったのはいつだっただろう。

范のように炭酸を飲み干そうとして、吉村はむせた。ネクタイに黒い染みがついた。

午後の現場は、新宿。

国交省が観光アプリ「ＶＩＺ《ヴィズ》」の開発を委託したＩＴ企業の会議室に集まったのは、全部で八人だった。同社の社員三人に加え、国交省の都市局から二人、国際観光振興機構から一人、そして観光庁からは吉村と范の二人。范の方が先に到着していた。

「どうして当初の開発者を外す必要があるんですか」

部屋に入るなり、彼女の鋭い声が聞こえた。

相手は都市局の平岡《ひらおか》という中年男だった。彼は無気力で横柄な態度を崩さなかった。

「いや、あなたね、これは国交省管轄《かんかつ》の、国のアプリでしょ。いつまでもボランティアに口出しされても困るでしょうが」

「口出しって――アプリの基礎部分を作ったのは彼らなんですよ。正式に開発に参加してもらうのが筋だし、大きな不具合が出たらどう対処するつもりですか」

「だから、ちゃんとした企業に委託して作り直してるんでしょうが。あのね、これが日本のやり方なんです。分かりますか？　もう定刻だから、始めましょう」

平岡は頑《かたく》なに范と目を合わせなかった。彼が席につくと部下がおずおずと開会を告げ、委託先企業の社員が二人、スクリーンの前に立った。VIZ開発の現状を示す文字ばかりの資料が投影される。隣に座る范の様子が気になって、吉村は集中できなかった。

范が興奮した様子でVIZの試作版《プロトタイプ》を見せてきたのは、もう二年前だ。

それは日本の大学院生や若いエンジニアが数人で開発し、無償公開したアプリだった。一部の技術者の間で話題になっていたものの、インストール手順も使い方も素人には難解で、次々と公開されるＯＳＳ《オープンソースソフトウェア》の山に埋もれかけていた。

しかし一度試してみれば、その体験の鮮烈さは歴然だった。ＶＩＺを立ち上げて新宿駅の構内に立つと、迷宮《ダンジョン》めいた駅の全容が、視界いっぱいに広がった。無機質な壁や床を透かして、青焼き《ブループリント》に似た美しい線によって、無数の階段や通路から成る地下構造が丸見えになっていた。ＶＩＺは、建物や街の内部構造を透視できるアプリだったのだ。

――これ、きっとすごい観光コンテンツになるよ。

その後の范の行動力に吉村は心底舌を巻いた。彼女は開発者に連絡を取り、ＶＩＺを国の観光振興のために使いたいと熱意を伝えた。新宿駅だけでなく日本中の巨大建造物や街並みに対応させれば、それは優れた娯楽にも教材にもなる。現代の外国人観光客が求めるのは、何よりもまず、知的な興奮だ。見知らぬものの内側を覗《のぞ》き込み、手に取るように理解する体験は、たまらない観光資源になる。

無欲な学生やエンジニアたちは、范を信用して協力を申し出た。彼女は吉村を巻き込んで上司に提案を繰り返した。その末に、３Ｄ都市モデルの活用を進める国交省都市局の企画として、ＶＩＺは見事に予算を獲得したのだった。

ただ、その達成が、彼女の情熱の行き止まりでもあった。

試作版《プロトタイプ》は技術的にも、使い勝手の面でも、荒削りな点が多すぎた。もともとの開発者たちには、数百万人までが利用するアプリを作り切れる体制はなかった。開発体制を工夫する面倒を嫌った責任者は、別の企業に開発を丸ごと委託し、VIZの名前と核心部分のみを残した大改造に踏み切った。当初の開発者たちの役割は次第に形骸化《けいがいか》し、貢献は過小評価され、ついに今回から、会議にも呼ばれなくなった。

范も今となっては、大した権限もない、観光庁側の窓口役にすぎない。それを甘受《かんじゅ》しないのは彼女の美点だが、官僚としては大きすぎる弱点でもあった。

現在の開発チームによる説明は計画遅滞《ちたい》に対する言い訳に近い内容で、吉村は嫌な予感を覚えた。それが的中したことはすぐに分かった。

テスト用のアプリをスマートグラスで立ち上げると、乱雑に色分けされた直線や曲線の群れが、会議室の壁や床の向こうで蠢《うごめ》いた。室内を移動し、視線を移すと、線群は実にぎこちなく、おぞましく震えながらその位置を変えた。新宿駅よりもずっと単純なオフィスビルの空間を透視するだけで、吉村は目眩《めまい》を覚え、ボトルの水を飲み干した。

改良版VIZには、試作版《プロトタイプ》の荒削りな魅力の痕跡すら感じられなかった。起動や設定変更の操作が簡単になっただけで、美しい青焼き《ブループリント》は悪趣味な騙し絵《トリックアート》に堕していた。

これはまだ途中段階ですから、と現開発者たちが言い訳を繰り返している。

吉村の肩に、とてつもない徒労感が落ちてきた。これが范と、彼女を信じた若者たちの情熱の成果だというのか。出来に期待していたわけではなかった。それでも、四時間睡眠で働き続けた週の終わりのような虚《むな》しさが全身に広がった。

吉村は恐れるような、祈るような気持ちで范に目をやった。彼女は壁にもたれかかり、じっと黙って宙を見つめていた。スマートグラスのレンズが反射して、その目は見えない。彼女の立ち姿は、誰からのどんな言葉も拒絶するようだった。

無理にでも何か声をかけようとして、そのとき、吉村は異変に気づいた。

范の足元に、穴が空いていた。

真っ黒な穴だった。灰色のタイルカーペットを丸く刳《く》り抜くようにして、彼女の肩幅がゆうに収まる大きさの穴が空いていた。床の断面も見えず、深さも分からない。ただ真っ暗な闇が、彼女の靴の下で口を開けていた。

――何を馬鹿な。

吉村はスマートグラスを外し、疲れを押しつぶすように目頭を揉んだ。裸眼《らがん》で見れば、それは穴などではなく、影だ。天井のＬＥＤ照明が強すぎて、范の足元に濃い影が落ちているだけだった。

――穴だなんて、どうして思ったんだろう。

嫌な問いだな、と直感的に思った。だからＶＩＺの不具合だろうと片付けた。改めて起動して確認しようかとも思ったが、虚しさが勝《まさ》って吉村の手を止めた。

霞が関へ戻るタクシーで、吉村はひどく車酔いをした。何に視線を向けても目眩がするので、ついに目を閉じたまま、同僚に声をかけた。

「范、あのさ」

「なに?」といつもの調子で彼女は応じた。

「あの——大丈夫か」

「何が? 大丈夫、大丈夫。吉村こそ顔色やばいよ。VIZで酔ったんでしょ」


翌週、范は月曜から金曜まで病欠した。

彼女が精神科の診断書を提出して休職したと吉村が知ったのは、さらにその翌週のことだった。

その後まもなく、彼女が抱えていた仕事を割り振られた脇田《わきた》という若手が深夜に精神的限界に達し、カップラーメンのスープをデスク周りにぶち撒けた。


オフィスがまだ豚骨《トンコツ》臭い金曜の深夜、謝敷から二度目の着信があった。

「これで、わとしの話を聞いていただけるのではないかと思います」

あの奇妙に遠い声で、男は丁寧に挨拶《あいさつ》し、そう切り出した。

吉村は、応じる自分の声に微《かす》かな怯《おび》えが混じっているのを自覚した。

「いたずらなら、やめた方がいい。この通話は録音していますよ」

「ならば、その録音にわとしの声が残らないことで、この状況の特殊さを感じてもらえるでしょう。あなたはご同僚の不幸に関して、わとしを不吉に感じているかもしれない。しかしそれは誤解です。わとしはあなたにとって未来の出来事を、ほんの少し知っているだけなのです。わとしの望みは、あなたと言葉を交わすこと。それだけです」

彼の日本語の発音は歯切れよく、しかし常に微妙な違和感を伴っていた。

つられて、吉村の言葉も妙な格好になった。

「なぜ、話したいんです、おれと」

「わとしとあなたには、同じ志《こころざし》があるから。わとしの使命は、わとしの社会からあなたの社会への観光——より端的に言えば、未来から過去への観光を振興することなのです」

またお電話します、と言って謝敷は通話を切った。

*

三月最後の日曜日の午後。日差しは暖かく、風の温度も春めいていた。

これから何か素敵なことが始まるかもしれない、という淡い期待——あるいはほとんど祈りのようなものが街に満ちていた。朝のニュース番組も、街で耳にするヒットソングも、希望の欠片《かけら》を血眼《ちまなこ》で探していて、そんな空《から》元気が吉村を余計《よけい》に疲れさせた。

少し遅れて約束のカフェに現れた范《ファム》も、春の装いをしていた。髪を下ろして化粧気のある姿に、一瞬、彼女だと分からなかった。思ったよりもずっと元気そうな様子に安堵しつつ、吉村はほとんど無意識の、微かな反発を覚えた。

「調子、悪くなさそうだな」

「まあね」と彼女は微笑《ほほえ》んだ。「今日はこの後、美術館にでも行こうかなって。ほら、上野でムンク展やってるでしょ」

「一応、休職中の身だろ」

茶化すつもりで口を開いたのに、思いがけず鋭い声が出て、吉村は瞬時に後悔した。彼女の不在で業務の皺寄《しわよ》せを受けた同僚たちの恨み言が、脳裏に蘇《よみがえ》る。吉村も確かにその一人だが、呪いを吐き出しかけた言い訳にはならなかった。

「日曜に出かけちゃ、悪い？」

咄嗟《とっさ》に目を合わせると、彼女は泣き出しそうな顔をしていた。

目元の腫れや隈《くま》は化粧で隠しきれていなかった。唇は微かに震えていた。

「ごめん、悪いことを言った。おれ馬鹿だな」と吉村は頭を下げた。

「……ううん、迷惑かけてる自覚はあるから。今日は誘ってくれてありがとう。職場の様子は――ていうか、吉村はどう？　大丈夫なの」

「大丈夫って？」

「なんだか深刻な顔してるから」

「いや、もともとこんな顔なんだよ」

冗談めかして答えると、彼女はぎこちなく笑った。吉村も意識して口角を吊り上げた。他愛《たわい》のない話題を消費しながらランチセットを平らげ、二杯目のコーヒーに口をつける。二人の口は徐々にほぐれ、溜め込んでいたものが漏れ出した。

「あの日の会議で、なんていうか、糸が切れちゃったんだよね」と彼女は言った。

「VIZを実際に試してみたときか」

「そう。いや、本当はちょっと違うのかも。都市局の平岡が言ったでしょ、これが日本のやり方なんだって。なら、わたしは日本人じゃないのかって思ってさ。そのくらい、もうとっくに慣れたと思ってたんだけどね」

范《ファム》明日香は両親がベトナムからの帰化者というだけで、日本生まれの日本育ちだ。そもそも日本国籍がなければ国家公務員試験の受験すらできない。そんなことは百も承知の人間が、名前や容貌の僅《わず》かな差異をとらえて彼我《ひが》の線を引く。吉村はそうした場面に何度も立ち会い、そのたびに、特に何もできなかった。

「それで、新しいVIZのしょぼすぎる挙動を見てたら、この組織も国も、たぶんずっと変わらないんだなって実感して……それで糸が切れたんだろうね。わたしが頑張っても、世界中の人を普通に受け入れられる日本は作れない。そう思った」

「そんなこと、ないだろ」

虚しく響くと分かっていても、そう吉村は言わざるを得なかった。内心ではほとんど完全に同意していても、それを認めたら自分の糸も切れてしまう。異動を繰り返して出世するキャリア官僚の范に無理なら、一般職の自分に何ができるというのだろう。

范はコーヒーを飲み干すと、曖昧《あいまい》で寂しげな表情を作った。

「自慢じゃないけど、わたし、賢いからさ。本当に壊れる前に休もうって決断できた。実は精神科も一年くらい前から通ってたんだ。この機会にしばらく人生を楽しむよ」

「ああ、ゆっくりしなよ。そのうち戻ってくるんだろ？」

范はただ、鼻をすするような音を立てた。笑ったつもりなのかもしれなかった。

「美術館、混んでるみたいだから、そろそろ行かないと。ごめんね」

カフェの会計くらい持つと言ったのに、彼女は多すぎる額を吉村のスマートグラスに送金していった。店の前で、薄手のコートの裾をはためかせる後ろ姿を見送りながら、彼は春の空気を吸い込み、胸の奥にひどく重い不安の感触を覚えた。

――観光でこの国を変えようって、約束したじゃないか。

吉村の感情に応えたかのように、スマートグラスの視界の隅で光が点滅した。

それは、削除したはずのＶＩＺのアイコンだった。

不審に思う間もなく、それがまた見えた。

歩み去る范の足元に、黒々とした大きな影が落ちていた。

影はまるで粘り気のある水溜まりのようで、輪郭を歪《ゆが》めながら舗装《ほそう》上をずるずると這い、追い縋《すが》り、彼女の真下にぴったりと口を開けていた。それは暗い淵の水面《みなも》に見えたかと思えば、次の瞬間には、空気すらない虚《うつ》ろな穴のようにも感じられた。具体的な理解よりもまず、その暗く、冷たい印象が吉村の肌を粟立《あわだ》たせた。

——きっと、ＶＩＺの不具合だ。

スマートグラスを外そうとしたが、手がうまく上がらなかった。

——本当に、これが、そうだと思うのか？

自問が、胃液が逆流するようにして湧き上がった。その嫌な問いは彼の目にまでせり上がって、この数秒間、本能的に否認していたものを、彼に突きつけた。

范の影の中から、人の手が伸びていた。

それは十本近い、筋張った大人の腕だった。闇溜まりの中から生白い植物のように伸び上がり、痙攣《けいれん》しながら、歩く彼女の脚に絡みついていた。それらは足首やふくらはぎを撫でさすり、掴み、小刻みに揺らしていた。下方へ——黒い影の中へ、彼女を誘《いざな》っていた。強引に引きずり込もうというのではない。彼女がその存在に気づき、認め、受け入れるのを待っているように見えた。懇願しているように見えた。

それに焦点を合わせた瞬間、吉村の中に、ふいに深い納得が生じた。

——ああ、そうか、范、そんなに苦しいのか。

戸惑いも、理屈も超えた理解だった。

——そんな淵のほとりに、きみは一人でいるのか。

今すぐ走っていって、范の影を覗き込みたい衝動に駆られた。

そうすれば彼女の内面の核心を摑める気がした。そうしなかったのは、ただの臆病からだ。彼女にどんな言葉をかければいいか分からなかったのだ。

ああ、と間の抜けた声を漏らして立ち尽くす吉村を、通行人が怪訝《けげん》そうな顔で見た。

気まずくなって咄嗟に視線を落とす。

その先に、いくつもの影があった。

行き交う人々の足元に、それぞれ真っ黒で歪《いびつ》な穴が空いていた。暗い淵が、蠢く水面を湛《たた》えていた。そしてその一つ一つから、何本もの乾いた腕が、巨大な蟷螂《かまきり》の前脚が、ぼろぼろの傘の柄《え》が、粘りつく蛸《たこ》の触手が、錆《さ》びた鎖が、千切《ちぎ》れた蚯蚓《みみず》が湧いていた。それら様々な影の手が靴を触り、裾を引っ張り、人を暗く寒い場所へと誘っていた。

「二十二世紀末までに、日本国の総人口は二千万人を切りました」

数日後、謝敷からまた着信があった。

「日本は社会制度の刷新と経済の立て直しに失敗して弱体化し、二十三世紀半ばに起こる東アジア秩序の再編に巻き込まれた。そして、主権国家としての立場を喪失しました」

午前二時。庁舎の廊下は静まり返っていた。

「つまり、わ、わとしの時代――あなたから見ておよそ三百年後の世界には、日本という国家は存在しないのです」

吉村は自販機コーナーの硬い椅子にもたれて、謝敷の遠い声と、それ以上に奇妙な内容を聞いた。

「わ、わとしとあなたは、あまりにも大きな政治的、文化的、技術的ギャップの前後を生きている。世界に起こったことを正確に伝えるのは非常に困難です。理屈で信じていただくのは不可能でしょう。だから、不幸の予言という失礼極まりない方法で証明せざるを得なかった。ご容赦《ようしゃ》ください」

「仮にそれが本当だとして――」

吉村は掠《かす》れ声で言った。これほど荒唐《こうとう》無稽《むけい》な話に応じてしまう自分に呆れながら。

脳裏には、あの穴のように黒い影が焼き付いていた。生白い無数の手があった。あの日、既存の道理が壊れ、現実性の基準が変わったのを、彼はたしかに感じていた。

「予言なら、もっと具体的に言えたはずだ。范が体調を崩して休職する、とか」

「そう言ってしまえば、あなたは防ごうとしたのではないですか。慎重を期さねばならないのです。むやみに過去の出来事を変えれば、すぐに察知されてしまう」

「察知される？」

「公には知られていないはずですが、あなたの社会には、未来からの干渉を拒絶する勢力が存在するのです。そしてわとしの社会にも、過去の改変を禁じる法が存在する」

謝敷の声が、ふいに痛切なトーンに移り変わった。

「それこそが、わとしの苦しみなのです。過去に影響を与える技術《テクノロジー》があるのに、それを使って日本を――自分のルーツである国家を消滅から救うことが、許されない。日本の言葉や文化が輪郭《りんかく》を失って溶けていく時代を生きなければならない。現状を覆《くつがえ》す方法は一つだけです。わとしの社会で、過去改変による日本救済を訴える仲間を増やすこと。そのための手段が、時間を越えた観光なのです。衰退が加速しはじめた二十一世紀前半の日本を訪れ、その美しさと、それが壊れていく悲しみを感じてもらいたいのです」

「未来人が――この時代に来るっていうんですか」

「すでに数十万人が訪問しています。でも、あなた方は気づかない。それが合法的な過去旅行の条件だからです。我々は電子機器を経由してあなた方の脳に自分の意識を送り込み、いわば同乗する。あなた方の知覚を通して過去の世界を覗き、体験するのです」

「要するに……取り憑《つ》いてるんですか。あなたも、おれに」

「わとしは違います。同乗したら言葉を交わせない。だから苦労して、あなたへの直通回線を引きました。この電話は、実はわとしが一方的に音声を送っているだけなのです。あなたの応答はその眼鏡型情報端末《スマートグラス》にライフログとして残り、わとしは三百年後にそれを解読して内容を知る。そしてまた声を送る。非常に回りくどい方法で、回線も不安定なので、こうして不定期に短時間の電話をかけるしかないのです」

「わけが、分からない」

「そうですね。時間は複雑な現象です」

「違う。どうしてそこまでして、おれと話したいのかってことですよ」

「わ、わとしは」と一瞬、謝敷は口ごもった。「――あなたのファンなのです」

「冗談はやめてくれ」

「いえ、わ、わとしは真剣です。あなたが心から日本を憂いていることをわ、わとしは知っています。わとしは、あなたが見て、感じていることを、あなたの口から聞きたいのです」

言葉を重ねるごとに、謝敷の声に熱がこもった。

孤独こそがその熱源なのだと吉村には分かった。不気味にも思える彼の発音や抑揚《よくよう》は、失われつつある言語を懸命に学んだ結果なのだと、ふいに悟った。

「吉村さん、お願いします。観光振興には、異邦人の目と現地人の目の両方が必要です。どうか、後者をあなたに担っていただきたいのです」

――その孤独はたぶん、おれが抱えているものと同じだ。

いたずらでもかまわない、と吉村はふいに思った。残業の夜に誰かと話をして、失うものは仮眠時間くらいのものだ。ここで愚痴《ぐち》を言い合った范も、今はいない。

「少し」と彼は言った。「同僚の話をしてもいいですか」

「もちろんです……ありがとう、吉村さん」

謝敷が回線の不調を告げて通話が切れるまで、吉村は話した。

それからは、謝敷との通話が日々の分節になった。

謝敷が通話をかけてくるのは深夜だった。直通回線とやらが安定するタイミングは彼自身にも読めず、着信はどの夜も唐突だった。吉村は文句は言わなかった。職場では若手の脇田も休みがちになり、吉村が深夜残業を免れる日は珍しかったからだ。むしろ、今夜謝敷から着信があるかもしれないと思うと、身体が少し軽くなる気さえした。

三時まではタクシーで帰宅し、少しだけ寝て着替え、定時に出勤する。そんな日々がしばらく続いた。ラッシュの時間帯を避けないのは仕事の都合もあったが、それ以上に、影を見るためでもあった。

駅に吸い込まれるすべての人の足元に、それぞれ一人分の闇がうずくまっている。しかしその暗い淵の有り様も、虚ろな穴から伸びる手の様相も、違っていた。

黒曜石《こくようせき》のように静かな影を引きずる人がいた。夥《おびただ》しい数の肉食魚が黒い水から跳ね上がり、下半身のあらゆる場所に食いつかれている人がいた。幼児の指が暗がりの中にびっしりと、絨毯《じゆうたん》のように生えていて、それらに絶えず靴を引っかかれている人がいた。

目を上げて顔を見ると、誰もが平静な顔をして、スマートグラスのレンズや手元の端末をじっと見つめている。影の方がずっと雄弁に彼らの内奥を語っていると思えた。吉村は電車の中で、彼らの影を――淵を――穴を覗き込んだ。満員の車内の床は、一面が闇溜まりだった。重なり合った影の奥、無数の手の向こうに、何か白く朧《おぼろ》なものが沈んでいた。


「糸が切れたんだって、范は言ってました」

六度目の通話。深夜、静まり返った自販機コーナーで吉村は話した。

「糸……何の糸ですか」と謝敷が訊いた。

「いや、比喩《ひゆ》みたいなものです。たぶん、人の気力というか、希望とか意志とか、そういうもの。背筋を伸ばして、地面に立っているための支えになる、何かだ」

「それがなくなったから、范さんは仕事を続けられなくなったということですか」

「分からない。あいつは、糸が完全に切れる前に気づけたということなのかもしれない。でもそれを聞いたとき、思ったんです。本当に糸が切れたら、おれたちはどこに落ちていくんだろうって。それが最近分かってきた気がする。暗い穴に、落ちるんだ」

「それも、比喩ですか」

吉村は一瞬、言葉に詰まった。自分が何をためらうのか、分からない。この目で見た現在を語ってほしいと謝敷は言ったのだ。

「比喩じゃない。事実です。おれたちの足元には、なんていうか、リアルな世界が広がってるんです。夢とか、野心とか情熱とか信頼とか、そういうぼんやりした期待が全部剝《は》ぎ取られた、本当の現実だ。そこは宇宙と同じように、暗くて、空っぽで、冷たい」

「それが、あなたの感じる不安や苦しみなんですか、吉村さん」

「おれの社会がそれを抱えてるんです。みんな懸命に日常や家族や組織を作って、そこから目を逸《そら》してる。でもそれは確実に広がっていて、おれたちに手を伸ばしてる」

「あなたがそう感じるなら、わといしはわといしの社会の人々に、できる限りそのまま伝えたい。客が見たいもののために事実を歪めるのが、観光の本質だと言う同業者もいます。でも、わといしはあなたの目を信じます。そのためにこうして話しているのだから」

その言葉は吉村の胸で熱く溶けた。

「謝敷さん、おれは……あなたと話せて良かった。ありがとう」

言いながら、同時に内心で強く祈った。

――そして、どうか日本《おれたち》を救ってください。

＊

「はじめまして。私は外務省史料編纂《へんさん》室の土屋早苗《つちやさなえ》と申します」

その着信を取った瞬間、何か妙に嫌な感じがした。

「吉村裕太さん、突然のご連絡となり申し訳ありません。業務のために少し伺いたいことがあるのですが、今週中に一時間ほど、対面でお時間をいただけませんでしょうか」

少し嗄《しわが》れた女の声。声そのものは似ても似つかないのに、吉村は謝敷との通話を想起した。距離感が似ているのだ。まるで別の世界を経由しているかのように、奇妙に遠い。

「どのような――ご用件ですか」

「吉村さん、私はあなたの味方です。あなたはほかの人とは少しだけ違うものを見ている。この意味が分かりますか？」

背中と脇に汗が吹き出すのが分かった。急に激しい目眩がした。

「私の声を聞いたことで、あなたの世界は揺らぎはじめているはずです。苦しいですか。しかし、それは必要なことなんです。あなたは、悪意ある干渉を撥《は》ね除《の》けなくてはならない。だから――」

そこで吉村は切った。またかけてくるだろうと確信しながら。

しかし十分後に彼を飛び上がらせた着信は、出張先から業務の遅れを指摘する上司からのものだった。吉村は上の空で通話を終えるとトイレに駆け込んだ。

緊張が解けると同時に、猛烈な吐き気に襲われていた。大便器に顔を突っ込んで吐こうとしたが、口内は乾ききって、唾液《だえき》すら垂れなかった。

目眩に耐えながら自分の肩を抱いてうずくまると、目の前が真っ暗だった。

白い床には、彼がすっぽりと収まるほどの黒い穴が開いていた。

突然、落下の感覚が襲う。その淵の底へ、自分自身の影の中へ、落ちる——。


「吉村、最近、大丈夫なの」

我に返って顔を上げると、目の前に范《ファム》明日香がいる。

カフェのテーブルに、西日が反射して眩《まぶ》しい。日時を確認しようとするが、スマートグラスをかけていなかった。装飾品代わりの腕時計を見ると日曜日の十六時だった。

「どうせ大丈夫って言うんだろうけどさ、本当にそうなの？　聞いたよ、脇田くんが辞表出したって。吉村もちゃんと休まないと、本当に潰れちゃうよ」

久々に会う彼女は、ずいぶん血色が良いように見えた。髪は少し短くなった。だが、得意のしかめ面はそのままだ。その顔を見ていると、少し気持ちが落ち着いた。

「そうか……あいつ、辞めんのか」

范が小さくため息をついた。

「ねえ、鏡でじっくり自分の顔見てみなよ。休むのは恥ずかしいことじゃない。何も終わりじゃないんだよ。それに吉村なら、これからどんな仕事だってできるよ」

——なんだよ、それ。

「范は……おれを辞めさせたいの？　辞めないよ、おれ。大事な仕事なんだ」

彼女は表情を歪めて、何か言いかけ、口をつぐみ、また開いた。

「なら、続けるなら、なおさら休まないと駄目だよ」

「国会も山場を越えたから仕事量は落ち着いてる。それに、もうすぐ連休だ」

自分でそう言ってから、今は四月下旬だと、はっきり思い出した。

「じゃあ、なんでそんなに苦しそうなの。わたしは味方だよ。相談してよ」

──私はあなたの味方です。

低い女の声が脳裏に蘇り、吉村はふいに目眩を覚えた。気温が一気に十度は下がった気がした。目蓋《まぶた》の裏の暗闇を見るのが怖くて、まばたきができなくなる。

──あなたは、悪意ある干渉を撥ね除けなくてはならない。

あの通話から何日経っただろうと頭の中で数え、まだたった三日であることに吉村は慄《おのの》いた。波のように寄せては返す不安の合間で、時間が何倍にも引き伸ばされている。謝敷からの着信がどうしようもなく待ち遠しかった。あの女の声になぜこれほど動揺し、追い詰められているのか、自分でも分からなかった。

──おれは、日本の未来を思って働いているのに。

目の前で、范が優しい表情を浮かべた。この孤独な戦いを彼女には知ってほしかった。正しく意義深い行為だと、誰かに確認してもらいたかった。

「おれ、ずっと、日本の未来を考えてるんだよ」

「うん、知ってるよ」と范は頷いてくれた。

「この国の衰退を押し止めることなんて、おれたちには無理なんだと思う。でも、おれが感じているこの暗さを、寒さを沢山の人に伝えられるなら、いつか誰かが助けに来てくれるかもしれない。魔法みたいに全部を変えてくれるかもしれないんだ。だから、おれは闇を見ないといけない。これがおれの仕事なんだ。なあ、分かるだろ――」

もう、やめて、と彼女が柔らかく遮《さえぎ》った。吉村はまた激しい目眩を覚えた。

「国のことなんてもういいよ。日本とか未来の前に、吉村の幸せが大事なんだよ。わたしだって止まるのは怖かった。積み上げたものが全部なくなっちゃう気がした。でも今は、休んで良かったと思う。また別の場所で頑張れると思う。だからね、吉村も――」

春だというのに、頭上に雪が降り出したような気がした。

テーブルは雪原のように広がり、范は遥かに遠ざかった。

「じゃあ、范がおれを幸せにしてくれるのかよ」

自分の顔がひきつるのを感じながら、そう口走っていた。

「おれのすり減った夢の代わりをくれるっていうのかよ。一緒に日本を変えようって言ったのに。まだ、おれは戦ってるのに」

范は泣き出すのではないかと思った。しかし違った。彼女は一度目を強くつぶった後、毅《き》然《ぜん》とした声で言った。涙を流すのは吉村の目の方だった。

「誰だって、自分で幸せになるしかないんだよ」

それから、気がつくと、吉村はカフェの前で范を見送っている。

彼女は心配げに何度か振り返った。吉村はそのたびに小さく手を振った。少しだけ泣いた後の、かえって苦しい、何かが詰まったような重さを感じた。

夕日が照りつけて、歩道には長い影の群れが落ちていた。何人もが真っ黒な影を引きずって脇を通った。吉村だけが立ち止まっていた。

遠ざかる范の足元にも、やはり底知れない闇溜まりが口を開けていた。彼は冷たい期待を抱えてそれを眺めた。無数の手が彼女の足を掴み、引っ張る様を見たかった。まだ彼女が淵に誘われているなら、自分は一人ではないと思えそうな気がした。

彼女に追い縋る影の中から、骨ばった腕が伸びた。

しかしその数はたった三本ほどで、あまりにも弱々しかった。それらは軽やかに上下する彼女の踵《かかと》に蹴られ、繰り返し淵の中に落ちていった。

――本当に、もう立ち直ったんだな、范。

祝福よりも安堵よりも、落胆を感じる自分自身にぞっとした。彼女に蹴り落とされるのが自分の手であるかのように、惨めだった。

それなのに、願望を止められなかった。

もっと深い淵を、暗い穴を、苦しい人の影を覗きたくてたまらなかった。

その願いに応えるように、立ち尽くす吉村の頭上でまたたく間に日が暮れた。

街の人々はどこかに去って、無数の影だけが地面に残された。

それらは淵から真っ黒な水が溢《あふ》れ出すように拡大し、タイルやアスファルトや横断歩道にひたひたと広がった。影と影は癒着《ゆちゃく》し、すぐに誰のものとも分からなくなった。

完全な夜が訪れると、街の足元は、空よりも深い闇に覆われた。

まるで、すべてが巨大な穴の上に浮いているかのようだった。吉村はたった一人でそこにいた。足がすくんで動けなくなり、その場に四つん這いになった。

そうして、闇の遥か底を覗き込む格好になった。

何かが急速に浮上してくるのが見えた。はじめ白い塊《かたまり》にすぎなかったそれは、にょきにょきと輪郭を変え、先端を枝分かれさせた。うち二本の枝が吉村をめがけて伸びた。間近で見るその先端には、産毛《うぶげ》まみれの、それぞれ五本の指がついていた。

次の瞬間には、生白い裸の人間が目の前にいた。

地面を挟んで、それと至近距離で目が合った。

蒼白の肌に、紫色に近い暗色の隈が浮いている。頭蓋骨の形に合わせて眼窩《がんか》は落ち窪んでいるのに、目蓋は腫れていた。白目は黄色く濁り、血管だけが鮮やかに浮いていて、その中央にある瞳は、ただの真っ暗な穴だった。肌荒れした鼻の下は無精髭《ぶしようひげ》で覆われ、乾いた唇の間には、夜の底よりも一層暗い闇が続いていた。

——これは、おれの顔じゃないか。

そこに至って初めて、吉村は自分が見ているものに強烈な違和感を抱いた。自分がスマートグラスをかけていないことを思い出した。

もう一人の吉村に、両手首を摑まれる。闇の中から次々と無数の手が伸びた。吉村は息を詰まらせながら叫んだ。もがくほどに無数の手が、脚が、縄が、泥が、絡みついた。すべてが彼を底へと誘っていた。

その光景を、誰かがどこか安全な場所から、傍観しているのが分かった。

こんな見世物《スペクタクル》こそ望みだったのだと、充足を覚えながら。

どうやって家に帰り、どうやって身支度をして出勤したのか、上手く思い出せない。それでも吉村は震えながら自分のデスクにいて、能率の悪い仕事をしながら夜を待った。日が暮れてから外に出るのが恐ろしく、深夜まで明るいオフィスに感謝した。空が明るくなるまで働き、できる限り地面を見ずに帰り、また出勤した。

謝敷から着信があったのは、火曜日の夜だった。

スマートグラスの視界に通知が点滅したとき、動揺と安堵がないまぜになって湧き上がった。いつも通りの挨拶すらもどかしく、溜め込んだ困惑が口から溢れ出した。

「なあ、おれは一体、何を見てるんだ」

吉村の語気に謝敷は気圧《けお》されたようだった。

「あの影は、手は、何なんだ——あの、先週、妙な相手から着信があって、あいつはおれが見ているものを知っていて——」

「吉村さん、深呼吸して、少しずつ話してください。誰から電話があったんです」

「——が、外務省の、史料編纂室とか言っていました」

しばらく沈黙があった。

吉村は、何度か謝敷の名を呼んだ。通話が切れたのかと何度も確認した。

泣き出しそうになった頃、やっと声が聞こえた。

「吉村さん……これはわとしの過ちです」

その声があまりに沈痛に震えていて、吉村の背筋を冷たいものが流れた。

「最悪の偶然——いや、必然か。わとしが直通回線を引いたことで、あなたを連中の餌食《えじき》にしてしまった。もっと早く気づくことができたはずなのに——」

「頼むから、分かるように言ってください」

「いいですか、あなたに電話をしてきたのは、時間監視機構と呼ばれる組織の人間です。彼らは未来から干渉を受けた人間を探し出し、その干渉を拒絶するために動いている」

「この通話が、ばれたんですか」

「違います。彼らに察知できるのは、人間に直接的に作用する、より大胆な干渉だけです。悪質な干渉といってもいい。こちらの社会の法にも触れています」

――あなたは、悪意ある干渉を撥ね除けなくてはならない。

また、あの女の声が、目眩とともに蘇った。

「吉村さん、今、こちらの時間で一年かけて調べてきました。あなたはわとしが忌《い》み嫌う同業者に利用された。未来からの観光客が、あなたの脳に同乗しています。取り憑かれているのです。あなたは強い干渉を受け、知覚を――現実認識を歪められている」

「影を見せてるのはあなたじゃなかったのか。じゃあ何のためにですか。どうして」

「楽しむためですよ。観光客の望みを叶えるための、業者による演出です。三百年分の文化的差異《ギャップ》を越えて、あなたの社会の様々な暗部を、観光客が効率よく理解できるようにする。そのために、我々の技術《テクノロジー》であなた方の内面を部分的に可視化し、見世物《スペクタクル》として表現するのです。あなたはいわば、巻き添えでそれを見せられている」

誰かが、頭の中で笑っている気がした。

吉村は呻きながら髪をかき乱した。

「じゃあ、おれは、どうすればいいんですか」

また沈黙があった。それは先ほどとは違い、謝敷の躊躇《ちゅうちょ》の時間なのだと分かった。

「……時間監視機構と接触してください。彼らはあなたを傷つけることはない」

「それから?」

「それで、終わりです。吉村さん、本当に申し訳ありませんでした。こんな結果になってしまったけれど、あなたと話せて嬉しかった。ありがとう……さようなら」

それだけ言い残して、彼は通話を切った。

深夜の自販機コーナーは静かだった。吉村はその場に崩れ落ちた。目を拭《ぬぐ》っても、拭っても、床に広がる真っ黒な影は消えなかった。

デスクでほとんど放心したまま、朝が来て、始業時間になった。

「吉村さん、来客ですよ」

吉村の乱れた髪と無精髭に怪訝《けげん》な目を向けながら、退職間近の脇田が言った。

「外務省史料編纂室の土屋さん。下で待ってるそうです。何の約束ですか?」

見計らったかのようなタイミングだった。それが吉村を陥落させた。抵抗は無駄だと分かった。しばらくそのまま座っていたのは、単に心の準備ができていなかったからだ。

スマートグラスをかけ、エレベータでロビーまで降りると、出入口付近で青い服の人影が動いた。彼女はこちらを見据えて迷いなく歩み寄った。

柔らかな雰囲気を纏《まと》った、五、六十代と思《おぼ》しき灰色の髪の高年女性だった。

それが相手だと瞬時に分かった。彼女の足元には影がなかった。差し込む日光が作るうっすらとした陰影だけがあって、見慣れてしまったあの闇溜まりがないのだった。

「吉村裕太さんですね。はじめまして」

彼女は右手を差し出した。吉村はおずおずと握手を返した。ふいに立《た》ち眩《くら》みがして、彼はその場に膝をつきそうになる。どうにか踏みとどまり、相手と目を合わせた。

「ああ……そうだったのね」

土屋はゆっくりとまばたきをして、低く嗄れた声で呟いた。

「まさか、二人の未来人からの同時干渉とは。それなのにこんなに冷静でいられるなんて、強い人。あなたは自分に何が起こったのか、ちゃんと分かっているのね」

「おれを、どうするつもりですか」

「どうか、安心して。未来と絶縁する処置は、三十分もあれば終わります。あなたは金輪際、未来人の干渉を受けることはありません」

それで終わりです、と謝敷は言っていた。つまり、それは――。

「それは、二人とも、ということですか」

彼女は皺の深い目を見開いて、それから涙を流しそうなほど悲しげな顔をした。

「いいえ。二人だけでなく、考えうるあらゆる経路を遮断します。あなたが片方の未来人とどんな関係にあったのか、今の握手で私も見たわ。それでも、駄目なんです。特定の干渉経路だけを残す技術は我々にはないし、あったとしても、使わないでしょう」

「なぜです。おれにもあなたにも、この世の中を変えることなんて、たぶんできない。でも彼らにはできるかもしれない。なぜ拒絶するんだ。日本を——世界を救えるのに！」

吉村の声がロビーに響いて、何人かがこちらを見た。土屋は動じなかった。

「それを許した瞬間から、現在は未来の奴隷に堕《お》ちるからです。誰かの終わりなき理想を実現するために、我々は振り回され続ける。あなたがそうだったように、生活を、人生を弄《いじ》り回される。私も、あなたと似た立場に置かれたことがあります。干渉を受け、未来を垣間見て、そこに希望を見つけたことがあります。でも、それは彼らの悔いであって、私の現実ではなかったんです」

彼女の声には厳然とした、覆しようのない響きがあった。

「おれはこの目が一生このままでも構わない。だから、見逃してくれませんか」

「いいえ」

「どうか、お願いします」と深く頭を下げた。

「吉村さん、これは特殊な外交問題であり、ある種の戦争なのです」

その言葉を彼女が発した瞬間、吉村の覚悟は決まった。

彼はロビーの硬い床を蹴って、出口に真っ直ぐに走った。

そのまま外に出る。一瞬振り返ると、スーツを着た若い男が二人、何か喚《わめ》きながら追いかけてくるのが見えた。

吉村は駐車場を抜け、歩道を走り、長い横断歩道を青信号ぎりぎりで渡った。そのままの勢いで柵を飛び越え、国会前庭の木々の間に紛れ込んだ。

心臓が爆発しそうなほど鳴っていた。誰かが、吉村の中でそのスリルを楽しんでいた。この状況を俯瞰《ふかん》していた。それは観光客の目で、傍観者の目だった。

――わとしは、あなたが見て、感じていることを、あなたの言葉で聞きたい。

結局、その願いを自分は裏切っていたのだと、吉村は悔いを噛み締めた。

だからこのチャンスだけは、逃したくなかった。

低木の陰に身を隠すと、吉村は息を落ち着けた。稼げた時間はたった数十秒かもしれない。だがスマートグラスに音声を吹き込むには、それで充分だった。

「謝敷さん。おれはあなたの役に立てなかった。おれはいつの間にか、同僚も、世の中も、自分自身も、すべてを観光客の目で見ていた。それは未来人に取り憑かれたからじゃない。その前から、もう長い間ずっとそうだったんだ。ここに、この時代に生きているのに、無力を言い訳に傍観しているだけだった」

謝敷は、この通話は回りくどい方法だと言っていた。吉村のライフログを未来で解読し、その返事を吉村の脳に送ってくるのだと。ならば、時間監視機構に遮断された後でも、こちらからの便りはすべて謝敷に届く。これから自分が話すことも、行うことも、すべて彼への私信になるのだ。

「おれはもう観光客じゃない。傍観者じゃない。日本を救うだなんてとても言えない。でも、頑張ります。とにかく頑張る。だから、もし今も回線が繋がっているなら、最後に何か一言くらいくれてもいいだろ。あんな呆気《あっけ》ない別れなんて、あんまりだ」

言い終えると、吉村は地面に仰向けに寝転がった。

影など一つもない、明るい空が見えた。木々は緑で、もう初夏が近かった。

どっと疲労が押し寄せた。追手の足音がすぐそばに迫っている気がした。


「あなたの延長線上に、わといしがいるのです」

前触れなく、耳元でその声が聞こえた。

吉村は全身の力を抜き、目を閉じてそれを聴いた。

「あんなふうに電話を切ってすみません。でも、あのままだと余計なことを言ってしまいそうだった。そして今、結局、言ってしまいます。なぜ、あなたの時代が残した数十億のライフログの中から、わといしがあなたを選んだのか。それはわといしの精神に、肉体に、あなたの痕跡が流れているからです。これは比喩ではありません。あなたがこれから行うすべてのことが、わといしを作り、日本という国へのわといしの憧憬《しょうけい》を作った。その思いの強さの分だけ、わといしは苦しんだ。そのことすべてに感謝しています。だから、あなた自身の目を取り戻して、あなたの仕事をしてください。さようなら、吉村さん」

目を開けたとき、眼球に張り付いていた半透明の膜が、溶けて消えたような気がした。空と木々はますます青く、新鮮で眩しかった。その手前で、若い男が二人、スーツと髪を乱して吉村を見下ろしていた。

「早く終わらせてくださいね」と吉村は言った。「溜めすぎた仕事が庁舎で待ってる」

それから、范にも早く謝ろう、と思った。

田中哲弥

サグラダ・ファミリア

●『サグラダ・ファミリア』田中哲弥《たなかてつや》

《異形コレクション》にひさびさに登場した田中哲弥の近年の活躍で、もっとも注目すべき作品は、２０２１年刊行の長篇児童文学『オイモはときどきいなくなる』（福音館書店）。主人公である小学校三年生の女の子の一人称で語られ、いなくなった愛犬オイモを心配して捜しながら、不思議な世界が浮かびあがってくる物語なのだが、これが格別に素晴らしい。ユーモアにあふれ、やわらかな読みやすい文章で、出来事の真相を直接的には説明していないのだが、《異形コレクション》の読者であれば、実に上質なＰＨＡＮＴＡＳＹであることがおわかりいただける筈なのだ。本作は、２０２２年には第62回日本児童文学者協会賞を受賞し、私はその段階でおくればせながら読ませて戴《いただ》いたが、もう少し読むのが早ければ、２０２１年の日本ＳＦ大賞にエントリー投票していたに違いない（＃ベストホラー２０２１は、まだなかったのだけれども）。

さて、その一方で、田中哲弥は、常に野心的な実験を欠かさない作家であることも、古くからの《異形コレクション》の読者であれば、周知の事実。《異形》初出作を収めた『猿駅／初恋』（早川書房）がその代表的なものだが、今回の作品は、おそらくこれまでで最も尖《とが》ったものだろうと思われる。より広い読者層にアジャストした『オイモはときどきいなくなる』も、田中哲弥のこの実験精神があればこそ書くことができたと思われる。

屋根もなく、不揃いな板を敷いただけのプラットホームが夕映《ゆうばえ》に赤く染まっていたのはよく覚えているが、どのようにして列車を降りたのかはっきりしない。昼食に寄った食堂で勧められた不思議な酒のせいか、強く意識して足の裏に地面を感じていないと後頭部あたりから宙へと吸い上げられそうになる。

すれ違い、ときには激しくぶつかってくるこの土地の人たちの言葉はまったくわからない。看板や交通標識らしきものに書かれた文字も、それが文字であるのかどうかすらわからないのだった。

熱い風に混ざる、おそらくは香辛料のものらしい刺激臭も生まれてはじめて体験するものだ。いやな匂いではないが深く息を吸うとなぜか激しく笑いだしそうになって軽くパニックに襲われる。

小さくみすぼらしい商店ばかりが両側に並ぶ狭い道は舗装《ほそう》されておらず、路面のあちこちに溜まった水には紫色に輝く夕暮れの空が映っている。

それら小さな空の輝きに見覚えがあった。

ああこの道かと思う。

この道をもう少し歩いていくと急な上り坂になって、坂を上り切ったところが大きな樹のある四辻《よつつじ》になっているはずだ。

樹の下に立てば田畑の広がる向こうに灰色の工場が見える。かこーんかこーんという軽やかな金属音がいつも遠くから響いてくるがなにを作っている工場なのかは知らなかった。

「あっ、おおーい。たっくんたっくんほれほれ。ほれほれ」樹の下で里穂《りほ》ちゃんが笑顔を輝かせ、飛び跳ねながら手を振っていた。

「え?」

急に声をかけられて驚いたぼくは何事だろうかと自転車にまたがったまま里穂ちゃんに近づいた。

小学校のころから知ってはいたけど里穂ちゃんに名前を呼ばれたのはたぶん初めてで、なにがあったのかということよりも、なぜぼくの名前を知っているのか、なぜ「たっくん」なのか、なぜぼくを呼んでいるのかというようなことのほうが気になった。ものすごく気になった。

「どう、すごいでしょ」里穂ちゃんは指に細くて黒いセミをつまんでいた。「つかまえた」

ほらっ。

「おう」なるほど。

「おう、なるほど」里穂ちゃんはすっと真顔になってぼくの口調を真似《まね》た。「なんじゃそれ」

「え？」

「あのね、ツクツクボウシだよ」里穂ちゃんは、はいではこれからバカにお話ししますよという顔をした。「クマゼミやニイニイじゃなくて、ツクツクボウシ」

「うん」知ってる。

「ツクツクボウシつかまえたんだよ」あたしが。

「うん」

「いやほら」なんかほら、と里穂ちゃんはぼくの目をぐいぐい覗《のぞ》きこんできた。「えーっ、すんごいねーっとか、里穂ちゃんやっるじゃーん、とかないの？　なんで？」

「なんで？」

「ツクツクボウシって、普通つかまえられないでしょ」

「え、そう？」

「なに、つかまえたことあるの？」

「うん」

「えーっ」そこまで驚かなくてもと、こっちが驚くほど里穂ちゃんは驚いていた。よろよろっとよろめいて「まじか」

たしかにツクツクボウシは他のセミに比べるとすばしっこくてつかまえにくい。捕虫網を近づけただけで逃げてしまうので、飛び立つ瞬間をうまく網ですくわないと。

「あ、もしかして素手でつかまえたの？」

「うん」そうなんだけどさあ、なんだよみんなつかまえたことあるのかあたっくんでもつかまえられるのかよーとか里穂ちゃんはツクツクボウシを鼻先に持ってしげしげ見ながらぶつぶつもごもご文句をいいつづけていた。「すごいと思ったのになあ」なんなのよそれ。

「あ、いや、素手でつかまえたのなら相当すごいと思うよ」

「あれ、そう？」なにかのスイッチを入れたみたいに里穂ちゃんは嬉しそうに笑った。「すごい？」

「うん、それはなかなかできないんじゃないかな」素手でつかまえたことは何度かあったけど、そのことはいわないでおいた。

「すごい？」里穂ちゃんは鼻の穴を広げて勝ち誇った。

「すごいと思う」うん。

「ほっほっほー」そうそうそれよそれそれ。「そういうやつだよそういうやつ。そういうの、いってほしかったんだよね」

「あはは」

「あー、よかったー」幸せそうに笑いながら里穂ちゃんはツクツクボウシをぽいっと放した。飛んでいくツクツクボウシに手を振りながら「達者でなー」

「逃がすんだ」

「持っててもしかたないし」んね、と力強くうなずいてから里穂ちゃんはあたりまえのようにぼくの自転車のうしろに座った。「じゃ、いこうか」

「え、どこへ」

「ま、適当に」ほれ、と里穂ちゃんはさっさと走らせろという意味で顎《あご》をくいっと突き出した。なんでかとても偉そうだった。

たっくんもう宿題はしたの早くしないと夏休み終わっちゃうよ中学の夏休みの宿題ってなんであんなにたくさんあるんだろねあたしはもう全部やったから余裕だけどねなんなら手伝ってあげようかあーあーあーここ左いこう左ひだりそうそうそう牛小屋のとこ通るとくさいからさうあーほれほれカラスがいるあそこあそこ見た？　見た？　ほらカラスあれ夫婦かなあ友達かなあ仲よさそうでいいよねあたしねカラスの鳴きまねうまいんだよ。あーっ、あーっ、あーっ。

夏の日差しの中、線路沿いの道を走りながら里穂ちゃんはずっとしゃべりつづけていた。公園のベンチに並んで座ってもずっとしゃべっている。

よくしゃべるなあと感心してじっと横顔をながめていると、恥ずかしそうに怒った。

「なに。じろじろ見ないでくれるかな」

抱きかかえたリュックに顎を載せた里穂ちゃんの長い髪の毛は、列車の窓から入る風のせいでばっさばっさに跳《は》ねまわってメドゥーサみたいになっている。

「ほっといて」

「髪の毛、すごいね」

里穂ちゃんの頭に手を伸ばして髪の毛を撫でようとしたら避けられた。

「やめなさいよ」恥ずかしい。「まだ酔ってんの」

「酔ってないよ」

「酔ってるよお」なにいってんだと低い声で里穂ちゃんは凄んだ。「へにょへにょじゃん」

「いや、そんなに飲んで」ない、といいかけて、昼食に寄った店のことを思い出した。陽気な店主に勧められてなにかよくわからない変わった酒をコップに半分ほど飲んでしまったのだ。「あー」飲んだか。

「独特だったね、あのお酒」おいしかったけどあれはやばい、という里穂ちゃんは三杯ほどおかわりしたくせにまったく酔っていないのだった。「強烈だったわー」

たしかに強烈だった。酒に酔う感覚とは違う奇妙な酩酊感《めいていかん》がつづいている。

息を大きく吸うと大声で笑いそうになる。

「あっはっはっは」

「な、なに」どしたの。

「わかんない」ちょっとこわい。

「かんべんしてよね」馬鹿になっちゃったかと思った。

何人かの乗客がぼくらを見たが、みんなにこにこしているのでほっとする。

「ちょっとまだふわふわした感じがする」列車が強く揺れるたび、体が浮き上がりそうになる。「なんかこのまま空飛べそう」

「あんたならきっと飛べるよ」

「あっ」

「なに」

「また笑いそう」あわてて口を閉じて息を止めた。「う」

「しっかりしてよ、降りる駅わかってんの？」

「知らない」

「あんたねえ。ずーっとあれこれやってんの全部あたしじゃん。あたしがいなくなったらあんたどうするのよ」

「死ぬ」

「馬鹿だねえ」ほんと。里穂ちゃんはためいき混じりにそういうと立ちあがった。「ほら、降りるよ」

いつのまにか列車は停まっていた。

屋根のないホームが夕陽に照らされて赤く染まっている。

はじめておとずれる土地なのになぜかなつかしいという感覚は、旅先ではそれほど珍しくはないものの、この景色もなにか深い記憶を思い出しそうになる。

いっしょに降りた客はほとんどおらず、前を歩くふたりの老婆のけばけばしい民族衣装の色彩が視界に大きく広がって揺れた。

かんこんかこーんと鐘の音が響く陽気な音楽がどこかで鳴っていて、けばけばしい老婆たちは歩きながらそのリズムにあわせて軽やかなステップを踏んでいるのだった。

小柄なほうの老婆がふりかえって、あんたも踊りなさいとでもいうようにくしゃっと笑う。

こんなふうにいつでもどこでも踊れたら楽しいだろうなあ。

と思って横を見たら里穂ちゃんは楽しそうに踊っていた。

「こんな感じ？」

「おー、うまいうまい」

「どぶりそどぶりそ」みたいなことをいって老婆たちは白い歯を見せて笑った。意味はわからない。「むうどぶりそ」

「こっちだと思うんだけどな」駅を出ると里穂ちゃんは、土埃《つちぼこり》の舞う道を躊躇《ちゅうちょ》することなくすたすた歩きはじめた。「駅員さん、なんていってたっけなあ」

駅員さんに今日泊まれそうなとこ教えてもらった、とけろっといってたけど、里穂ちゃんはこの国の言葉を知らないのはもちろん英語ですらめちゃくちゃで、なんであれでコミュニケーションが取れるのかはいつも謎だ。

昨日も出口はどこかとたずねるのに、アイ、ウォント、ゴーツー、アウトドア、アウトドアプリーズとかいっていた。それでなぜかちゃんと通じる。

「お母さん、どっち？」立ち止まって地図を調べる里穂ちゃんの足に咲希《さき》が抱きついて体を揺らした。

「うーん、ちょっと待ってねー」

咲希は完全に里穂ちゃんに頼りきっている。ぼくではなく。

「咲希、ほらあそこに大きな樹があるだろ」

「うん」

「あそこでお父さんとお母さんは最初にお話ししたんだよ」

「へー」明らかに、それどうでもいいなあという反応だった。

「里穂ちゃん、ツクツクボウシつかまえたって自慢してね」

「ツクツクボウシかあ」へんな名前だね。そういって咲希はへんな歌を歌いながら踊りはじめた。「ツクツクーツクツクーつっつくつっつっつっつう」こういうへんな歌や踊りは遺伝するものなのだろうかとちょっと思う。

「だからあたし、それ覚えてないんだって」

「咲希もツクツクボウシつかまえたい」

「もう少し大きくなったらつかまえられるよ」

「あんなものつかまえてどうするのよ」

「食べる」咲希はなんでそんなことをきくのかなというふうに答えた。

「おー、こいつ本気だ」里穂ちゃんが感心した。

「で、道わかった？」

「うん、やっぱこっちかな」と里穂ちゃんが地図を持った手をばさばさ振ったとき、ごおーっと空気がねじれる音が空全体に響き渡ったかと思うと、すさまじい爆発音とともに地面が大きく揺れた。

反射的に頭を抱えるようにしてしゃがみ込む。

同じように体を低くした里穂ちゃんが腕に抱きついてきた。

ごおーっという音がどんどん重なって、音というよりも重苦しい圧力として全身に襲いかかってくる。

細く禍々《まがまが》しい雲が何本も、オレンジ色の空に黒い線を描いていった。

「なにあれ、ミサイル？」里穂ちゃんが顔を近づけてきて小声でいった。「爆弾？」

「いやあれは」そこを説明しはじめると長くなると思い適当に「うん、ミサイル」

逃げろ。こっちは危ない。いろんな声と悲鳴が遠くに近くに飛び交う。

どこへ逃げればよいのかわからない。

「あれなに」里穂ちゃんがまたきいてきた。「ほらあれあれ」

「だからミサイルミサイル」

「なに、めんどくさいの？」

「見てたらわかるから」

「うわあ感じわる」感じわるー。

ビル群の向こうで、巨大な赤黒い煙が音もなく膨らんでいく。

遠くでまた爆発音が、今度は続けざまにと思った瞬間、目の前のビルの窓という窓がいっせいに黄色く発光すると同時に大爆発が起こった。

画面が暗転する。

「あ、切れた」ばしばしばし、と里穂ちゃんは目の前の画面を何度も乱暴に叩いた。

「いやいや」そんなことしても。「こっちのも、ほら他の席のも全部切れちゃったんだから」

「あらそう」いいとこだったのにね。

もうすぐ着陸だからなのか、なにか不備が発生したのかはわからなかったが座席に取り付けられた小さなモニターでの映画は途中で終わってしまった。

「途中からはじまって途中で終わったから、なんにもわからん」そういいながら里穂ちゃんは別に不満があるようでもなく「おもしろかったね」

「そう？」

「着いたら空港でなにか食べる？」ああそれかえーとと里穂ちゃんはガイドブックを取り出

してぱらぱらとめくりはじめた。「あれどこだっけ」

里穂ちゃんの横顔の向こうに、楕円形《だえんけい》の窓で切り取られた空が見える。地上から見るよりずっと透き通った輝きがまぶしい。

遠くでなにかが光ったように見えた。

「じろじろ見ない」ガイドブックに目を落としたまま里穂ちゃんが怒った。

「いや、向こうでなにか光ったから」

「嘘をつかない」里穂ちゃんはいつも偉そうだ。「里穂ちゃんかわいいな、って見とれてたくせに」

「うん、かわいいと思う」

ぐ、というような音を喉《のど》の奥で発して里穂ちゃんは一瞬かたまった。

「そういうことをいわない」

「自分でいったくせに」

「知りません」真顔でいう。

短い髪型が、日に焼けた顔によく似合っている。

ぼくはこの髪型が大好きなのだけど、里穂ちゃんはあたしショートカットはほんとに似合わないんだといって、高校を卒業して以来ずっと髪は長めだった。

「この髪型いいと思うけどなあ」髪を撫でようとして手を伸ばすと里穂ちゃんはものすごい

勢いでのけぞって逃げた。

「やめんか」頭おかしいのか「こんなとこで」

「いや、でも」ほら。

前を歩く外国人観光客らしい若い男女は、これ以上くっつけませんというくらい密着して歩きながら互いに耳やら頬やらキスしまくっている。

「わ」

「ね」

「い、いや、あれは文化のちがいだから」うわあなにそれ。「信じられん」見るなたっくん。

土産物屋が並ぶ通りを抜け、広い公園の芝生のあいだを進んでいく。

少し向こうにベンチに並んで座るふたりが見えてきた。

夏の日差しは強く空は真昼の明るさなのに、近づくにつれそのベンチの周辺だけが日暮れどきの深い紫色に包まれていく。

男の子の顔が女の子に少し近づいたかと見ると、女の子はものすごい顔をして首をすくめた。

「やっぱこわいからやめよ？」

「うわあかわいい」

「あーっ、もういいから」里穂ちゃんはぼくの手をひっつかみ、ベンチに背を向けるとどすどす逃げるように歩く。「ほらほらっ」

「でもさあ、高校生がお寺めぐりって相当へんな人たちだよね」咲希が目をくるくるさせた。

「最初のデートがそれってありえないわ」

「デートっていうか、あれはなんでだったか、そこのお寺の仏像がすごいとかなんとかテレビでやってて、近いしそれ見にいこうかみたいな話になったんだよね」デートって感じじゃなかった。

「そうだよ。仏像そんなにおもしろくなかったし。それからもお父さんが今度はあれ見にいこうとかちょいちょいいってくるからしかたなくつきあってあげてただけ。別にお父さんのこと好きでもなんでもなかったし」今でもだけど、と里穂ちゃんは早口でつけくわえた。

「高校生の男女がふたりで出かけるのはデートでしょ」

「高校生のとき里穂ちゃんは門限が六時だったんだよ」

「まじか」

「そう、だからいつも大急ぎで帰ってたわけ」まじかっていうのやめなさい。

「お寺ばっかりいってたの？」

「お寺はすぐ飽きたね」

「うん」そもそも里穂ちゃんはお寺にも仏像にもなんにも興味なかったと思う。

「まあなんかいろんなとこいったね。映画とかもいっぱい観たし」ね。

「里穂ちゃんは、ドンガンバーンって感じの派手な映画しか観たがらないけど」

「あのね、あたし馬鹿じゃないのよ」

「うーん、仲いいなあ」咲希は手にしたポシェットの紐を持ってぶんぶん振りまわしながら
「おなかすいた」

「おなかすいたね」里穂ちゃんはすばやく同意した。「うん、どっかでなにか食べよう」

「そうしよ」

ぼくの意見はいっさい聞かれることなく、食べることに決まっていた。

里穂ちゃんと咲希は楽しそうに歩きながら、どの店にしようかとガイドブックに顔を寄せて相談している。

ふたり並んだ後ろ姿は母子というより仲のよい友人同士か姉妹のように見え、それがどういうわけか嬉しい。

ちらりと振り返った里穂ちゃんが怪訝《けげん》そうな顔になった。

「なに笑ってんの」

「いや別に」

「お父さん、ああいう顔なんだよ」といってから咲希は「さむ」とぼやいた。

川沿いの遊歩道にはところどころ雪が残っている。夏の短い国なのだろう。

夕陽を反射して雪がオレンジ色に光っている。

「きれいだね」ぼくの耳元で里穂ちゃんがいった。

日に焼けた顔に短い髪がよく似合っている。

髪を撫でようとしたらものすごい力で拒否された。

「やめやめやめやめ」馬鹿か。「咲希がいるのに」

咲希が選んだのは街外れに建つ一軒家みたいな小さなレストランで、店内の壁中に大小様々な額が飾ってあった。

ガーリックの匂いが温かく漂っていて、どこかなつかしい気持ちにさせられる。

壁際のテーブルに案内された。

「はい」と咲希はあたりまえのようにメニューを里穂ちゃんに渡して「あとは里穂ちゃんにまかせた」

「よーし、まかせなさい」里穂ちゃんは長い髪を後ろでまとめて気合いを入れた。数本白髪が見えたが里穂ちゃんは髪がきれいだ。「じろじろ見ない」

「はい」

里穂ちゃんはテーブルまで来てくれた店員に英語日本語とりまぜてあれこれ質問攻めにしはじめたが、やさしいお姉さんといった佇まいの店員はずっとにこにこ里穂ちゃんのいうことを理解しようと一所懸命で、ふたりは昔からのなかよしみたいに見える。

「ぱぷりきょっちょっていうの？」

「あっぽぷりちょー」

「へー」

あっはははとふたりで大笑いした。

「もう友達か」咲希が呆れたように目を細めた。

壁の絵やら写真やらを興味深そうに眺める咲希の表情はころころと変わって悲しいくらいにかわいい。お、これきれい、うわあれなに、ひやあ。この子は子供のころからなんにも変わらない。

「お父さん、あたしがいなくなったらさみしい？」

唐突に咲希がそういってぼくの顔を覗き込んだ。その顔はいたずらっぽく歪《ゆが》んでいて楽しそうだ。

「うん、さみしい」

「あはは、正直」明るく笑う咲希の笑顔に、ちょっとだけ切ない表情が混ざる。

そうか、咲希は結婚して家を出ていくのだなと思うと本当にさみしかった。三人で旅行できるのはこれが最後かもしれない。

「イワシを使ったなんとかっていう料理がここの名物なんだって」注文を終えた里穂ちゃんが興奮気味にメニューを指さして「これこれ。このサーウージュー、うん、なんか読めないけどこれ。あと燻製《くんせい》のなんかソーセージみたいのと生ハムと、それからパンがいろいろあって、これがええとなんだったっけ」ああそれからこのお酒、おすすめだって。

「言葉わからないのに、よくそれだけの情報を得られるよね」天才だね、と咲希が鼻を膨らませて感心した。

「へっへーん」どんなもんじゃ。

でも来た料理はイワシじゃなくてシャケだったね。

「いいのいいの。おいしかったんだし」なんにも気にしてない。

「全然いいけど」

「お母さんいないとあたしたちじゃなんにもできないもんね」

「できないできない」

「ほんとあなたたち、あたしがいなくなったらどうするのよ」

「死ぬ」咲希とぼくは同時にいった。

「馬鹿だねえ」ほんと。

髭面で丸々と太った店主が見たこともない形と色の瓶を出してきて、おっとりした口調で説明してくれたがなにをいっているのかはまったくわからない。

救いを求めて里穂ちゃんを見ると、お酒ですか？　と日本語でたずねる。

首をかしげた店主に里穂ちゃんはドリンクドリンクといいながら飲むジェスチャーをして、それからくううと酔ったふりをしてみせた。

「おーしー、ぽんじょれりぽんじょれり」みたいなことを店主はいった。

「お酒みたいよ」

「ぽんじょれり？」

「ぽんじょれり」店主は嬉しそうに何度もうなずいた。

「ちょっと飲んでみようか」里穂ちゃんがいるなら、少しくらい酔ってもなんとかなるだろうという安心感があった。

「やめたほうがいいんじゃない、お酒弱いんだから」

「ま、ちょっとだけ」頼んでよ。

「だいじょうぶかな。まだお昼なのに」

出された酒はすさまじいものだった。

最初に口に含んだ一瞬で首の後ろから尻の穴あたりへ快感が上へ下へと駆け巡った。これはなにか飲むとまずいものなのではないかと考えながらも苦いとも甘いともいえぬかつて体験したことのない味と刺激が口中で渦を巻き舌の上を滑り気づけばごくりと飲み込んでいた。

あらゆるものがみるみる色とりどりの花々に埋め尽くされていった。

「うわあすごいねこれ」里穂ちゃんの声が天上から響いてくる。

店主の笑い声が教会の鐘の音と重なって視界が転がり、まばたきするたびに景色が変わる。光が弾ける。

何度目かのまばたきののちどこまでも透明で真っ青な空が眼前に広がった。くるりと体を回転させると巨大な教会を遥《はる》か高空から見下ろしていることに気づく。

「うわあすごいね」という声が聞こえたが誰がどこにいるのかわからない。

上から見るとこんななんだねえ咲希も来れたらよかったのに。

また旅行いきたいね。

いっきに落下した。

背後から迫る戦闘機をかわし五重塔《ごじゅうのとう》をかすめ火を噴くドラゴンをてなずけともに山奥のさびれた寺院を訪ねたところゾンビだらけだったので銃弾降り注ぐ急流を下って大きな石の鳥居をくぐるとそこは大学近くの商店街だ。

わあ、ここ、なつかしいねえ。

めくるめいた日々だね。

めくるなんてめいてないわ。

めいてないかあ。

また旅行いきたいね。

どこにいきたい？

そうだねえ、もう一度あの。

ああいいね。

いきたいな。

やっぱり髪の毛短いのかわいいよねなにいってんのもう白髪だらけのおばあさんだよどこがかわいいの。

白い髪を撫でると里穂ちゃんは穏《おだ》やかに微笑《ほほえ》む。

あたしがいなくなったらどうするの。

死ぬ。

馬鹿だねえ。

「しっかりしなさいよもう」

「ああ、ごめん」

すみませんすみませんと振り返って謝りながら里穂ちゃんはまた何度も頭を下げた。

里穂ちゃんに腕をひっぱられるようにして電車を降りる。

ふらふらしていて人とぶつかったのだとわかるまでしばらくかかった。

「ぶつかったのがいい人でよかったけど」なんか不気味なくらいにこにこしてた。

「寝ちゃってたな」

「遠出するの久しぶりだったもんねえ」いっぱい歩いたし。

駅のホームは夕陽に照らされて赤く染まっている。

里穂ちゃんの髪も赤く輝いていた。

「バス、間に合う？」

「うん」軽くうなずいてから「人のことじろじろ見ない」

「あ、はい」

いつものように、改札を出ると里穂ちゃんはバス停へと向かい、ぼくは自転車で帰るのだ。じゃあまたねといって背を向けた里穂ちゃんが遠ざかるのをしばらく眺めていると、なぜか里穂ちゃんはちょこちょこと駆け足で戻ってきた。

きょとんとした顔で「もうちょっと歩く？」

「はあ」いいけど。

「はあ、いいけど」と里穂ちゃんはぼくの真似をしてから「なんじゃやそれ」

「え」

「うんっ、いいねっ、そうしようっ、とか喜ばないの？」

「あー」

「だめだねえ、たっくんは」

「遅くなってもいいの？」

「もうすぐ大学生だからね。高校最後のデートだし」あっいやデートじゃないけどっ、と里穂ちゃんは早口でつけくわえた。

けっこう桜咲いてるねこの公園は池があるから太陽の光がきらきらしていいよねああそう

だ今度お花見しようか山下君とか安子《やすこ》ちゃんとか呼んでみんな大学合格したしあれほら星が出てるほれほれたっくんあああっちも。

頬を赤く染めてしゃべりつづける里穂ちゃんの横顔を見つめていると、あまりにもかわいくて、なぜか涙がこぼれそうになって驚いた。

「なに」そういって里穂ちゃんはしゃべるのをやめた。目だけでぼくのほうを見る。「なによ」

このときのこの短い髪が本当にかわいかったんだ。

なんの考えもなく顔を近づけると里穂ちゃんは、ぐ、と喉を鳴らしてから「き、きたー」と息を絞りだして首をすくめた。

「きたー、っていうかな普通」この場面で。

「いや、ついに来たかと思って」かわいいよねえ、だってまだ高校生だったもんねえ、あははと笑う。「ほらもう、こんなとこ思い出さなくていいから」ベンチから立ち上がると里穂ちゃんはよいしょとリュックを背負いなおした。

「なんで」

「いいから」さあいくよ。

「あのときから、はじめてキスするまで長かったよねえ」

「恥ずかしいことをいわない」

「めくるめくまでの道のりも長かった」

「めいてないっ」

「あはは」

「やっぱこわいからやめとこ？」横になっただけで里穂ちゃんは泣きそうな顔で首をすくめ
「はいはいはいはいだからやめなさいって」

「あんなに恥ずかしがらなくても」

「いいからもう思い出すんじゃないの」そんなことばっかり。「あんた馬鹿なのかほんとに
ばかなのかっ。

　里穂ちゃんが踊るように水たまりを避けて歩いていく。路面のあちこちに溜まった水には
紫色に輝く夕暮れの空が映っている。

「ああそうそう、ここね」

「ん？」

「向こうのあの坂道登っていくと、中一のとき里穂ちゃんに声かけられたあの場所につなが
ってるんだ」大きな樹があって。ツクツクボウシが。

「あーそれねえ。ほんと悪いけど覚えてないんだよね」すまないね。

「冷たいよなあ」あれが最初だったのに。

「あたし冷酷女なんだよ」

「冷酷女」

「はいっ」

かこーんかこーんと遠くで工場の音が響いて、自転車のうしろから里穂ちゃんが歌うあまりにも適当な歌も聞こえてきた。

ツクツクボーシツクツクボーシつっつくつっつっつっつー。

歌いながら体を揺らしているようで、ときどき里穂ちゃんのおでこか肩かどこかわからないけど背中にあたってめちゃくちゃどきどきする。

「いやあ、覚えとらん」覚えてないよー。なんでかなあ。里穂ちゃんがぼくの背中に体をあずけてきた。よく知っているあたたかさが背中に広がる。「こんなことあったんだ」

工場からの金属音は、かんこんかこーんかんこんかこーんとリズミカルな鐘の音に変化して、道行く人々のけばけばしい民族衣装の色彩が視界に大きく広がってぐるぐる揺れた。

鐘の音は騒々しい陽気な音楽となって、広場へと向かう人たちは皆そのリズムにあわせて軽やかなステップを踏んでいる。

里穂ちゃんも楽しそうに踊りながら、まわりの人たちといっしょに笑った。

「お祭り、もうはじまってるね」さあいこう、と里穂ちゃんはぼくの腕を抱くとごんごんと肩に頭をぶつけてきた。「咲希が待ってるよ」

ふわっと風が吹いて髪の毛が浮き上がる。

「その髪型、やっぱりよく似合う」

「かわいい?」

うん。

井上雅彦

あの幻の輝きは

●『あの幻の輝きは』 井上雅彦《いのうえまさひこ》

序文でも書いたが、今回のテーマは日本のオリジナル・アンソロジーの嚆矢《こうし》『奇妙劇場』（太田出版）の第二巻を意識した。1991年に刊行され、第一巻がノーテーマの「十一の物語」、第二巻が「ロング・バケーション」（テーマでもあるサブタイトルは、おそらく大滝詠一《おおたきえいいち》のアルバム名から採ったのだろう）、最後となった第三巻は「少年時代」。書き手は主にSF作家第三世代が中心。角川ホラー文庫創刊の二年前である当時、ホラーや幻想怪奇を専門的に志向している作家も確実に存在していたが、出版界では認知度が低かった。「少年時代」に私が書き手として参加できたのは奇跡ともいえるのだが、その頃から、夜明け前の気運を感じていたように思う。《異形コレクション》が二十六年目に突入した現在、この時代のことは忘れてはならないと感じている。

さて、今回の井上雅彦作品はこれまでも登場させてきたレディ・ヴァン・ヘルシングと司書ジョン君の連作シリーズ。第50巻『蠱惑《こわく》の本』の「オモイイヅラ」、第52巻『狩りの季節』の「赤いシニン」に続く三作目である。今回はケルト幻想が鍵となるが、この題材では、幻想ミステリ『ファーブル君の妖精図鑑』（講談社）を書いてます。

なお、作中で引用したワーズワースの詩は、前川俊一《まえかわしゅんいち》訳「頌」の一節である。

その魅惑的な申し出を、疑いも無く信じこんでしまった僕がどうかしていた。

「素敵な休暇《ホリデイ》を過ごしてみない、ジョン君?」

博士《レディ》からの提案は、いつでも突然だ。「それも、風光明媚《ふうこうめいび》な保養地で」

言葉の後半については、紛《まご》う方無き真実だった。

霧深いロンドンを抜け出して、北へ西へと汽車を幾つも乗り替えて、辿り着いたのはイングランドの最果て、カンバーランド州。北はスコットランドを睨《にら》みつけ、西は海を挟んでアイルランドを望もうというカンブリア山系の白い嶺々から、幾多の渓谷《けいこく》や丘陵を越えて運ばれてくる涼風を全身に浴びながら、かの桂冠《けいかん》詩人も絶賛する〈湖水地方〉の目も覚めるような風景を生まれて初めて見た瞬間、表現しようのない感慨が、僕の胸の奥から溢《あふ》れ出て、博士からハンカチーフを渡されるまで、涙で頬が濡れていることにも気づかなかった。

「素晴らしいでしょう?　この湖と緑の輝き」

「想像以上です!　風も、光も、空も!　野原の香りも!　小鳥の声も!」

僕は感極《かんきわ》まって、叫んでいた。「世界がはじめて色を持ったかのようです!」

「ジョン君は詩人ね。この地を愛した桂冠詩人ウイリアム・ワーズワースみたいに」

からかうように博士は言った。「でも、それが、この地の独特な作用なのかもしれない」

「詩人どころか、詩そのものにもなってしまいそうです！」

わけのわからないことを口走るほど、僕は本当に感動していた。思わずワーズワースの一篇を口ずさんでいた。

――陸も海も
喜びにひたり
五月のこころをもって
あらゆるけだものが休日を祝っている――

「喜んでくれて、よかった」

「はい！」

「それなら、きっと愉《たの》しい仕事になるはずね」

「え？」

「いろいろと調べて欲しいことがあるのよ。有能な助手であるあなたに是非」

是も非もない。

それでは、「休暇《ホリデイ》」にはならない。絶対にならない。

そもそも、〈私にとっての有能な栞《しおり》〉だとか〈キルヒャーの言うところのハシバミの枝〉だとか、おそらく誉《ほ》めて下さっているのであろう独特の形容で、僕が務めさせていただいている仕事は、ロンドン・モンタギュー街で精神科医の看板を掲げるレディ・ヴァン・ヘルシング――通称・博士《レディ》が所蔵する膨大な蔵書の管理。すなわち、司書である。

アムステルダム大学教授として高名な博覧強記《はくらんきようき》の父親から受け継いだ蔵書は、医学書から妖《あや》しげな魔術書に至るまで稀覯本《きこうぼん》ばかりが揃っており、迷宮のような蔵書室でその整理をするだけでもかなりの骨なのだが、僕が請け負うことになってしまうのは、司書の範疇《はんちゆう》などはるかに超えている。なにしろ――信じがたいことだけれども――この世ならぬものと接近し、背筋が凍るような体験をすることだってあるのだ。

それでも、あの博士から「助手」だなどと煽《おだ》てられると、たいてい、どんなことにも挑んでしまう自分のこともわかっていた。

「つまり……この地方で、なにかの調査を……？」

「もちろん」

「ということは――まさか、〈ファンタズマ〉の！」

勢い込んだ僕の目を、博士は澄んだ瞳でじっと見つめた。

それから、ゆっくり微笑《ほほえ》んだ。

「いいえ。ここへ来た目的は、〈妖物相《ファンタズマ》〉の研究調査ではないわ」

博士は言った。「あなたには、町役場へ行って欲しい」

「え?」

「近くの保養施設にいらっしゃる患者さんについて、事実関係の裏取りが必要なの。役場だけではなく、いろいろと飛びまわってもらうことになるでしょうね」

「……ああ。本当に、大仕事なんですね……」

「なんといっても、ジャック・セワード博士からの依頼とあってはね」

叔父の名前が出たのには驚いた。精神医学の分野ではロンドンで一、二を争う専門病院の院長である叔父からの依頼。それも恩師の娘を頼ってのわざわざの依頼ということなら、

「かなり難しい症例ということなんですか?」

「さあ……老夫婦の気持ちの擦れ違いのようにも思えるけど——」

と、言いかけて、博士は口を噤《つぐ》んだ。

いつもなら、〈相談者〉の個人的な事情について、歩きながら口にするような博士ではない。これも、あまりに長閑《のどか》で美しい景観のせいかもしれない。

施設は、湖畔《こはん》に建てられた古城のような建物だった。

いや「古城のよう」ではなく、かつては本当のお城か領主の邸宅《カントリー・ハウス》だったにちがいない。

僕たちは、大広間のような中庭で、お城勤めの侍女のような白衣の女性に、瀟洒《しょうしゃ》なテー

ブルに招かれて、運ばれた紅茶を口にした。

聞いたこともない鳥の声と、花の香りが開放的な窓から流れ込み、この時ばかりは、本当に休暇《ホリデイ》の気分を愉しめた。紅茶の味までが、果樹の恵みに感じられた。

それでも、一杯が冷めるほどゆっくりとはできなかった。

白衣を着た年配の男性がやってきて、博士にうやうやしく挨拶《あいさつ》をした。

博士は、実に優雅に立ちあがった。最近、僕が覚えたことは、彼女が優雅にふるまう時ほど、大きな決意を秘めているということだった。

僕も思わず立ちあがると、博士は言った。

「あなたは、ここで休暇《ホリデイ》の続き。紅茶のおかわりでもしていて」

そして、耳元で言う。「——調査の詳細は、診察のあとで」

二人は、ゆるやかなカーヴの大きな階段を昇っていく。

ポットからおかわりが注がれている間も、僕は、博士を目で追っていた。

吹き抜けになった階上。三階の廊下を歩いていく姿が見える。廊下の手摺《てすり》から階下へ伸びる蔓薔薇《つるばら》が風で揺れる。突き当たりの部屋に入ったことを確認。

白衣の女性が遠ざかるのを確かめてから、僕は、行動を開始する。

素速くテーブルを立ち、誰にも知られぬように、階段を昇る。ゆるやかなカーブは上から見おろすと白い巻き貝の渦のように見えた。三階で廊下に出る。病院というよりも、どこか開放的で、やはり、博士の言葉通り、保養施設なのだろう。奥の突き当たりの部屋の前で、耳を欹《そばだ》てる。薄い扉の中から、博士たちが交わす会話が聞こえてくる。

「体調は？」

「安定しています。……ええ、二人とも」

「保護されてから、確か——」

「十三日目になります。意識の混濁《こんだく》はだいぶ改善して、会話にも応じるようになりましたが……まだ、肝心なところは……」

「催眠療法は試した？」

「ブレイドの凝視法も、シャルコー派の術式も……。ですが、期待された効果は……」

「ならば——ヴァン・ヘルシング流を試す価値はあるようね」

博士の声のあと、しばしの沈黙。

跫音《あしおと》。ベッドのきしむ音。

そして、息づかい。

「お目覚めですね」

「ああ……ああ……ここは……」

男の声。嗄《しわが》れているが、老人特有の声というよりも、傷ついた声帯を絞り出すような声だ。「ロンドンですか……地下鉄の匂いが……いや、そんなはずは……」

声が彷徨《さまよ》っているかのようだ。

「ああ……妻と帰郷したのだから……いや……まてよ」

息が荒くなった。

「妻は……エメリンは……どうなった？」

声を荒らげた。「エメリンは無事なのか？……エメリンはどこに？」

「大丈夫ですよ」

博士の声が凛《りん》と響いた。「奥様はご無事です。別の部屋でお休みですよ」

「エメリンは……助かったのか……」

「ほら、このとおり……」

「ああ……妻の匂いだ……」

感極まった声から、響きが安らいでいくのがわかる。「よかった。本当に」

声の調子まで、滑らかになってきた。

「奥様は野薔薇がお好きなんですね。ええと……あなたのお名前は――」

「エドワード」

嗄れた声が言った。「エドワード・ボロウデル」

「ボロウデルさん。ゆっくりでかまいません」

博士は言った。

「奥様を元気づけたいんです。だから、いろいろと教えてください。どんな花が好きなのか、どんな歌が好きなのか、いろいろと知りたいんです」

「ああ、エメリン……」

「あなたと出会った頃から、今までのこと」

博士は言った。「さあ……教えて下さい。……奥様のこと……」


エメリンと、はじめて出会ったのは、半世紀も昔。

そう、私の学生時代の頃です。

地元の採石業で財をなした家系に属する私は、本家の計らいで、州内でも名門の寄宿学校に通わせてもらっておりました。

その校舎の隣の屋敷内に住んでいたのがエメリンで……年齢も、私と同じでした。

屋敷というのは、かつての領主にも繋がる校長とその一族の敷地にある館です。

校舎では季節の行事――復活祭や、学校の式典などを手伝うため、時々、一族の屋敷に使えている侍女《じじょ》たちが、出向いてくることは少なくありませんでした。エメリンも彼女らと同じ身分の者だとばかり思っていましたが、彼女は目立って美しかった……。

ええ。とても華やかな少女です。

実は彼女が、校長の親族だということを知ったのは、だいぶあとのことでしたが、そもそも、私は彼女と話をしたことがありませんでした。

　級友たちは別です。いつも溌剌《はつらつ》とした彼女は、彼らにいつも自分のほうから物怖《ものお》じせずに話しかけ、それでいて気品があり、明るく談笑していました。カッコウやカケスやカササギの鳴き真似が得意でした。野苺《のいちご》やスグリやコケモモの甘い実の見分け方を教えていました。彼女は、多くの学生達の憧《あこが》れの的だったと思います。

　一方で、私は、そんな彼女を遠くから見ているだけの学生でした。

　しかし——私たちが出会って、会話を交わしたのは、ずっとあとのこと。四十年以上経ったロンドン市内です。

　卒業後、すぐに私は生まれ故郷を出て、ロンドンに来ました。本家の採石業は地元で繁盛しておりましたが、親族の末席にあたる父は、遠く離れたロンドンの支店を任されて、赴任していたのです。でも、もともと身体の弱かった父は休みがちで業績を傾かせ、結局、私たちの家族は本家とも折り合いが悪くなり、絶縁ともいえる状態になりました。私は家族を養うため、金融街《シティ》で勤めるようになり、その方面で少なからず頭角《とうかく》を顕《あらわ》していきました。貿易金融業者《マーチャント・バンカー》として奮闘し、役員にまで登りつめていたのです。

　そして——運命の出会いです。

　当時、私は取引先から帰る途中、四輪馬車の激しく行き交う路上で、難儀をしているご婦人を見かけました。通りを横断しようとしているのですが、杖をついており、歩くのも痛そうな様子。うっかりと轢《ひ》かれてしまってはとんでもないことになると思ったので、手を引いてさしあげようとした際に、その顔を見ました。遠目ではかなり年配の老女かと思っていたのですが、とんでもない。湖畔の学舎で幾度も見かけた、あの美しい面立《おもだ》ちは間違えようがないのです。一気に想い出が甦《よみがえ》りました。あの頃の空の色、雲の輝き、冴え渡る湖面の銀の波、芳《かぐわ》しい野薔薇の色——と、胸の奥からどんどん溢れ出てくる記憶が滝のように迸《ほとばし》り、当時の美しい風景の中心にいた女性の面影と重なりました。エメリン……と思わず彼女の名前を呼びかけそうになりましたが、私は言葉が口を突くこともなく、ただただ、岸に飛び出した鱒《ます》のように口をパクパクと動かし、目を瞠《みひら》いていたのだと思います。

しかし——同時に彼女のほうも、私に気づいてくれたのです。

正直、そのことだけが意外でした。私は、特に若い頃から、女性と満足に口をきけたためしはなく、彼女と言葉を交わしたことすらない。その彼女が、あの少なからぬ学生たちのなかから、影の薄い自分を記憶していたというのは奇跡にも等しい。

そう。そのおかげで、私たちは知り合いました。

人生とは本当に思いがけないものだと思いました。

若い頃は遠くから眺めるだけで、ろくに話をしたこともない男女が、晩年になってこれほど深くお互いを理解できるとは。

しかも、夫婦という縁で結ばれることになろうとは、まったく想像もつかなかったことなのです。はい。私は、はじめての結婚です。両親が二人とも身体の弱い者同士だったため、その看護と介護に、私は人生の前半を捧げていました。

だから、エメリンの身体の問題についても、他の男性以上に理解ができた筈なのです。いや、そのように考えていたのが、私の傲慢さだったのかもしれませんが……。

はい。エメリンは、身体に問題を抱えていました。出会った時から、杖をついていたのは、一時的な怪我ではなく、身体の内部が蝕《むしば》まれていく症例だったのです。

時折、強い痛みも伴いますが、いわゆる病気ではなく、自己の肉体の反応だということなのですが、医学的にもかなり珍しいもので、確立した治療法も、完治させられる医者もいなかったのです。

端的に言えば、その症状は、身体がしだいに透《す》けていくというもので、再会したばかりの頃のエメリンは、膝《ひざ》から下、脛《すね》から足首の先までが、青く透き通っておりました。

彼女のかかりつけの医師によれば、発症すると、肉という肉、表皮も、筋肉も、皮下脂肪も、血管も、やがては骨までも、変性していくのが、この症状の特徴なのだそうです。

最初の頃は、皮膚の表面に、陶器を思わせる光沢が目立つ程度なのですが、すこしずつ色を失い、太陽の下では乳白色のオパリンガラスのように見えることもあります。しかし、進行するにつれ、青い光を帯びていき、しだいに透明化へと向かいます。特に、月の下で見るならば、その変化は顕著《けんちょ》で、変性した部分はまるで夏の夜空のような藍色《あいいろ》の輪郭《りんかく》だけが目視でき、内部の碧い虚空には、まるで天の河のような無数の燦めきが見える。とはいえ――彼女の症状の進行は緩慢《かんまん》でした。

しかし——いかなる病気でも同じですが、彼女にとっての身体的な負担は、他者からは推《お》し量《はか》れない。精神的な負担もです。私は、両親の介護の経験が貢献できるだろうと考えていました。そして、事実、彼女の心の支えになれたと自負しておりました。

結婚に踏み切れたのも、その自信があったからです。

いや……なんといっても、憧れの女性《ひと》だったということは大きい。

彼女が生まれ育った「湖水地方」への旅行を思い立ったのも、少しでも彼女の負担を軽減したいという気持ちがあったこと……それだけは確かです。

長期休養というよりも、転地を考えておりました。その準備になればと。

でも……それが、あのような結果になろうとは……。

＊　＊　＊

立ち聞きというのは、いつもうまくいくものとは限らない。

急に滑《なめ》らかな声で、いささか理解しがたい供述をはじめた「自称＝エドワード・ボロウデル」氏の話をすべて聞き終わることのできないうちに、扉の外で白衣の女性に咎められた。

　その後、部屋から出てきた博士《レディ》からは――僕の立ち聞きを知っているのか知らぬのかはわからないが――この町出身のボロウデル家と寄宿学校について、そして、エメリンの家系……すなわち、州の領主から繋がる校長一族との関係を証明する書類の調査を命じられた。博士がどういう権限を行使したのかは知らないが、州《カウンティ》の行政府からの紹介状まで用意されていた。

「それから、郵便局で電報をね。内容はこれ」

「いや、調べることは他にあるでしょ」

　僕は、少しだけ抗議した。

「人間の身体が透き通っていく病気なんて聞いたこともない！」

「病気や治療は、私の専門」

　にべもなかった。というより、僕が立ち聞きしていることを自白したようなものだから、怒らせてしまったのかもしれないとも思っていたが、

「あなたの行動力に期待しているのよ、ジョン君」

　というわけで、この美しい町並みを、緑豊かな湖畔の大地を、地図と案内標識を目当てに、自転車を漕《こ》ぎ続けることとなった。だが、微妙に標識が間違っている。町役場まで、なぜかたどりつけない……と思っていたら、寄宿学校の場所は、すぐにわかった。

　湖を半周ほど越えた丘陵地にあるのだが、辿り着いてみたところ、これが閉門されている。

なんと、休校日《ホリデイ》だというのだ。

その隣の敷地には、確かに大きな屋敷があった。いかめしい門の呼び鈴を鳴らして、出てきたのは執事。僕は紹介状を見せた。

州《カウンティ》という単語は、発音する人によっては、田舎《カントリー》にも伯爵領《カウントリー》にも聞こえるものだけれど、執事の発音は後者のように思われた。しかし、屋敷の中まで案内されることはなかった。慇懃無礼《いんぎんぶれい》な執事によれば——主人は長い休日《ホリデイ》で欧州旅行にいっておられ、しばらく帰国されません、とのこと。

へとへとになって坂道を戻り、湖畔の宿まで帰る頃には、とうに日も暮れていた。そうなのだ。町役場はとうに閉まっている。

＊　＊　＊

故郷への転地を考えていた頃、エメリンの病は、かなり進行しておりました。すでに身体の半分が、輪郭を残して、透けて見える。月の光で、青く燦《きら》めく。それから……まだ申し上げてはいなかったでしょうか。そんな、エメリンの肌からは、馥郁《ふくいく》とした、えもいわれぬ花の香りが漂うのです。

今思えば怖ろしいことなのですが、私は、そんな彼女の状態が、けっしてきらいではなかった。

はい。まことに歪《ゆが》んだ自分の本性に、私は薄々、気づいておりました。

彼女の病は、おそらく、故郷の湖水地方には無かった都会特有の害毒が彼女を蝕んでいるからと思われるのですが、奇妙なことに、この状態の彼女に対して、私は、湖水地方で過ごした時代の郷愁《きょうしゅう》を強烈に感じてしまうのです。当時の満開の薔薇のように明るい彼女とは口もきいたことの無かった私が、今の病んだ状態の彼女を通して、故郷を——いや、故郷にいた頃の自分を感じ、懐かしみ、優越感すら味わい……この状況を、今の自分は好んでいる。

極めて屈折した、あさましい感情であることは、よくわかっていました。

玻璃《ガラス》が軋《きし》んで、罅割《ひびわ》れていくみたいだ……と訴えながら、痛みに耐える彼女を介抱しながらも、自分はそんな感情に浸っているのだとしたら——私は、自分自身が本当に怖ろしかった。

だから——二人で、故郷へ帰ることは、彼女の身体を好転させるためのみならず、自分の精神を救うための要求でもあった筈なのです。

長い休暇をとって、私は彼女と、ここへ帰ってきました。

本家には知らせず、密かに宿を取りました。

湖畔のよく見える宿で、屋根には小人《コビト》の跨《また》がった風見鶏《かざみどり》が輝いていました。

エメリンと静かに湖水の風景を愉しもうとしたのです。ありがたいことに、彼女の体調は回復の兆しを見せました。それまで感じていた「玻璃《ガラス》の軋むような」身体の痛みはウソのように無くなり、元気をとりもどしていったのです。

一方で、肉体の外見の変化は、別の様相を呈してきました。

彼女が元気を取り戻すうちに、身体の透けていた部分は、昼間でも肉体の内側から陽光めいた眩《まばゆ》い光を放ち出しました。その光のために、彼女の姿が見えづらくなる。そして、その光を隠すため、薄衣《うすぎぬ》を羽織《はお》った時には——光学的ないかなる作用なのかはわからないのですが——服の上までが不可視となっていくのです。

この時——はじめて、私は確信しました。

本来の彼女は、この湖水の自然が生みだした妖精にも等しい存在では無かったか、と。

しかし、それであっても、私にはできすぎた配偶者です。自分がずっと憧れてきた彼女、恋い焦《こ》がれていた彼女と結ばれているという幸福感に私は浸っておりました。ただ……一抹《いちまつ》の不安を除いては……。

＊　＊　＊

この日も、立ち聞きはここまで。
郵便局——それも昨日はうっかり忘れてた——での電報は朝方すませたので、今日はこのあと町役場に直行だ、と地図を確認しながら、この施設の三階廊下沿いの例の部屋の扉の前で、こっそり「待機」していると、博士《レディ》の顔が開いた扉から出てきて、

「調査の追加よ」

素速く、僕に告げた。「宿屋を探して。目印は、屋根の風見鶏に小人が跨がっている」

なるほど、今日の話に出てきた。

でも、他に調べることはないのですか。

服を着た人間までが透き通るという症例は——と喉元まで出かかったその時だ。

部屋の中から、幽《かす》かな音がした。

まるで、ガラスの軋むような……いや、どこか、女性のか細い声のような。

「あの声は！」

と、思わず僕は、博士に訊いてしまった。

博士は、少しだけ眉を動かした。

「なんのこと？」

なにごともなかったかのように、僕の顔を見て、短く答える。

「急いで。今日は町役場が閉まらないうちにね」

わかってます。

わかってますって。

だから、急いだ。間に合った。間に合ったことは、確かだ。

しかし、ようやく見つけた市役所で、長い時間待たされたあげくに、肘当てをつけた職員に、疲れ切ったような顔で、ボロウデル家の家系図、婚姻の記録については、すぐに見つかりません、係の者が休暇《ホリディ》に出ておりまして……などと言われてしまったからには、まったくどうしてよいかわからない。

帰り次第こちらに、と連絡先を渡したあとで、途方に暮れた。

――〈妖怪相《ファンタズマ》〉の調査のほうが、楽だったのではないか。

自転車を降りて、苔《こけ》むした道を歩きながら考える。

――博士だって、本当はそのほうが興味がある筈なんだろうけどな……。

博士の父親エブラハム・ヴァン・ヘルシング教授が、万有学者シーボルトとともに日本に渡っていたことは広くは知られてはいないのだが、その蔵書の中にはシーボルトの著書『日本動物誌《ファウナ・ヤポニカ》』『日本植物誌《フローラ・ヤポニカ》』とともに、幻の書とされる『日本妖物誌《ファンタズマ・ヤポニカ》』の断片が残っていた。

シーボルトが日本から持ち帰り、アムステルダム大学に保管されていた妖物《ファンタズマ》の標本が、なにものかによって盗難されるという事件が起きて、博士はその手がかりをも追っているのだけれど――まあ、それはともかく。

もともと英国《ブリテン》に古くから伝わる「妖精」譚と日本の「妖怪」伝承との共通点に、博士は以前から、強い関心を持っている。どちらも、シーボルトの提唱する〈妖物相《ファンタズマ》〉――すなわち、第三の生物相に該当するのではないか……というのだ。

それなら、本来、この「湖水地方」は、うってつけの調査対象。

カンブリア山脈の広大な麓《ふもと》であるカンバーランド州は、アイルランドやウェールズ同様にケルト系の文化が色濃く残り、妖精譚も伝わっているはずなのだ。

――妖精って、日本の妖怪と同じようなものなんだろうか……。

そんなことを考えていた、まさにその瞬間。

いきなり両足の脛《すね》のあたりを、なにやらふさふさ、もさもさした毛深い感触のものにこすりつけられて、僕は、思わず変な声をあげてしまった。

驚いて、足をばたつかせると、土いろの毛むくじゃらの物体が、僕の足の間から走り去っていく。瞬間、自分には、小人に見えたのだが――そいつが、いきなり立ち止まる。

振り返って、つぶらな瞳で、僕を見た。

なんだ、野兎《ラビット》じゃないか、
鼻をうごかし、また前を向いて、跳《と》ぶように走り出す。

思わず、あとを追いかけていた。

一軒のこじんまりした石造りの建物のあたりで見失った。

巣でもあるのか。

石造りの建物を見あげた。

屋根の上では、小人《コビト》の跨がった風見鶏が輝いている。

＊　＊　＊

この土地で、エメリンが回復の兆《きざ》しを見せてから、その日はすぐにやってきました。初夏の復活祭《イースター》。この時期には、私の母校の——あの寄宿学校の設立記念の祝賀行事があるのです。

妻は、参加してみたいと申しました。その申し出は、私が予想していたものでした。

もちろん……私が反対する理由はありません。

私たちは、四十年ぶりに、あの学校を訪れました。

私が手を引いて同伴したエメリンは、杖などつかなくとも歩けるようになっていたのですが、その姿は、誰にも見えません。エメリンの体内から放たれる眩い光は、薄衣を纏《まと》ったその全身を、降り注ぐ陽光と同化させ、誰の目からも不可視になっていたからです。

それでも、私は幸福感に満ちていました。

私にはエメリンの存在がしっかり感じ取れるのだから。

学生時代の風景の中で、あの美しい乙女エメリンとともに歩いている。

当時の寂しい学生時代の自分に見せつけてやりたい……と、またもさもしい感情が湧き上がってもおりました。

その時――私を呼ぶ古い友人の声が聞こえました。

当時の級友たち。地元で歳を重ね、揃いも揃って、すっかり陽気な年寄りになって、テーブルを囲み、エールの匂いを振りまいていました。

私の隣で、エメリンもうれしそうでした。私にはわかります。パッと花が咲いたようでした。でも――同席した級友たちには、エメリンの姿は見えません。それでも、エメリンは、愉しそうに、かれらひとりひとりの名を呼んで、話しかけておりました。

妙だな、エメリンの声が聞こえたような気がする。と、一人が言いました。ひどく酔っ払っていた彼を、からかいはじめたもう一人も、エメリンが自分の名前を呼んだなどと言い出す始末。もちろん、全員が酔っ払っているので、私は、苦笑いしながら、いくらでも誤魔化《ごまか》しようがあると思っていたのですが、そのうちの一人が、自分には誰も知らないエメリンとの想い出があるなどと、言い出したのです。

私は平静を装っておりましたが、繋いでいた彼女の手を、いつしか強く握っておりました。

その一人の言葉が呼び水となって、次々と、他の彼らも、そんな話をはじめます。

連中は、自分と彼女とのことを知らない。だから、遠慮が無かった。彼らの面立《おもだ》ちが、急に若々しく見えました。

私の傍《かたわ》らで、彼女は少し恥ずかしそうに、だがその気配が、春の風のように艶《なま》めかしく私の胸までもときめかせた。

その時——エメリンがくすくすと笑いながら、カッコウの鳴き真似をはじめました。

ああ、エメリンだ、と彼らは周囲を見回して、愉しげな雰囲気が頂点に達しました。

潮時《しおどき》だ。

そう思った時には、すでに私の手の中には、エメリンの手がありませんでした。

彼女は、いるべき場所に戻った。

エメリンの愉しそうな笑い声と、カッコウの鳴き真似が、級友たちの笑いと入り混じり、その時の自分は、あの孤独な学生時代さながらでした。

でも、それでいい。

都会では長い時間、自分はエメリンを独占していたのだから。

憧れていたエメリンを——かつては、話すことすら叶わなかった華やかで美しかった女性を、自分の庇護《ひご》下に置いている……そんなおぞましい優越感さえ抱いていた自分から、彼女のことは自由にすべきではないか。

彼女はとっくに不自由な肉体から解放されている。今は彼らの目には見えなくとも、私との思い出の中に閉じ込めておくことはない。それに……自分だって、そんなに長い時間が残されているわけではない。これまでのことが奇跡だったのだ。短い間だが、彼女と過ごすことができたのは上出来といっていいのではないか。

そのように考えて、私は静かにその場を去ることにしたのです。

彼女を、ひとり残して。

ああ。――まさか、あんなに怖ろしいことが起こるとは、予想もしておりませんでした。

＊　＊　＊

小人《コビト》の跨がった風見鶏。この屋根だ。間違いない。

この石造りの建物が、博士《レディ》の探している「宿屋」なら、ひとつ課題は解決だ。

ぐるりと玄関側に廻って、民家ではないことがわかった。

看板が出ている。ゲール語らしき文字の並びで発音も意味もわからないのだが、看板には奇妙な画《え》が描かれていた。

波間から顔を出した大きな動物。後ろ姿だがずんぐりした雌牛のようだ。

入り口を覗くと、強い酒の匂い。地酒のエールか？

内部は一目で、居酒屋《パブ》だとわかる。店番のオヤジが僕に呼びかけた。奇妙な言葉だったが、すぐに、英語での客への挨拶に切り換わった。発音は変わっていたが。

どう見ても「宿屋」ではなさそうだが、一宿一飯《ベッド＆ブレックファースト》の宿の系譜かもしれない。話を聞こうとしているうちに、カウンターへと通され、目の前にジョッキ一杯の黒い酒がでんと置かれた。

隣へ目を移すと、ざんばら髪の老人が眠りこけ、その隣では三人の初老の男たちが、なにやら盛りあがっていた。呂律《ろれつ》は回っていないが、訛《なま》りはあまりない。どうやら、自分たちの学生時代の話のようだ。「昔の女」の自慢話めいている。そんな風に聞こえたとたん、

「女は、みんな〈シー〉だ！」

ざんばら髪の老人が大きな声で叫んで、背伸びをし、目の前のグラスを舐めた。

「誰もわしの言うことを信じない。〈シー〉の存在もな」

「もう売る酒はないぜ、蛭《ひる》取りの爺《じい》さん」

「蛭取り？」

僕の質問に、店主は答えた。

「湖を浚《さら》って、蛭を取る。医者に売るんだな。それも瀉血《しやけつ》が流行《はや》ったひと昔前の商売」

「爺さんの頭ン中の時計は、大昔のまんまだからな」

奥から三人組の一人が口を挟んだ。「今では、がめつい医者のことを〈蛭《リーチ》〉と呼ぶがね。蛭に蛭を売るのかね」

「蛭より〈シー〉に気をつけろ」

爺さんが吼えた。「血を吸う〈シー〉には、特にな」

「〈シー〉というのは？」

僕が聞きかえすと、

「〈Sidhe〉ってのは、ゲール語で言う妖精のことでさ」

店主が言った。「いや……妖《あや》かし……とでいうのかな」

「女は、みんな〈妖《シ》かし《ー》〉だ！」

と再び叫んだ爺さんが、急に顔をくしゃくしゃにして、泣き出した。

「ちがう。ちがう、ちがう。……女は悲しい存在だ。〈妖かし〉なんかじゃない」

「え？」

「男こそが〈妖《シ》かし《ー》〉なのだ！」

＊　＊　＊

跫音。ベッドのきしむ音。

そして、息づかい。

「お目覚めですね」

「ああ……ああ……ここは……」

女の声。嗄《しわが》れているが、老女特有の声というよりも、傷ついた声帯を絞り出すような声だ。「ロンドンですの……地下鉄の匂い……いや、そんなはずは……」

声が彷徨っているかのようだ。

「ああ……夫と帰郷したのだから……でも……まって」

息が荒くなった。

「夫は……エドワードは……どうなった？」

声を荒らげた。「エドワードは無事なの？……エドワードはどこに？」

「大丈夫ですよ」

博士の声が凜と響いた。「ご主人はご無事です。別の部屋でお休みですよ」

「エドワードは……助かったの……？」

「ほら、このとおり……」

「ああ……夫の匂い……」

感極まった声から、響きが安らいでいくのがわかる。「よかった。本当に」

はい。夫は、優しい人でした。

お互いに知り合ったのは、歳を重ねてからです。

はい。私の身体のことも、承知の上で、結婚を申し出てくれた。あの時はどんなにうれしかったか……。

ええ。このとおり、強い麻痺《まひ》があるのです。

最初は手の指のしびれやこわばりからはじまったのですが、強い痛みが走るようになってきて……。僂麻質斯《ロイマチス》という病気らしいのですが、夫と出会うずっと前から、すでにかなりの兆候がありました。

夫は、本当にいたわってくれたのです。

でも……。

ええ、夫は、よくそのようなことを申しておりましたけれども……私には、その記憶がないのです。親族がその学校の校長をしており、ちょうど、その数年間の歳月を、学生寮の隣にある家屋で過ごしました。確かに、四季折々の式典に女手として借りだされ、その学年の生徒さん達と、この湖畔で、愉しい時間を過ごしたことはよく憶えています。

でも……そのひとりひとりのことは……あまり、よく憶えていなくて。

その逆に、私が最も記憶している顔というのは……。

ええ。包み隠さず、申し上げます。

こんなことを申し上げて、本当に恥ずかしいのですが……私は……ひとつの顔しか記憶に無いのです。そして、その顔が、本当に好きでした。

はい。四輪馬車の行き交うロンドンの大通りで、エドワードに初めて呼びかけられた時、ハッとしたのです。

まちがいなく、あの顔だと。私が、好きになったあの顔だと。

でも……本当に不思議なことなのです。

記憶の中のあの方は……生徒ではなかったのです。

ええ、おかしなことだと思います。そんな奇妙な記憶の食い違いから、夫があのような心の状態になってしまったとするならば、本当に悔やまれるのです。

そう。夫の顔を、私は、とても好きなのです。

髪には白いものが混じり、深い皺《しわ》が刻まれ、目元の陰りが強くなっても、あの顔かたちは、忘れようがないのです。

若い頃、私が湖畔で女性の友人たちと談笑している時、ふと視線を感じました。

それが、彼だったのです。

私の立っているほんの少し先、湖の畔《ほとり》には水仙《すいせん》が群れ咲いていました。

そう……まるで詩人の霊感をかきたてるかのような光景です。一万本もあろうかという水仙の群れです。黄金の花瓣《かべん》がいくつも重なり、揺れて、咲き誇っていて。その向こう側に、彼がいました。

じっと、こちらを見ています。

おそらく、あの水仙の陰に隠れたつもりでいたのかもしれませんが、はっきりした目鼻立ちは隠しようがありません。むしろ、金色の水仙は、聖人を照らす後光のように、彼の姿を目立たせていました。

私は驚きながら、気づかないふりをしていました。

でも——友人たちは、彼に気づかなかった。

それが、私には不思議でなりません。なぜなら、彼は、水仙の陰から、半身を乗り出していたからです。

裸でした。まるで、野馬のように、美しい肌のきらめきを見せて、その男性は私を眺めていたのです。でも、話しかけようとも、なにもしません。どこか哀しそうな、寂しそうな表情でした。

この男性は、寄宿学校の僅かな歳月に、幾度も私の目前に顕れました。

ふと視線を感じるといたるところから、樹木の木陰の合間から、咲き乱れる薔薇の茨《いばら》の渦の中から、壁の煉瓦の内側から——いたるところから、美しい半身だけを乗り出すように顕して、私を眺めていたのです。ただ、口をきくこともなく、寂しそうに。

その視線に、優美な貌《かお》に、私はこれまでに覚えたことのない感情を抱いていたのです。

胸のときめくような……身体の内側から熱くなるような……。

ああ、そうなのです。彼の貌……裸の半身……。

でも……私を惹《ひ》きつけるのは、実は、それだけではありません……。

ええ……これだけは、お話をするのも憚《はばか》られたのですが、いえ……もう、なにもかも、申し上げます。

それは……彼の血。

美しい彼の身体が薔薇の茨に包まれていた時、私は見たのです。

彼は、血を流していたのです。彼のたくましい身体には、無数の傷が走っていて、そこからは、真っ赤な血が流れていました。美しい唇の端からも、細い一筋の血が流れていました。

そんな痛々しい姿の彼が、私を見ている。

怖ろしいとは思いませんでした。

それどころか――私は一層、彼のその姿に胸がときめくような思いを感じたのです。

彼の身体を苛《さいな》む鋭い茨と生傷、そして、流れ出る赤い血……まるでなにかと闘い、大きな傷を負った戦士のようにも見えました。愛する者を護《まも》るために血にまみれた男は、このように美しいのではないか……。そんなことまでも、感じました。

流血の痛みすら自分独りで抱え込み、ただ、綺麗《きれい》な澄んだ目を私に向けている男の姿……。

そう思うだけで、私の心も体も、たまらなく惹きつけられていったのです。

そうです。どんな男性とつきあっても、うまくいかなかったのは、考えてみれば、あの男性の面影があったからだったと思います。

その〈顔〉から、あのロンドンの大通りで声をかけられたのです。

そして、エドワードがあの時代の寄宿学校にいたことを聞き、私は衝撃を受けました。

まったく、記憶に無い。あの幻の男の面影だけが思い出の中にある。

だからこそ、私はエドワードと出会えたことが運命なのだと考えるようになりました。

こんなふうに、考えたのです。もともと湖水地方の自然の中で永遠に生きている美しい存在が、あたかも〈休暇〉を愉しむかのように、人間の肉体に宿って、産まれてきた。

それが、エドワード。でも、彼自身は、そのことに気づいていない。

けれども、私だけには、その本当の姿が見える。

輝くような水仙の眩い光の中で、私が好きになった顔は、エドワードの顔だった。茨の中で男性が流していた赤い血は、孤独の傷から流れていたエドワードの血だったのだ、と。

もちろん、それこそ、お伽噺《とぎばなし》です。エドワードにも、そのことは一切話していません……。

あなたに似た幻を見ていた——などということも。

私が十代の頃に見た「あの幻のような男」が、本当に存在していたのか、幻であったのか、まるで、わからないのですから。記憶に強く焼き付いたまま、あの故郷を離れると、私の前には、まったく顕れなくなっていたのですから。

一族でも遠縁だった私は、勧められた結婚がうまくいかなくなると、故郷には居づらくなりました。ロンドンに出て、長い長い年月を働きながら……しだいに、身体を悪くしていったのでした。そんなある日、エドワードと出会った。それこそが、運命だったのです。

結婚してから、しばらくは、輝くような日々でした。

幸福でした。身体の痛みがどんどん強くなっていても。

エドワードも幸福そうでした。でも……どこかに翳《かげ》りを感じる。

なぜか自分自身を責めるかのような、苦しめているかのような。

それでも——この故郷に帰ろうと言ってくれたことは、本当にうれしかった。

とうとう、湖水地方に来て、陽射《ひざ》しの中で、彼を見た時——私は、驚喜しました。

光の中のエドワードは、確かに、あの時の彼だった。

寂しそうな目で、私を見つめる彼は、間違いなく、あの彼だ。

だから——あの寄宿学校の復活祭の報《しら》せに、私は歓喜したのです。

彼と並んで歩けたことが、うれしかった。

でも——なぜなのか。彼はよそよそしい素振りを見せているのです。まるで、私の姿がそこに見えないかのように。復活祭といっても、当時の知っている人たちは、誰一人いない。みんな亡くなっているか、町を出るかしていたようです。彼が知らない人たちのテーブルに呼ばれたのは、杖こそついていないものの、まだ歩きなれていない老嬢を同伴しているからなのだろうと私は思いました。

知らない人たちの話に、彼はうつむいたまま、強張《こわば》ったようにしています。

わけがわかりません。もしかしたら——彼は奇妙なことを考えていたのかもしれない。

私が誰か別の、彼に似た人に恋をしていて、自分はその代用品にされているのではないか……そんなことを疑っていただろうか……などと。

とんでもない。もしも、たとえそうだったとしても——私がロンドンの路上でエドワードと出会ってから今日の日までの僅かな年数は、それまでの半世紀を超える人生で最も幸福だったということを、私は確信している。あの頃出会った、美しい彼の幻は、今、エドワードに出会うための予兆に過ぎなかったということを、私は疑わない。だから……どうにかして、彼にそのことを伝えたい。私は彼の手を握りしめました。

やがて——珍しくカッコウが鳴き始めて、大勢がその話題をはじめた時のこと、気がつくと、彼は私から手を離し——

その場を去っていったのです。

私を、ひとり残して。

ああ——それから、あの怖ろしいことが起きてしまったのです。

＊　＊　＊

目の前で〈妖《シ》かし〉について語っていた爺さんは、また鼾《いびき》をかきはじめた。

気にしないでくれという店主に、僕は、そういう話はもっと聞きたいとせがんだ。

「いろんな伝説があるんでしょうね。このあたりにも」

僕は言った。「看板に描かれた牛とか」

「牛じゃない。馬だ」

店主は言った。「湖水の中に棲《す》む馬だ」

それについては、僕も聞いたことがあった。もっと北のスコットランドの伝説だろう。河にも海にも、それぞれ違った名前の水棲馬《すいせいば》がいて、人間に危害をくわえる。

「スコットランドの湖には、馬ともドラゴンともつかぬものがいて、大昔に聖人が退治したのに、また姿がみられるとか」

「ネス湖の話だな」

三人組の一人が言った。「聖コロンバが鎮《しず》めた怪物のこと」

「それも〈妖かし《シー》〉なんですかね」

と、僕。「ネス湖なら、ネス・シー？」

「いや、なにかの生き物だろう」

もうひとりが言った。「鯨とか。確か、北海と地下でつながっているという噂もある」

「それなら、ここの湖にいる怪物も、水棲馬ではなく、鯨？」

客の言葉に、僕は仰天した。

「この湖にも怪物？　そんなものが――」

「ときどき、見られるらしい」

店主が片目をつむった。「どこぞの宿屋で、客が喰われたという話もある」

「鯨じゃないですか。湖とアイリッシュ海がつながっているのかもしれない」

先のひとりが言った。「鯨も人を呑むことがある。ひどいらしいね。鯨の胃の中から、どろどろになって、見つかった人。一度に幾人も見つかった。身体が溶けて混ざりあったまま、誰が誰やらわからなくなったらしい……」

僕は気分が悪くなった。というより、妙な胸騒ぎがしていた。

「鯨でも、馬でもない。〈妖《シ》かし〉だ」

蛭取り爺さんが目を覚ました。「あいつも羊や牛を丸ごと呑み込んでしまう。長い時間、腹のなかに入れていても、気まぐれに、どろどろと吐き出してしまうんだがな」

「そういえば」

店主が言った。「岸辺になにかがうちあげられて、騒ぎになることがある。牛だったのか、羊だったのか、その両方が混じり合ったものだったのか……というのも、顔が幾つもあるような、なんだか、よくわからない不気味な肉の塊が——生きていたというのだから」

胸騒ぎどころじゃない。僕の背筋が寒くなった。

「あいつは獣じゃない。呑み込むのだって、喰うためじゃない……」

爺さんは声を低めて、「……このあいだも見たな」

「なにを言い出すのやら」

「蛭の穴場で仕事をしとった。人が二人乗った小舟に、怖ろしくでかい青々とした影が近づいた時、わしは大声で警告したんだ。だが……間にあわんかった」

爺さんが言った。「そうだ……あれは……確か、復活祭の日だ」

「復活祭といえば」

店主が言った。「半月ほど前にも、湖畔でなにかが見つかったと、騒ぎがあったな。あれは、なんだったか……」

＊　＊　＊

僕は急いでいた。胸騒ぎの理由はわからないが、なにはともあれ、博士《レディ》に教えなくてはならない。

保養施設の三階の奥の部屋。

扉の中から声が聞こえる。

〈博士〉の声だ。

「やっと……お二人から話が聞けるのですね……さあ、あの日になにがあったのです？」

声が聞こえた。それは男女二人ぶんの声だ。

そうなのです……。
私がエメリンから別れたすぐあとで、
船遊びがはじまる合図がありました。
多くの出席者が、湖畔に集まっていく。
湖を一周するヨットが出るのです。
私は、ふと不安になりました。
エメリンがあの群衆に巻き込まれたら？
いや――エメリンならもう大丈夫。
彼女は、湖畔の「妖精」だ。
級友たちが助けてくれるだろう。
そう思った時です。幽かな声が。
――エドワード――
エメリンの声。
とてもか弱く、私に頼り切る彼女の声。
私は、遠ざかる船に目を遣《や》る。

そうなのです……。
エドワードが私を残して去った直後に、
喇叭《ラッパ》の音。なんの合図かわかりません。
多くの人々が、集まってくる。
船だ。船遊びだ、という声。
困ります。夫の姿が見えなくなる。
エドワードに追いつかなければ。
でも――もうどこもかしこも人の波。
ヨットへ押し寄せる人々に押されて。
誰も私たちに気づく筈もない。
私は叫んでいました。夫の名を。
――エドワード――
夫の耳に届きますように。
それでも、船に乗せられてしまう。
船は岸から離れていく。

その甲板《かんぱん》に、燦めくような光。
間違いない——エメリンだ。
私を必要としている妻だ。
私はなんと愚かな決断をしたのか。
桟橋《さんばし》から小舟を出して、飛び乗った。
必死に櫂《かい》を振るって、ヨットに近づく。
——エメリン——
彼女を呼ぶ。必死で呼ぶ。
私は、ヨットの甲板下に寄せる。
そして、両腕を拡げた。
——跳ぶんだ、エメリン。
無数の光が燦めきが降り注いだ。
私の腕の中に、光の群れが降った。
まぎれもなく妻だ。妻の身体だ。
妻が私の腕の中に。
美しく歳を重ねたその顔が見えた。
エメリンの顔が。その姿が。

それでも甲板《かんぱん》で、岸に向かって手を振る。
間違いない——エドワードがいる。
私が必要としている夫。
私が本当に愛している生身の男。
桟橋《さんばし》から小舟が出る。誰かが飛び乗る。
必死に櫂《かい》を振るい、ヨットに近づくのは。
——エメリン——
彼の声。必死で呼ぶ声。ああ、あなた。
私は、ヨットの甲板下に彼を見つける。
両腕を拡げる夫の姿。
——跳ぶんだ、エメリン。
私は宙を跳んだ。
逞しい半身が、私の身体を受けとめた。
まぎれもなく夫だ。夫の身体だ。
夫が私を腕の中に。
美しく歳を重ねたその顔が見えた。
エドワードの顔が。その姿が。

小舟の中で、私たちは抱き合った。
いつまでそうしていただろう。
小舟はどんどん流されていった。
湖のどのへんなのかもわからない。
声が聞こえる。男の声。
――おおい、そこの人。
逃げろ。はやく、逃げるんだ、と。
まさに、その時――。
途方もない波が押し寄せてきて。
怖ろしいけだものが目の前に現れた。
そして巨大な顎《あご》を開いて……。
私たちは闇の中に呑み込まれて――
それでも、エメリンの手だけは
もう決して離すことはない

僕は、思わずドアを開けた。

小舟の中で、私たちは抱き合った。
いつまでもそうしていたい。
小舟はどんどん流されているけど。
湖のすべてが私たちの揺りかご。
声が聞こえます。男の声。
――おおい、そこの人。
逃げろ。はやく、逃げるんだ、と。
ああ、その時――。
途方もない波が押し寄せてきて。
怖ろしいなにかが目の前に現れた。
そして巨大な裂け目が開いて……。
私たちは闇の中に呑み込まれて――
それでも、エドワードの手だけは
もう決して離すことはない

博士が、その患者を覗き込んでいた。

ベッドには、ひとりの初老の男性が横たわり、眠っているように見える。その隣に、同年代と思われる女性が横たわり、やはり眠っているようなのだが、その二人は手を握り合っていた。

男女は、少し青ざめた顔色だったが、異常なところは見られない。

「もう、大丈夫……」

博士は、僕に説明した。

「湖畔で凍りついたように打ち上げられた時から、二人は手を握り合っていた。しかし……意識をとりもどしたあと、二人は、お互い相手が隣にいることを、まったく認識できなかった。二人は同時に覚醒《かくせい》できなかった。自分一人しかいないと思い込んでいた」

「僕はまた、てっきり……」

いささかグロテスクな想像をしていた。「いえ……なんでもありません」

「しかし――ヴァン・ヘルシング流催眠療法とは、貴重なものを拝見しました」

白衣の男が肯《うなず》きながら言った。「大きな十字架を、患者の鳩尾《みぞおち》に置いた時には驚きましたが――それをきっかけに、あの患者が、あれだけのことを話すようになるとは……」

「十字架に宗教的な意味はありません。人間が本来持っている生体電気の調節と、呼吸の調律を行ったのです。東洋の呼吸法を活用して」

「幾つもの小瓶は、なにかの薬剤で？」

「香油《こうゆ》ですよ。地下鉄の匂いや花々の匂い。記憶を掘り起こしていく手がかりでした。でも——そんなものはテクニックにすぎません」

博士は言った。「人間の心の奥の奥にある深みに向かって、呼びかけること。……彼らの〈物語〉に寄り添いながら、彼らの心を支配している〈怪物〉の本質を見定めること」

「なるほど」

男は言った。「姿が透ける病とか、血を流す男などの幻が、かれらの〈物語〉ですね。そして、彼らを呑み込んだ巨大な怪物も」

「二人の間にある問題は解決しました」

博士は言った。「ただ……すべてが幻とは限らないのですが」

「はい？」

男は首を傾《かし》げながら、「いずれにしても、寛解《かんかい》の兆しが見えてきたので安堵しました。彼女の所持品の紋章に見覚えがあったもので。私どもと同様、あの湖畔の一族と遠いつながりのあるものではないかと……。いずれにしても、慎重に対処しなければならなかったので」

「あの二人は強く結ばれています」

博士は言った。「心の奥の奥でつながっているのです。それが、絡まりあってしまっていた。でも、もう大丈夫。二人で紡《つむ》いだ〈物語〉が自分たちを癒《い》やしたはずです。次に目を醒《さ》ます時は、仲睦《なかむつ》まじい夫婦に戻るでしょう」

博士の診断は、的中した。

二人は、同時に目を醒《さ》ました。

そして——互いの無事を喜び合う姿を見ながら、僕たちは保養施設をあとにした。


なにより欲しいのは、本当の休暇《ホリデイ》だ。

ロンドンに戻って、あいもかわらず、迷路のような博士の書庫の整理をしながら、そう思っていた時だ。

「ジョン君。おつかれ様」

臨時雇いの少女が覗《のぞ》いていた。シャルロッテは僕よりずいぶんと年下なのに、博士みたいな口調でそう言うと、にっこり笑って、封筒の束を差し出した。

「今日は郵便物がたくさん来てますね。さっき、博士に持っていきました。留守番の時は、まったく来なかったのに。それと、ジョン君には電報も」

「電報？」

忘れてた。うっかり、返信先をこちらに指定してしまった。エドワード・ボロウデル氏が役員をしている貿易金融《マーチャント・バンク》の本店への問い合わせの返信が来たのだ。それに慌《あわ》てたためだろう。思わず机の上に積んでいた未整理の本の山を崩してしまった。

「ああっ、大丈夫ですか？」

大丈夫じゃない――けれど。

僕が伸ばした手が、一冊の本の間に挟まって、その頁《ページ》を開いていた。

「あ。きれい！　木炭の素描画ですね」

拡がったその頁には、美しい絵が描かれている。でも、それを見て、僕は仰天した。

見覚えのある石造りの建物。屋根の上には、小人の跨がった風見鶏。

あの居酒屋じゃないか……！

本の名前は、『湖水雑記帳』……か。あの地方在住の素人画家が素描とともに様々な出来事を書き綴ったもののようだが――この頁には「湖畔の宿」と書かれている。思わず読み始めた僕は、目を疑った。

そこには、宿泊客の老夫婦が行方不明となった復活祭の日の記述。

宿帳からその名前は、エドワード・ボロウデルと妻エメリン。

遺留品からの、警察の捜査によれば夫妻は、それぞれこの町の名士の縁者であり……。

いや、この記述は……確かに、あの夫婦のことを書いているのだけども……ありえない。

いや――そんなことはありえないのだ。というのも、この本は……。

あわてて、電報を見る。『現在ノ役員ニえどわーど・ぼろうでるナル人物ハ存在セズ。タダ曾《かつ》て同ジ名前ノ役員ガ――』と、その在籍していた年を見ると……。

ありえないのだ……彼が在籍していたという最後の年とは……湖畔で二人が行方不明になったというその年ともまったく同年……この埃《ほこり》を被った湖水雑記帳の書かれた時代と同じ……半月前どころか、半世紀以上も前のことではないか。

呆然とする僕の脳裏に、「頭ン中の時計は、大昔のまんま」……と、どこかで聞いたセリフが谺《こだま》した。あの蛭取り爺さんのことか。まてよ。「このあいだ」ってのは、いつのことだ？

思わず、博士の書斎に駆け込むと、彼女も真剣な面持《おもも》ちで、療養施設からの手紙を前にして、考え込んでいたところだった。

「どうやら……すべてが幻というわけではなかったようね」

手紙によれば、二人はあのあとすぐに、姿を消したのだという。

「でも」

博士は遠い目をして断言した。「あの二人なら、もう大丈夫」

深夜にそれを目撃したあの侍女によれば、螺旋《らせん》階段を悠然と駆け下りてくる二頭の白い裸馬の影が、馥郁とした野薔薇の香りを放っていたというのだ。

響き渡る蹄《ひづめ》の音と、若い男女の幸福そうな笑い声とともに。

空木春宵

双《ふた》葩《ひら》の花

● 『双葩《ふたひら》の花』 空木《うつぎ》春宵《しゅんしょう》

読書そのものが、読者にとっての「異界への旅《ヴァケーション》」だとすると、異界を旅する物語は、最高の保養体験になるはずである。それも、空木春宵が妖しくも美しい言葉で創りあげた、めくるめくような幻想世界であるならば。主人公の五感を通して、存分に味わい尽くすことができるはずなのだ。至上の絶景も、極上の痛みも。

前巻『超常気象』収録の「堕天児《おとしご》すくい」で空木春宵が創造した異世界は、蒼天から大量に地上に降ってくる全裸の少年少女という一大スペクタクルが圧巻だったが、今回は——世界そのものである塔の内部に吊されて、他者の罪の花を身肉から咲かせた少女が下降していく不帰の旅……。このあまりにも凄艶《せいえん》な幻想世界は、話題作「徒花《あだばな》物語」にも通底するボタニカルな妖夢であり、彼女が「感応」させられる痛みは、精神の苦痛〈罪悪感〉なのである。その世界観がすこしずつ詳《つまび》らかになっていく構成も、大きな仕掛けのカウントダウンとなっている。

第一短篇集『感応グラン＝ギニョル』（東京創元社）の痛みと濃厚さを、螺旋《らせん》を描くようにアップデートしていく空木春宵の最新作。同社で制作進行中の第二短篇集『感傷ファンタスマゴリイ』（２０２３年４月現在の仮題）も愉《たの》しみである。

一

随分と短《みじか》な生涯でございました——と儚《はかな》んでみますにも、数え十四という己《おの》が年齢《よわい》は、其《そ》の実、〈罪華《ざいか》ノ巫女《みこ》〉として不帰の旅路に就《つ》くには取り立てて若過ぎもせず、然《しか》して、年経《ふ》り過ぎたという事もなく、恰度《ちょうど》、花なら見頃とでも申すべき時期《ところ》でございましょうか。

姉《あね》巫女の手を借りつつ——尤《もっと》も、罪と咎《とが》とに穢《けが》れた此《こ》の不浄の身に直截《ちょくせつ》触れはしませぬよう、彼女の指先は白絹の手袋に包まれておりましたが——身を横たえてみますと、白木の〈匣《はこ》〉の内部《うち》は過分に広くもなければ、さかしまに窮屈という事もなく、わたしの輪郭《くま》にぴたりと合いました。能《よ》く能く考えてみれば、身の丈や肩巾《かたはば》、其《そ》れから胸やお臀《しり》のぐるりまでをも精緻《せいち》に測《はか》って誂《あつら》えられた物なのですから、当然と云えば当然でございましょうが、其れでも木工衆《もっこうしゅう》の確かな手業《てわざ》に対する素朴な賛嘆から、ほぅ、と云う何とも間の抜けた声が我知らず喉から転《まろ》び出まして。はしたなき振る舞いとは重々心得ておりますが、さりとて、口許《くちもと》に手を遣って羞恥の念を示す事も、照れ隠しめいた笑みを拵《こしら》えます事も、わたしには能《あた》いません。何故と申しますに、匣の前に立たれて御幣《みてぐら》をお振りになりつつ大祓詞《おおはらえのことば》を奏《そう》上《じょう》なさっている宮司《ぐうじ》様も、其の傍《かたわ》らに肩を並べた姉巫女も、揃って厳《おごそ》かな御貌《おかお》をしていましたし、こうして〈華送《はなおく》リノ儀〉が執り行われているさなかに在っては、わたしにもわたしの役目というものがございます。使者であると同時《おんなじ》に屍者《ししゃ》でもある——斯様《かよう》な役を負うた者には、身動《みじろ》ぎの一つも許されてはおりません。所謂半眼《いわゆるはんがん》となるよう瞼《まぶた》を下ろし、唇を呼吸《いき》に震わす事とてなく、生命《いのち》を持たぬ者の体《てい》を保っておらねばならぬのです。

匣の底には神紋《しんもん》の縫い取られた織布《しょくふ》が幾重《いくえ》にも重ねられておりまして、焚《た》き染《し》められた沈香《じんこう》の馥郁《ふくいく》たる香が其の表面《おもて》から立ち昇っては、さわさわと鼻をくすぐってまいります。加うるに、織布の下にも何か柔らかな物が敷き詰められていると見え、仰臥《ぎょうが》したわたしの背をふうわりと受け止めてくれましたが、此れは屹度《きっと》、〈涯《はて》〉までの旅路に於《お》いて身を傷《いた》める事のなきようにという御計《おはか》らいから、そう設《しつら》えられた物でございましょう。散々《さんざ》っぱら痛苦に苛《さいな》まれ抜いてきた此の身に、何を今さら情けなぞお掛けになるかと可笑《おか》しくも思われますが、斯様な思いもやはり、面《おもて》に出すわけにはまいりません。わたしは唯、左右の手をば胸元に重ね、おつむの天辺《てっぺん》から足の先端《さき》まで、しゃんと伸ばしておらねばなりません。斯《か》くて棺桶《かんおけ》にも似た匣に収まりました身が花瓣《かべん》を広げて咲き乱れた色とりどりの花々に覆われております様は、事情をご存知ない方がお見かけになりましたらば、納棺の儀のようにも思《おぼ》し召《め》す事でしょう。

ですが、そうでない証拠には、匣中《こうちゅう》に副葬品が添えられる事もなければ、上から蓋《ふた》が打ち付けられる事とてございません。代わりにと云うわけでもございませんが、匣を成す四面の板には東西南北の各〈宮〉を示す小さな鳥居が据え付けられております。其れから、四隅には太く厳《いか》めしい鎖が打ち付けられておりますが、此方《こちら》は恰度四角錐《すい》の形を成しつつ伸び上がった末、一際《ひときわ》太い、蟒蛇《うわばみ》の如き鎖へと収斂《しゅうれん》しております。此れらの鎖によって匣は宙吊りにされているのでございますが、然《しか》れども今はまだ、〈塔〉の壁面から横様に突き出した橋の突端にございます神楽殿《かぐらでん》の縁《へり》へと荒縄で舫《もや》われております故、時折、びゅうと音を立てて遥か下方から吹き上げられてまいります仇《あた》の風に躍らされる事とてございませんで、静かな水面《みなも》に置かれた小舟が如く、幽《かす》かに揺れるばかりでございます。**首を絞められ、苦悶に潤んだ、あの女の目のようだな。**

　宮司様が祝詞《のりと》を奏上なさっている間も、わたしは別段、厳粛な気持ちになるでもなく、唯々、半ば伏せた瞼の隙から姉巫女のかんばせを盗み見つつ、（過去の儀式の倣《なら》いに従う限り、此れこそ、自身が目にする事の能う最後の姉巫女の貌という事になるのだな）なぞと考えておりました。そうして愈々《いよいよ》祝詞がお了《しま》いまで至りました時、宮司様と一緒に踵《きびす》を返して匣から遠退《とおの》いていく姉巫女が振り返り際にほんの一刹那《せつな》ばかり覗《のぞ》かせた貌を、わたしは確《しか》と己が眼《まなこ》に灼きつけたのでございます。此の先も、決して忘れは致しますまい。

　匣のもとには、御二人と入れ替わりに、垂布《たれぎぬ》で御顔を隠して神官様の御装束《ごしょうぞく》を召した方がお越しになって、匣中に小さな包みをお投じ入れになりました。其れから続けて舫いの綱が解かれますと、匣は、軋《きし》みを上げつつ伸び出す鎖によって下方へ下方へと降《くだ》り始めましたが、其の動きが些《いささ》か焦《じ》れったさを覚える程にゆっくりしたものであったが故でもございましょうか、殊更《ことさら》、虚空に落ち込んでゆくかのような感覚はございませんで、唯、薄《うす》ぼんやり思っておりました事と申せば、例の蟒蛇の如き鎖の立てる軋音《きしりね》が想像していた以上に煩《うるさ》いなという事ばかりでございました。卜占《ぼくせん》に用いる蛇を火に翳《かざ》した際の、焼け縮んでゆく身に締め上げられた脊椎《せきつい》が発する悲鳴に、**或《あるい》はあの女の悲鳴に、**其れは能く似ておりました。

固《もと》より匣の横板で視界を遮られておりますわたしには、既に姉巫女の姿も宮司様の御影も見えてはおりませんでしたが、匣が降りてゆくにつれ、目に入る物と云えば、愈々《いよいよ》、四方から圧《お》し迫った塔の外壁と、橋や神楽殿の裏側ばかりとなりました。其れでも、幽《かそけ》く降ってまいります、しゃら、しゃら、という金属《かね》の音から、上で何が為されているかは自然と判ります。姉巫女と、彼女を筆頭としてお集まりになった他の三宮の巫女様方が、葡萄《ぶどう》の房の如く幾つもの鈴がついた神楽鈴と榊の枝を手に、御神楽《みかぐら》を舞っていらっしゃるのでございましょう。二度と還《かえ》る事なき旅路に就く者を、其の心を、鎮める為の御神楽を。

其のさなかに在る姉巫女の心を占めておりますのは、罪華ノ巫女として黄泉路《よみじ》に就く姉妹への哀《あわれ》の情でしょうか。其れとも、今宵にも早速《さつそく》執り行われる筈《はず》の、〈播種《はんしゅ》ノ巫女〉たる己に課せられました今一つの務め——〈マレビト〉様との共寝《ともね》に、気を逸《はや》らせてでもいるのでしょうか。わたしには、判りません。**どうして、どうして、俺はあんな事を？**

【華送リノ儀】

〈華送リノ儀〉とは〝八分咲き〟を迎えた〈罪華ノ巫女〉に課せられた最後の役目——則《すなわ》ち、〈涯《はて》〉と呼ばれる〈塔〉の最下層を目指す旅——の門出に際して執り行われる儀式である。白衣《びやくえ》と緋袴《ひばかま》を纏《まと》った〈播種の巫女〉に伴われた〈罪華ノ巫女〉が、木棺《もつかん》にも似た〈匣〉——此れは通常、祭具を専門に扱う〈木工衆〉と呼ばれる職人達によって造られる——の内に収まると、先《ま》ずは宮司による祝詞が奏上され、続けて、此度《こたび》の祭主を務める〈宮〉に属す〈播種ノ巫女〉を筆頭として集った四人の巫女が、採り物と呼ばれる道具を手に神楽を舞う。

但《ただ》し、他の階層の神事で見られる祝詞や神楽と〈宮ノ階層〉にて執り行われる其れとでは些か意味合いが異なり、後者は神仏への奉納というよりも、むしろ、以下三点の性質が強い。

一、不帰の旅路に就く〈罪華ノ巫女〉の鎮魂

一、〈罪花〉が放つ瘴気《しようき》を祓《はら》い、寄せ付けぬようにするという、一種の結界の生成

一、〈涯〉に向けて華を送り出す宣言（云うまでもなく、華とは〈罪華ノ巫女〉を指す）

なお、巨大な巻上機から垂れる鎖によって宙吊りにされた〈匣〉は宮司の祝詞が終わるや下降を始める為、其の内に収まった〈罪華ノ巫女〉が神楽に立ち会う事はない。

斯くて神楽が舞われた後、再度の祝詞奏上を以て、此の儀式は終わりを迎える。

〈宮〉に於いて執り行われる数々の祭儀の中でも、大災厄〈葩《は》瘴《しよう》風《ふう》〉を防ぐ為の儀式たる〈華送リノ儀〉は、殊に重要な神事である。

二

匣をゆるゆると降ろしてゆきます大なる鎖は、宮ノ階層よりも遥か上層に設置された巨大《おおき》な巻上機から吐き出されているのだと、そう聞き及んでおります。

勿論、巻上機其れ自体はさして珍しい物でもございません。下層からの物資の荷揚げに使われている物が幾らだってございます。ですが、其れらが専《もっぱ》ら上へ上へと物を運ぶ事を役目としております一方、匣は只管《ひたすら》に下方へと降ってゆくのでございます。加うるに前者の荷は、途中、幾つもの荷捌《にさば》き所での箱の乗り継ぎを経て上層へと送られてゆくのに対して、匣は涯《はて》へと至るまで一本の鎖と一台の巻上機とによって一直線に運ばれてゆくと云うのですから、其の機構《からくり》の壮大さたるや、物凄まじいものがございますね。

斯様な機構によって匣が降下を始めてから、もう、丸々一刻ばかりは経ちましたでしょうか。風を切りつつ素晴らしい速度で行き交う荷揚げ用の箱に引き換え、匣の降る速さときたら、相変わらず何とものんびりとしておりまして、何となれば徒歩《かち》にて階《きざはし》を往く方が余程速いと思われる程でございますが、流石《さすが》に此れだけの時が経ちますと、視界の真ん中を占めておりました神楽殿さえも豆粒の如く小さくなってまいりました。仮令《たとい》、姉巫女や宮司様が其の縁に経って眼下を見下ろしていらっしゃったとて、其の御姿が此方からはもう見えぬのと同様《おんなじ》に、匣に仰臥したわたしの姿も又、確とは御覧になれぬ事でしょう。其れは則ち、もはや、何をしていようと見咎められる虞《おそれ》がないという事をも意味しております。

そう思うや、わたしは生命《いのち》を持たぬ木偶《でく》の身である事をやめ、腰を捩《ねじ》って背を持ち上げました。其れから、肩を揺すったり首を回したりして、凝り固まった身の其方此方《そちこち》を一頻《ひとしき》り解《ほぐ》しますと、両手を匣の縁に掛けて眼下の景色を眺め遣りました。

塔の中心を貫く無間の吹き抜け――〈虚《うつろ》〉――は緩《ゆる》やかな曲線から成る巨大な円として、何処《どこ》までも何処までも下方へと続いておりますが、さりとて、其の様は闇に充たされた窖《あなぐら》の如きものではございませんで、むしろさかしまに、中天から降り注ぐ陽光が幾重にも重ねられました青白い大気の羅《うすもの》によって屈折し、攪拌《かくはん》された末に、真っ白く煙《けぶ》っております。

いいえ、此れとて別段珍しい景色ではございませんでしょう。少なくとも、わたしに限って申せば、常より起き臥ししておりました寝所の窓から飽く程に見慣れた光景でございます。窓からひょいとおつむを差し出してみれば、首を仰《の》け反《ぞ》らせて上方を仰ごうとも、さかしまに顎《あご》を引いて下方を見下ろそうとも、目に入ってくる景色はまるで変わりはしませんで、玻《は》璃《り》窓の嵌め込まれた灰色の外壁が果てしなく高く――或は低く――続くにつれ、虚《うつろ》を成す円形の壁面は遠近法の不可思議に則《のっと》って徐々に窄《すぼ》まり、視界の果てで一点に収束してゆくのでございます。昔話で聞かれますような「空」や「大地」というものは、何処《どこ》にも見当たりません。**其処《そこ》を墜ちてゆく良人《おっと》の貌が、私には忘れられませぬ。**

そう云えば、未だ巫女としての役目を拝命する以前、稚《いとけな》い幼児《おさなご》でございました時分に一度だけ、一体、どうしたらこうも滑《なめ》らかに石を切り出せるのだろう、どうしたらこうも継ぎ目なく石を積み上げられるのだろうと、そう、姉巫女に訊ねた事がございました。

すると、（お莫迦《ばか》さんねぇ）と云って、姉巫女はわたしの其れと同じ形をした蒼褪《あおざ》めた口許に薄っすらとした笑みを泛《う》かべました。斯様な時、彼女の双の目見《まみ》は哀《あわれ》の色とも嘲《あざけ》りの其れともつかぬ色を湛《たた》えつつ、弓なりに弧を描いて細められるのが常なのでございますが、斯様な貌を此方に向け、続けて説くには、塔は何処ぞから切り出してきた石なぞで建てられたのではなく、混凝土《コンクリート》と呼ばれる、現在《いま》となっては製法も材料も忘れられた古《いにしえ》の素材を練り固める事によって形作られたと云うのです。

其れから如何《いか》にも呆《あき》れた調子で、（神紀にだって書かれていたでしょう）

そうでしたでしょうか。わたしには思い出せませんでしたが、とまれ、神代《かみよ》の御方々は何とまあ素晴らしい御知恵と技術《わざ》を持っていらしたのだろうと素直に吃驚《びっくり》致しますと同時に、一方ではなお幾つもの疑問が次から次へと胸の裡に湧き起こっては、止め処《ど》なく口から転び出ました。斯様に便利な素材が在ったとて、どうしたらこんなにも真っ直ぐに其れを塗り込める事が能うのだろう、どうしたら斯くも寸分の狂いもなく整然と玻璃窓を配する事ができるのだろう、どうして、どうして、どうして――と続けるわたしに、姉巫女は少しく気分を害したものと見えまして、眉根を寄せつつ、叱責するかの如くぴしゃりと云いました。

（そんな事は、考えなくて良いの）

考えずとも良い事まで考え、識《し》る必要のない事まで識ろうとする。其れがお前の良くない心癖《こころぐせ》だとは周囲からもしょっちゅう云われておりましたが、わたしには未だに能く呑み込めません。判らぬ事や識らぬ事は、抑《そもそ》も考える必要とてない事だと、物事を能く弁《わきま》えた方々は一様にそう仰いますが、仕組みも判らぬ旧世界の遺物に身を取り巻かれ、確とは由《よし》も知れぬ習慣《ならい》に沿うて生きるというのは、甚だ心許ない事のように思われて仕方がないのです。

今もそうです。眼前を上へ上へと流れてゆく無数の玻璃窓は宮ノ階層で見られますような透き通った其れとは違い、底光りする黒色に塗り込められておりまして、其の向こうに何が在るのか、此方から見透す事も能いません。形こそわたしも能く知る物と変わらぬように見えますが、どうして斯様な色をしているのでございましょうか。窓のあちら側にも、やはり、人は棲《す》まっているのでしょうか。其処に居る人々からはわたしの姿が見えているのでしょうか。いえ、抑も、此れは真実、玻璃窓なのでしょうか。判りません。**判りません。**

黒い玻璃の表面《おもて》は此方の問いに答える事なく黙り込み、唯々、小首を傾げたわたしの姿を鏡のように映しております。**其処にはいつか、良人の姿も映ったものでしょうか。**

そう、肩と云わず胸と云わず、膚《はだ》を破り、肉に根を張って生い群れた、色とりどりの毒花に覆われております、わたしの姿を。


【宮ノ階層】


一体、〈塔〉がいつから存在しているのか、其の高さが如何程《いかほど》のものであるか、孰《いず》れも答は出ていない。自然、己らの棲まう階層が〈塔〉に於いてどの程度の位置を占めているかを把握できている者も又——余程の低層階に棲まう者を除けば——居ない。

円筒形を成した〈塔〉の中央は一種の吹き抜けとなっており、恐らくは、最上層から最下層まで、同一の幅を保った真円によって刳《く》り貫《ぬ》かれている。真上から見たとすれば——其れが可能な事であるかは甚《はなは》だ疑問だが——同心円状の輪を描いた様が観測できるであろう。

此の巨大な建造物を構成する主たる材質は混凝土《コンクリート》、鋼鉄、硝子《ガラス》の三点だが(＊)、此の内、前二者については製法、素材、技術の孰れも既に失われている。

一階層の面積はおよそ十ヘクタール。大抵は一〜三階層で一つの文化圏を形成しており、其の圏域を境として住人の生活様式や習俗、産業や経済状況は著しく異なったものとなる。

各文化圏の間では交易——又は収奪——が行われてこそいるものの、〈塔〉内に深く根付いた〈階層主義〉の為、下層から上層へという住人の移動は先ず以て許されない。元々棲んでいた階層に於いて余程の富を得た者であれば、其れを以て上層に移る事も不可能ではないが、其の場合にも後述する〈宮ノ階層〉を越えての移動となると更に話が変わってくる。
斯様に孰れ異なる特徴を具《そな》えた各階層、及び各文化圏の中でも、〈宮ノ階層〉は飛び抜けて風変わりだ。此の階層にはおよそ産業と呼び得るものが存在しないが、其の代わりに独自の信仰を有しており、住人の殆どが何らかの形で神職と関わる職掌《しょくしょう》を担っている。其の上で、彼らは上下およそ五階層の住人を一種の氏子《うじこ》とし、各種の神事を執り行う事によって生計を立てているのである。なお、階層内には東西南北めいめいに当該信仰の中心的指導者の血を継いだ家系からなる〈宮〉が配され、其《そ》れ其《ぞ》れ、下記の名を冠している。

北：一花《いっか》ノ宮
東：二瓣《にべん》ノ宮
南：三葩《さんは》ノ宮
西：四萼《しがく》ノ宮

〈追記〉当初、一花ノ宮こそが宗家であり、他の〈宮〉は其処から派生した分家であろうと考えていたが、後に、此れは誤りである事が判明した。実際には宮司らは血縁関係になく、むしろ、各〈宮〉に属し、〈播種ノ巫女〉を世襲で継ぐ女系一族こそが、根を同じくしている。

神事は各〈宮〉が数年ごとに祭主の役目を交代するという、一種の頭屋《とうや》制に近い持ち回りの形で執り行われているが、個別の氏子による依頼に応じた儀式から、数年に一度のみ催される祭儀まで、其の中心を貫く教義は、〝罪業の転移〟とでも呼ぶべきものである。

（＊）尤も、より上層や下層に位置する未踏の階層にも当て嵌まる事かは不明である。

三

拝殿を充たす暗闇に、燈明《とうみよう》の投げる灯《ひ》は石畳に打った水が如くじわりと緋色に滲みまして、宮司様が唱えられている祝詞と、緊張からか微《かす》かに乱れた参拝者様の息遣いとに、そわそわと漣《さざなみ》立っておりました。

燈明皿に注がれた油には藺草《いぐさ》から採られた香油が落とされております故、灯芯の先でちろちろと揺れる火からも香ばしく甘やかな香が漂い出しておりましたが、其れは何も、物忌みをお済ましになって此の場に臨まれた参拝者様の御心を落ち着けんが為ばかりの物ではございません。此れより流れる血の鉄気《かなけ》臭さを打ち紛らす事こそが其の本義でございます。

宮司様は祝詞を唱え終えられますと、差し向かいに御膝を揃えて座られた参拝者様に、つと御足を寄せられました。其れから、首《こうべ》を垂れた御相手の御頭《みぐし》に左手《ゆんで》をば翳され、右手《めて》に握られた御幣《みてぐら》をお振りになりますと、参拝者様の御身体からは、ぼぅっ、と輪郭《くま》も朧《おぼろ》な燐光が立ち昇りまして、暫《しば》し、ふわふわと宙を漂った後、宮司様の掌《て》の内へと蟠《わだかま》りました。

時を同じうして、宮司様の背後《うしろ》でわたしと並んで坐しておりました姉巫女が、緋袴の微かな衣擦《きぬず》れの音さえもなく静々と立ち上がり、今や球形を成した緑青《ろくしよう》の光を宮司様の御手から受け取りますと、楽の音もなしに特別な御神楽を舞い始めました。白衣《びやくえ》の袂《たもと》を嫋《たお》やかに閃《ひらめ》かせ、緋袴の裾をふぅわりと辷《すべ》らせる姿ときたら、揺れる火影《ほかげ》とも相俟《あいま》って、さながら夢幻の如き風情でございまして、もう幾度となく目にしておりますわたしでさえ、此の後には己が身の苛まれる事すら忘れて見入ってしまう程でございました。加うるに、唯さえ流麗な舞のさなか、姉巫女は件《くだん》の緑青色の柔らかな光玉を手鞠か何かのようにして左右の手で弄《もてあそ》び、一方の腕の先から肩や項《うなじ》を通してもう一方の腕へと転がしてみせたり、或は一方の手のみで上下に捏《こ》ね回すようにしてみせたりという器用な技芸《わざ》をも披露するのです。

斯くの如く姉巫女の手中で弄ばれてゆく内に、光は徐々に輝きを減じつつ縮んでゆきまして、了いには薄緑色をした小指の爪ばかりの小さな種子——則ち、〈讖種《ざんしゆ》〉へと変じます。其れが姉巫女の掌《て》に収まりましたら、次はわたしが役目を全《まつと》うする番でございます。

とは申しましても、わたしは御神楽を舞うわけでもなければ、何事か参拝者様の御世話を致すわけでもございませんで、先までと変わらず、唯、坐しているのが務めでございました。何しろ、御神楽を舞おうにも姉巫女と違って白衣も緋袴も纏う事なく総身《そうみ》を剝き出しにした巫女ときては、如何にもお見苦しいばかりでございましょう。

生《き》のままの身を宮司様や参拝者様の御前に晒《さら》す事には、もう、すっかり慣れておりました。

勿論、初めの内は恥ずかしくて仕方がありませんでしたが、咎遷《とがうつ》シノ儀が重なるにつれ、どうでもよくなっていたのでございます。

　斯様なわたしの真正面、其れも、鼻先さえ触れんばかりの間近に坐して、姉巫女は此方《こちら》の手を取りました。そうしてわたしの腕《かいな》を矯《た》めつ眇《すが》めつしては、未だ芽も蕾《つぼみ》も膚を裂いて生えてはおらず、傷を閉じた痕とてない、まっさらな箇処を選びますと、此方《こちら》に覆い被さるようにして身を寄せつつ、小刀の切っ先で以て、懺種よりも稍々《やや》小さな傷をわたしの膚に刻むのでございます。更には、零《こぼ》るる血にも一向構わず、**勿体《もったい》ない、膚を這う血は堪《たま》らなく綺麗なのにな、**指先に抓《つま》んだ種を其の傷口に押し当て、ぐいと捻じ込んでまいります。異物が傷をこじ開け、肉を圧して身の内に這入ってくるのですから痛くて堪りませんが、ほんとうに辛いのは其処《そこ》から先です。懺種が肉に押し返されるのを防ぐ為、姉巫女は傷口を拇指《おやゆび》で押さえた上、ぐいぐいと押し込むような手つきで以て、皮膚の奥へ奥へと、種を潜《もぐ》らせてゆくのでございます。先にも申しましたように小指の爪ばかりもある代物《しろもの》が、無理矢理に皮膚と肉の間をめりめりと裂き進んでゆくのですから、其の痛苦ときたら、他にはちょいと喩《たと》えようもございません。そうして最後に、姉巫女は己が白衣の衿に刺しておりました針を、すぅっと抜き取り、わたしの皮膚に穿《うが》たれた孔を器用な手つきで縫い閉じるのでございます。

　両膝を揃えたわたしが奥歯を食い縛って一連の絶痛に凝《じっ》と堪《た》えております間、其の身を苛んでおります当の姉巫女は此方の耳にそっと口許を寄せ、宮司様や氏子様の御耳には決して届きませぬでしょう小さな声で、頻《しき》りにこう囁くのでございました。

(痛いよね。辛いよね。可哀想に。わたしが代わってあげられたなら、どんなに良いか)

己が喉から飛び出した叫声《きょうせい》に驚いて目を覚ましてみますと、遠近法の同心円を描いて視界の彼方《かなた》まで伸びております虚《うつろ》は、今や御日様の落とす光に煙る事とてなく、其の胎《はら》の内に夜闇を孕《はら》んでおりましたが、其れでいて少しも暗く感じられぬのは、周辺《あたり》を取り巻く玻璃窓の悉《ことごと》くから、電燈の青醒めた光が放たれている為でございました。

いつの間に眠りの底へと落ち込んでいたものでしょうか。わたしは身を起こし、目を——と申しましても、左の眼窩《がんか》は白い花瓣を開いた罪花へと其の座の主を替えておりますから、右目ばかりを——擦《こす》り擦り、周囲の景色を眺め遣りました。

先には黒く底光りするばかりでした窓々は、わたしも能《よ》く知る透き通った其れへと変じておりまして、其の向こうに居る人々の姿も、身の動きの一つ一つはおろか、影の微細な身動ぎまで明瞭《はっきり》と見透せます。机に向かって熱心に筆を動かしている者、彼方《あちら》から此方へと何か物を運んでいる者、盆を片手に湯飲みと思《おぼ》しき物を配って廻っている者——多くの人々が皆一様に**物を盗られても気づきゃしねぇくらい**忙しそうに何事かしているようなのですが、水槽の中を右往左往する蟹《かに》達の姿にも似た滑稽《こっけい》な其の様は、わたしの目には何とも奇異なものとして映りました。

何故と申しますに、儀式のあるわけでもない晩には日が落ちるなり食事と湯浴《ゆあ》みとを済ませて早々に床《とこ》に就くべきものだと、幼少のみぎりよりそう教え込まれておりましたし、現に其の云いつけに従って生きてきたが為でございます。
然れども、見る限り、窓の向こうの人々はどうやら何かしらの仕事に従事し、忙《せわ》しなく働いているもののように思われます。夜が来てもなお此れ程多くの人が勤めを続けているとは、何と不可思議な光景でございましょう。
おかしな時間に我知らず睡臥《すいが》してしまった所為《せい》か、わたしは其の後、まんじりとする事もなく、唯々、飽かず水槽の人々の様を眺めておりましたが、驚くべき事には、幾ら匣が降《くだ》れども下れども、そうしていつしか朝の光が虚に差し込もうとも、**莫迦真面目でせこせこした**人々は窓外を往くわたしの姿を気にも留めず、なおも働き続けているのでございました。

【咎遷《とがうつ》シノ儀】

〈宮〉によって執り行われる数々の神事の中でも、〈咎遷シノ儀〉こそは、先に記した〝罪業の転移〟という教義を最も如実に体現した儀式であると云えよう。
宮司と二人の巫女――則ち、〈罪華ノ巫女〉と〈播種ノ巫女〉――が、斎戒《さいかい》を済ませた参拝者（一度の儀式に於いて参じられる者は一名のみと取り決められている）の前で執り行う儀式の流れと、各段階が担う機能的役割とを掻い摘まんで記せば、概《おおむ》ね下記の通りとなる。

一、宮司による祝詞の奏上——参拝者が抱えた罪咎《つみとが》の抽出・除去
二、〈播種ノ巫女〉による神楽の奉納——抽出された罪咎の物質化
三、〈罪華ノ巫女〉への〈懺種〉の植え付け——物質化された罪咎の移植

此れらの意味合いを正しく理解するには先ず、「〈宮〉に詣《まい》る参拝者は皆一様に何らかの罪を犯している」という点を押さえておく必要があるが、此処で云う「罪」には、人殺しや盗みや姦通といった種々の悪事は勿論の事、故意によるものではない過失まで、沙汰の軽重《けいちょう》を問わず、当人が犯したと認識していないものすべてが含まれる。そして、其れらの罪咎を取り除き、〝清き身〟へと浄化する事こそが〈咎遷シノ儀〉の眼目《がんもく》である。

但し、誤解を招かぬよう強調しておくが、此れは犯罪者の赦免という社会的救済や、罪悪感の減免といった心理的事柄を、定型的な儀式による一種の〝見立て〟を通して実現するという類《たぐい》の話——ではない。参拝者の負うた罪は極めて具体的かつ直截的に、〈罪華ノ巫女〉の身へと遷されるのである。

以下、具体的に見ていこう。先ず宮司が祝詞を奏上しつつ幣《ぬさ》を振るうと、参拝者の身からは罪咎が一種の気体の如くして遊離する（一）。次に〈播種ノ巫女〉が神楽を舞いつつ先の

罪咎を捏ねて植物の種子状の物として物質化する（二）。斯くて生成された〈懺種〉が、〈播種ノ巫女〉の手によって〈罪華ノ巫女〉の身へと植え付けられる（三）。

此れらの過程を経る事によって、罪咎は実際に〈罪華ノ巫女〉へと遷されるのである。然し、人というのは其れ程に――斯様な業《わざ》が必要とされる程に――罪を抱えているものであろうかと、そう思う者は己が胸に手を当ててみるが良い。自分は如何に些細《ささい》な罪とて犯してはおらぬと断言できる者は少なかろう。まして、氏子らが〈宮ノ階層〉から上下各五層もの住人からなる事を考えれば、むしろ、罪人《つみびと》の居らぬ事の方が考え難い。

加うるに、〈宮ノ階層〉より下位の層に棲まう者が〈宮〉より上階へと居を移すに際しては、〈咎遷シノ儀〉によって〃清き身〃となっている事が必須であるとされている。〈罪華ノ巫女〉の身が、早晩、〈懺種〉で埋め尽くされるのも、宜《むべ》なるかなというものであろう。

〈要追加調査〉参拝者の身から罪を遊離させる術について、宮司自身の力によるものか、其れとも、何らかの形で巫女の力を一時的に借用しているものか、現時点では判然としない。

四

朝が来て、昼が過ぎ、夜が還ってきては、又、朝が来ます。匣は相変わらず緩慢な降下を続けておりまして、斯《か》く申しますわたしもわたしで、やはり、何を為すともなく模糊《ぼんやり》とばかりしておりましたが、目に映る景色には、又も変化が生じておりました。

　此の辺りの階層の部屋部屋には玻璃窓がなく、代わって、風雨に晒された赤錆だらけの鉄格子が各階の天井から床まで渡されているのでございます。部屋によって格子の塗りの剝げ具合や色味が一つ一つ異なっておりますので、其の様ときたら、無数の鳥かごが縦に積まれ横に並べられているかのようにも見えます。其れから、斯様な格子の奥に、玻璃でできた掃き出し窓がございまして、両者のはざまには洗濯物と思しき衣服が幾つも吊され、虚《うつろ》の下方から吹き上げる風に揺れているのでございます。眺めておりますと——罪花に覆われてそおりますものの、其の実、丸裸なわたしが云えた事でもございませんが——随分着古されたものと思しき襤褸《ぼろき》切れの如き服を着た女達が洗濯物をせっせと取り込んでいる容子《ようす》が方々に見られました。或は又、掃き出し窓の外に据えた椅子に掛け、先端が赤々と燃えている棒状の物を頻りに口許に運んでは煙を吐き出している男らの姿なぞも見えます。斯様な見慣れぬ様を飽かず眺めております内に、日の光は徐々に弱まり、又も、夜がやってまいりました。

　夜というものが、わたしには恐ろしくてなりません。と申しましても其れは、幼児《おさなご》が夜闇の暗さを怖がるような稚《いとけな》い思いからの事でもなければ、漠たる不安に訳もなく囚われがちになってしまうとか云うような、所謂《いわゆる》、気分の問題という話でもございませんで、わたしが抱えておりました恐れは、もっと卑近で、もっと切実な理由から生じたものなのです。

　一つには、我が身を苛む痛みの所為でございました。

姉巫女の手によって皮下へと植え込まれました犠種は、常の植物の種子と同様に、おんなじやがては種皮を破って根と芽とを長じさせ始めます。己が身の内で小さな長虫の如き根が肉を割りつつ這い伸びる痛苦と申しましたら、其れはもう、酷いものです。何しろ、一本一本は如何に細くとも、一つの種から出た無数の根が身の内を蝕《むしば》んでゆくのでございますから。

一方で芽の方はと申しますと、常の草花の如く茎を伸ばして葉をつけるわけではございませんで、膚の下に在りながら、早くも蕾《つぼみ》をつけてまいります。懺種の元となった罪咎の性質にもよりますが、小なるものでも小指の先ばかり、大なるものとなると拇指の先程もある蕾が皮下で膨れ上がった末、了《しま》いには皮膚を突き破って姿を顕《あら》わにするのでございます。

其れでも日の光の在る内は、まだしも痛みに堪える事ができました。日々の神事や其の準備、或は修身なぞを忙しくこなしております故、少しく気が紛れるという事もありましたが、何より、懺種の成長がより活発となるのは夜であったが為でございます。

内から突き破られました皮膚も、根によって掘り進められました肉も、畢竟《ひっきょう》、傷を負うているに外《ほか》なりませんから、疼《うず》きもすれば、火照《ほて》りもします。夜が来る度、わたしは熱に浮かされて歯の根も合わぬ程に震えながら、寝所の内で身を縮こまらせて、ぅぅ、ぅぅ、と獣の如き唸り声を上げてばかりおりましたが、斯様な時には決まって隣室の姉巫女が襖《ふすま》を開けて此方までやって来て枕辺に腰を下ろしました。そうして、やはり白絹の手袋を嵌めたままの手で、わたしの膚の内、まだ蕾も縫い跡もない箇所を撫でながら、頬にかかる吐息も感じられます程に顔を近づけて、こう、囁くのでございます。

(痛いわよね。苦しいわよね。ほんとうに、ほんとうに、可哀想に。わたしが代わってあげられたなら、どんなに良いか)、と。

無論、斯くの如き身体的な痛苦も確かに酷いものではございましたが、其れにも増してなお遣り切れませぬのは、斯くてわたしの身の内に根を張った懺種が、元来其の罪咎を負っていらっしゃった参拝者様の胸の裡を棲み家としておりましたでしょう〝罪悪感〟やら〝後悔〟やらをも、そっくり其のまま、わたしの胸に喚起させるという事でございました。

己が娘を犯して子を孕《はら》ませた殿方の罪悪感——奥方を愛する剰《あま》り、他の男に取られまいと己が手で縊《くび》り殺した上、其の肉を喰らったという殿方の後悔——過失によって窓から赤子を取り落としてしまった親御様の己を責め苛む心持ち——等々、わたしが引き起こしたわけでもなければ、身に覚えもない種々の凶事に対する感情が、然し、確かにわたしの中で湧き立つのです。其れら無数の感情は夜通し頭の中で轟々《ごうごう》と音を立てては渦を巻き、わたしの心を苛むのでございました。現実に己が犯した罪咎ではないと頭では解しているにもかかわらず、心は其れを我がものとして容《い》れてしまっているのでございます。

「あんた、大丈夫なのかい?」と出し抜けに声を掛けられましたのは、斯様な事を考えていた時の事でございます。突然の事でもありましたし、匣の内と塔の内とは目には見えぬ壁に阻まれた別世界かの如く思っておりましたので、其れがわたしに向けられた言葉だと、直ぐには判じられませんでした。なおも続けて、「あんただよ。其処のあんた」と声のする方に首《こうべ》を回してみますと、**俺が犯した娘に能く似た、**ふくよかに過ぎる身体をやはり襤褸切れの如き衣に押し込んだ一人の女が、凝《じっ》と此方を見つめていました。「何年かおきに其の箱みたいなもんで降りてくる子が居るけどさ、そんなもんに乗ってて、危なかぁないのかい」

実際、匣に乗って降下してくる巫女の姿を見慣れているのでございましょう。毒花で覆われた、謂《い》わば、華のおばけとでも申すべきわたしの姿形《なり》に、女は少しも驚いておらぬようでした。宮ノ階層の方々とは随分異なる荒っぽい口振りに気押《けお》されつつも、斯様な言葉を掛けられた事など、上層《うえ》に居た頃には一度もなかったな、なぞとわたしは思うておりました。とは申しましても、どう応じたら良いものかはまるで判りませんで、曖昧《あいまい》な頷きを返す程度の事しか、わたしには能わぬのでございましたが。

【罪花】

〈罪華ノ巫女〉に植え付けられた〈懺種〉が成長した末に咲かせる花を〈罪花〉と云う。読みは〝罪華〟と同じく〝ざいか〟であるが、此処では〝花〟の字が用いられている事に留意したい。どうやら、〈宮ノ階層〉に於いては、〝花〟は一輪の花を指し、〝華〟は花が咲き乱れている様、或は、花束のように幾つかの花を集めたものを指す語として、其れ其れ使い分けられているらしい。〝花〟に身を覆われた巫女が〈罪華ノ巫女〉と呼ばれ、其の巫女を下層へと送り出す〈華送リノ儀〉で〝華〟の字が用いられているのも此の用法に則っている。

〈罪花〉には、〈懺種〉に込められた――つまりは、〈罪華ノ巫女〉の身に遷された――罪の性質に応じて花瓣の色も形もめいめい異なるものになるという特徴が見られるが、加うるに、もう一点、此れも又、非常に変わった特性を具えている。

其れは、花が開くまでの過程である。

発芽した〈懺種〉は〈咎遷シノ儀〉から概ね十日ばかりで〈罪花〉の蕾をつけるが、其のままでは其処から先、幾ら時を重ねようとも、花が開く事は決してないと云う。則ち、其の時点で一旦《いったん》、成長が止まるのである。故に、〈咎遷シノ儀〉が繰り返されるにつれ、〈罪華ノ巫女〉の身には大小の蕾ばかりが鈴生りに生えている状態となってゆく。

其れら無数の蕾が先端《さき》を綻《ほころ》ばせ、開いた蕚《うてな》を支えとして罪の花瓣を広げるのは、巫女の身に遷された〈懺種〉の数が――則ち、罪咎の数が――増えるにつれてである。〈宮ノ階層〉の者達はそうした〈罪花〉の開花の度合いについて〝〇分咲き〟という表現を用いるが（〇部分には一～九までの数字が入る）、先に述べた〈罪花〉の特徴を踏まえると、此の表現は我々が用いる際のような、「蕾全体の内、何割が開花しているか」という意味とは稍々《やや》異なり、花冠《かかん》の開き具合其のものを十段階に分割して表わしたものと捉えるべきである。

加えて注意が必要なのは、斯様な成長の仕方が当て嵌まるのは八分咲きまでに過ぎぬという事だ。もはや此れ以上は植える箇所とてないという程に巫女の身が〈懺種〉で埋め尽くされた時点で、然し、〈罪花〉は八分咲きにしか至らず、其処から先は又、常の花と同様に時間の経過に即して開花が進んでゆくと云う。

但し、一部の者達によれば、其れは決して時間なぞに比例しているわけではなく、巫女が抱えた身の内の痛苦によるものだとも聞く。総身を埋め尽くす程の〈懺種〉を植えられたとなれば、後は何もせずとも、巫女の内では苦しみが増幅されてゆき、そうして愈々《いよいよ》自我を保ち得る閾値《いきち》を辛苦の総量が超えた時にこそ、成長が再開するのだ、と。どちらが正確な情報であるかは今以て不明だが、孰《いず》れにせよ、八分咲きから先は時間の問題であると云えよう。

斯くてすべての蕾が開花した状態は〈満戒《まんかい》〉と呼ばれる。

一糸纏わぬ身を色彩《いろ》とりどりの毒花で総身を飾った〈罪華ノ巫女〉の巫女の姿は、恐ろしい。そう、恐ろしいまでに美しく、凄絶なまでに芳《かぐわ》しい。八分咲きにして既にそうなのであるから、〈満戒〉となった時にはどれ程美しいであろうか。

五

(股からひり出したのが双子だと、其れも姉妹だと聞くや、虚《うつろ》に身ぃ投げて死によったわ)

随分と酷い云い様ですが、其れが六つばかりになりました頃、母という人について初めて訊ねた折に宮司様から返された御言葉でした。わたしは何も母の最期を知りたかったわけではございませんで、唯、長ずるにつれて抱きました、何故、余処《よそ》の子らと違って自分達には母という存在が居《お》らぬのであろうという素朴な疑問が故の事だったのですが、宮司様は母の事など口にするのも忌々《いまいま》しく思っていらっしゃったようで、渋面《じゅうめん》を拵《こしら》えておられました。

勿論、其の頃にはまだ宮の事も巫女の事も能く判っておらぬような小娘でございましたから、わたし達が双子である事と母が自死を遂げた事とに何の係わりがあるのか、まるで見当がつかなかったものですが、追々、儀式や巫女について種々の事を聞き識り、己らが罪華ノ巫女と播種ノ巫女とにめいめい任ぜられた頃には、母の心も自然と偲《しの》ばれてまいりました。

屹度《きっと》、堪えられなかったのでございましょう。他でもない己が娘らが揃って咎遷シノ儀を執り行い、挙句の果てには其の一方が涯《はて》へと送られるという残酷な様を傍で見続ける事となるくらいならば、いっそ、自ら命を絶ってしまおうと思い詰めたに違いありません。

ですが、そうは申しましても、頭で判る事と心で赦す事とは、どうしたって別の話でございます。幾ら行く末を見届けるのが辛いからと云って、母たる人が我が子を遺して死を選ぶなぞというのは剰りに無責任ではないかと思われてなりません。だって、其れはそうでございましょう。如何に辛いと云えども、畢竟、当の娘ら以上の苦しみを味わう事はないのですから。まして、幼少のみぎりより世の人々から疎まれてまいりました身の上です。せめて母という存在が居てくれたなら、どんなにか心強かったかと考えられずにはおれません。

そう、わたしと姉巫女とは、氏子の皆様方はおろか、宮仕えをなさっている方々からさえ、腫れ物のように扱われてまいりました。一つには母の自死という凶事が関係しておりましたでしょうし、今一つには、将来的に巫女となる事が端《はな》から決まっておりましたが故に、一種の忌避感《きひかん》を抱かれていた為でございましょう。

然し、何より大きな由《よし》は、わたし達二人の容姿という点にこそ在ったように思われます。と申しますのも、わたしと姉巫女の容貌《かたち》は、宮司様の御言葉をお借りすれば、（気味が悪いまでに）能く似ておりました。いえ、似ているという言葉ではまだ足りません。鏡中に映りました己が写像《かげ》を前に、己と似ているなぞとは云わぬのと同じ事でございます。

とは云え、其れとて昔日《せきじつ》の話でございます。咎遷シノ儀が重ねられるにつれ、懺種が芽吹き、蕾が膨らみましたからには、姉巫女とわたしとを見紛われる方なぞ、もう居ません。いえ、何も容貌ばかりに限った話ではなく、心の形まで斯《か》くも変わり果ててしまいましたからには、仮令《たとい》此の身に罪花なぞ咲いておらずとも、見誤る人なぞない筈です。

但し、此れだけは申し添えておく必要がございましょう。わたしの心が形を変えてしまったのは、何も、他の皆様の罪咎を引き受けたがばかりが故の事ではございません、と。

匣が現在《いま》の層に差し掛かるまで、土というものが此れ程までに強いにおいを放つものだという事を、わたしはついぞ知りませんでした。

と申しますのも、宮に居りました頃は、土と云えば鉢に盛られた程度の極《ご》く僅かなものにしか触れた事がございませんで、こうして匣をぐるりと取り巻いております景色のような、土塊《つちくれ》の上を人々が歩いている様なぞとは、無縁であったが為でございます。

能く能く見てみますに、此の辺りの階層の人々は部屋の掃き出し窓から更に外、虚へと張り出すように板材を組んで足場を広げた上、其処に土を盛る事で種々の植物を栽培する為の場――話にのみ聞いた事のございます〝畑〟というものでございましょう――を拵えているようでした。其の上で、男女を問わず殆《ほとん》ど裸になった人々が、皆一様に腰を屈め、めいめい何らかの作業をしています。種を播《ま》いたり、土を捏ねたり、収穫した野菜を上層行きの荷箱に詰めていたりといった次第の其れは、野良仕事と呼ばれるものに相違なかろうと思われますが、わたしの鼻を酷く衝《つ》いたのは、斯様な人々の黒く灼《や》けた膚に滲む汗のにおいと土から立ち昇る其れとが混じり合った末に発する饐《す》えたような臭気でございました。

荷箱に載せられて上層へと引き揚げられてゆく種々の収穫物は取り立てて珍しいという事もない、食材として能く見慣れた物ばかりでございましたが、不見識と申すべきか、浅薄《せんぱく》と申すべきか、**わたしはいつも御姉様からそう叱られておりましたが**、其れらが誰の手によって如何に作られているものか、此の時に至るまで、わたしはついぞ考えた事さえございませんでした。己が口から喉を通って腹へと収まる食物が、下層に棲まう人々の泥土に塗《まみ》れた手によって取り上げられた物であるとは、思いもよらなかったのでございます。

考えてみれば、上層の人々から当たり前の如く必要とされつつも、一方では汚れたものとして一顧だにされぬという其の境遇は、罪華ノ巫女たる己が身の上に能く似たものだとも思われます。不帰の旅路に就いた巫女の事なぞ、誰も態々《わざわざ》思い出しはせぬのと同様《おんなじ》です。

（あっ）という叫びがわたしの耳を震わせましたのは、斯様な詮《せん》なき事を考えていた時でございます。声のした方へと首を回してみますと、其処には紅い大輪《たいりん》の花が咲いておりました。

と申しましても、其れはわたしの身を覆っております罪花のようなものでもなければ、花籠に飾られた其れが如きものでもございません。首を失《な》くして大の字となった人の身から、鮮血と脳漿《のうしょう》とに彩られた花瓣を広げ、砕けた骨からなる蕊《しべ》を具《そな》えた、死の花でございます。

何が起きたのかは、直ぐと察せられました。と申しますのも、件の首無しの亡骸《なきがら》の上には其の後もなお、風を切る物凄まじい音を響かせつつ、何やら判らぬ塵芥《ごみあくた》が次から次へと降りかかっていた為でございます。当の人物は、遥か上層から抛《ほう》られた其の一つに、不幸にもおつむを打ち砕かれたのでございましょう。

げに恐ろしき様ではありますが、わたしの心胆を何より寒からしめましたのは、其の実、屍者の姿其のものではなく、其れを取り巻く周囲の人々の容子《ようす》でございました。

なおも降り続ける塵芥を避けるようにして亡骸から離れこそすれど、其れでいて、誰一人として屍者を悼《いた》む素振りも見せぬばかりか、土を弄《いじ》る手を止めさえもせぬのでございます。

此の層の人々にとっては、人の死なぞ、斯くもありふれた事なのでございましょう。

【巫女】

東西南北の各〈宮〉はめいめい、其の役割に応じて呼び名の異なる二人の巫女、則ち、〈播種ノ巫女〉と〈罪華ノ巫女〉を抱えている。いや、より正確に云えば、此れらの巫女は件の〝持ち回り〟に於いて当代の祭主を務める〈宮〉に属する巫女の内から選出される特別な役職であり、其の任に就かぬ巫女や他の〈宮〉の巫女達は、単に〈巫女〉と呼ばれる。

先述した通り、〈播種ノ巫女〉は〈咎遷シノ儀〉に於ける〈儀種〉の生成と其の移植、及び、〈華送リノ儀〉での神楽の奉納という役割を担っているが、此の職掌は女系一族による世襲制という形態で代々引き継がれている。其の為、〈華送リノ儀〉を全うした後には、男と交わって子を成すという使命をも彼女らは背負っており、具体的には、次なる〈播種ノ巫女〉となる女児が生まれるまでの間、上層階から招いた〈マレビト〉と呼ばれる男と身を重ね続ける事となる。名に冠した〝播種〟の語には、次世代の子種という意味も含まれていると考えるべきであろう。斯くて生まれた女児が長じるまでの間、当該の〈宮〉に於いては〈播種ノ巫女〉が不在という状態になるが、其の為にこそ、四つの〈宮〉による持ち回りという手が執られていると云える。則ち、〈華送リノ儀〉を終えた後、〈播種ノ巫女〉の役割は次の〈宮〉の〈巫女〉へと引き継がれるのである。

一方、対となる〈罪華ノ巫女〉については血統を問わず、神事を担当する〈宮〉の管轄内に於いて〈播種ノ巫女〉となった者と年齢、及び、生まれ月の最も近い娘が選ばれる。其の為、〈播種ノ巫女〉と〈罪華ノ巫女〉とが血統上の近縁に当たる事は、先ずないと云える。

但し、先代の〈播種ノ巫女〉から生まれたのが双子の女児である場合には、此の限りでない。必然的に次代の〈播種ノ巫女〉と最も生まれが近い者となるのが双子の片割れである事に加え、双子は巫女として特に高い資質を具えていると考えられている為だ。

故に、〈播種ノ巫女〉のもとに生まれた双子の運命は、生まれながらに決定づけられていると云えよう。そう、姉は〈播種ノ巫女〉に、妹は〈罪華ノ巫女〉になる事を。


彼女が復讐心に駆り立てられたのも、偏に此れが故の事であろう！

六

（よろしければ、どうか、もっと近くにおいでください）

廊下に立って細く開けた襖の隙からはしたなくも垣間見《かいまみ》を致しておりましたわたしに、どうした切欠《きっかけ》からかは存じませぬが、けれども確かにお気づきになったマレビト様は、文机《ふづくえ》に向けていらっしゃった御顔をゆっくりと此方に廻され、優しく崇爾《つばえ》まれながら、そう仰いました。すると、時を同じうして、ガチャガチャ、ガチャガチャ――と其れまで不規則に響いておりました音《ね》が、尾を引く事もなく途切れました。

暫《しば》し逡巡した末、わたしが思い切って襖を引きますと、マレビト様は此方に向けられていた双の御目《おめ》を、眦《まなじり》も裂けんばかりに見開かれましたが、其れは何も、総身から罪花の蕾を――既に花瓣が開き始めた七分咲きとでも呼ぶべきものを――生やした身の悍《おぞ》ましさに驚かれての事ではなかったろうと思われます。何しろ、既に咎遷シノ儀にも立ち会われ、異形の此の身は其の御目に掛かっておりましたから。

となれば、マレビト様が驚かれたのは偏《ひとえ》に、其処に立っているのがわたしであろうとは予想もしていらっしゃらなかったが故の事でございましょう。大方、姉巫女だと御見当をつけていらっしゃったでしょうし、そうお考えになる方が自然です。

（何ぞ御用がおありでしたら、どうぞ此方にいらっしゃってお聞かせください）

かなりの間を置かれてから、マレビト様は気を取り直されたようにそう仰って御自身の坐《まし》ます座布団の傍らを御手の先でぽんぽんと叩かれましたが、其れでもなお、わたしは躊躇《ためら》わずにはおれませんでした。遠からぬ内に姉巫女と契りを交わされるマレビト様の御身《おんみ》に近づく事は、赦《ゆる》されざる禁忌《きんき》とされております。先の垣間見についてはまだ、幾百もの層を隔てた遠《とお》つ方《かた》から遥々《はるばる》お越しになったマレビト様の御姿を、せめて一度くらいは明るい灯のもとで拝見したいというささやかな心根からの事とでも云い訳できましょうが、同じ室《へや》の内に這入りて言葉を交わすとなりましたら、其れはもう、小娘の抱いた好奇心なぞという話では到底済まされ得ぬ事でございます。

そうと判っておりながら、わたしは結局、躊躇いの糸を断ち切るようにして室に這入りますと、跫音《あしおと》も立てまいと畳の上を辷《すべ》るようにして歩みを進め、マレビト様の傍らに腰を下ろしました。幾ら戒《いまし》められておりましょうとも、幾ら咎めを受ける事になりましょうとも、己が宿望《のぞみ》を果たす為には孰《いず》れ避け得ぬ対面《たいめ》だと、頭ではそう理解していたが故でございます。

とは申しましても、己が胸の裡に秘めたるものを初手《はじめ》から明け透けにお伝えするわけにはまいりません。ですから、(其れで、御用件は何でしょう?)と改めて仰るマレビト様の御言葉にも即座に答える事は能わず、落ちつきなく方々視線を泳がせた末、先までマレビト様が向き合われていた文机に目を遣りまして、此れは何でしょうかとお訊ねしました。机上には、奇妙な箱の如き物が据えられていたのです。箱の上部には何かしらの釦《ボタン》と思しき物が幾つもの列を成して並び、其の一方の端からは紙切れが伸び出しておりました。

此方の無知をお笑いになる事もなく、〝たいぷらいたあ〟だとマレビト様は教えてくださいました。筆や墨を用いる事なく言葉を書き残す為の道具なのだそうですが、わたしは今一つ呑み込む事ができませんでした。まるで想像が汲ばなかったのでございます。

首を傾げてなおも訝《いぶか》るわたしに、(実践してみせましょう)と仰るや、マレビト様は楽器でもお弾きになるかのような御手つきで種々の釦を叩かれました。ガチャガチャガチャ――

と先まで室の空気を揺らしておりましたのは、此の機械から発せられた音だったのでございます。そうして、（ほら、此の通り）と、マレビト様が〞たいぷらいたあ〞から引き抜かれました紙の表面《おもて》には、確かに小さな文字と思しきものが無数に犇《ひしめ》いておりましたが、わたしどもが常から慣れ親しんでいる言葉とは大きく異なるものでして、まるで読み解く事ができません。何を書いていらっしゃるのかと重ねてお訊ねしますと、マレビト様は少しく困ったような御貌をなさり、（覚書とでも呼ぶべきものです）と仰いました。

薄闇に充たされた虚《うつろ》の其処此処《そここ》でぼんやりした光を放っております燈火を匣中から眺めるにつけ、あのガチャガチャという〞たいぷらいたあ〞の音が思い出されてなりません。

と申しますのも、マレビト様の御傍に初めて腰を下ろしましたあの晩も、室の内では幾つもの燈明台に灯が点《とも》されておりまして、肩を並べたわたし達の身からは、黒い花瓣の開くが如く、幾つもの影が伸び出しては畳の表面《おもて》を舐めておりましたが故でございます。

先に薄闇と申しましたが、然し、其れは何も御日様がお隠れになったが為ではございません。今や日の光も朧気にしか届かぬ程の深みにまで、匣が降《くだ》ってきたが故の事でございます。

斯様な中、方々の灯りがぼうっと照らし出しておりますのは、朱塗りの櫺《れん》子《じ》窓でございまして、其の幽《かそけ》き光の輪の中では、決まって、膚を顕わにした女達が身を寄せ合っています。わたしとて衣を纏うてはおりませんが、彼女らの身体は花にさえ隠れる事もございませんで、あられもなく剝き出しにされているのでございます。

一体、何が為に斯様な姿で……と思い思い眺めておりますと、時折、上方から幾人かの男らを乗せた箱が——匣より外《ほか》に人を乗せる箱が在るとは、何とも珍しい事でございますが——櫺子窓の前まで降りてまいりまして、窓の一端に据え付けられました扉から女達を連れ出しては、又、上《かみ》つ方《かた》へと昇ってゆくのでございました。

斯様な景色の中でも一際わたしの目を引きましたのは、此れもやはり、櫺子の向こうに居る女の一人でございます。病に冒されているに違いないと一目で判る痩せ細った其の身ときたら、赤い発疹《ほつしん》と黒ずんだ腫瘍《できもの》とに隈なく覆われておりまして、呆《ほう》けたように口を開き、微細な傷で曇りに曇った硝子玉のようにうつろな瞳を宙に向けている其の姿を見ておりますと、何かに似ているように思えてなりませんでした。**梅毒で死んだ娘に能く似ていますわね。**何であったろうかとあれこれ頭を捻った末、判ってみれば何と云う事もございません。外ならぬ、懺種を植え込まれた己が身と**私の娘の其れと**、能く似ているのでございました。

【葩瘴風《はしようふう》】

〈満戒〉となった巫女が引き起こすとされている大災厄。其れが、〈葩瘴風〉である。

巫女の身で花開いた〈罪花〉は、およそ九分咲きに至る頃から甘く芳しい香に代わって瘴気を吐き出すようになり、此れに触れてしまった者は悉く言動に異常を来すと云う。其れだけでも十分に恐ろしい事ではあるが、〈葩瘴風〉による被害ときたらとても其の比ではない。〈満戒〉を迎えた巫女の身は、やがて、〈罪花〉の花瓣を散らすようになり、蕚から零れ落ちた花瓣の一片一片は風に流されるうちに宙へと溶けて花瓣と同じ色彩《いろ》の靄《もや》を発生させるのだが、僅かばかりでも此れに触れてしまった者は即座に――終わる。

〈懺種〉の元となった罪咎を幾十倍、幾百倍にも強めたものが胸の裡《うち》に生じ、大抵の者は其の辛苦と罪悪感から、狂死するか、或は、自らの命を絶ってしまうと云う。其の被害規模は想定されているだけでもかなりの広範囲に亘り、少なくとも、氏子達の棲まう上下各五層までは確実に猛威を振るうであろうと伝えられている。

故にこそ、〈華送リノ儀〉が欠かせぬのであるが、とは云うても、其の儀式によって〈葩瘴風〉其のものが防がれるわけではない。単に、〈匣〉に巫女を乗せて下層へと送り出す事によって、己らに被害の及ばぬ処へと災厄の発生源を遠ざけているに過ぎぬのである。

まっこと、此の〈塔〉に於ける人々のありようを体現した虫酸の走る儀式であると思わずにはおれぬ。上層の者は下層の者へ、下層の者は更に下層の者へと、種々の負担を強いる事で人は生活を成り立たせている。降ろし堕ろして、沈めて鎮める。〈罪華ノ巫女〉に罪咎を肩代わりさせ、了いには其の巫女さえも下層階へと押し遣るという〈宮〉と氏子達の様相は、〈塔〉に於ける権力勾配のカリカチュアだ。尤も、遥か高層階に棲む有象無象の者達は、己らの生活が下層の者達の犠牲によって成り立っているなぞとは考えた事もあるまいが。

〈追記〉〈華送リノ儀〉について、旧くは〈華贈リノ儀〉と表記されていたものらしく、此れには、「下層へと華を贈る」という、〝贈与〟としての意味合いが多分に込められていたものと考えられるが、実際に贈られるものを思えば、げに悪趣味であると云わざるを得ない。

七

そろそろ潮時か死に時か殺《や》り時か——と、此のところ、そんな事ばかり考えております。神楽殿から出立《しゅったつ》して、もう廿日《はつか》ばかりも経つかと思われますが、其れでいて此れまでというもの、空腹に飢《かつ》える事が一向にないばかりか、身が弱る事とてございませんで、加うるに、以前はあれ程に身を苛んでおりました痛苦さえも、今はもう感じなくなっております。

考えてみますに、身の内で縺《もつ》れ合い絡まり合いながら張り巡らされた罪花の根が、固《もと》より其処に在った筈の臓腑《ぞうふ》と今やすっかり入れ替わり、そうして、植物に特有の不可思議な光合成の力を以てして、わたしの生命《いのち》を存《なが》えさせているのではないかと思われます。いいえ、臓腑に限らず、肉や筋《すじ》もが余さず根に置き換わって此の身を動かしているのやもしれません。其れが証拠に、あらゆる物が昼も夜もなく真っ暗な闇に染んだ今、わたしの身は急速に衰えてきております。もはや、そう長くは保《も》ちますまい。此のままでしたら、遠からぬ内にわたしの息は絶え、然しながら、満戒を迎えた身は死してなお永久《とこしえ》に災厄のみを振り撒き続ける正真正銘の毒花と成り果てるのでございましょう。此れまでの華送リノ儀によって下層へと押し遣られてまいりました、**わたしの赤ちゃん！**　歴代の罪華ノ巫女と同様に。

能く能く考えてみれば、過去に一人だって、涯《はて》なる地へと辿り着いた巫女がいらしたかも、甚だ怪しいものでございます。だって、其れはそうでございましょう。如何に長い長い鎖が在ったとて、抑《そもそ》も確かな深さも知れぬ地の底へと匣が至ったか否かを判別する方法なぞ、なき筈でございます。

加うるに、匣の降下が此れ程までに遅いのも、固《もと》より鎖の長さが足らぬのだとすれば合点がゆきます。何しろ、あまり速く降ろしてしまったのでは直ぐに限界がやって来てしまいますし、自然、匣が涯まで至らぬという事も巫女に気取《けど》られてしまいますでしょうから。

然して、一方では罪華ノ巫女を乗せたまま宮へと戻ってきた匣が過去に在ったなぞという話も、ついぞ聞いた事がございません。

となれば、考え得る事は一つでございます。涯へと至ったかどうかなぞに関係なく、偏に、匣に掛かる重みが失せました時——則ち、巫女が己の行く末を儚《はかな》んで身を投げた時か、或は、満戒を迎えて正体を失った巫女が転落した時にこそ、再び鎖を手繰り寄せ始める機構が、かの巨大《おおき》な巻上機に仕込まれてでもいるのでございましょう。

畢竟《ひっきょう》、宮の方々や氏子様に於かれましては、葩瘴風さえ防げれば——いいえ、遠く離れた下層へと巫女を棄てる事さえできましたら、其れで十分なのでございましょうから。

其れでいて単に巫女の身を虚《うつろ》に投げ込むのでなく、儀式だ何だと迂遠《うえん》な手を執られるのは、御自身らの御手《みて》を汚す事なく、華送リノ儀より後の生死はあくまで巫女当人の意思によるものだと思い做《な》さんとすればこその事に違いありません。

そして、其れが故にこそ、わたしは此れまで、逸《はや》る気を抑えておらねばなりませんでした。出立から幾らも経ぬ内に匣が還ってまいりましたら、皆、訝しむに決まっておりますから。

——けれども、もう愈々《いよいよ》、潮時だ。

己自身に云い聞かせるように改めて胸中でそう唱えますと、わたしは匣の片隅から小さな筒状の物を取り出《い》で、己が唇に押し当てました。神楽殿での華送リノ儀の場に於いて、神官様の御装束を纏い、舫い綱を解かれたあの方の手で匣中へと投じられました、**あの男の腹を裂いたのとおんなじに**冷たい金属で作られた呼子《よびこ》の笛でございます。

思い切り息を吹き込みますと、呼子笛と申せば甲高い音《ね》を鳴らすものと決まっておりますのに、闇に塗り込められた景色がそうと感じさせますものか、或は、己の為さんとしている沙汰の冥《くら》きに応じましてか、何処かくぐもったような陰気な音が周辺《あたり》の空気を震わせました。

其れから暫く闇中《あんちゅう》に目を凝らしながら待っておりますと、やがて、合図に応ずるかの如くして、塔の内にて小さな灯が閃きました。

【マレビト】

先に巫女の項でも軽く触れた通り、〈マレビト〉とは当代の〈播種ノ巫女〉と契りを交わし、次代の巫女を生み出す為の子種《たね》を提供する者の事を指している。〈塔〉が抱えるおよその人理から著しく逸脱した文化を持つ〈宮ノ階層〉に於いても、〈階層主義〉が深く根を下ろしているという点ばかりは他の階層と変わりなく、其の価値観に基づけば、より高位の階層に棲まう者程、優れた能力《ちから》を具えている筈であり、斯様な者の血を巫女の血筋と交わらせるが為にこそ、〈マレビト〉は〈宮ノ階層〉から百層も二百層も離れた上層から招かれる。

然しながら、其の招待に諸手《もろて》を挙げて応じるような者は極く稀である。何故と云うに、上層に棲まう者からしてみれば、下層へ降《くだ》るというのは——仮令《たとい》其れが一時的な滞在に過ぎぬにせよ——穢《けが》れた地に足を踏み入れる事と同義であるからだ。往けば贅《ぜい》を尽くして歓待されると誘われようとも、元居た層に帰りし後には汚辱に塗れる事になると端《はな》から判っている以上、断るのも当然と云えば当然であろう。畢竟、斯様な話に乗る者と来たら、別段識らずとも良い事を識りたがる酔狂な連中——則ち、生きる事に飽いて暇ばかり持て余した猟奇の徒《ともがら》か、さもなくば、下層の文化に著しい興味を示す人類学者や書生くらいのものである。特に後者にとっては、実地調査という実利と〈宮〉側の思惑とが一致する事が多くいや、もう止《よ》そう。

此れ以上、己が見聞きした習俗を他人事の如く記録したとて、もはや何の意味もない。何故と云って、わたしはもう上層《うえ》へと戻るつもりも、こうして書き留めてきた調査結果を世人に供覧するつもりもないからだ。其ればかりか、〈マレビト〉としての役割をも抛擲《ほうてき》して巫女と添い遂げる事こそ、否、彼女の足元に跪《ひざまず》いて永久《とこしえ》に傅《かしず》き続ける事こそ、今のわたしの本望である。初めて彼女の姿を目にした其の刹那《せつな》から、わたしはそうと思い決めていた。

招きに応じ、使いの者に随伴されつつ〈宮〉へとやって来たわたしは、話に違《たが》う事なく直ぐさま宮司らによる饗応を受けたが、其れは酷くつまらぬものであった。〈宮ノ階層〉の文化程度や習俗を識るという学術的興味こそある程度充たされはしたものの、其の内実たるや、殊更にありがたがるべき程のものでないばかりか、むしろ、わたしが棲まっていた階層に於ける平時の夕餉《ゆうげ》と比しても遥かに劣る粗末なものに過ぎなかったのだ。

斯様な次第で少しく落胆していたわたしが初めて双子巫女の姿を目にしたのは、翌る晩に執り行われた〈咎遷シノ儀〉に同席した折であった。参拝者から遊離する罪咎も、そして、其れが〈慑種〉へと変じていく不可思議な様も、確かに余処では見られぬものに相違なかろうが、何にもましてわたしの目を惹いたのは、儀式其のものの容子ではなく、巫女の目見《まみ》だ。

既に死したる者の其れが如くどろりと濁っていながら、芯には忿《いか》りと憎悪からなる火を宿した双子の姉——彼女の方が姉であるという事は、後になって聞かされた——の瞳は、かつてわたしが目にしてきた何よりも汚く、穢《きたな》く、そして、堪らなく素敵であった。他の何もかもが——〈宮ノ階層〉の諸物や儀式の様ばかりでなく、固《もと》より棲まっていた階層のあらゆる事物さえも——彼女の瞳と較《くら》ぶれば、途端につまらぬものに思えた。

わたしには不思議でならなかった。罪を遷すだの送るだのと宣《のたま》う〈宮〉の者らが、然して、他の誰よりも明瞭たる悪意を具えていると一目で判る此の娘の罪咎を、何故、其のままに打ち遣っているのか。

否、其れとも、斯くも在り在りと顕わされた毒心が、真実、他の者らには見えておらぬのであろうか。若《も》しそうであるならば、わたしは尚更に嬉しく思うのだが。

と云って、わたしが彼女に抱いた感情を一種の恋心なぞと捉えられるのは甚だ心外であるという事は明瞭《はっきり》と書き残しておこう。わたしが覚えた其れは、思慕と云うよりは屈服と呼ぶべきものであり、恋情と呼ばれるよりは恭順と云われる方が相応《ふさわ》しいものであった。

現に其の後、逢瀬《おうせ》と呼ぶにはささやかに過ぎる面会が幾度も重ねられた末に巫女の口からとある真実を語り聞かされ、同時に計画への協力を依頼された際も、わたしが覚えたのは、やはり、主の命に喜んで応じる犬の其れが如き心持ちであった。彼女が果たさんとしている謀略《はかりごと》の駒として己が身の使われる事が、只管《ひたすら》に嬉しくてならなかったのだ。

故にこそ、〈宮〉の神官を縊り殺して其の装束と役割を奪うという決定的な凶行に至った時でさえ、わたしは僅かばかりの罪悪感も覚える事なく其れを為し仰せる事ができた。

此れより後、〈マレビト〉なぞと云うくだらぬものより遥かに崇高であり、遥かに悍《おぞ》ましくもある役目をわたしが全うし、彼女の穢れた願いが成し遂げられた其の時、あの汚れた目見《まみ》は如何なる色を泛《う》かべるであろうか。わたしは其れが愉しみでならぬ。

斯様な期待で胸を膨らませていたのはわたしばかりでなく、妹をはじめとする〈宮〉の者達への復讐を果たす事に、彼女も冥《くら》い悦びを覚えているように見えた。

さあ、もう十分だ。此処いらで筆を措《お》こう。わたしは、往かねばならぬのだから。

八

わたしの一揃いの手の甲はめいめい異なる色彩《いろ》と形状《かたち》からなる種々の毒花に覆われておりますが、掌《たなごころ》ばかりは生来の柔らかさを未だ残しておりまして、身を顫《ふる》わす姉巫女——いえ、其の頃にはまだ巫女に任ぜられておりませんでしたから、〝妹〟と呼ぶべきでございましょうが——の肩に腕を廻して掻き抱き、其の身の慄《おのの》きを宥《なだ》めようと努めた折に覚えた彼女の膚の冷たさを、今でも忘れてはおりませぬ。数え十《とお》という歳を迎えた事に加え、先の祭主たる四萼《しがく》ノ宮の罪華ノ巫女が愈々涯《いよいよはて》へと送り出されたというので、わたし達姉妹が一花《いっか》ノ宮の巫女に任ぜられる日も間近に迫っていた時分《ころ》の事でございます。

宮の伝統に従いますならば、妹が罪華ノ巫女を、そうして、わたしが播種ノ巫女を担うものと決まっておりましたから、当時の妹の怯えようと云ったら其れはもう酷いもので、憐憫《れんびん》の情なぞ通り越して、見ている此方の胸こそ一層苦しくなってしまう程でございましたが、加うるに、わたしもわたしで、此れ程にも恐怖に囚われた己が写し身に自身の手で以て傷をつけ、懺種を植え付けねばならぬというのは、堪え難い事だと常より思うておりました。

詰まるところ、後にわたしが犯した過ちは、斯様な姉妹の身の上と、**臆病で、智慧も足らず、不実かつ**怯懦《きょうだ》に過ぎる己が性情によって引き起こされたものなのでございます。

其の過ちと申しますのは、宮司様から巫女としての任を拝命する儀式に先立って、わたし達二人が姉と妹という互いの立場を密かに入れ替えた事でございます。固《もと》より鏡写しの如き見目形を具えた姉妹でございますから、交替は些か呆気ない程に容易《たやす》く済みました。

斯くて、姉となった彼女は播種ノ巫女に、そうして、妹となりましたわたしは罪華ノ巫女にと任ぜられたのでございます。

其の晩、姉巫女は朝露の結んだ花瓣が如く涙に顔を濡らしては、泣き噎《むせ》ぶ息の合間から切れ切れに、（御姉様、ありがとうありがとう）と感謝の言葉を並べ立てたものでございます。

其の言葉に嘘はなかったろうとは、今でも思っておりますが、まさか、斯様な感謝の心持ちまでもが花の表面《おもて》の露と同様《おんなじ》に、幾らも間を置く事なく消え去ってしまうものだとは、思いもよらぬ事でした。

　秘された姉巫女の本性が顕わとなりましたのは——いえ、隠していたと申しますよりは、彼女自身、己が胸の裡に斯様な性情が潜んでいるとは、真実、其の時に至るまで気づいていなかったものかもしれませんが——潔斎と御神楽の修練に勤しむ日々を挟んだ後、初めて迎えた咎遷シノ儀に於いての事でございました。

　御神楽を無事に舞い終えて儺種を片手に抓み、そうして今一方の手に握った小刀を此方の腕《かいな》へと押し当ててくる姉巫女の顔を前にした時、わたしは愕然と致しました。

　何故と申しますに、彼女の貌《かお》が酷く歪んでいた為でございます。

　然れども、其れは決して、己が手で以て肉親を苛む事への罪悪感ですとか、人の身を傷つける事への懼《おそ》れとか云うものを根とした表情ではございません。弓なりに弧を描いた目見《まみ》と、さかしまににたりと持ち上げられた口の端《は》によって拵えられました其れは、笑みと呼ぶべきものでございました。冥い愉悦を湛えた、厭な、厭ぁな、笑みでございます。

　其の笑みは膚に刃を辷《すべ》らせる刹那のみならず、肉の内に儺種を押し込む際にも、針で以て傷を縫い合わせる時にも、変わらず姉巫女の顔に泛《う》かんでおりました——いえ、むしろ、ますます深い闇を凝《こご》らせていたと申すべきでございましょう。

　挙句、わたしの耳に口許を寄せ、彼女はこう囁きさえしたのです。

(痛いよね。辛いよね。可哀想にね。わたしが代わってあげられたなら、どんなに良いか)

其れからと云うもの、姉巫女は咎遷シノ儀へと参じる事を厭《いと》うどころか、愉しみにさえしているようでした。いいえ、何も儀式のさなかばかりではございませんで、膚の下を根が這い進む痛みにわたしが堪えかねている夜も、熱に浮かされている晩も、いつも、いつも、いつもいつも、いつもいつもいつもいつも、いいいいいいいいいつつっっっつも、姉巫女は決まってあの厭な笑みを泛かべ、(わたしが代わってあげられたなら)と口にするのでございました。そう、華送リノ儀が執り行われ、常であれば此れで今生《こんじょう》の別れと思われる最後の瞬間《とき》でさえも、彼女の顔にはあの冥い笑みが結ばれていたのでございます。

けれども、わたしは姉巫女の斯様な振る舞いを、残酷な仕打ちを、人の肉を喰らうような悪鬼羅刹《あっきらせつ》の其れと謗《そし》りたい責めたい虐《いじ》めたい苛みたいわけではございません——と申しますよりも、己のような罪人は其の資格を具えてはおらぬと告白するべきでございましょう。

何故と申すに、わたし自身も又、赦《ゆる》されざる罪を負うているが為でございます。其れは儀式を介して他人《ひと》様の俺の私の僕の我の身から遷されたものでもなければ、人を人とも思わぬ姉巫女の所業によって種を播かれたものでもないと、少なくともわたし自身はそう思っております。いいえ、そう思いたいのです。此の罪ばかりは〝わたしのもの〟だ、と。

斯様な手前勝手で野放図で我《わ》が儘《まま》な事にマレビト様を巻き込んでしまいました事は誠に申し訳ないようにも思われますが、一方では、どうでもよくも感じているというのが此の畜生めの正直な気持ちでございます。まさか、色情《いろ》にお惑いになられたというわけではないでしようが、ああ、色慾が抑えられない、あの方を利用するのは存外に簡単な事でございました。

匣中を空にするに当たって、他の何にもまして重要なのは〝頃合い〟でございます。あまり早過ぎても遅過ぎてもいけません。先にも申しましたように、前者は宮の方々に怪しまれる可能性がございますし、後者となると、抑《そもそ》もわたし自身がわたしで私で俺で我で僕で居られなくなっているやもしれません。

故にこそ、我ながら何て事を慄《おのの》くばかりの計画を実行に移すには能く能く時幾《とき》を見定めねばなりませんでした。今再び、こうして己が二本の脚で塔の内に立つまでに廿日《はつか》ばかりもの日々を要しましたのも、偏に其れが為でございます。

勿論、塔の壁面から匣までは神楽殿と橋の長さ分の距離がございますから、わたし一人の力では、飛び移らんと試みたところで私が取り落としてしまった赤ちゃんみたいに墜死する事になるのは明らかです。其処で必要となるのが協力者の共犯者の宿業で結ばれた者の存在でございましたが、マレビト様は其の役目を充分に果たしてくださいました。あの方は華送リノ儀が済みますや、虚《うつろ》を降ってまいりますわたしと併走されるかの如くして、階下《した》へ階下へと徒歩《かち》にて降《くだ》っておられたのです。そうして、やはりあの方の手で匣中に投じられておりました姦通の合図たる笛をわたしが吹き鳴らしますや、肩に担いでこられたあの連中を縊り殺すのに使ったような縄をお投げになって、匣と塔との間に渡してくださったのです。結果、斯くてわたしを御傍へとお引き寄せになられたマレビト様は、然し、俺がやった、

俺がやってしまったのだと意味の通らぬ譫言《うわごと》めいた言葉を繰り返されつつ、わたしとはさかしまに、**わたしがきちんと看《み》ていなかったがばかりに**塔から身を投げてしまわれました。

然して其れは、良き徴《しるし》でございます。

わたしの総身で花瓣を広げた罪花が、其の香が、既に人を狂死せしむる程の瘴気を帯びているという何よりの証左でございましょうから。

姉巫女も宮司様も、此の廿日ばかりと云うもの、さぞ狼狽《ろうばい》なさっていた事でしょう。何しろ、播種ノ巫女とつがいになって子を成す筈のマレビト様が**あの人があの女があの子があいつらが**忽然《こつぜん》と姿を**消して**消して**消して**しまわれたのですから、無理からぬ事です。

けれどもどうか、其の程度の些事《さじ》で落胆なさらないでくださいませ。より深い**苦しみは痛苦は悲嘆は**絶望は、まだ取っておいてくださいませ。皆様方はわたしの事なぞ不帰の旅路に就いた者として既に**縊り殺した**亡き者の如く考えていらっしゃるやもしれませんが、いえいえ、其のようにお思いになられては困ります**悲しいです寂しいです辛いです**。此の罪華ノ巫女めは束の間の暇《いとま》を頂戴したばかりの事で、直ぐに其方《そちら》へ還ります故。

幾ら数百層を隔てた彼方《かなた》とは云え、あの匣の些かのんびりし過ぎた降りようと較ぶれば、仮令《たとい》徒歩《かち》にて参るにしても、余程短い時間で宮へと還り着けますでしょう。

斯かる道中に於きましては、各層にいらっしゃる数多《あまた》の方々にも厄災を振り撒く事となりましょうが、**殺し、狂わせ、犯し、苛む事になろうが、**其れとて、わたしにとってはどうでもよい事でございます。いえ、宮に坐《ましま》す方々も、氏子の皆様方さえも、等しくどうでもよいと申すべきでございましょう。マレビト様が幾度も口になさっていた〝復讐〟などという事に、わたしはまるで興味がないのです。

唯、斯くて還ってまいりましたわたしを前に、姉巫女が如何なる表情を泛かべるかという事ばかりが、**俺に**わたしに**私に**儂《わし》に**僕に**わたしにとって唯一の愉しみなのでございます。

屹度、其方に着く時分には、花も真に見頃となっている事でしょう。

ですから、ね、能ぉく**能ぉぉぉおく**、見て、**観て、視て、看て、みてくださいましね**——

——御姉様。

牧野修

オシラサマ逃避行

●『オシラサマ逃避行』牧野《まきの》修《おさむ》

またしても、新しい扉を開けてしまったのかもしれない。

　《異形コレクション》は、これまでも、社会からタブー視されるようなモチーフや、先鋭的なテーマに斬り込んだ〈問題作〉を世に送りだしてきた。

一作だけでも例を示すならば——中島《なかじま》らも「DECO-CHIN」（第30巻『蒐集家《コレクター》』所収）を挙げるだけで、ご理解いただけると思う。

のみならず、村田基《むらたもとい》「黄沙子」（第6巻『屍者の行進』）も、田中啓文《たなかひろふみ》「オヤジノウミ」（第11巻『トロピカル』）も、平山夢明《ひらやまゆめあき》「怪物のような顔《フエース》の女と溶けた時計のような頭《おつむ》の男」（第19巻『夢魔』）も、近作では斜線堂有紀《しやせんどうゆうき》「ドッペルイェーガー」（第52巻『狩りの季節』）も、世の「常識」に一石を投じ、あらたな視野を覗《のぞ》かせるために、分厚い扉を押し開ける傑作にして〈問題作〉だった。

本作のモチーフは、観念的には、神話、民俗学、古典、幻想怪奇の一つの要素としては用いられているものの、現代社会の「多様性」の観点から浮き彫りにしてみせたのは、おそらく本作がはじめてだろう。作者はお馴染《なじ》みの牧野修。令和の《異形コレクション》では第49巻『ダーク・ロマンス』と第52巻『狩りの季節』の二冊で、魔術医と犬のバディによる異世界的なシリーズを展開したが、今回は現代日本を舞台とする畏《おそ》るべき〈問題作〉——であると同時に、実に、牧野修らしい洒脱《しやだつ》な傑作である。

昔あるところに貧しき百姓あり。妻はなくて美しき娘あり。また一匹の馬を養う。

娘この馬を愛して夜になれば厩舎《うまや》に行きて寝《い》ね、ついに馬と夫婦になれり。

『遠野物語』柳田国男

彼女は気が利く子だと言われている。

彼女は器用だと言われている。

彼女は頭がいいと言われている。

これはどれも同じことを評価しているのではないか。葛城《かつらぎ》苦子《とまこ》はぼんやりそう思っていた。そう思うとき何か割り切れない、不安にも似たもやもやが生まれる。褒《ほ》められていることは間違いないし、苦子自身そう言われることに満足していたし、何なら誇りに思っていた、はずだ。なのに胸の内や胃の底の底辺りに形にもならない湿った泥が溜まっていく。匙《さじ》一杯にも満たないその泥が気を塞《ふさ》ぐ。そしてある日ある時突然にそのことに気がついた。

これは出来の良い犬への評価じゃないのか、と。

だからどうした、と彼女の中の父親が言う。そんなひねくれた考え方をさせるために大学にやったんじゃないぞ、と。実際は彼女の父親は一人娘にこれ以上ないほど甘い。そんなことは口が裂けても言わないだろう。だが彼女の中の父親はそう言うのだ。おまえが悪いと。そして妄想の母親が現れて言う。それぐらいの頭の良さが丁度《ちょうど》いいのよ、と。実際の母親は苫子の私生活に関しては一言も文句を言わない。自主性を重んじているのだ。だが彼女の中の母親はそう言うのだ。余計《よけい》なことを考えちゃダメ、と。

苫子はいつも上手く生きようとしているし、実際上手く生きている。誰にも迷惑を掛けないように。誰にも嫌われないように。誰にも嫌な思いをさせないように。おかしな人間だと思われないように。親に恥をかかせないように。友人に恥をかかせないように。恋人に恥をかかせないように。そのためには何をすべきなのか誰よりも早く気がつかねばならなかった。よく気がつくと思われたいのではない。気が利かない奴だとがっかりされたくないのだ。

そのためには注意深く毎日を生きねばならなかった。だから彼女は人前に出た時、繊細《せんさい》なガラス細工の横を通りぬける時のようにそっと息を詰める。

どんな曲を聴いてるの？　ランチの美味《おい》しい店知らない？　好きなタレントは誰？　へえ、読書が好きなんだ。どんな本を読んでるの？

何気ない質問に対し、一番無難な回答を注意深く選んでいく、まるで大きな砂絵を仕上げていくような緊張感。くしゃみ一つで何もかもが吹き飛ぶ。

向こうにしても大した返事を期待しているわけではない。天気の話題と同じ無難な質問に、無難なはずの答えを述べる毎日。わずかばかりの周囲とのずれを修正して生きていくための努力。

結局人より多少出来が悪いだけなのだ。それが苦子の自己評価だ。そしてそれを悟られないように、慎重に生きている。ある日何もかもがばれて、みんなに糾弾《きゅうだん》されるのではないかというわけのわからない不安が苦子を動かす。

正直に語るなら、と苦子は思う。

正直に語るなら、あるがままの私を認めてほしい。あるがままの私は、何の価値もないガラクタだ。それをわかった上でなお、普通の人間と同じように扱ってほしい。

心の底の奥の奥。痛みのある所を探り、より痛いところへと指を突き入れると流れ出る膿《うみ》のようなその想い。

この惨めな傲慢《ごうまん》さを知られるのが一番恐ろしかった。だから苦子は人前に出ると、日光を逃れ湿った石の下にこそこそと逃げる薄汚い虫のようにジタバタと暴れる。なので、苦子はいつも一人勝手に疲れている。

いつもだ。

だから明日もそう。来月もそう。来年も、そして一生そうして生きていくだろう。そう思っていた。だが世界は、変貌するその瞬間までいつもと変わらない顔をしているものだ。

眠れぬ夜の厭《いや》な妄想に身を焼かれるまではいつものことだった。だがその夜苦子は夜具《やぐ》を撥《は》ね退《の》けベッドを飛び出し、慌《あわ》てて深呼吸をした。夜中の三時過ぎのことだ。

もう限界。そう口にすると本当に限界なのだと気がついた。眠れぬままに迎えた翌朝、苫子は勇気を出して会社から十日間の夏休みを取った。いつも目立たずおとなしい女子社員という印象以外名前すらろくに思い出せない彼女の申し出を、上司はあっさりと受理した。

＊

動物に癒《いや》されたい。

休暇が取れたその瞬間、苫子はそれを思いついた。それまで考えてもみなかったことなので、自分でもびっくりした。びっくりしたが得心した。そうかそうだよ私は動物に癒されたいんだよ、と。

ところがネットで探し出した猫や犬やウサギやハムスターの動画を見てもぴんとこない。もともとペットに興味がない。いわゆるカワイイものに関心がない。そういうものを可愛がりたい欲が予《あらかじ》めないようだ。そう言えば子供にも興味がなかった。

なぜだろう。

自問するとすぐに答えが浮かんだ。

小動物も子供も、保護しなければならない存在だからだ。なんで私が保護しないといけないのだ。自分のことは自分で守れ。

私も保護されたいとは思わない。保護されたら何かを差し出さねばならない。身を削って保護されるのなら身を削って身を守ることを選ぶ。

　そこまで考えて苦笑する。

　何偉そうなこと言ってる。

　そんな独り立ちした生き方をしてきたのか。してないよね。それどこかもっとぬるいぬるいところで眠るように生きてきたんじゃないの。だよね。

　浮かんだり沈んだり、考えはあちこちに飛んで結論はでない。でないまま動物で癒される場所を求めてネットの検索を重ねた。そしてアニマルセラピーにたどり着いた。まさしく動物によって癒されるための場所だ。対象の動物も犬や猫やウサギやハムスターなどというカワイイ奴らではなく、対等な関係を築けそうな動物を探す。そしてようやくイルカと馬に行きついた。こいつらとなら、なんとなく対等な関係を結べそうだ。よしよしと一人頷《うなず》きながら検索を続ける。最終的にイルカか馬かで悩んで馬に決めた。苦子は泳げないのだ。

　乗馬や馬の飼育を通じて心を癒す。それをホース・セラピーというらしい。探してみると自宅からそれほど遠くないところにホース・セラピーをやっている施設が見つかった。すぐに電話を掛け、とりあえず体験コースを予約した。これで近くのビジネスホテルに泊まりつつ十日間。乗馬三昧《ざんまい》で過ごしてみよう。それが苦子の計画だった。

　当日。本当に久しぶりに爽快な朝を迎え駅へと向かった。JRとバスを乗り継ぎ一時間半。予約したビジネスホテルに直行してチェックイン。荷物を置いて、持ってきた折り畳み自転車でどこまでも広がる田園地帯を二十分。本当にそんなところがあるのか不安になったころ、『アラワシ乗馬苑』の看板が見えてきた。自転車を降りて開いた門から中へと入った。小型のクレーン車や泥で汚れた大きなトラックなどが置かれ、マンション工事中の駐車スペースのようだ。実際ここは駐車場なのだろう。しかし人は誰もいない。そこを突っ切るとプレハブじみた事務所があった。『アラワシ乗馬苑』と書かれたプレートが貼りつけてあるアルミのドアを、二度三度ノックした。返答はない。恐る恐る扉を開いて中に入った。埃《ほこり》っぽい事務所に若い男性が一人立っていた。要件を告げると今一つわかっているのかいないのかわからない対応で、それでもついて来いと手招きする。休憩所だろうか。安っぽい食堂のようなところを通り牧場に出た。その間誰にも出会わなかった。牧場は恐ろしく広かった。日本にこんな土地があるなんて、とそのことに驚いていた。その牧場を横切って平屋の簡素な厩舎《きゅうしゃ》へと入っていく。かなり年季の入った厩舎だった。木製の壁に補修の跡が目立つ。

枯れ草のにおいに混ざって糞便《ふんべん》が臭った。

歩きながら男が説明を始める。

「たまたま他はみんな外に出てるんだよ。こんなことも珍しいなあ。残っているのはアカクだけだ。フルネームはアカクタタズムな。いい競走馬なんだがな、気が弱くて成績が振るわなかったんだな。そのまま食肉用に回される寸前に、こっちへと引き取ったわけよ。十一歳の牡《おす》、人間なら三十七、八歳のナイスミドルだよ。ほら、これがアカク。なかなかの男前だろう？　運のいいやつなんだよ。そういえば――」
男はだらだらと話を続けていたが、苫子はそれを聞いてはいなかった。
一頭ずつ個別の厩舎が並んでいた。全部で七つ。だが馬は一頭しかいなかった。
そして苫子は柵の上から顔を突き出している、その馬――アカクタタズムを見ていた。
見詰めていた。
目が離せなくなっていた。
馬を目の前で見たのは初めてだった。
大きかった。大きく力強く、力に満ちていた。
そしてそれは、信じられないほど美しかった。そしてそれは何よりも、何よりも――。
息が詰まる。
胸が押さえつけられているよ。
苦しい苦しい苦しい苦しい。
胸の奥が熱い。
炎が延髄《えんずい》を通って脳内で炸裂《さくれつ》した。
ほんとにした。
音がした。
耳から蒸気が吹き出すぞ。

ああ、苦しい苦しい苦しい苦しい。

アカクタタズムが苦子を見ている。

目が合った。驚くほど理知的で大きな濡れた目が苦子を見ている。彼の眼はその奥に液状の智慧《ちえ》を湛《たた》えた秘密の湖を隠している。長い睫《まつげ》はその智慧が零《こぼ》れないように優しく瞳を守っている。

その時苦子ははっと気がついた。

私たちは今同じ想いを共有している。

互いを見て、圧倒する想いに押しつぶされそうになっている。

そう思うと、不意に熱いものが溢《あふ》れてきた。目頭から血が噴き出したのかと思った。

泣いているのか。

苦子の問いに応えるように、アカクタタズムは顔を彼女の頰に寄せてきた。

会えてよかったという彼の声が聞こえたようだった。

苦子は我慢しきれず、声を上げて泣き出してしまった。

「おいおいおいおい」

そう言いながら男が割って入ってきた。

「馬、結構でかいだろ。びっくりする人いるんだよ。でもこれが馬だからな」

引き離され、苦子はすがるような目でアカクを見る。そしてアカクもまた、同じような目で苦子を見ているのだ。それを知っただけで、また胸の奥で炎が吹きあがる。

ああ胸が痛い。

「言っとくけど普通は、競走馬はこんなに近くで見たり、まして触ったりは出来ないんだ。馬は神経が細やかだからね。ちょっとした音にも驚くし見慣れぬ人間が来たら噛みついたりもするからね。ここにいるのは比較的穏やかな性格の馬ばかりだよ。何しろ癒しのためのホース・セラピーだからね。ここにはいきなり人を噛むような馬はいない。その中でもアカクは特におとなしい馬なんだよ。だから心配することはない。これからゆっくりと慣れていこうな」

苦子は微笑《ほほえ》むアカクを見た。

苦子も微笑み、頷いた。

そして自分に、自分とアカクタタズムの間に何が起こったのかがわかった。

恋に落ちたのだ。

＊

その後のことは幸福な夢を見ているようで、思い返そうとしても具体的なものは何一つ思い浮かばなかった。

いや、アカクタタズムのことなら、今目の前にいるように想起できる。

アカクは鹿毛《かげ》の馬だ。天鵞絨《ビロード》のような滑《なめ》らかな肌は、夕暮れのように赤を秘めて暗く沈んだ褐色《かっしょく》だ。それはまるで磨き上げた木彫のようだが、湖面が波打つように滑らかに筋肉の動きを映し出す。その肌に触れた指の感触。そっと当てた手のひらを押し返してくる頼り甲斐のある弾力。湿った肌の匂い。

反芻《はんすう》するように見たもの聞いたもの嗅いだもの触れたものを思い出しながら気がつけばホテルに戻っていた。くたくただった。何か運動をしたからではないだろう。今日はまだ乗馬を始めていない。疲れているのは身体ではなく頭なのではないか。その証拠に、疲れているのに頭は冴えてちっとも眠くない。不眠の夜は怖い。とにかくシャワーを浴びてから余計《よけい》なことを考えないようにテレビを見た。ぼんやりとした頭で次々にチャンネルを変えていく。くだらない深夜のバラエティーやニュースや地方の見たことのないＣＭとかを眺めていたら、ドキュメンタリー番組で目が留まった。大きな黒いシェパードを横に、がっしりとした身体の男性がインタビューを受けていた。男の顔にはモザイクが掛かっていた。

「彼が僕のパートナーですよ。彼は被災して主人を失い、引き取りてもなく、しかも病気だった。もう少しで処分されるところだったんです。その時僕はボランティアで行ってて、それで彼と出会ったんですね。一目見て、彼が特別であることに気がつきました。もちろん彼も私を見てそう思ってくれたんですよ。我々の仲間には多いのですが、一目見た時から互いが互いにとって特別だってことがわかるんです。会った途端に。もちろんみんながそうだというわけではないでしょうけど。で、何の話だったっけ。そう、それで僕が彼を引き取ったんです」

　男はそう言い、隣のシェパードと目を合わせた。この黒く大きな犬が〈彼〉なのだ。「彼の名前は宗右衛門《そうえもん》です。以前の名前を確認しようとは思ったんだけど、彼の名を知っている人がどうしても見つからなくて。ほら、病に倒れている彼を僕が助けたでしょ。それで『菊《きく》花《か》の契り』に倣《なら》って宗右衛門。彼もその名を気に入ってくれてるみたいなんですよ。ええ、そうです。僕も彼も男性ですよ。こういう関係を〈ズー・ゲイ〉って言ったりするんだけど、僕はその呼び方あんまり好きじゃないな」

　そう言って再び目を合わす。シェパードが何度か頷いた。

「普段はソウ君って呼んでます。ねっ、ソウ君」

　ソウ君は嬉しそうに再び頷いた。

　男は話している間もずっとシェパードのどこかを撫でさすっていた。ソウ君がかわいくて仕方ないようだ。そしてソウ君もしきりに男に身体をこすりつけ、男から目を離さない。彼とソウ君とは、本当に恋人同士のように見えた。

　ナレーションが入る。

　――彼は動物性愛者《ズーフィリア》であり、彼のような人たちは略称でズーと呼ばれている。ズーは精神医学的に言えば病理であり性的な精神疾患とされる。が、今一部で、それを病気などではなく、単なる性的指向の問題と考える動きが現れてきた。彼が所属する動物性愛擁護団体〈方《はこ》舟《ぶね》〉では、これが正当な愛情表現であり、動物虐待には当たらないと主張している。

ナレーションの間、広い庭でシェパードと戯《たわむ》れる男の、長閑《のどか》な映像がずっと流れていた。

カメラは突然険しい顔の若い男を映し出した。動物愛護団体〈愛・アニマル〉のリーダーだ。

「下らん詭弁《きべん》ですよ」

男のインタビューをモニターで見た彼は、吐き捨てるようにそう言った。

「あの人たちはたんに犬や猫を性的な玩具《おもちゃ》として扱って動物を虐待する異常者たちです。あんなものを性的多様性の一部とはとうてい認められない。それは個人の自由の問題などではない。要するに犯罪ですよ、犯罪。この映像を見てください」

歪《ゆが》んだ足を引きずって歩く犬が、怯《おび》えて物陰に隠れ震えている猫が、次々に映し出された。

「動物へのレイプの結果がこれです。テレビではお見せできないような酷い映像もあります。

もちろん死んでしまうものもいる。これ、猫を虐《いじ》めて殺す人間とどう違います？　動物を虐待する者の多くは、やがて人にも手を出すようになると言うじゃないですか。つまりあの人たちは人殺し予備軍ですよ。何らかの形で取り締まるべきなんですよ」

そして再び、画面はシェパードと男に戻った。

ナレーションが問う。

——動物愛護団体からの抗議があります。虐待であるという意見に対してはどう思われますか。

「もともと宗教的にも倫理的にも許されない禁忌《タブー》です。だから様々な団体や個人から抗議を受けています。酷い嫌がらせもあるので、顔出しでインタビューを受けたりは出来ません。ですけど、皆さん完全に間違っている。彼らは我々と獣姦愛好者《ズービースティ》とを混同しているんだ。愛情など持たず、ただ動物とのセックスを目的にする者。その中には苦しむ動物を見ることに快楽を得ているものさえいます。彼らは獣姦愛好者です。それと我々とを一緒にされても困る。私たちはたまたま動物を愛した。そしてそれは相手がこちらを愛していないと成立しません。愛は一方通行な思い込みじゃない。多くのズーはパートナーのことを考えて、向こうが誘ってこないような行為をこちらからすることはないです。我々は一方的に相手を性的対象とはしない。普段の私たちはご覧の通りです。お互いが愛《いと》おしくてたまらない、それだけなんです。で、ソウ君がその気になったら私を誘う。私もその時そういう気分なら相手する。もちろんそうでないなら断る。性行為だけが愛情表現じゃないですから。あの、これって普通の恋人同士でも同じですよね。そう思いませんか、苦子さん」

　えっ、と画面を見直したが、絶えることなく話は続いていた。

「人が動物を愛することも、動物が人を愛することも等価なのです。我々と彼らは対等な立場にあります。なので我々は動物と人間が対等な存在としてともに暮らすことのできる村を作りました。その愛を失わないために、その愛を自由に語れるために。それは我々の理想郷なのです。その村の名は、我々の名をとって〈方舟〉としました。仲間たちが他の人間の目を気にすることなく自由に楽しく過ごせる楽園、それが〈方舟〉なのです。

＊

いつの間にか苫子は眠り込んでいたようだった。窓から外の明かりが入り込んで目が覚めた。時計を見ると、出ていくにはまだかなり早かったが、我慢が出来なかった。身支度を終えるとすぐに自転車に乗って『アラワシ乗馬苑』へと向かった。昨日あったことがすべて夢だったのかもしれないと不安だった。だが厩舎でアカクタタズムに会えばすべての不安が吹き飛んだ。

昨日のことは夢ではなかった。アカクタタズムは奇跡のように美しく、苫子が来るのを心待ちにしていた。会って目を見ればすべてが分かった。苫子は男から馬の世話をどうやってするのか。食事はどうするのか。ブラッシングはどうすればいいのか。蹄《ひづめ》をどうやって手入れをするのか。どうやって身体を洗うのか。馬具はどうやって身につけるのか。そして乗馬はどうすれば出来るのか。すべて一から学んだ。熱心な生徒だった。勘も良かった。それは当然かもしれない。彼女はアカクタタズムと双生児のように心がつながっていたからだ。そしてアカクの世話を焼くこと自体が、彼女にはこれ以上もない喜びだったからだ。アカクもその愛情に真摯《しんし》な態度でこたえ、それ以上の愛を苫子に与えてくれた。彼女の崇拝する神は信者の声に確実に応えてくれるのだ。これ以上幸福な信仰はない。

蜜月の日々は瞬《また》く間に過ぎていった。契約の十日目はすぐに訪れた。次にいつ来られるのか考える。次に長期の休みが取れるのは年末年始になるだろう。それなら半年近く会うことができない。そんなことが我慢できるとは思えなかった。今別れることすらつらいのに。結局後先考えずに秋口に、また十日の予約を取った。その時にはもう会社のことなど考えていなかった。いざとなれば会社を辞める覚悟までしていた。

そしてまたいつもと変わらぬ毎日が始まった。だが苦子は会社に行っても仕事にならなかった。魂が抜け落ちたように、ただ椅子に腰を下ろしているだけだった。三日目にとうとう上司に呼び出された。体調がすぐれないならしばらく休みを取ってはどうだ。上司は本当に心配そうに、苦子に助言した。その夜。苦子は深夜にまたいろいろと思い詰めた挙句、むくりと起き上がった。

一緒に逃げよう。

苦子は呟いた。一緒に逃げよう。二人がずっと一緒にいられるにはそれが一番だ。アカクも同じことを思っているに違いない。

でも、どこへ？

すぐに思いついた。ビジネスホテルで見た深夜番組で話していた、あの男の団体〈方舟〉だ。そこでは動物をパートナーにしている人がたくさんいる。何かいい方法を教えてくれるかもしれない。もしかしたらその〈方舟〉で私たちを匿《かくま》ってくれるかもしれない。

苦子はネットで検索した。なかなか探し出せなかった。いろいろ試し、結局方舟ではなくアークで検索してようやくたどり着いた。

それはニュースサイトで見つかった。しかもそれは一年前のことだった。

見出しは『アーク襲撃事件』。

あの〈方舟《アーク》〉に早朝、過激な動物愛護団体が押しかけ、そこにいた人間に暴行したうえ建造物に火を放った。結果十数名の重軽傷者が出た。

あの深夜の番組は、報道特番の再放送だったのだ。

〈アーク〉はもうないのだろうか。そのネットニュースは記名記事だった。翌朝その記事を書いたライターを探し出した。会社は休んだ。ライターが参加しているSNSを探し出した。プロフィール欄に仕事の話はこちらへとメールアドレスが書かれてあった。連絡が欲しいと電話番号を伝えておいたら、その日の昼前に電話があった。事情を話すと詳しい話が聞きたいというので、指定された古臭い喫茶店に出向いた。ライターは小太りの若い男だった。写真を撮っても良いかと聞くので断った。アカクタタズムと彼女の関係を、男は根掘り葉掘り聞きだそうとした。途中でそれを遮《さえぎ》り、苦子は言った。〈アーク〉の代表と会いたいと。粘り強く交渉し、とうとうライターは根負けして彼女に代表者の連絡先を教えた。

その日のうちに教えてもらった住所に手紙を書いて出した。己《おのれ》の現状を詳しく説明し、一度だけでも会えないかというような内容だった。一週間待ったが返事はなかった。苦子は迷ったが、もう一度、さらに熱い内容の手紙を書き、送った。これも一週間何の返事もなかった。ただし届け先不明で帰ってきたりはしなかったので、届いてはいるはずだ。十日待って、ライターから聞いていた電話番号に掛けてみた。何度か目に相手は出た。名前を告げ、手紙をお送りしているものです、と伝えるとしばらく沈黙があり、とても聞き取りにくい声でその男性は言った。

——あなたのじんせいを終わらせるかもしれないよ。

「覚悟しています」

苫子は言い切った。細く小さく、空気の漏れるような音が聞こえた。しばらくして、それが笑い声であることがわかった。

「私は真剣です」

——ではいちど、わたしの家にきてください。

いつ行けば良いのかと訊ねると、三日後の夜を指定してきた。苫子はひたすら待ち、待ち合わせた時間ちょうどにその家にたどり着いた。郊外の古びた一軒家だった。

扉が開いて、中年の女性が扉を開き、どうぞこちらへと案内する。フローリングというより板張りと呼んだ方が似合う廊下を進み、突き当りの部屋の扉を開いた。書斎だった。三方が書棚で、窓はない。書籍が溢れていた。

「じゃあ、大原さん、何かありましたら内線で教えてください。キッチンで待機していますから」

中年の女性は出ていった。

ありがとう、とあの電話で聞いた聞き取りにくい声がした。

マホガニーの大きなテーブルがあった。その奥に、彼は座っていた。椅子《いす》ではなく電動の大きな車椅子に。

「あーくのはなしが聞きたい？」

大原は言った。

その顔は、子供の描いた顔のように左右の均等が崩れていた。左側が大きく下にずれている。不自然な位置にある左目は、明らかに義眼だった。鼻は溶けた蠟《ろう》のようにぐにゃりと曲がり、傷口のような唇も酷く歪んでいた。顎《あご》は萎《しぼ》んだように小さく、しきりに垂れてくる涎《よだれ》をタオルで拭っていた。

「〈アーク〉のことを聞かせてください」

「ぱーとなーがいるんだね。馬の」

「アカクタタズムと言います。十一歳なので私よりはかなり年上ですけど」

しゅっと息が漏れた。どうやら笑ったようだ。

「しってるよ。きれいな馬だった」

「競走馬の時代をご存じなんですね。そうなんですよ。本当に芸術品のように美しくて」

勢い込んでアカクの美しさを述べようとして踏みとどまる。

「あの、お話を。一年前、いったい何があったんですか」

「……よあけまえだった。ぼくはすっかりねむっていた」

前兆はあった。いつも買い物に行く近くの町で、彼らのことを聞きまわる男たちがいる。行きつけの店の店主がそう教えてくれた。事件の数日前のことだ。だからもしものことを考えて、裏口から山奥へと向かう逃走路を確保してはいた。だが逃げおおせたのは三名だけだった。

「ぼくのはいりょが足りなかった。てれびのしゅざいに応じたのはまちがっていた」

顔もモザイクを掛け、声も替え、村の場所を特定できるものはどこにも映っていないはずだ。グループの名前はアークだったが、テレビでは方舟とだけ伝えていた。にもかかわらず彼らは場所を暴き、襲ってきた。

いきなり殴られ、蹴られ、家の外に引きずり出され、目の前でパートナーを惨殺された。彼らは楽しんでいた。げらげら笑いながら、とび切り残酷な方法でパートナーをゆっくりと殺していく。あちこちで絶叫が聞こえていた。数名いた女性のメンバーはみんなレイプされた。けだものと寝るような女はけだものといっしょだ。男たちはそう言って唾を吐きかけた。男性のメンバーはバットやハンマーで殴られ、ナイフや包丁で刺され、耳をそがれ、指を切り落とされた。襲ってきた男たちは嬉々《きき》として罵声《ばせい》を浴びせながら、残虐な行為を楽しんでいた。パートナーたちで、逃げのびたものはいなかった。死んだパートナーはどれも木に吊るされた。やがて建物から炎が上がり始めた。そして男たちは意気揚々と去っていった。消防車や救急車が駆けつける前に、建物はすべて燃えつきていた。

リーダーは震えながらその様子を語った。何度もつかえ、喋れなくなり、そのたびに休憩をはさんで、苫子に語った。

「すぐにはんにんたちは特定され、つかまりました。全部で十五人。それで全員かどうかはわかりません。そのとうじわたしたちは取り調べどころではなかった。七十五さいの、いんてりあでざいなーの男性が、一か月後に亡くなりました。直接の死因ははいえんですが、大腿《だいたい》こつをおられ、大しゅじゅつして、ようやく退院した夜にカゼをひいて亡くなりました。あれは殺人ですよ。それから、れいぷされたおじょうさんがじさつしました。ぶじなものはだれも、いなかった。みながこういしょうに悩まされていた。様々なものにおびえてくらしていた。みんな被害者なのに――。あれかられんらくをとっていないので、わからないけれど、男でもじさつしたものが、たくさんいる。愛するものをめのまえで殺されるくつうにたえられるものは少ないです。ぼくも、なんども死のうとおもった。けど、主犯者格の二名がちょうえき五年の実刑はんけつ。中にはちょうえき二年でしっこうゆうよのついたものもいた。マスコミをつかいかれらをせんどうした団体のりーだーは、なんの罪にもとわれなかった」

大原は大きな傷跡の残る頭を抱え、髪を掻《か》き毟《むし》った。ふー、ふー、と荒い息が漏れる。そして大きく深呼吸してから、さらに話を続けた。

「これでおわらせてはならないとおもった。すくなくともぼくは、これをおぼえておかなければならないと、思った。そして、あなたのような人に、つたえなければならないと」

苦子は頭が沸騰《ふっとう》しそうだった。怒っているのか悲しんでいるのか、自分でもよくわからない。感情は煮詰まった灰汁《あく》のように、熱く、不快だ。

ひっ、と喉《のど》が鳴った。泣いているのかと思ったが涙は出ていない。心が引き攣《つ》っているようだ。ただ苦しい。

口を開くまで、そうとうな時間が掛かった。喉に引っかかるような声で、苦子は言った。

「……今アークはどうなっているんですか」

「まだあるよ。ばしょだけだけどね。あれは土地も家屋もぼくのものだ。ぜいきんをはらうのはきついがね。なんとか、てばなさずにすんでいる。あなたのようなにんげんに場所をおしえるために、がんばっているんだ。今あそこに住んでいるおとこがいるときいたことがある。ただのうわさだけれどね。それはホースマンとよばれている。そう、きみと同じ馬のパートナーがいる、おとこらしい。馬がパートナーのにんげんはふたりいた。かたほうはゆくえふめい。もうかたほうはあれからねたきりだ。長い間ちょくせつれんらくをとってないので、わからないが、ゆくえふめいになった男なら、かわったにんげんだよ。おかるとを信じていて、いつかわれわれは楽園にたどりつくと、ずっといっていた。それがかれなら、あそこにいて、だれかが救いをもとめに来るのを、まっているんじゃないのかな」

「アークの場所を教えてもらえるんですよね」

「ああ、だがぼくとかかわりをもったら、やつらがいつ気づいておそってくるかもしれないよ。わたしたちはパートナーのことをひみつにしていることが多い。あなたもそうじゃないのか。そのヒミツを公表して、おいこむのがやつらの手口だ。それならトクメイでできるしね。そうなったらもとの生活にもどれないかもしれないよ。それでもいいんだね」

「覚悟はあります」

苫子はきっぱりと言い切った。

大原は、しゅうしゅうと息を吐いた。笑ったのか、それともため息をついたのか、苫子にはわからなかった。

＊

その夜、苫子は夢を見た。

夢の中では、人以外の生き物がすべてアニメーションで描かれていた。アニメーションの動物はみんな人の言葉を喋ることができた。苫子はアカクと話をしたくて、アニメーションの動物と人間たちで溢れている大通りを走っていた。夢の中の苫子は力持ちで、邪魔をする人々をひょいひょいと投げとばしていた。人々の蔭にアカクタタズムが見え隠れしている。

苦子は必死になってその後を追った。ようやく追いつき、夢の中なのにはあはあと大きく喘《あえ》ぎながら言った。

「アカク、一緒に行ってくれる?」

アカクタタズムは立ち止まり、苦子を見た。いつもの優しく理知的な目だった。

「ぼくは苦子とならどこにでも行く。いつも苦子と一緒にいたいんだ。それで何かあっても絶対後悔しない。だから一緒に行こう——ああ、苦子、泣かないで」

馬鹿みたいに嬉しかった。『いつも苦子と一緒にいたい』。その言葉を聞いただけで、今この場で死んだっていいやと思った。夢だけど。

そしてめそめそ泣きながら、しかしすっきりとした気分で目覚め、行動を始めた。まずは道具を揃えに乗馬用品店に向かった。以前から調べていた店に、リストを持って挑んだ。鞍《くら》や腹帯《はらおび》にハミ、秋に迎えに行くのだから寒さ対策に馬着《ばちゃく》と、数々の馬具を揃え、ブラッシングのためのブラシに、蹄をきれいに保つための蹄ピックなどのメンテナンスグッズも購入した。

それから教えてもらったアークまで、下調べに出掛けた。馬で車道を走ることは違法ではない。交通法規を守れば馬で移動できる。基本的には自転車等の移動と同じだ。ただしアラワシ乗馬苑からアーク村までは、かなりの距離がある。休憩する場所のことを考えながら乗馬苑を出た。上手くいっても三泊は野宿することになるだろう。野営できる場所などを頭にいれながら、アークへと向かう。自転車で実際に通る道を行こう、と最初は思ったが、アークは山間《やまあい》の村だ。道は遠く、上り下りが激しい。今それを試みたら、アカクと一緒に出掛ける前に疲れ切ってしまいそうだ。なので軽自動車を借りて、途中までは車で走る。それが六時間あまり。車ではその先に向かうのは不可能になる。路肩《ろかた》に車を隠すように停める。そして、歩く。道に迷ったせいもあって現地に着いたときには陽が暮れようとしていた。苫子は暮れる夕日を背に、柵の向こうをじっと見つめて立っていた。まだそこに〈アーク〉があるかのように。

これでおおよその位置は把握できた。

準備は整ったのだ。

＊

秋口まで待ちきれず、無理をいってそれより一か月前に乗馬苑の予約を入れた。眠れぬ日々を過ごして、その日を迎えた。折り畳み自転車や馬具一式などは、まとめて宅配便でホテルまで送ってある。昼前にはホテルに到着した。そこから自転車に大荷物を積み、アラワシ乗馬苑へと向かう。

アカクタタズムとは二か月ぶりの再会だ。感動的な出会いになるかな、泣いちゃうかな、と思っていたが、なんとなく照れくさくてまともに目が見られなかった。そっと首を撫でる。アカクはそれに応え、目を細めて頭を擦り寄せてきた。なんとなくそれにも照れを感じる。

互いの気持ちの確認ができたような気がした。

　いつもの職員に頼み込み、買ってきた鞍や腹帯を付けさせてもらう。驚かれたが、自分の時だけ持ってきた馬具を使いたい、と申し出ると呆れつつも容認してくれた。もちろん彼女の目論見《もくろみ》など誰も知らない。

　身支度が整うと併設された馬場で二周三周と身体を慣らす。それから昼飯をたっぷりと摂り、水も飲み、ちょっと近くを回ってきますと事務所に声を掛けて乗馬苑を出た。大きなリュックを背負っているのをとがめられたらどうしようかと思ったが、何も言われることはなかった。施設の人たちには、かなりの変人と思われているようだ。

　普通なら苑を出たらピクニック用のコースを一周して帰る。だが今日は半周してコースを離れた。アカクは何の反応もなかった。馬は本当に賢い。コースから外れればすぐにアレ？と気づく。騎乗の人間を信じていなければ、勝手に元のコースに戻ったりもする。アカクがコースを外していることに気付かないはずはない。なのに何も変わらない態度で言われるとおりにコースを外れた。

「覚悟して」

　苫子が声を掛けた。アカクが嬉しそうに尻尾《しっぽ》を高く振る。任せておけ、と言われたような気がした。

　出だしは順調だ。だがどれぐらいの時間で乗馬苑の職員たちはおかしいと思い始めるだろうか。二時間？　三時間？　不慮の事故を想定するなら、それぐらいには捜索が始まるのではないだろうか。それなら出来るだけ時間を稼いだ方がいい。公道の馬はいくら何でも目立つ。車も人も、ほとんど見かけないような田舎の国道なのだが、それでも横を通る車に奇異な目で見られていた。

向こうが本気になればすぐに追いつかれるのではないか。その「向こう」が誰なのか考えもつかなかった。アラワシ乗馬苑の職員ももちろんだが、すでに警察に連絡しているかもしれない。事故事件両方の可能性がある、と考えたら警察が本腰で捜索を始めるかもしれない。それにもしも、どこかであの過激な動物愛護団体に発見されていたら。

不安に思い出したらキリがない。というより、安心できる材料など一つもないのだ。しかし今は不安に思う間もないほど先を急いでいた。出来る限り大きな国道からは離れ、狭い山道を進んでいった。

餌はどうしようかと悩んでいた。まさか大量の干し草を準備しておくわけにもいかない。馬は牛に比べれば小食だが、今は夏の終わり。時期的にはぎりぎり馬の餌となる草が残っている季節だろう。休憩のたびにアカクは周囲の草を食べた。好みのものと全く食べないものがある。苦子にはその区別も良くつかないので、アカクに任せていた。今のところお腹を壊してもいないし、飢えている様子もない。水は川の近くを通るときに、存分に飲ませた。五リットル入るビニールの袋にも保存用に汲み置きしてある。これも今のところ、困ってはいない。

一つ一つに問題はなかったが、一番の難問は距離の長さだ。追われているのかもしれないと考えたら、急ぐに越したことはない。しかしアカクタタズムは競走馬だ。それもステイヤーと呼ばれる長距離に向いた馬でもない。ステイヤーであったとしても四〇〇〇メートルが走れる距離の上限だろう。もちろんレースのようにとばすつもりはないが、目的地であるアーク村まで、優にその百倍の距離があるのだ。ましてや山越えを含む整備されていない道を行くのだ。競走馬の脚はそんなことのためには作られていない。無理をして怪我をしたらそこでおしまいだ。出来る限り休憩をとりながら慎重に進むしかない。休まず走って四日で到着できれば良い方だろう。

その日の終わりには、ずいぶんと疲れがたまっていただろう。アカクの食餌《しょくじ》を終え、野営場所を決め、鞍を下ろしブラッシングをした。耳が横に倒れ気持ちよさそうな顔で前後の足を折った。眠りの姿勢に入ったのだ。山の夜は冷える。銀色の保温シートを広げ、アカクにへばりつくようにして苫子も横になった。焚火《たきび》で暖を取りながら夜を迎えた。静かな夜はあっという間に終わり、夜が明けた。

二日目。山道が続き、苫子は手綱をひいてアカクと並んで歩いた。疲れてはいたが、これほど満たされた気分になったことは、生まれてから一度もなかった。アカクは何かと苫子を気遣う。例えば率先して休憩を取ろうとするのだけれど、どう見てもアカクは疲れていないのだ。

「いいよ、アカク。私のことは心配しなくて」

そう言っても頭をこすりつけ、苫子を座らせようとする。

いいよ、いいよと言いながら苫子が逃げ出し、アカクがそれを追う。

その内本当に疲れて座り込み、それを見て安心したのかアカクがのんびりと草を食《は》む。

追われているのは事実だし、捕まれば離れ離れになるだけではなく、苫子は罪に問われるだろう。そうなると、二度と会えないかもしれない。にもかかわらず、アカクも苫子も、ピクニックに来たかのような気分だった。

陽が傾きだしてから急に天気が崩れた。山側の崖にある洞窟じみた窪みの中に入って雨宿りをする。雨の間に移動するのは得策ではないと、そこで野宿することを決めた。持ってきた固体燃料と枯れ枝で暖を取る。炎に照らされながらアカクは苫子を、苫子はアカクを見つめていた。あまりにもらしい状況すぎて、苫子は噴き出してしまった。げらげら笑う苫子をアカクが不思議そうに見ている。アカクはいつでも苫子を見ている。そして苫子はいつでもアカクを見ている。ついでにあちこちを触っている。それだけで救われた気分になる。アカクはとても温かい。そのまま溶けるように苫子は眠りかけていた。アカクがしきりに苫子の匂いを嗅ぐと、ぐるぐると甘えたような声で低くいなないた。鼻先を何度も苫子の背に当てこすりつけてくる。苫子にはわかった。それは苫子を誘っているのだ。そして苫子もアカクと同じ気分だった。それを知って誘ったのかもしれない。苦子はアカクを迎え入れた。迎え入れるというよりも、それは苦子の中へと溶け込んできた。グニャグニャに蕩《とろ》けた膣から子宮口までの間には広い庭があった。薔薇《ばら》にも似た肉色の襞《ひだ》が幾重《いくえ》にも重なり道を作っていくそれは英国風の庭園で、アカクタタズムのペニスもそれに合わせて幾重にも行儀よく折りたたまれ、苦子の庭を埋めていく。苦子は長く熱く吐息をついた。すべてのペニスが収まると、彼は彼女を壊さぬよう、繊細な、舞踏的ともいえる動きで腰を動かす。ペニスは確かに苦子の中を出入りするのだが、あまりにもそっと緩やかな動きなのでその上で小鳥たちが昼寝を始めてしまいそうだ。その間苦子に、腹の奥を温めているような気持ちよさと、わずかばかりの痛みに似た感覚が波のように交互に訪れる。痛みが心地好いと言っても被虐的な快楽ではなく、例えば打ち身で腫《は》れた足をそっと撫でこすりマッサージするように、痛みギリギリのところでそれは気持ちよさに転じる。激しさはなく、ただ満たされていくのだ。眠気にも似ているが、決して眠りに落ちることもない。達しそうで達しないこの気持ちよさがずっと続いていたら、頭がおかしくなってしまうかもしれない。そう思うのに恐ろしさはない。アカクと二人でゆるりと狂うならそれも本望だと思う。心から。心の底から。

それは愛情が肉の上に花を開くような一つの儀式だった。

いつ終わったのかわからない。いつの間にか苦子は眠りに落ちていた。

翌朝、雨音で目が覚めた。まだ雨が続いていた。さすがにここで二泊するつもりはない。

荷物を片付け、窪みから出た。それを見ていたかのように青空が広がっていく。

苦子は二人の愛を祝福してくれるどこかの神様に感謝した。

＊

三日目。さすがに余裕がなくなってきた。特にアカクの疲労が激しい。最後にはアカクを背負って歩いてやる。苦子がとんでもない決意をしているのも、あまりにも疲労がたまっているからだろう。どこか熱っぽい。風邪をひいたのなら最悪だ。大勢の人間に追い回されて逃げ惑う夢を見た。歩きながらだ。疲れているのに、アカクは苦子を乗せて移動する。遠慮すると頭でつつく。もう余計なことをして遊んでいる余裕はなくなっていた。もうだめかもしれないな。そう思っては地図ソフトを見る。それが正しいのなら、あとわずかだ。だがそのわずかが進めるのかどうか。

＊

四日目。晴天だ。思いきり汗をかいたからか、熱は治《おさ》まったようだ。アカクも汗をかいている。白く泡立った汗が首筋からたらたらと流れている。あとわずかだ。あとわずか。苦子は自分に言い聞かせた。アカクが強引に苦子を背に乗せた。

そして走る。

馬に乗ることは決して楽なことではない。足腰から全身の筋肉を使う。だがアカクの負担はそれどころではない。にもかかわらず石だらけの山道を、走る。走る。

よし、ラストランだよ、アカク。アークに着いたらゆっくり休もう。

苫子はそう言って山道から県道へと出た。舗装道路の方が多少は走りやすいだろう。身体に当たってくる枝もない。鞭《むち》を入れるところだろうが、鞭は持ってない。恋人に鞭を入れる趣味は持っていないから。

アカクは車を見ても驚かなかった。あんなに憶病な馬だったのに、今回の逃避行で一度も車に怯えることはなかった。

久しぶりに疾走する。鬣《たてがみ》が風になびく。筋肉の束がリズムを刻む。

早い。早い。

馬がそのために生まれた生き物だということがよくわかる。

最後にアカクはガードレールを飛び越えた。そう、そこだ。

目の前に、柵が見えた。柵には手書きでアークと書かれた木切れが掛かっていた。苫子はアカクから下りた。柵を開き、一緒にアークの敷地に入っていった。苫子の膝《ひざ》ぐらいまで伸びた下生えの草がアカクの足先を隠す。

着いたのだ。

方舟に。

テントが張ってあった。キャンプ用のテントだ。そこから痩《や》せた長髪の男が出てきた。

「ようこそ、方舟に」

「あなたがホースマンですか」

ええ、と男は微笑《ほほえ》む。

「本当に美しい馬だ。羨ましいです」

男はアカクタタズムを見て、言った。

「ホースマンさんのパートナーは」

「あの時に死にました」

あっ、といって言葉が出てこなくなった。

「気にしないで。死んでも友は友なんですよ。さあ、こっちに来て。お茶でも淹《い》れましょうか」

ホースマンに誘われてテントに入る。そこからアカクが見えるように、テントの入り口を大きく開いた。そこに座り、三日ぶりに靴を脱ぐ。思ったほど酷い臭いはしなくてほっとした。アカクは外でむしゃむしゃと草を食べていた。

「この辺は葛《くず》とか自生しているんですよ。たいていの馬は好きですよね。はいこれ」

アルミのカップに煎茶が注がれる。

「襲撃の時僕はここにいました。ここはぼくたちのようなホースマンにとっては特別の場所なんですよ。このすぐ近くに封威沼《ふういぬま》という名前の小さな村があったんです。至って閉鎖的な村で、近隣の村からは禁忌扱いされ、近づくものはいなかったです。というのもこの村ではずんぐりとした自生の小柄な馬が飼われていた。村人はそれぞれの家で馬を大事に育てていた。馬はただの家畜ではなく、同居人であり家族の一員として扱われていた。生まれた時からずっと、その家の子供たちと同じように育てられるわけです。そしてその家で最初に生まれる女は、そこで飼われている馬が望むと婚姻をする」

ホースマンは苫子を見て、微笑んだ。

「そんなことがあったのかと疑っておられるでしょうが、ほら、これです」

ホースマンは古びた巻物を出してきた。

「封威沼神社縁起絵巻です。ここに奇習として封威沼の馬が記録されている。ほら、これとかね」

巻物を開いて見せた。花嫁衣装のようなものを着た女が、馬と連れ添って歩いている絵だ。

「この絵巻は十一世紀半ばに描かれたもので、十一世紀に北海道に馬は入っていなかったんですよ。なので北海道和種の道産子《どさんこ》――あっ、これ馬の種類です――は封威沼の馬がルーツじゃないかと、これは私が勝手に思ってるんですが、アイヌ語で馬はウンマ。つまり和人から馬は伝わったと言われていますから、ない話じゃない。で、それはそれとして、封威沼の話に戻ります。馬と結ばれた女は誰に学ぶことなく馬文字を書けるようになり、馬文字で喋るのだといいます。馬の女房同士は馬文字で会話をする。そしてこの馬文字で書かれた祭文《さいもん》を唱えることで、馬と人の桃源郷、本当のフウイヌマに行くことができるそうです」

「本当のフウイヌマ？」

「『ガリバー旅行記』をご存じですか」

ええ、と頷く。

「ガリバーはその旅の途中で日本にも寄ります。そしてその次に行くのがフウイヌム国、馬の姿をした知的な種族の国です。『ガリバー旅行記』の著者ジョナサン・スウィフトはどこかでフウイヌマのことを聞いたんだと思いますよ。フウイヌマは私たちの理想郷です。でね、この近くに馬頭観音《ばとうかんのん》を祀《まつ》る封威神社というのがありましてね、そこに馬文字祭文が残されていました。これで私があなたを待っていた理由がわかりますよね」

苫子は首をひねる。ホースマンの言っていることの半分も理解できていなかった。

「あなたはアカクタタズムと一緒《ず》にフウイヌマに行けるんです。人と馬が対等に住む国へ。おそらくそこならあらゆる動物性愛者たちも平等に扱ってくれるはずです。あなたがその先駆けとなってください」

「そう言われても」

苫子の目の前で、巻物が開かれた。そこに書かれている文字はどれも見たことのないものだったが、しかし……。

「読めるんですね。そうだと思いました」

唖然《あぜん》とする苫子にホースマンが言う。

そう、その通り。見たこともない文字なのに読めるのだ。意味が直接頭にするすると入ってくるのだ。

戸惑う苫子にホースマンは言った。

「さあ、声に出して読んでください」

そんなことができるわけがないと思いながら、声が出ていた。それはどこかで聞いたことのあるような哀しい、しかし正しい心のありようを問いかける歌だった。知性というものが本質的に哀しいものであることを苫子は知った。夢中で詠んでいると、アカクがその巻物を覗き込んでいるのに気付いた。そして、今まで聞いたこともない声で彼はいないないた。それも歌だった。世界というものを語り直す歌だった。苫子はそれに付き従い唱和した。音は上がり下がり苫子たちの周りをぐるぐると回った。

ほら、とホースマンが言った。彼の視線の先に、大勢の人間がいた。馬もいる。馬のような人もいる。人のような馬もいる。それらすべてがまとまって〈ヒト〉だった。そしてそれらみんなが、友だった。

アカクタタズムは跪《ひざまず》いて、苫子に乗るように指示した。苫子は素直に応じた。アカクはゆっくりとヒトたちの方へ進む。

「苫子」

アカクが言う。当然のこととして苫子は聞いていた。

「ぼくは人間よりずいぶん短命だ」

「何言ってるの」

「だから死ぬまで、一緒にいたい」

「私も」

アカクの首を撫で、鬣に顔を埋めてその匂いを嗅いだ。

幸福だった。

急に思いつき、後ろを振り向いて言った。

「ホースマンさんも行きましょう」

ホースマンは寂しそうに微笑んだ。

「無理なんだ。ぼくはほら……あの時に死んでるんだ。友と一緒にね。じゃあ、さようなら、苦子」

手を振るホースマンの姿が霧に包まれ、ゆっくりと消えていった。そして前を見ると、苦子たちを歓迎する人たちの姿があった。彼らは皆優しい目をしていた。世界の根に、血のにおいのする、愛と対極にあるなにかがあることを充分知っている者たちの目だった。それがあちら側に行く条件であるのなら、このまま簡単に行くことは出来ないだろう。だがそれが新しい地獄であったとしても、二人が共にいるなら耐えられる。いや、もし耐えられなく絶望に押しつぶされたとしても、何一つ後悔することはない。アカクも苦子も、そう思っていた。

王谷晶

声の中の楽園

●『声の中の楽園』王谷《おうたに》　晶《あきら》

大自然でのヴァケーション。そのリラックスした多幸感と都会のクールなショウビジネスの対比が生み出すゴージャスなハーモニー。それは静かな恐怖のはじまりだ。

本作を、先進国のこの業界を舞台にしたホラー・フィクションとご紹介すると、読者によっては、ある原型《パターン》を連想されるかもしれない。たとえば、とあるカルトなオムニバス・ホラー映画で描かれたジャングルの呪いの物語。あるいは、リブートを繰り返して幾世代にも語り継がれる妖怪漫画の一エピソード。いずれも「文明世界からの略奪者」が「怒れる被害者」によって残酷に復讐《ふくしゅう》される因果応報の黄金パターンなのだが——本作は、一見こうした古典的パターンを装いながら、新たなる地平を見せてくれる。新たな気づきを与えてくれるのだ。

作者の王谷晶は、《異形コレクション》二度目の登場。第52巻『狩りの季節』収録の都会派《アーバン》ヴァンパイア小説「昼と真夜中の約束」で、代表作『ババヤガの夜』(河出文庫)をも彷彿《ほうふつ》とさせるスタイリッシュなシスター・ハードボイルドを展開してくれた。

一転、本作の静謐《せいひつ》な中の胸に染《し》みいる結末。王谷晶は、痛みを知る者の声で語る作家なのだと納得させられる。それも、想像を絶する方法で。

歓声がここまで聞こえてくる。今ステージに上がっているのは去年のグラミーで最優秀新人賞を獲《と》った女性ラッパーだ。低音のリズムと叩き付けるような声が空気を震わせている。私がボスでご主人さま、あんたら黙って拝んでイキな――そんな感じの歌詞だ。今日のためにFワードが封印されたお上品バージョンのラップは、それでも関係なく全世界の本当にお上品な人々の眉をひそめさせているだろう。その勇姿を生中継で観られるタブレットの電源は切ってある。彼女にもステージにも大して関心はなかった。いつも通り。

楽屋の中は、ポスターが一枚貼ってある以外はひどく殺風景だった。俺が軽んじられているせいじゃない。今日は揃いの狭いプレハブの中で、ダブリンの大物からアーカンソーの新人バンドまで同じ灰色の壁を見つめているはずだ。一日限りのフェスティバル。一日限りの居場所。一曲歌って、ひとことふたこと〝メッセージ〟を唱えて、それで今日の仕事は終わり。いつも通り。

ドアがノックされた。

「クリスさん、いいですか？　広報のペレスです」

どうぞと言うと、大学生みたいな若く化粧っけのない顔がドアの隙間からひょっこり出てきた。実際、大学生なのだろう。このフェスは学生たちの〝ムーヴメント〟で生まれた催しだ。白地に一文字ずつ色を変えたカラフルなフォントで「Change the World」と書かれたどうしようもなく酷《ひど》いTシャツを着た彼女は、タブレットを片手に歯を見せて笑いながら近づいてきた。

「公式Ｉｎｓｔａｇｒａｍに載せる写真を撮らせてほしいんです。できればＴｉｋＴｏｋ用に動画も」

「ＴｉｋＴｏｋだって？　クリス・Ｍをピエロみたいに踊らせるのか？」

冗談のつもりだったが、ペレスは真剣な顔でまさか！　と手と首を振って慌《あわ》てて否定した。

「フェスティバルに招待した子供たちと一緒に撮影してほしいんです。今日は彼らのためのイベントですから」

ペレスが振り向いて手招きすると、狭い楽屋の中に五、六人の子どもたちがおずおずと入ってきた。全員、揃いの「Change the World」Tシャツを着せられている。

「クリスさんがあの曲のインスピレーションを得たというアジアで生まれた子どもたちです。みんな難民や困窮している移民の家庭の子たちです。どうですか？」

その「どうですか？」がどういう意味なのか、俺には分からなかった。子どもたちは肌の色も顔立ちもばらばらで、ペレスの言う通り〝アジア人〟ということしか分からない。全員が痩《や》せていて小柄で、男の子も女の子も愛らしい顔をしていた。

なんとなく胃の中のものを吐き戻したくなり、すぐさまそうすることもできたけれど、俺はただ一言「いいね」と返した。

「じゃあそこのポスターの前に並んで——そう、クリスさんを囲むようにして」

英語が通じない子もいるのか、ペレスに指示されても何人かはぼんやり突っ立っていたりメイク用の鏡をじっと見つめたりしている。彼らは明らかに退屈するか疲れるかしていた。

「じゃあまずは写真を。クリスさん、何かポーズをとれますか」

「ピースサインでもするか？」

「ワオ、それってすごく——メッセージがありますね。素敵です。それでいきましょう」

本気で言ってるのか？　額に新鮮なニキビのあるペレスの顔を見た。冗談を言っている風には見えなかった。彼らにとってはもはやピースサインは一周か何百周か回って新しいものに見えているのかもしれない。それともじじいのポップスターを笑い者にするために、意地の悪い顔を隠しているのか。

知らない大人と狭い部屋に詰め込まれている子どもたちが、退屈と不安で視線を彷徨《さまよ》わせている。俺はすぐさまピースサインを作ってにっこり笑い、それからＴｉｋＴｏｋ用に自分が着ている「Change the World」Ｔシャツを指差し、その言葉を声に出し、カメラに向かってウインクしてみせた。

歓声が甲高《かんだか》くなった。今出ているのは例のアーカンソーのバンドだ。Ｓｐｏｔｉｆｙのトップ50にもう四ヶ月も居座っている。常にシャツの前を開いて腹筋を見せつけているボーカルと折れそうに細い金髪のギターが、まるきりジーザス・ジョーンズみたいな音でインターネットと鬱病《うつびょう》と失恋について歌っている。

彼らは新しい俺だ。この世界に大勢いる俺のひとつ。一曲のヒット、十五分の名声、だらだらと爺《じい》さんのお漏らしみたいに入ってくる印税、それを啜《すす》る以外の道はない人生。スーツケースの上に放り出してあるスマートフォンが無音で光る。『ソニーたちと一緒に見てる。出番はいつ？』というメッセージと共に、キムから自宅のシアタールームでの自撮りが送られてきた。息子のソニーと、その腕に抱かれた小さな孫娘と、足元から見上げている犬たち。美しい俺の家族。

何を歌う？　とは訊かれない。家族だけじゃなく、誰からも。俺にはひとつの曲しか無いからだ。

音楽が食事やベッドと同じくらい身近にある家に生まれた。

俺が生まれたときには、父親はすでに現代音楽の作曲家として成功していた。大学で教えながら大作映画に曲を提供し、何度かオスカーにノミネートされ、授賞もし、オーケストラと共に海外ツアーに出かけ、その合間に四人の子どもたちにも音楽教育を施《ほどこ》した。

一番上の姉はヴァイオリンを選んだ。今はウィーンで暮らしている。二番目の姉はピアニストとしてニューヨークへ。末っ子の妹もピアノをやっていたが演奏家ではなくコンポーザーの道に進み、今や世界中の人間が毎日彼女の作った音楽をスマートフォンの着信音として聴いている。ゲーム音楽の世界でも有名人らしい。

そして俺だ。俺は何でもできた。絶対音感があり、ガラガラのおもちゃを握っていた頃から正確なリズムを刻み、ボーイソプラノの時代はいくつもの高名な合唱団やミッキーマウス・クラブからスカウトされ、弦楽器から管楽器、パーカッションまでひととおり手を出し、全てそれなりにこなした。

ぴかぴかのフライングVを背負って家を出たときは、れっきとした反抗のつもりだった。今考えると笑ってしまうが、当時は本気でそう思っていた。巨匠の父親、著名な声楽家の母親、突出した才能のある姉、妹たち。そしてただ何でも、そこそこにできるだけの俺。家族の影響から離れたところで成功して、勝手に抱え込んでいたコンプレックスをバネに見返してやろうと思っていた。本当に馬鹿だ。本気でそのつもりなら、音楽ではない手段を選ぶべきだった。しかし、それをする勇気はなかった。悪い意味で、俺には音楽しかなかった。

メジャーデビューは拍子抜けするくらいとんとん拍子に決まった。だって俺は〝プロフェッサーM〟の息子だし、母親似の小綺麗な顔と金髪と青い眼をしていたから。考えなくても分かるその事実を必死に頭から追い出して、全て自分の実力だと思いこんだ。八十年代の終わり頃で、レーベルは俺を〝第二のジョン・ボン・ジョヴィ〟として売り出す算段をしていた。あの頃はそういう男がたくさんいたはずだ。

そして他のジョンたちと同じように、俺は売れなかった。寄せ集められたルックス重視のバンドメンバーたちとは何のケミストリーも生まれず、つまらないトラブルを起こしてはまた別の長髪男が連れてこられた。それでも必死に曲と歌詞を書き、演奏し、歌った。みんなそれに期待していた。偉大な音楽家の唯一の息子が奏でるロック・サウンドに。やめてくれと何度も交渉したが、結局デビューシングルのプレスリリースには俺より父親の名前がでかでかと書かれた。

大学ラジオに出て、地方の謝肉祭みたいなフェスまで回って、大金をかけてミュージックビデオも作ったけれどヒットは出なかった。俺は焦り、書けなくなり、とうとうスウェーデンとかドイツの無名バンドから曲を買い叩いて持ち歌にするところまで追い詰められた。その頃にはレーベルは俺を放置し第二のカート・コバーン探しに躍起《やっき》になっていた。クビにならなかったのはMの名のおかげだ。

そしてとうとう、俺はあの曲を書いてしまった。

キムに返信したあと、よせばいいのに、SNSで自分の名前を検索してしまう。案の定、映画の一シーンや漫画の一コマに「クリス・Mは一体何を歌うんだ？」というセリフがコラージュされているミームが見つかった。最初は確か五年前くらい、ローマ法王にそれを言わせている画像が〝バズ〟って、それからいろんなバージョンが生み出され続けている。

　今まで何百と曲を作ったが、この世界がクリス・Mの作品として知っているのは『paradise in your voice』一曲だけだ。奇《く》しくもカート・コバーンが死んだ年にリリースされ、この年はマライア・キャリーの例のクリスマス・ソングすら抑え『paradise in your voice』一色になった。

　苦し紛《まぎ》れに書いた一曲が、全てを変えた。

　それは恐怖を感じるほど、あっという間にヒットした。ぶちまけたガソリンに引火したような勢いだった。凄すぎてどこから火が付いたのかすら検証できなかった。ひと月もしないうちに俺はセキュリティのため引っ越しをしないといけなくなったし、ゴシップ誌に道で踏んだガムの銘柄まで書かれるようになった。

『paradise in your voice』はバラードだ。三分半のラブソング。曲は一時間で作り、歌詞は十分で考えた。実らなかった初恋についての歌だ。

　なのにそれから三十年以上、フラッシュモブのプロポーズで、結婚式で、プロムで、あらゆる愛の場面で流され続けている。シットコムやコントではイントロが聞こえただけでラブシーンだと分かるギャグに使われ、サタデー・ナイト・ライブでも何度もネタにされた。ジム・キャリーが映画のエンドロールで歌い、レディ・ガガがアンコールで歌い、イン・シンクやハリー・スタイルズがカバーし、ＨＢＯのドラマに使われ、ビッグバンドやマリアッチが演奏し、ＤＪがサンプリングし、韓国のボーイズグループが踊り、あらゆる言語のバージョンが作られ（俺本人が日本語で歌わされたシングルも存在している）、毎日世界のどこかで流れている。フランス人ですら聴いている。この一曲のおかげで、俺の口座には寝ているだけで毎日五千ドルの金が入ってくる。

この曲がヒットしてすぐ、レーベルは最高のミュージシャンを集め最高のスタジオと機材でアルバムを作った。グラミーも獲った。コンサートツアーで世界中を回った。あれはまったく凄かった。あれほど奇妙な経験は、宇宙の中で誰もしていないだろう。観客は一曲だけに熱狂した。アルバムは二千万枚売れたのに、『paradise in your voice』以外の曲は誰にも愛されなかった。そのアルバムだけじゃない。それからずっと。三十年間ずっと。

それでも、充分以上に恵まれている一発屋だろう。脱税もしていないし薬で逮捕もされていない。マネージャーに金を持ち逃げされてもいない。大統領と握手もしたし、どんなに揶《や》揄《ゆ》されようが現金がじゃんじゃん入ってくる。素晴らしい家族もできた。

キムはあの曲を誇りに思うべきだと事あるごとに言ってくれる。たとえ一曲だけのヒットでも、その一曲すら作れない人がほとんどなのだからと。俺もそう思う。自分がキムの立場なら同じことを言っていた。

それが本当に、俺の頭の中だけで作られた曲だったのなら。

ドアがノックされた。

「クリスさん。クリス・Mさんの楽屋はこちらですか」

男の声だった。聞き慣れない訛《なま》りがある。出番まではまだ時間があった。記憶にないが取材の予定でも入っていただろうか。

「クリスさん」

居留守を使おうと思ったが、その声、若くはなくしゃがれた弱々しい声に引っかかるものを感じた。

頭のどこか。脳みその奥を突かれているような感じ。

どうぞと応えると、ゆっくりとプレハブのドアが開いた。

「クリス・Mさん？」

男が一人、コツコツと硬質な音と共に部屋に入ってきた。左手に杖を持っている。外気と一緒に、きつい煙草と饐《す》えた汗のにおいが流れ込んできた。もう夏も近いのに、厚手の真っ黒いマウンテンパーカーを着込んでいる。よろけながら歩く足はぼろぼろのスニーカーを履いていて、くたびれたバケットハットの下から、ひどく痩せこけた顔とぎょろりとした眼が見えた。スタッフIDやプレスパスのようなものは何も身につけていない。

「誰だ？」

緊張が走った。まずい。おかしなファンか、ストーカーか。セキュリティは何してる？

あれがただの杖でなく、銃かナイフでも仕込んであったら――。

「覚えてないと思ったよ」

男はため息を吐《つ》くように笑ってそう言った。

その声に、突然、記憶の弦が掻《か》き鳴らされた。

「――シング？」

男は目を見開き、もう一度、声を出して笑った。

目眩《めまい》がした。閉ざしていた記憶がこじ開けられ、洪水のようにイメージと音が頭の中に溢《あふ》れ出てくる。その笑い方。俺と同じ年頃だったのに大人のように静かで、耳に残る笑い方。

あの島を離れても、いつまでも鼓膜《こまく》の中に張り付いていたあの声。

「分かるのかい、クリス」

頷いていいかどうか分からなかった。眼の前の男が本当に彼なら、俺は今、自分の人生の破滅とたった一人で向き合っていることになる。

「シング……本当に、君なのか」

男は頷き、二本の指で自分の胸を二度叩き、それから俺を指さした。

それで決定的だった。間違いであってくれという気持ちと、本当であってくれという気持ちが、同じ強さで胸を押し潰した。

長い間、死ぬほど会いたくて、死ぬほど会いたくなかった相手がここに居る。

「クリスはおれを覚えていてくれたんだね。嬉しいよ。おれもずっと覚えていたから」

男は帽子を取った。頭には灰色の髪がまばらに生えているだけで、しみの浮いた頭皮が丸見えになっていた。これが本当に彼なら、明らかに年齢よりも極端に老《ふ》け込んでいる。額には深い皺《しわ》が何本も刻まれ、ひび割れた唇から覗《のぞ》く歯はぼろぼろだった。病気だ、と直感した。皺だらけなのにプラスチックのような妙な光沢のあるその肌は、数年前に見た死の間際の父親のそれによく似ていた。

しかしその眼は、黒いふたつの瞳だけは、記憶にあるままに、太陽を埋め込んだように輝いていた。


夏休みは家族全員で海外旅行に行くのが習わしだった。それだけなら普通のことだが、我が家は行き先が少し変わっていた。聞いたこともないような名前の国、小さな島、とんでもない僻地《へきち》に大量の録音機材や楽器とともに出かけていくのだ。父親のライフワークであるフィールドレコーディングのついでに、我が家のヴァケーションがあった。

その夏の決まりごとが、いつも憂鬱《ゆううつ》だった。同級生はパリやイタリアで優雅に過ごしているのに、リゾートどころかまともなホテルも無いような土地で、不気味な虫や鳥の鳴き声に怯《おび》えながらひと夏をやり過ごすはめになる。姉たちは俺の面倒を見るのを嫌がったし、妹はまるでミニサイズの父親で、何が面白いのか録音作業に付きっきり。母親も本を読んでいるか寝ているかでかまってくれない（何を考えているかよく分からない人だった。今でも）。子守のばあやも同行していたが、小さい男の子の遊び相手にはならなかった。

あの夏も、俺はふてくされながらスーツケースに退屈を紛らわすための漫画本やＳＦ小説を詰め込み、今年も最悪の夏休みになるのを予感しながら飛行機に乗った。

降り立ったのは東南アジアの大きな島だったが、目的地はそこではなかった。さらに船に乗って何時間もかかる離島が、父親の目指す場所だった。

その島は現地の言葉で「花の楽園」という名前で呼ばれているのだと父親は言った。俺は旅行会社のパンフレットに印刷されているような、ハイビスカスの花と白い砂浜と果物に溢れたビーチを想像した。しかし着いたのは、カーキ色の岩場と黒々とした森に覆われた陰鬱《いんうつ》な島だった。

小さな島で、案の定ホテルは無かった。俺たちは集会所と呼ばれる小屋に泊まることになった。ベッドすら無く、柱の間に吊るした古びたハンモックで寝ると言われ、さすがの姉たちも口を尖《とが》らせて文句を言った。父親はもう完全に家族のことなど目に入っておらず、湿気と揺れから妻や子どもたちよりも大事に守って運んできた機材を開けて、早々に録音の準備をしていた。

この島では年に一度大きな祭りが行われ、そこでしか歌われない特別な歌があるのだという。本来島の外の人間には聴かせないものだが、どうにかして（つまり、大金を支払って）それを録音することを承諾させたらしい。

祭りは五日後。それまでは絶対にこの島から出られない。俺は過去最低の夏休みだと思いながら、姉たちのおしゃべりからもはじき出されてただハンモックの上でげんなりしていた。

虫の羽音と背中にごろごろ当たる縄の結び目に苛立ちながら一晩眠り、次の朝、ビスケットや缶詰の味気ない食事を摂《と》ってから、俺は島を探検することにした。子どもの目から見てもそこは本当に小さな島で、自転車があれば一時間ほどで一周できてしまいそうだった。土地の殆《ほとん》どは植物と岩に覆われ、僅《わず》かな拓《ひら》けた場所にも集会所と同じような小屋がいくつか集まっているだけで、面白そうなものは何もない。それでもじっとしているよりはましだと思って、昼食になりそうなものと、その頃は肌身放さず持ち歩いていたアコースティックギターを背負って歩きだした。

舗装《ほそう》された道はなく、荷車の轍《わだち》がうねりながら岩と森の間を通っていた。空は曇っていて、寒々しい風景なのに湿度のせいか絡みつくような暑さを感じる。額からぽたぽたと汗を垂らしながら、何が花の楽園だと悪態をついた。花なんてどこにも咲いていなかったし、どれだけ歩いても景色は代わり映えしなかった。

それでも道なき道を進んでいくと、遠くに突然、小高い丘が現れた。天辺《てっぺん》に大きな樹が一本生えていて、風通しが良さそうな場所だ。あそこなら涼しそうだし、島が見渡せるかもしれない。そう思って足を早めた。

想像通り、そこは島の半分ほどを見渡せる見晴らしのいいスポットだった。ぬるい海風が吹き付け、たっぷりかいた汗を乾かしていく。木陰に入るとさらに過ごしやすくなった。ギターケースをおろして辺りを見回す。やはり木と岩しか目に入らなかったが、遠くに水平線が広がる光景は、普段見ているシカゴの景色とはまるで違って伸びやかだった。

とても静かだった。車も、サイレンも、鳥の声すら聞こえない。ただ風と波の音があるだけ。

俺は木の根本に腰を下ろし、ケースからギターを取り出した。その頃すでに作曲の真似事《まねごと》は始めていたけれど、誰にも聞かせたことはなかった。子ども心に、完璧な出来でなければ父親には評価されないことを理解していた。いつか完璧な曲が出来たら、父さんに聞いてもらう。そのために誰にも秘密で曲を書く必要があると思っていた。

フレットを押さえ、白いピックで弦を弾く。すると何故か、自分の部屋や公園で弾くより美しい音が出ている気がした。不思議なくらいすんなりとメロディが浮かんでくる。ノートに書き留めることも忘れ、夢中でその音の連なりを追いかけた。

そうしてどれくらい経ったのか。ふと顔を上げると、そこに彼がいた。

驚き過ぎて声も出なかった。まったく気が付かなかった。いつの間にか、薄汚れた白いタンクトップと裾をちょん切った紺色のパンツを穿《は》いた子どもが、数メートルも離れていない目の前に立っていた。

年頃は自分と同じか、少し下くらいに見えた。真っ黒いぼさぼさの長い髪を風になびかせ、ただその場に立ってこちらをじっと見ている。手ぶらで、素足で、服や髪のあちこちにまるで飾りのように葉っぱや草の実がくっついていた。どこからか来たのではなく、突然地面から生えてきたような感じがした。

「だれ？」

精一杯冷静に聞こえるように声を作って、俺はそう言った。彼は早口で何か喋ったが、何を言っているのかは分からなかった。

「言葉が分からない」

頭を左右に振りながら言うと、彼は軽く首を傾げてから、二本の指で自分の胸を二度叩き、「シング《sing》」と言い、それから俺を指さした。

「歌え？」

突然そんなことを言われ、当然、困惑した。しかし他には誰もいない、知らない国の知らない島で、現地の人間に逆らったら何が起こるのか分からず怖くなった。

唾を飲み込み、咳払《せきばら》いをし、ギターを抱え直して、さっきまで作っていた曲を爪弾《つまび》きながら俺は歌いはじめた。歌詞はまだちゃんと決めていなくて、鼻歌のようないい加減な歌だったと思う。それでも風の音に負けないように、十六小節を歌い上げた。

フレットから手を離し恐る恐る顔を上げると、彼はまた首を傾《かし》げ、それからけらけらと笑いだした。

からかわれたと思い、かっと顔に血がのぼった。ケンカは強くなかったが、体格はこっちのほうが勝《まさ》っている。それ以上俺を、俺の曲をあざ笑うならひっぱたいてやる。そう思って立ち上がりかけたが、彼は笑いながらもう一度ゆっくり自分の胸を二度叩き、また「シング」と言った。そこで俺はようやく、それが英語のsingの発音によく似た彼の名前なのだと理解した。

今度は勘違いの恥ずかしさに顔を赤くしながら、見よう見まねで、同じように自分の胸を叩き、「クリス」と小声で言った。

「クリス」

シングはそう繰り返し、それから俺のギターを指さした。メジャーCのコードを押さえて弦を鳴らすと、シングは黒い瞳を輝かせて近づいてきて、すぐ側に腰をおろした。もう一度、今度はGを鳴らすと、彼は手拍子で変則的なリズムを鳴らしはじめた。

あっという間にセッションが始まった。

こんな経験は初めてだった。もちろん他人と一緒に楽器を演奏したことはそれまで何回も、何百回もあった。姉や妹たちとレッスンをつけられ、父親に怒鳴られ、指がしびれて動かなくなるまで弾き続けた。でもこれは、そんなのと全然違う。頭が吹っ飛びそうなくらい面白かった。

　即興のスキャットで歌うと、それにシングがリズムと知らない言葉の歌を被《かぶ》せてくる。まるで息の合った熟練のジャズマン同士の演奏のようだった。俺が走ると彼が追いかけてきて、彼が追い抜くと俺が回り込む。草原の上に座り込んだまま、俺たちは音でそこらじゅうを走り回り、飛んで、跳ねて、大笑いしながらじゃれあった。

　彼の歌声は奇妙だった。今まで聞いたことのない声だった。小さな身体に似合わない低く太い声で、海風と絡み合うように自由に伸び縮みする。決して大きな音ではないのに、水平線の向こうまで届くんじゃないかと思うような声だった。まるで声が目に見えるくらい鮮烈に頭の中に入り込んでくる。聴いているうちに、胸の中が熱くなり、同時にとても穏《おだ》やかな気持ちになっていく。そんな声だった。この声を永遠に聴いていたいと思った。

　その日は日が暮れるまでそうして音を奏《かな》で続け、空腹と疲労に耐えきれなくなったところで、俺たちはやっと手を止めた。

　どちらからともなく立ち上がり、ふらふらしながら丘を下りた。明日も会う約束をしたが、言葉を交わしたわけじゃない。でも、確かに約束したという確信があった。彼の音がそう言っていた。

　それからの五日間は、人生で最高の夏休みになった。二日目からシングは島に伝わるものらしい楽器をいくつか持ってきて、鮮やかに鳴らしまくった。パーカッションもあれば縦笛もあった。間違いなく、彼はそれまでに出会った誰よりも素晴らしいミュージシャンだった。シングのリードで始まる音楽は全てに全く新しいメロディとグルーヴがあり、俺は世界中を飛び回って録音を続ける父親の気持ちが、やっと分かった気がした。

水を飲んだりビスケットを食べる間も惜しんで、二人でひたすら音楽に浸った。シングは毎日同じ服装で、髪はぐちゃぐちゃだし顔も汚れていたけれど、彼が空を見上げるように喉を反らし大きな口を開いて朗々と歌い上げるその姿に、ただ圧倒された。コルコバードのキリスト像のように大きく、スポットライトも無いのに光り輝いて見えた。いつの間にか俺は泣いていた。悲しくないのに流れる涙はそれが初めてだった。

五日目の夕暮れ、遠くからふいに、太鼓のリズムが風に乗って聞こえてきた。

シングは歌を止めた。音のする方を見ると、指さして何かを喋《しゃべ》った。もちろん言葉は分からなかったが、それが父親の目的である祭りの音楽なのが分かった。

耳を澄ますと、確かに不思議なメロディと大勢の大人が歌う声が聞こえてくる。美しい音楽だった。でも、シングが歌い鳴らす音ほどは魅力的じゃない。

横を見ると、シングは何か含むものがあるような顔でニヤッと笑っていた。そしてもう一度音の方を指差し、それから自分の胸を叩いた。

「歌ってくれるのか？　俺に？」

ジェスチャーを交えそう言うと、シングは三本の弦が張られたウクレレのような小さな楽器を手にして木の根元に座り、それから向かい合わせに座るように俺を手招きした。

少し緊張しながらそのとおりにすると、今度は目を閉じろとジェスチャーされる。今まで聴いていたものとは違う音楽が始まるのだと思った。よく分からないが、これは特別なものなんだ。

歌が始まった。

哀しい、と思った。そのメロディは耳から侵入し、心臓にやんわりと絡みつき握り締めるように蠢《うごめ》いた。哀しいけれど、強く惹《ひ》かれる。誰かに抱きしめられているのに一人ぼっちでいるような、逆に、一人なのに誰かが側に居るような……切ないと表現するしかない複雑な苦味のある甘さが俺を包み込んだ。耳も、頭も、身体も、その歌で——シングの歌でいっぱいになる。

しかし突然、抗《あらが》えないくらい強い眠気が襲ってきた。聞こえているメロディを追うこともできない。わけもわからないまま、抗えず草の上に倒れ込んでしまう。

次の瞬間、俺は自分がとても明るい場所で、両足で地面に立っているのに気付いた。瞼《まぶた》を開けると、色の洪水が広がっていた。

そこは丘の上ではなかった。海辺だった。エメラルドを溶かしたような海が目の前にあり、素足は白い砂浜の上に立っていた。でも、砂の感触はせずとても柔らかい。よく見ると、足元に敷き詰められているのは真っ白い小さな花だった。それがどこまでも浜を埋め尽くしている。呆然としていると、頭上からひらひらと鮮やかなオレンジ色の何かが降ってきた。

見上げると、自分が大きな樹の下に立っているのが分かった。でもあの丘の上の樹とは違う。この樹はオレンジ色の花を枝が見えないくらいにぎっしりと咲かせていて、その花弁《かべん》が絶え間なく降り注いでいる。どれだけ落としても、後から後から花が湧いてくるようだった。

真っ青な空の上に太陽が輝き、強い日差しを放っていた。なのに肌を焦がす暑さやさっきまでまとわりついていたはずの湿っぽい潮風はどこかに消え、さらさらとした暖かな風だけが微《かす》かに吹いている。空腹も喉の渇きも何も感じず、不安もおそれも何も無かった。

辺りは甘い匂いで満ちていた。ここだけでなく、あちこちに見たこともない花が咲いている。透けるほど薄い紫色の大きな百合《ゆり》、ガラスのような透明の葉をつけた蔦《つた》、つやつやした赤い実をつけた低木《ていぼく》。木漏れ日を作る背の高い樹には真っ青な翅《はね》をした蝶がたくさん止まっている。

「クリス」

はっとして振り向く。シングがいた。にこにこしながら、手には赤い実を持っている。真新しい白い服を着ていて、よく見るとなぜか俺も同じような服を着ていた。

「ようこそ。ここがおれたちの島だ」

そう言って実をひとつ放ってきた。慌てて受け止めたが、シングの姿を見たことで一気にパニックが襲ってきた。

「なんなんだ、ここはどこなんだ？　何が起こったんだ？　ここがあの島？　これは夢か？　いったい――」

そこまでまくしたててから、俺は気付いた。

「喋ってる……俺たち、言葉が通じてる！　なんで⁉」

シングは笑い声をあげた。

「そうじゃない。〝わかる〟だけ。よく耳をすませろよ。おれはお前たちの言葉を喋ってる？　そう聞こえるか？」

混乱した。何を言ってるんだろう。

「よく聴いて。おれの言葉を。おれは自分の言葉で喋ってる。クリスもクリスの言葉で喋ってる。でもおれたちは今、〝わかる〟んだ」

確かに、シングの口から出てくる言葉は、俺が少しも理解できない島の言葉だった。でも、何を喋っているのか全て〝わかる〟。

「どうして、こんなことが」

「ここではそうなんだ。どこの誰でも、ここでなら気持ちが通じる」

きれいに梳《と》かされた髪をかき上げ、シングは笑いながらくるくるとその場で回った。

「信じられない。ここはどこなんだ。どうやって俺はここに来たんだ」

俺がそう言うと、シングは膝をつき、手で地面を埋め尽くす花をかき分けた。

「見てみろ」

その手元を覗き込むと、そこには奇妙な光景が広がっていた。

花の下は、まるで分厚いガラス板のような透明の床になっていた。そのさらに数メートル下には草原が広がっている。薄曇りの寒々しい景色の中、金髪の少年が目を閉じて横たわっている。俺だ。

驚いてシングの顔を見ると、彼は肩を揺らして笑った。

「そんなにビビるなよ。寝てるだけ。あっちで眠っている間、こっちにいられる」

恐る恐る、もう一度下を見た。木の根元にはやはりシングがもたれかかり、静かに目を閉じている。

「……信じられない」

「でも、こうしてここに居る。歌の力だ。おれたちだけが知っている特別な歌なんだ。ここが本当の島なんだよ。下の世界はかりそめ。ここに帰ってくるために、かりそめの地でいっしょうけんめい働いて祈ることが大切なんだ」

俺はふーっと息を吐いて、のろのろと立ち上がった。改めて周りを見回すと、やはり波の音以外は何も聞こえない。人の気配もしない。とても静かだ。穏やかで、時間が停まったようで。

「待ててよ、じゃあ、父さんたちも今、ここに？」

「違うよ。今向こうで大人たちが歌ってるのはウソの歌だ。ただの歌。よそ者をここに連れてくることはめったにしない。よくないことになるから」

つまり父さんは大金を払って騙されたということか。しかしそれを怒る気には、少しもなれなかった。

「じゃあ、どうして、俺のことは連れてきてくれたんだ」

そう言うと、シングはちょっと困ったような顔をして微笑《ほほえ》んだ。

「いいから遊ぼう。ここには何だってある。食うものも飲むものも、楽器だってなんだって。広さだって無限にあるんだ。だから誰とも会わないで二人きりで遊べる」

シングの手が俺の手を摑《つか》んだ。

俺たちは花を蹴散らして走り、海に飛び込んだ。波は温かく、しかも水の中にすっかり潜っても呼吸をすることができた。海の中は大人の背丈よりも大きい水晶や珊瑚《さんご》が森のように生え、母さんの衣装のようなひらひらしたひれを持つ魚やクラゲがその間をゆったりと泳ぎ回っていた。夢の中にいるみたいだった。いや、夢よりも夢だった。

俺はシングにたくさん話をした。この五日間で伝えたくても伝えられなかったことを。いつか完璧な曲を作りたいこと、ギターが一番好きなこと、色んな人が褒《ほ》めてくれるけど父さんだけは褒めてくれないこと、夏休みがいつも最悪だったこと、学校がつまらないこと、友達がいないこと、この島が最高だと思っていること、シングと居ると、シングと音楽をやっ

ている と、物凄く楽しいということを。

その全てをシングは笑いながら聞いてくれた。彼は多くを話さなかった。ただその手に握った小さな弦楽器で、素晴らしい音を奏で続けた。それで十分だった。彼の音楽は言葉よりも表情よりも多くを語ってくれた。それが俺だけに向けて鳴らされているのが、例えようもなく嬉しかった。

「そろそろ戻らないと」

波打ち際で水を蹴りながらシングが言った。いつの間にか空は夕焼けに染まっていて、浜の白い花もそれを受けてオレンジやピンクや紫に光り輝いていた。

「帰りたくないよ。まだここにいたい」

「でも、戻らなきゃだめだ」

俺は泣きそうになった。ずっとここに居られたらどんなにいいだろう。ここで、家も学校も何もかも関係のないこの花の楽園で、自分たちの音楽だけで遊んでいられたらいいのに。

「ここにずっといることはできない。それが決まりなんだ。あまり長くここに居ると、身体から魂が離れてしまう」

そう言うと、シングは俺の目の前に立ち、目を細めて微笑んだ。夕日が彼の瞳を紫色に染めていた。

「手を出して」

言われたとおりにすると、俺の両手をシングの小さな手が包んだ。温かかった。その温《ぬく》もりを、きっと自分は一生忘れないと思った。

「目を閉じて」

嫌だ。そう思いながら、俺はその通りにした。すぐに、シングの歌声が聞こえてきた。


「ちょうど五十年だ」

シングの声にはっとして、俺は顔を上げた。

間違いなく、彼の声だ。あのとき喋っていた島の言葉ではなく、ひどく弱々しく老いた声だけれど、それは俺の鼓膜に残り続けていたシングの声だった。

「信じられないよ」

自分の指先が震えているのを感じた。複雑な感情が頭の中で渦巻いていた。一番強く暴れているのは「なぜ？」の一言だ。なぜ、今。なぜ、今日ここに来たんだ。

「英語が……ずいぶんうまいな。今はこっちで暮らしてるのか」

「ああ、もう二十年近い」

あの後、何度もあの島にもう一度行こうとした。しかしそれが叶《かな》わないうちに、近くの海域で大型タンカーが座礁《ざしょう》し、小さな島は人が住める場所ではなくなってしまった。まだインターネットも発達していない時代で、俺がそれを知ったときには、すでに島は無人島になっていて、そこで暮らしていた人たちの行き先も分からなくなっていた。

「シング。君をずっと探してたんだ。本当に、もっと早く君に会おうと思っていた」

「分かってるよ」

シングはずっと微笑んでいた。その顔から何を考えているのか読み取るのは難しかった。立っているのも辛そうな彼に椅子をすすめたが、静かに頭を左右に振り断られた。

ここで何かをべらべら喋るのは得策ではない。それは間違いない。まずこの場をどうにか収めて帰ってもらい、それから弁護士に連絡すべきだ。頭ではそう分かっていたが、俺の胸にはあの時のエメラルド色の海が鮮やかに蘇っていた。

「すまない。本当に、すまない。こんなことになるとは思ってなかったんだ」

「何の話だ？」

「何って……そのために来たんだろう。俺のあの曲の」

タイトルを言うのすら憚《はばか》られた。

『paradise in your voice』は、シングが花の楽園に連れて行ってくれたあの歌をアレンジしたものだ。あの歌は、俺の頭にこびりついてずっと離れてくれなかった。歌詞は無理だったが、メロディは一度聴いただけで完璧に覚えた。追い詰められていて、どうしようもなくて、ついあの歌を使ってしまった。

「何か悪い想像をしてるな？　安心しろよ、クリスから何かを取り立てようと思って来たわけじゃない」

「本当か？」

「そのつもりならとっくにそうしてる。活躍してるの、ずっと見てたよ」

「活躍って……一曲だけだ。俺は一発屋。九十年代の化石」

　またスマートフォンが無音で光り、はっとした。ロック画面にはサニーがまだ小さい頃にキムと三人で撮った写真が設定されている。俺の大切な夫と子ども。

　ここ最近、新曲は見向きもされなくてもメディアへの露出はまた増えていた。じじいにしては保っているルックスと、「勇気ある行動」のおかげだ。女性ファンが大勢いるロックアーティストがゲイだと公表するなんて、少し前まで考えられなかった。実際、ある時期まではひた隠しにしていた。フレディ・マーキュリーやロブ・ハルフォードへの言及すら避けていたくらいだ。でも養子を迎えることを決めたとき、キムと話し合ってカミングアウトした。おかげで父親には死に目にしか会えなかったが、後悔はしてない。それどころか、カムアウトのおかげで例の曲はより一層ロマンチックなものとして受け止められ、さらに売れた。売れてしまった。

「じゃあ、色々知ってるんだな、俺のことは」

「芸能情報以上のことは知らないけどね。五十年前のことを除けば」

指の震えが収まってきた。代わりに、何度も思い出した、いや、忘れようと思っても振り払えなかったあの温もりが戻ってきた。

「何か贖《あがな》いをしたい。欲しいものがあるならなんでも言ってくれ。ただ、情けないけど俺はこの曲だけで生きてきた。家族もだ。だから全てを奪うことだけは勘弁してほしい。自分勝手な言い草かもしれないが……」

「言っただろう、クリスから何かを奪うつもりなんてない。ただ、どうしても会っておきたかったんだよ。ほら、見れば分かるだろ。もう長くないんだ」

シングはおどけた調子で腕を広げて見せた。オーバーサイズの服を着てなお、彼は哀しいくらい痩せ細っていた。喉の奥から何かがせりあがってきて、涙が出そうになる。

「治療は受けてるのか？　病院も医師も紹介できる。ホテルみたいな入院施設も用意できる。手助けさせてくれ。俺のためだと思って」

「本当に慈善家なんだな。こういうフェスティバルに出るだけある」

それからシングは、初めて気がついたように辺りを見回して、今回のフェスのポスターに目を留めた。

「……なあ、シング。あれは夢だよな？　夢を見てたんだよな？」

そう言うと、シングは首を傾げた。

「あの時の、特別な祭りの歌だ。君が歌うのを聴いて、俺は夢を見たんだ。実際に体験したとしか思えないぐらいリアルで、すごく美しい夢を。君と一緒に楽園に行く夢だ。それで俺は……あの曲を使っちまった。あまりにいい夢だったから。でも、あんなことは現実には起こってないんだよな。ただの夢だよな？」

シングは首を傾げたまましばらく黙っていたが、それから「夢ってなんのことだ？」と言った。

「特別な歌を歌ってやったのはもちろん覚えてるよ。でも、歌は歌だ。それだけだよ」

「いや、ならいいんだ。変なことを言った。でも本当に……とてもいい夢だったんだ。だから特別なあの歌をずっと覚えてたんだ」

俺は苦笑しながら、過去がやっと思い出になるのを感じた。やっぱりあれは俺の願望が見せた都合のいい夢だった。シングと心を通わせながら、楽園みたいなビーチで遊ぶ夢。夢ならいい。夢でよかった。

「それにしても、曲のアレンジはともかく、ひどい歌詞だよな。そこだけは抗議したい。クリス、あれは何を歌ってるんだ」

シングが大仰に肩をすくめながら言うので、俺は額を押さえて笑った。

「初恋だ。初恋の詩だよ」

「どうしてあの曲にそんなものを乗せた？」

「さあな……」

二人で笑い合った。俺の手はまだ温もりを感じている。今、シングの手はあの時みたいに温かいのだろうか。

「そうだ……じゃあ、ひとつだけ願いを聞いてもらおうかな」

「なんだ？　なんでも言ってくれ」

「今日のステージで、正しい歌詞であの曲を歌ってほしい」

俺は驚いて目を見開いた。

「それは、ちょっと難しいかもしれない」

「どうしてだ？　なんでもと言ったじゃないか。最後に一度だけ、あの曲がちゃんとした歌詞で歌われているのを聴きたい」

「でも、俺はあの歌詞は覚えてないんだ」

するとシングは自分のポケットからハンバーガーの包み紙とペンを取り出し、壁をテーブル代わりにして何かを書き付け始めた。

「ほら、これなら読めるだろ。難しい詩じゃない。発音もできるはずだ」

そこにはアルファベットで書き殴られた詩があった。確かに、短いフレーズの繰り返しで難しくはなさそうだ。

「でも、観客は納得しないかもしれない。会場の客だけじゃない、世界中に同時配信されてるんだ。確かに俺の歌詞はひどいけど、みんなあの歌を待ってる」

「あの島は無くなるんだ」

シングは微笑みを崩さないまま言った。

「なんだって？」

「あの島は無くなる。正確には、米軍基地になる。島一面を真っ平らにして、コンクリートで固めてでかいアンテナを建てるらしい。もう誰も住まなくなって何十年も経つけど、今度こそ本当に、おれの故郷は無くなる」

「そんな……」

シングは一歩俺に近付き、じっとこちらを見つめてきた。LEDの安っぽい光を受けて、その瞳は青白く染まっていた。

「頼むよ。クリスの歌う故郷の歌が聴きたい。それを世界の人に聴かせてほしい。あの島が確かにあった証拠として、あそこでおれたちが出会った思い出として、歌で伝えてほしいんだ」

愛用のギブソンを肩に下げ、俺はスポットライトの下に歩み出た。

「今日この素晴らしいフェスティバルに参加できて嬉しいよ。俺が何を歌うかは直前までシークレットになってたけど――」

客席からさざなみのような笑いが起きる。揃いのTシャツを着た若者たちが、老いた一発屋を小動物を見るみたいな目で温かく見守っている。

「もちろん、みんなが知ってるあの曲を演《や》る。でも、今日は特別な夜だから、少しだけ趣向を変えさせてくれ。今日は会場に古い友達が来てる。あの曲よりもずっと古い友達だ。彼には故郷があったけど、それが……無くなってしまう。基地になるんだ。最悪だろ。だから、ワンコーラスだけ、彼の故郷の言葉で俺に歌わせてほしい」

ざわめきが半分と、何にでも歓声を上げるやつの声が半分。舞台袖でディレクターが怖い顔をして両手を振り回しているのが見えた。構うもんか。これが俺がシングにできることだというのなら、やるしかない。違約金でもなんでも請求するがいい。

演奏をバックバンドに任せ、俺はさっきの包み紙を見ながら歌い始めた。

「うまいもんだな。やっぱりプロだ」

シングの声が聞こえた。眩《まぶ》しくて、思わず目を擦《こす》る。ここはステージだ。ステージのはずだ。だが俺はギターを下げていなかったし、素足に柔らかい花びらを感じた。

海があった。あのエメラルド色の海が。

声にならない悲鳴をあげた。白い花が埋め尽くす浜を踏む俺の足は小さく、両手は明らかに子供の細さだった。顎《あご》を撫でても髭《ひげ》の感触もない。

「そんなに小さくなったのか。丁度おれと出会ったときくらいだな。それがクリスの一番幸せな時なんだな」

木陰から、楽屋で見たままの病《や》みやつれたシングが現れた。変わっているのは、あの白い服を着ていることだけだ。

「俺は……また、夢を見ているのか」

「そうとも言える。でも、違うかもしれない」

シングは英語を喋っていなかった。それでも、わかる。血の気のない顔にこれ以上ない優しい微笑みを浮かべている。

「現実だったんだな。やっぱり、あの歌は何か不思議な……超自然的な仕掛けがあったんだな」

「それで納得できるならそれでいい。ここに戻ってきたかったんだろう？」

俺は深呼吸し、周囲を見回した。記憶にあるままの、夢の中より夢のような浜辺だった。戻ってきたんだ。俺の人生で一番幸せだったあの瞬間に。あの花の楽園に。

しかし、すぐにはっとして、足元の花を掻き分けた。

遥《はる》か下にステージが見える。ギターを抱えたままの俺が倒れている。そしてバンドのメンバー、それから、全ての観客が。

シングを見上げた。彼はまだ微笑んでいた。

「まさか」

「こんなこと……大変なことになる。全世界に同時配信されてるんだ。とんでもない数の人が聴いてる！」

「知ってるよ」

シングは苦しそうに咳き込み、それから俺の側にゆっくりとしゃがみ込んだ。

「知ってるよ。もちろん」

彼の目が笑っていないのに気付いた。

背中が寒くなった。キムの送ってくれた写真で頭の中がいっぱいになった。

「元に戻せるんだよな？　どうすればいい？　すぐに戻らないと」

俺はシングにすがりついた。恐怖が花の香りと共に全身に絡みついてくる。ネットとテレビとラジオで世界同時無料配信。大勢の人気アーティストが参加する、ライブ・エイド以来の世界最大のチャリティーフェスティバル。家で、職場で、警察署や病院で、運転をしながら聴いている人も、きっと。

「シング、頼む。どうすれば元に戻れる。俺の家族も中継を見てたんだ。彼らはどうなる。どこにいるんだ！」

「焦るなよ。お前もずっとここに来たかったんだろう？　素晴らしい場所だよな。本当の楽園だ。あの小さな島が本当はこんなに美しいものを秘めているなんて、誰も知らなかった。それでいいと思ってたけど、考えが変わったんだ。みんなここで過ごせばいい。こんなに美しい、無限の広さと時間がある楽園なんだから」

シングは空を見上げた。美しい太陽が輝いている。

「クリス。短い間だったけどお前とは確かに友達だったよ。一緒に音楽で遊べて本当に楽しかった。歌を盗んだのも恨んでない。本当だ。でも少しでいいから、それについて話がしたかった。ここはおれたちにとって本当に大切な場所なんだ。残された故郷はこの花の楽園だけだから。おれは何度もお前に会おうとしたんだ。でもどこでも門前払いされて、警察まで呼ばれた。移民局に追い回されたり、さんざんな目に遭った」

「そんな。知らなかった……知らなかったんだ。本当だ。会いに来てたと知ってたら絶対に会った。俺も、本当に、君に会いたかったんだ」

「初恋の詩を書くくらいかい。ロマンチストだな、クリス。まったくロマンチストだ」

シングはよろよろと立ち上がると、俺に背を向けて歩き出した。

「待ってくれ。どこに行くんだ」

「一人で静かに死ねるところに行くよ。おれはいつだって今、ありのままが望む姿だからね。死が近づいているのならそれを受け入れる。お前はここで遊んでいればいい。永遠に少年のまま、その姿のままでずっとここで過ごせる」

日差しの下、目の前が真っ暗になるような気がした。

「世界を変えるんだろう？　望みを叶えてやったよ。お前たちはいつだって世界を変えたがってる。でも自分たちの都合で変えてしまった世界には、目も向けない。おれはずっとお前を見ていたよ、クリス。おれは見ていたんだ。お前は何を見ていたんだろうね」

ひらひらと手を振りながら、シングはゆっくりと海の中に歩いていき、やがて完全にその姿が見えなくなった。

俺は美しい白い花の浜に座りこんだまま、宝石のようなその海を、いつまでも見つめていた。

【異形コレクション&シリーズ関連書籍】

●《異形コレクション》シリーズ

廣済堂文庫	通巻
『ラヴ・フリーク』	Ⅰ
『侵略！』	Ⅱ
『変　身』	Ⅲ
『悪魔の発明』	Ⅳ
『水　妖』	Ⅴ
『屍者の行進』	Ⅵ
『チャイルド』	Ⅶ
『月の物語』	Ⅷ
『グランドホテル』	Ⅸ
『時間怪談』	Ⅹ
『トロピカル』	ⅩⅠ
『GOD』	ⅩⅡ
『俳　優』	ⅩⅢ
『世紀末サーカス』	ⅩⅣ
『宇宙生物ゾーン』	ⅩⅤ

光文社文庫	通巻
『帰　還』	ⅩⅥ
『ロボットの夜』	ⅩⅦ
『幽霊船』	ⅩⅧ
『夢　魔』	ⅩⅨ
『玩具館』	ⅩⅩ
『マスカレード』	ⅩⅩⅠ
『恐怖症』	ⅩⅩⅡ
『キネマ・キネマ』	ⅩⅩⅢ
『酒の夜語り』	ⅩⅩⅣ
『獣　人』	ⅩⅩⅤ
『夏のグランドホテル』	ⅩⅩⅥ
『教　室』	ⅩⅩⅦ
『アジアン怪綺《ゴシック》』	ⅩⅩⅧ
『黒い遊園地』	ⅩⅩⅨ
『蒐集家《コレクター》』	ⅩⅩⅩ

『妖　女』　XXXI
『魔地図』　XXXII
『オバケヤシキ』　XXXIII
『アート偏愛《フィリア》』　XXXIV
『闇電話』　XXXV
『進化論』　XXXVI
『伯爵の血族　紅ノ章』　XXXVII
『心霊理論』　XXXVIII
『ひとにぎりの異形』　XXXIX
『未来妖怪』　XL
『京都宵』　XLI
『幻想探偵』　XLII
『怪物團』　XLIII
『喜劇綺劇』　XLIV
『憑　依』　XLV
『Fの肖像』　XLVI
『江戸迷宮』　XLVII
『物語のルミナリエ』　XLVIII
『ダーク・ロマンス』　XLIX
『蠱惑の本』　L
『秘密』　LI
『狩りの季節』　LII
『ギフト』　LIII
『超常気象』　LIV
『ヴァケーション』　LV
……以下、続刊予定……

●《異形コレクション傑作選》『涙の招待席』（光文社文庫）

●『異形コレクション讀本』（光文社文庫）
十周年を記念する特別篇

●《異形コレクション綺賓館》――古今の傑作と新作書下ろしの饗宴――
(光文社カッパ・ノベルス)
第1巻『十月のカーニヴァル』　第3巻『櫻憑き』
第2巻『雪女のキス』　第4巻『人魚の血』

●《異形ミュージアム》――テーマ別傑作アンソロジー――　(徳間文庫)
第1巻『妖魔ケ刻――時間怪談傑作選』
第2巻『物語の魔の物語――メタ怪談傑作選』

●《タロット・ボックス》――タロットカード精華集――　(角川ホラー文庫)
第1巻『塔の物語』　第2巻『魔術師』　第3巻『吊された男』

●『夢魔たちの宝箱　井上雅彦の異形対談』(メディアファクトリー)
異形コレクション参加作家20人との対談&座談会

光文社文庫

文庫書下ろし
ヴァケーション　異形《いぎょう》コレクションLV
監　修　井《いの》　上《うえ》　雅《まさ》　彦《ひこ》

2023年5月20日　初版1刷発行

発行者　三　宅　貴　久
印　刷　堀　内　印　刷
製　本　榎　本　製　本

発行所　株式会社　光　文　社
〒112-8011　東京都文京区音羽1-16-6
電話　(03)5395-8149　編　集　部
8116　書籍販売部
8125　業　務　部

ISBN978-4-334-79534-4　Printed in Japan

組版　萩原印刷